MARIANNE ET ARNAUD BUFFIN-PARRY

LA FEMME DU KILIMANDJARO

ÉDITIONS DU MONT-BLANC
Catherine Destivelle

À Lucas et Charlotte,
À Magali, Perrine et Marcelline,
nos enfants

À nos parents

PROLOGUE

Patagonie australe, Argentine.

Les deux enfants étaient nés au petit matin à la maternité de Río Gallegos, une ville située dans le sud de l'Argentine au bord d'un fleuve surgi des Andes. Un peu plus tôt, dès qu'elle avait ressenti les premières contractions, leur mère avait compris avec horreur qu'elle allait accoucher. Et ce, trois mois avant le terme. Ses craintes s'étaient renforcées lorsqu'elle avait perdu les eaux dans la voiture, tandis que le père roulait tel un forcené, pied au plancher sur la piste chaotique. Ils avaient alors parcouru dans la nuit noire, la quarantaine de kilomètres les séparant de la maternité, prenant le risque à tout moment de basculer dans les flots bouillonnants du torrent. Chaque nouveau spasme avait donné à cette mère le sentiment atroce qu'elle allait être précipitée et engloutie dans le courant.

Elle était fort heureusement arrivée à temps à l'hôpital et avait mis au monde une fille, suivie d'un garçon, l'instant d'après. Deux bébés d'à peine huit cents grammes chacun, bien incapables de respirer. L'équipe médicale les avait aussitôt placés sous assistance respiratoire.

Ils s'étaient tous deux retrouvés au chaud dans une seule et même couveuse, chacun avec sa perfusion, son moniteur et son respirateur. Le médecin fut soulagé lorsqu'une heure plus tard, il constata que les enfants ainsi équipés dormaient, imperturbables, l'un contre l'autre. Ilverio avait le visage tourné vers celui de sa sœur Francesca, une main posée sur sa joue.

Une caractéristique, hormis leur très petit poids, retint toutefois l'attention du médecin qui les observait : la fille avait une peau sombre, presque noire, et celle du garçon était claire, pour ainsi dire laiteuse. Dans le feu de l'action, personne n'avait relevé cette différence de couleur pourtant troublante. Les parents non plus n'avaient pas réagi sur le coup, alors qu'eux-mêmes avaient une peau sombre. Et lorsqu'il en parla un peu plus tard en aparté à la maman, le médecin n'obtint pas d'explication.

Personne ensuite ne se posa plus la question, parce que tout simplement, les nouveau-nés survécurent sans qu'aucune séquelle n'affectât leur croissance.

Trois mois passèrent, et ils quittèrent le service de néonatalogie. Les années aussi passèrent, quinze ans, puis vingt ans. La Patagonie australe, la contrée qui les avait vus naître, devint leur terrain de jeu. Le frère et la sœur trouvèrent leur voie en qualité de guides de haute montagne. Ils n'eurent de cesse d'en explorer ensemble les gigantesques glaciers et les vertigineuses parois rocheuses. Ces territoires glacés, austères et inhospitaliers, parmi les mieux préservés de la planète, semblaient les avoir envoûtés.

Dans dix ans, Ilverio Lopez Sanchez sera hospitalisé à l'hôpital général de Rio Gallegos, dans un état d'amaigrissement alarmant. Non pas qu'il soit de petite constitution, le célèbre guide patagonien aura, au fil des ans, collectionné les courses parmi les plus périlleuses. En compagnie de sa sœur Francesca, il aura ratissé la quasi-totalité de la cordillère des Andes dominant l'Argentine et le Chili. Il pourra prétendre avoir gravi le Cerro Tore, voisin du réputé Fitz Roy, et la Tour Sud des *Torres del Paine*, alias *The Big Wall*, là où les conditions météorologiques sont connues pour être éminemment exécrables. Seulement, d'une part, il n' est pas du genre à étaler ses exploits, et d'autre part, il n'en aura plus vraiment les moyens.

Ilverio Lopez Sanchez contractera, en l'espace de trois mois, une forme grave de vascularite, et selon les médecins, il n'en aura plus pour très longtemps à vivre.

CHAPITRE 1

Groenland.
Coordonnées géographiques : 72°06'N, -38°05'O

Quelle que soit la direction, l'inlandsis s'étend à perte de vue. Anna Mestrallet était seule. Seule dans cette immensité polaire. Glaciologue, elle étudiait les mécanismes impliqués dans l'évolution du climat en analysant les gaz piégés dans la glace. Une longue distance la séparait toutefois de son fief, un laboratoire de recherche au cœur des Alpes françaises. Pas moins de cinq vols avaient été nécessaires pour rallier l'aéroport de Lyon au point culminant du Groenland, lieu du camp principal GISP3[1] de l'expédition scientifique. Après un mois passé dans l'effervescence des lourdes opérations de forage glaciaire en compagnie de toute une équipe, ce fut à son tour de rejoindre le camp secondaire et sa vie quasi monacale.

Déjà dix jours qu'elle répétait les mêmes gestes et surtout qu'elle cherchait à tromper son ennui. Emmitouflée de la tête aux pieds et encore essoufflée, Anna arriva, comme chaque matin, sur le site de mesure caché derrière un petit verrou glaciaire. Elle avait parcouru à pied les deux kilomètres l'espaçant du camp secondaire. Seul ce

1 Greenland Ice Shit Project.

moyen de locomotion garantissait l'absence de pollution susceptible de biaiser les résultats des expériences. Elle scruta un instant la piste qu'elle venait d'emprunter, matérialisée par des piquets rouges plantés tous les trente mètres. Ces repères constituaient un précieux fil d'Ariane pour retrouver le campement en cas de perte de visibilité.

Au début d'une routine bien huilée, la chercheuse lança le ballon-sonde qui relevait les paramètres météorologiques du jour. Anna vérifia l'attache du filin retenant à quarante mètres du sol cette baudruche blanche d'un mètre de diamètre. Elle s'appliqua ensuite à installer les nouveaux filtres sur des pompes ancrées dans la glace dont le seul rôle consistait à aspirer en un ronronnement sonore, l'air polaire avec tout ce qu'il contenait : les polluants, les pollens, les particules ou autres poussières venus du monde entier.

La double épaisseur des gants d'Anna la rendait maladroite. De sorte que récupérer les filtres de la veille, les placer dans un sac stérile puis en sceller l'emballage, lui prit une bonne heure. Expédiés plus tard vers la France, ces filtres seraient ainsi analysés en laboratoire. Les équipes de recherche, dont la sienne, en déduiraient des informations sur la qualité de l'air, l'origine et la nature des particules retenues dans les micro-mailles. Elles en étudieraient également leur dégradation chimique au cours de leur transport jusqu'au Groenland.

Elle réorienta les panneaux solaires fournissant l'électricité aux pompes, puis releva les compteurs sur un carnet afin de déterminer le volume d'air filtré. Dès lors, les huit prochaines heures seraient rythmées par le relevé horaire des données. Un calvaire pour Anna qui détestait cette pseudo-inactivité forcée.

Sautillant d'un pied sur l'autre, la jeune femme effectua des moulinets avec ses bras, espérant soulager l'onglée menaçant ses extrémités. Le thermomètre accroché à sa poche affichait moins quinze degrés malgré le temps clément. Elle se plut à songer au corps chaud de son amant du moment, un mécanicien à la carrure de rugbyman resté au campement secondaire. Campement qui se résumait, pour ses deux occupants, à trois tentes d'expédition dont la principale, en forme de tunnel, servait de lieu de vie. Une simple radio assurait la liaison avec le camp principal situé une trentaine de kilomètres plus à l'est.

Anna, revivifiée, s'assit sur une couverture de survie et extirpa de son sac à dos une bouteille thermos. Quelques gorgées de thé sucré brûlant lui réchauffèrent délicieusement les entrailles.

Et, dans l'attente du prochain relevé, sirotant son breuvage réconfortant, elle entreprit de relire sa correspondance, bloquée ici, au fond tout comme elle, plusieurs jours encore. Elle s'adressait à ses amies, Armelle et Julie. La première carte représentait une femme inuite en costume traditionnel postée devant sa maison peinte en orange. Dans la lumière boréale, elle fixait la mer qui s'étendait à l'horizon comme une lame d'acier froide et grise. Cette femme donnait l'impression à Anna qu'elle cherchait ou attendait un être cher.

Hello Armelle,

Je t'écris de nulle part cette carte achetée à l'aéroport de Kangerlussuaq, un cliché de la photographe Stéphanie Nelson. Tu te rappelles, on avait adoré son expo. Les paysages groenlandais sont somptueux. J'ai survolé une enfilade de lacs, un camaïeu de bleu et la caillasse sombre parsemée de touches de vert. Les glaciers ont tellement fondu, ils se délitent et vomissent sans cesse leurs blocs dans la mer. Dur de croire que c'est encore l'Arctique ! Nous travaillons près du point culminant de l'inlandsis, car l'épaisseur de glace, plutôt stable à cet endroit, avoisine les 3 000 mètres. Au sol, notre terrain de jeu est un immense désert blanc. Mais vu du ciel, il est parsemé de crevasses bleutées, de lacs et de grands fleuves turquoise formés par la fonte de la calotte. L'eau disparaît sous la glace, en s'engouffrant par des cavités. Figure-toi qu'elle continue de s'écouler en profondeur, agissant comme un lubrifiant. La glace se décolle alors du socle rocheux et se disloque. Les experts internationaux sont unanimes :

la calotte du Groenland fond, cette fonte s'accélère et contribuera à augmenter le niveau des mers. Fin de la glace en 2100 selon les plus pessimistes.

J'espère que tu profites bien de ton été, à très vite. Bises.

Anna

L'évocation de ce scénario catastrophique, aux conséquences planétaires, fit frissonner la glaciologue. Elle se leva, vérifia le fonctionnement des pompes et observa un instant le ballon-sonde qui dansait dans le ciel.

— Toi, là-haut, si tu n'es pas sage, l'invectiva Anna, je te redescends.

Et comme si le son de sa voix avait été entendu, un harfang des neiges choisit cet instant pour prendre son envol. Anna aimait les oiseaux. Ses amies disaient souvent d'elle qu'elle était imbattable quand il s'agissait de les reconnaître, de décrire leur mode de vie, de les protéger même. D'ailleurs, durant son adolescence, elle avait fait de la protection des oiseaux, l'un de ses combats.

Lorsqu'elle perdit la chouette blanche de vue, elle reprit sa lecture, non sans avoir soufflé un peu d'air chaud sur ses doigts gourds. La deuxième lettre était écrite au dos d'un flyer conçu pour communiquer sur l'expédition. Sur une des photos, Anna apparaissait toute petite au milieu de l'équipe de foreurs en parka rouge qui posait fièrement derrière une carotte de glace.

Coucou Julie,

Tu verrais le matos du camp principal, tu serais dingue ! Le dôme de forage est accolé à un véritable complexe scientifique. Quatre semaines à travailler sur les passes de nuit avec les foreurs. C'est moins sexy que tu ne le penses ! Trois équipes se relaient H24. Une passe dure 1 h 30. On descend le carottier au fond du trou, on le remonte et puis on récupère un cylindre de glace de deux mètres de long. Un peu comme quand tu utilises un vide-pomme, sauf que là, le trognon givré pèse une quinzaine de kilos. Les groupes électrogènes font un boucan d'enfer. En plus ça caille, jusqu'à -32 °C dehors. Heureusement +15 °C sous le dôme et la cabine de contrôle du forage. Bref, on passe son temps à se dépoiler et se rhabiller. Il faut être concentré, vérifier le treuil, le câble, la tour et l'injection du fluide qui permet de forer très profond. En plus de mon travail de supervision des analyses de base, je n'ai pas arrêté de mesurer les carottes, les étiqueter, les caractériser et observer la présence d'anomalies, comme par exemple une couche de cendre ou des poussières. Ambiance usine, travail à la chaîne. D'autres techniciens se chargent de la découpe des échantillons et de leur conditionnement. Ensuite on les expédie vers des laboratoires américains ou européens qui effectueront des analyses plus complexes. Au total, on aura près de trois kilomètres de tronçons de glace. De quoi étudier 125 000 ans de l'histoire du climat.

On se retrouve bientôt pour un apéro. Au pire, cet automne. Bises.

Anna

Une rafale de vent lui rappela à cet instant qu'elle se situait loin du confort du camp principal. De fins cristaux de neige vinrent virevolter, s'engouffrant dans son cou. Anna ajusta son bonnet irlandais en laine bleue torsadée, souvenir d'une virée dans les îles d'Aran, auquel elle tenait particulièrement.

Un autre souffle désorienta l'un des panneaux solaires, coupant aussitôt l'alimentation d'une pompe. Après un soubresaut, un dernier râle, celle-ci cessa de fonctionner.

— Et merde ! Le temps est en train de virer et moi je suis là à me prélasser. Bouge-toi ma fille ! vociféra-t-elle.

Anna rangea prestement ses affaires dans son sac. Elle savait en effet que le temps pouvait subitement devenir démentiel. En cause, le relief particulier du Groenland favorisant la formation de gigantesques masses d'air froid. Ainsi constituées, elles pouvaient générer des vents catabatiques dignes des typhons les plus virulents. Quelques minutes lui suffirent pour arrêter les autres pompes et en récupérer les filtres bientôt inexploitables. La glaciologue tenta ensuite de recouvrir de leur bâche les instruments, ainsi que les panneaux solaires déjà en partie ensevelis. Le blizzard s'y engouffrait avec force et ne lui facilitait pas la tâche.

La neige de surface ainsi soulevée se mua en un nuage de cristaux coupants qui cinglèrent le visage de la jeune femme. Alors, Anna prit ses jambes à son cou et, sac sur le dos, déguerpit en suivant les piquets qui balisaient le chemin. Tel *Le Petit Poucet*, qui aurait remplacé ses cailloux blancs, invisibles sur ce terrain de même couleur, par des piquets rouges.

Les bourrasques succédaient aux rafales. Anna se déplaçait à petites foulées, malgré les milliers de cristaux qui asphyxiaient ses poumons à chaque inspiration. Elle allait de piquet en piquet, inclinée vers l'avant afin de se maintenir debout. Lorsqu'elle en atteignait un nouveau, la visibilité s'était réduite à néant, si bien qu'elle ne distinguait plus le suivant.

Bon sang! se dit-elle, *rappelle-toi ce que tu dois faire dans de telles circonstances. Garde le cap, toujours le cap. Un piquet tous les trente mètres, un mètre cinquante par seconde, ça te fait vingt secondes. Compte, Anna! Même si t'y vois que dalle. Et si dans trente secondes, tu n'atteins pas le suivant, c'est que tu t'es plantée. Fais alors demi-tour et recommence.*

Elle devait rejoindre au plus vite le camp secondaire. Refaire en sens inverse, le chemin parcouru le matin même. Seulement, les conditions avaient changé. Elle pensa au trapéziste qui s'élance, confiant sa vie à la main censée le cueillir. *Vas-y! 1, 2, 3, 4…* égrenait-elle à chaque pas, *repère d'où vient le vent, son angle de frappe. Et ne dévie surtout pas.*

Elle parvint ainsi au piquet suivant. Et puis encore au suivant! Qu'elle empoigna comme un trophée, hésitant désormais à le lâcher. Avant de se lancer à nouveau, courageusement.

— Merde, j'y vois plus rien! hurla-t-elle, comme pour chasser les démons.

Elle essuya d'un revers de gant ses lunettes de soleil que le givre occultait, en vain. Et le vent redoublait de violence, tourbillonnant plus que jamais. Son angle de frappe changeait sans cesse, de sorte qu'Anna perdit ce repère, pourtant précieux.

— T'arrête surtout pas! gémit-elle. Compte à haute voix: 25, 26... 33, 34. Bordel, il est où ce putain de piquet?

La jeune femme revint alors sur ses pas, pensant l'avoir dépassé, compta de nouveau méthodiquement, tandis que la température continuait de chuter. Le blizzard furibond meurtrissait son visage et saturait ses tympans. Mais elle ne trouva plus de piquet. Épuisée, elle s'affala dans la neige, ferma les yeux et abandonna au froid son corps engourdi. Dès lors, elle sut qu'elle était perdue.

Mais c'était compter sans la petite voix qui résistait au fond d'elle-même. Cette petite voix qui lui disait très distinctement avec autorité: « Adapte-toi ou disparais! » Sa phrase fétiche. Quatre mots qui, tout de suite, furent emportés par le vent.

Adapte-toi Anna! Tu sais que tu n'as pas le choix, si tu veux vivre.

— Adapte-toi, et vite! scanda cette fois Anna Mestrallet enragée comme jamais, à la face du monde déchaîné qui la cernait.

Aussi se redressa-t-elle, mue par un sursaut d'énergie incroyable, et reprit sa quête à tâtons. Ses pas s'enfonçaient dans la neige accumulée, quand une congère providentielle vint lui barrer la route. Anna buta dessus. Un éclair de lucidité – à moins que ce ne soit son expérience – lui dicta aussitôt de tirer de son sac sa pelle en kit. Elle mit instinctivement toutes ses forces à creuser un igloo, ou plutôt une niche, dans ce mur de neige entassée, lâchant des insultes à qui voudrait bien l'entendre. Ensuite, la jeune femme y balança son sac et se faufila dans le trou.

Elle était désormais à l'abri du blizzard, dans l'obscurité toute relative du soleil de minuit. Elle but avec avidité les dernières gorgées tièdes de thé sucré, puis s'enroula dans sa couverture de survie et s'étendit sur son sac, résolue à attendre que la tempête cesse ou que son coéquipier vienne la sauver.

Seule au milieu du continent arctique, elle se mit alors à pratiquer ce qu'elle appelait la pensée positive. Elle jugulait ainsi ses angoisses depuis son enfance, canalisant ses pensées sur des images agréables et rassurantes. Elle ne savait que trop bien, combien son équipement serait insuffisant pour résister au froid d'une tempête polaire.

Anna s'imagina donc avec ses amies sur une plage de sable blanc, riant de rien en sirotant un cocktail. Le soleil réchauffait sa peau bronzée et parfumée de monoï. Chaque détail emplissait son esprit d'une douce sérénité. La couleur flamboyante des cheveux de Julie, la voix apaisante d'Armelle… Si la réalité tentait de s'interposer, elle l'attrapait et l'enfermait dans une boîte avant d'en sceller le couvercle. Autant de boîtes que de pensées néfastes, de véritables boîtes de Pandore à ne surtout pas entrouvrir, à cacher dans un carton, le carton à reléguer à la cave, la cave à fermer à clé et la clé à déposer dans un tiroir dont elle-même se hâterait d'oublier l'existence.

Il lui sembla bientôt que le soleil s'éclipsait, que la plage se vidait, que les rires s'estompaient. La jeune femme s'endormit ainsi dans son refuge de fortune au milieu de cette immensité glacée.

CHAPITRE 2

Hanoï, Vietnam.

La salle de soins était plongée dans l'obscurité. Des soignantes somnolaient sur des chaises inconfortables, attendant désormais la relève du matin. Le dernier patient parti, elles appréciaient cette pause après une nuit mouvementée.

Simon Legrand, le pédiatre de garde, arriva en trombe.

— On se bouge, les filles ! intima-t-il. Chau Lan, toi aussi.

— C'est pas vrai, maugréa l'auxiliaire. Pas maintenant !

La jeune femme vietnamienne déplia ses jambes en soupirant, et se leva. Ses collègues firent de même, dans un bruit de chaises malmenées. Elles pensaient réellement, la minute d'avant, avoir terminé leur service.

— Un garçon de 6 ans, à première vue en état de choc ! annonça le médecin, l'air inquiet, mais résolu. Il est glacé, couvert d'hématomes et il vomit du sang. Une ambulance nous l'amène, il sera là dans un quart d'heure.

— Encore cette saloperie de maladie, c'est ça ? suggéra une infirmière. C'est la deuxième fois ce mois-ci.

— Possible, répliqua le pédiatre. Préparez de quoi poser deux voies veineuses, un remplissage et de la noradrénaline, on en aura besoin pour remonter sa tension. Et il faudra certainement l'intuber.

— Des *antibios* aussi ? dit une jeune infirmière, un peu stressée.

— Oui, bien sûr. Une dose de ceftriaxone, deux grammes, il doit faire dans les vingt kilos.

— Je prépare ça, indiqua-t-elle, alors que déjà elle enfonçait l'aiguille dans le flacon.

Simon Legrand appréciait la réactivité de son équipe, surtout à cette heure-ci. Une équipe bien rodée qui faisait face, depuis quelques mois, à des situations similaires de plus en plus fréquentes.

Après une courte hésitation, Simon lança dans le tumulte de l'infirmerie en émoi :

— Trouvez du sang O négatif ! Urgence vitale, précisez bien !

Pendant ce temps, dans la pénombre du jour naissant, l'ambulance approchait. Les rues étaient encore désertes de toutes les motos qui les envahiraient une fois le soleil levé. Bientôt, le reflet rouge du gyrophare embrasa la façade vitrée du Vietnam National Hospital of Pediatrics. Le véhicule s'immobilisa devant le sas des urgences. L'auxiliaire, revêtue d'une surblouse, accourut pour aider l'ambulancier. Ils déchargèrent avec précaution le brancard sur lequel un petit garçon se trouvait étendu, sa mère accrochée à son bras. Puis, ils gagnèrent au pas de course l'unique salle de réanimation.

Le pédiatre évalua en un clin d'œil la gravité de son état. Il le découvrit moribond, inconscient, le corps parsemé d'hématomes violacés. Du sang séché avait coulé dans son cou et ses cheveux. Alors que l'infirmière posait les électrodes, la poitrine de l'enfant fut secouée d'une violente quinte de toux, sa respiration devint saccadée et ses lèvres prirent une couleur bleutée. Simon grimaça.

— Pouls à 190, indiqua-t-il, saturation à 67, c'est pas bien bon ! Mettez quinze litres d'oxygène et on débute le remplissage. Ok pour vous ?

Les infirmières confirmèrent tout en s'affairant. L'auxiliaire proposa une chaise à la mère, restée auprès de son enfant. Prostrée, les yeux vissés sur le visage chéri, celle-ci marmonnait sans cesse son prénom, tandis qu'elle serrait dans ses mains une tortue en tissu délavé.

Le garçon fut équipé en moins de vingt minutes, perfusé, sédaté et intubé.

Malgré cela, les infirmières trouvaient le médecin crispé, bien plus que d'ordinaire. Sa voix tremblait, ses mains tordaient le stéthoscope, il mordillait ses lèvres, parfois soupirait. Il donnait même le sentiment qu'il allait perdre ses moyens. En réalité, cette tension était palpable chaque fois qu'une situation similaire se présentait. De ce fait, l'équipe la redoutait, sans en comprendre cependant toutes les raisons.

Simon revint vers l'enfant, l'ausculta de nouveau, jeta un œil sur le tracé du scope, traquant une amélioration qui ne semblait pas venir. Les hématomes prenaient déjà un aspect nécrotique.

— Augmentez la *noradré* à 3,5 ! ordonna-t-il en haussant la voix. Passez aussi le sang. Ou bien on va le perdre.

— Docteur Simon ?

L'auxiliaire, d'une voix douce, avait posé une main sur son épaule.

— C'est une vascularite aiguë, n'est ce pas ? chuchota-t-elle à son oreille.

— Oui, tu as raison, Chau Lan, et ça me fout hors de moi. Les hématomes boursoufflés, les saignements et la maigreur, tout va dans ce sens. Il ne s'en sortira pas.

— Trois mois qu'il tousse, si j'ai bien compris, qu'il ne mange plus grand-chose et il a perdu beaucoup de poids.

À peine eurent-ils échangé ces mots que les alarmes tonitruèrent en un concert strident. Tous les voyants passèrent au rouge. Le garçon déjà livide, vira au gris.

— Fréquence cardiaque 260, s'écria l'auxiliaire, tension 52 ! Docteur, on fait quoi ?

Simon se ressaisit.

— Il fait un arrêt, bordel ! Commence à masser.

Et, ajoutant à l'attention des infirmières :

— Injectez immédiatement deux millilitres d'adrénaline, dilution un dans dix, on se prépare à choquer !

Toutes acquiescèrent d'un signe de tête, tandis que Chau Lan débutait le massage, un genou sur le brancard, bras tendus et paumes appliquées sur le petit thorax. Deux compressions chaque seconde. Elle comptait à haute voix. Le médecin, dans le même temps plaçait les électrodes du défibrillateur.

— Écartez-vous ! dit-il la seconde d'après. Je choque.

L'auxiliaire, essoufflée, s'éloigna aussitôt.

Le corps du garçon se cambra sous l'effet de la décharge puis retomba, inerte, sur le brancard.

— Toujours en arrêt, lâcha une infirmière qui observait le scope. Il ne repart pas !

— À toi de masser, lui ordonna Simon. Dans deux minutes, je te relaie.

S'ensuivirent un nouveau choc électrique, une nouvelle injection de médicaments, une fois, deux fois, dix fois, selon un enchaînement d'actes précis, telle une procédure automatisée. L'équipe reprenait chaque fois le massage cardiaque et réglait la respiration artificielle, un œil sur le scope, au tracé désormais plat. Les soignants, l'enfant et la maman formaient un ensemble improbable, confinés dans cette salle en désordre où se mêlaient aux consignes et aux gestes des relents de sueur et des sanglots étouffés.

— On arrête tout, décréta le pédiatre après trente minutes de réanimation. On l'a perdu, c'est terminé.

Le silence tomba, tel un couperet, alors qu'il éteignait le moniteur. Instant que choisit un rayon de soleil pour entrer dans la pièce.

— C'est toujours pareil avec cette maladie ! s'emporta une infirmière en jetant ses gants sur le sol.

Elle n'avait pas réalisé que la mère se trouvait encore parmi eux.

— Il avait l'âge de mon gamin, ajouta une autre.

— Stop ! invectiva le pédiatre. Allez-vous-en. Je reste avec la maman. On en reparle, mais pas ici.

Les infirmières et l'auxiliaire, désappointées, quittèrent la salle de soins en claquant la porte. Pourquoi s'en prenait-il à elles maintenant, tandis que la colère, bien légitime, occupait leurs esprits ? Le décès de l'enfant en soi n'expliquait pas le comportement de Simon.

Une fois son calme retrouvé, le pédiatre vint s'asseoir à côté de la mère. Celle-ci gardait le visage enfoui dans les cheveux de son fils. Elle sanglotait imperceptiblement, lorsqu'elle lâcha enfin la tortue. Aucun mot réconfortant ne parut assez juste à Simon. Aussi restèrent-ils tous deux silencieux, chacun perdu dans ses pensées.

Pendant ce temps, l'équipe de jour s'activait. Des nourrissons fébriles attendaient d'être examinés, une fillette se tenait le ventre en pleurant.

Dès lors, le médecin confia la mère à ses collègues arrivés pour la relève. Il leur fit un bref rapport des évènements de la nuit puis, avec une extrême lassitude, gagna la chambre de garde. Ce ne fut qu'une fois sous le jet bienfaisant de la douche, que Simon Legrand se laissa submerger par la tristesse. Il pleura pendant de longues minutes.

À 9 h 30, éreinté, il quitta l'hôpital en laissant derrière lui, les portes vitrées enfin refermées dans son dos, les microbes et toutes les souffrances imaginables concentrées dans ce lieu. Il avait passé le relais. Il apprécia l'air encore frais de ce matin de novembre malgré les fumées et les gaz d'échappement inhérents au trafic de la métropole surpeuplée, et retrouva sa moto garée plus loin.

Simon gagna le quartier Kim Liên, à proximité de l'hôpital. Il s'arrêta devant la boutique de monsieur Ly qui proposait divers produits alimentaires et tenait aussi lieu de bar. En habitué de cet endroit, il salua la vieille femme au visage tanné et ridé qui cuisinait à l'entrée, à même le trottoir. Elle lui offrit un sourire édenté teinté du bétel chiqué sa vie durant, ainsi qu'un bol odorant de soupe aux vermicelles. Il refusa poliment d'un geste de la main puis se dirigea vers le fond de la salle. Là, il prit place à une table basse qu'un faisceau de lumière éclairait, un peu en retrait de la ruelle affairée. Il commanda un café *white and hot*. Sans objectif précis, ralenti par le manque de sommeil et encore troublé par l'épreuve de cette fin de nuit, le médecin observa le liquide épais couler lentement dans un verre surmonté d'un filtre en métal. Au fond de ce verre, se trouvait un centimètre de lait concentré. D'ordinaire très fort et amer, exhalant un parfum presque chocolaté, le café noir prenait un goût sucré et virait alors au blanc. C'était ainsi qu'il convenait à Simon.

Trois ans avaient passé depuis qu'il avait quitté Ouahigouya, une ville située au nord-ouest du Burkina Faso. Il avait fui l'Afrique et trouvé refuge au Vietnam, dans sa capitale, Hanoï, où dorénavant, il occupait un poste de médecin adjoint au sein d'un service de pédiatrie et de néonatalogie. L'opportunité s'était présentée lorsqu'il était devenu vital pour lui de prendre un nouveau départ. Alors, il l'avait saisie. Simon habitait maintenant tout à l'est de la ville, au bord du Yuan Jiang, le mythique fleuve Rouge qui s'écoulait paisiblement en contrebas de sa maison.

Son breuvage avalé, il se leva nonchalamment, régla l'addition et salua de nouveau la dame aux vermicelles. Il enfourcha alors sa moto et se laissa absorber par le trafic. Puis il rejoignit sa maison au bord du fleuve Rouge et, fourbu, sans même prendre le soin de se dévêtir, s'affala sur le canapé.

Et, comme après toute garde de vingt-quatre heures, chaque fois qu'il manquait terriblement de sommeil, Simon plongea la seconde d'après dans un rêve saisissant. Étrangement, celui-ci commençait toujours ainsi : « Lorsque la lune se hisse de derrière la montagne, la face nord se dresse devant eux… ».

CHAPITRE 3

Lorsque la lune, tel un gigantesque projecteur, se hissa de derrière la montagne, la face nord se dressa devant eux. Un mur immense, haut de presque huit cents mètres, une pente vertigineuse, entièrement recouverte de neige, leur faisait front de toute sa hauteur, évidente, lisse et majestueuse.

Les deux hommes traversèrent d'un bon pas le glacier dont ils atteignaient maintenant l'autre rive.

— Incroyable ! lâcha Simon. On y voit comme en plein jour.

— Tu peux même éteindre ta frontale, plaisanta son frère qui marchait en tête.

— C'est vrai, après tout, pourquoi pas ?

L'ambiance était joyeuse. Dans l'atmosphère glacée du petit matin, le silence régnait en maître, ponctué seulement de leur respiration régulière et du crissement des crampons qui mordaient la neige dure à chaque foulée.

Simon affichait ce matin-là une excellente condition physique. Un mètre quatre-vingt-deux, tout en longueur, taillé pour la course, entraîné au marathon. Son visage, d'ordinaire plus clair, bronzé sous le soleil des jours précédents, arborait une barbe naissante d'un brun presque chocolat. Un casque blanc, surmonté d'une lampe frontale, protégeait sa tête anguleuse. Enfin, il portait une veste et un pantalon noirs, ainsi qu'un baudrier élimé d'où oscillait un mousqueton à vis.

Son frère, alpiniste chevronné de même gabarit, arborait un équipement plus moderne, neuf et léger, adapté pour affronter la montagne par tous les temps. Il avait, en outre, emporté une corde et deux broches à glace.

Ils firent une courte halte au pied de la voie. La rimaye, une sorte de crevasse étroite et profonde, témoin de la rupture de pente, en constituait le véritable premier obstacle. Les deux alpinistes s'y attelèrent sans attendre. Ils enjambèrent le trou béant d'un grand pas, l'un après l'autre, plantèrent leurs crampons et piolets sur le rempart blanc et franchirent sans encombre le contrefort, pourtant dissuasif. L'ascension de la montagne pouvait commencer.

— Tranquille, en fin de compte… exprima Simon.

— Reste prudent tout de même, utilise mes pas.

— Tu ne penses pas qu'on devrait s'encorder ?

— Non, pas besoin, vraiment, la neige porte bien.

— Bon, si tu le dis !

La magie du clair de lune sur le cirque glaciaire opérait. Le premier taillait les marches avec aisance, d'un unique coup de pied, tandis que Simon, à sa suite, les empruntait comme il gravirait l'échelle menant à un grenier. Leur progression était étonnamment régulière. Si tout se passait bien, ils atteindraient la crête sommitale bien avant le lever du soleil.

La pente se raidissait à mesure que les deux alpinistes s'élevaient. Elle dépassait maintenant les cinquante-cinq degrés. Elle était suffisamment inclinée, de sorte que Simon, lorsqu'il se retournait, pouvait balayer du regard l'ensemble du chemin parcouru depuis la rimaye. *Plutôt flippant*, songea-t-il, *surtout quand t'es pas assuré.* Il maintenait fermement le manche en bois de son piolet, un authentique Charlet Moser aux férules émoussées par l'usage, auquel il manquait toutefois la dragonne. Aussi, Simon avait-il le souci ne pas le lâcher sous peine de réduire sérieusement ses appuis ou, plus simplement, son assurance.

Six cents mètres vertigineux les séparaient maintenant du glacier.

La neige durcit encore et les marches devinrent moins profondes, moins confortables, moins aisées à tailler. Simon stoppa un instant son assaut.

— Ça va ? lui demanda son frère.

— T'as pas intérêt à déraper, je suis juste derrière toi.

— Sois tranquille, on se débrouille bien. Si je chute, t'auras qu'à t'écarter.

— Très drôle !

— On peut se reposer, si tu veux. On est dans les temps.

— Non, pas besoin. Ça va aller. Enfin... à peu près.

— Simon, tu as vu cette lueur ? La lune s'en va, le jour se pointe. C'est là que tu te dis que la Terre tourne, que tu es plaqué dessus, insignifiant, comme une fourmi. C'est tellement plus grand et plus fort que nous, tout ça !

— Tu philosophes maintenant, frérot ?

— Je voulais simplement te détendre un peu et partager ma joie d'être ici avec toi.

— Occupe-toi plutôt de me creuser des marches, si tu veux qu'on arrive au sommet pas trop tard.

Et les deux hommes reprirent l'ascension. Leur allure avait cependant un peu ralenti.

Une cinquantaine de mètres au-dessus, Simon vit la pente, soudain, s'incliner. Pas loin de soixante-dix degrés. La neige, très dure, se mua en glace vive. Ou plutôt, elle parut à Simon comme balayée, mettant à nu une surface polie, bleutée, presque transparente. Il aurait nettement préféré être encordé.

La fatigue le surprit, telle un coup de massue et avec elle, une angoisse confuse jusque-là contenue. Son frère, en revanche, poursuivait son effort et ne semblait pas percevoir son tourment grandissant.

C'est à ce moment que deux cordées surgirent sur leur droite. Quatre personnes suréquipées, fluorescentes, avec des piolets rutilants et ultramodernes reliés à chacune de leurs mains gantées, percutaient le glaçon à un rythme effréné, cadencé. Deux cordées sorties de nulle part, éblouissantes, tous feux allumés, leurs minuscules frontales projetant un puissant faisceau sur la route à suivre. On aurait dit un train de fret lancé à grande vitesse qui rompait le silence d'une gare de province, un dimanche soir en hiver, en répandant un souffle glacial sur le quai et les hommes alentour.

Encordées deux par deux, observa Simon, tandis que les quatre alpinistes stoppaient leur élan.

— Bonjour, lança la guide, manquant d'être percutée par ses poursuivants.

— Salut ! Salut ! répondirent ensemble les deux frères.

— Ça va ?

— Oui, ça va, bafouilla Simon.

La femme marqua une pause. Elle les toisa tous deux de la tête aux pieds. Simon surtout se sentit concerné, ébloui par le faisceau inquisiteur. Il aurait dû s'affoler, réalisant à quel point son propre équipement faisait défaut. Mais, paradoxalement, cette rencontre eut pour effet de l'apaiser un peu.

— Bonne montée ! l'encouragea-t-elle alors que déjà le convoi s'élançait, emportant avec lui une réponse que personne n'entendit. Simon en avait un instant oublié son équilibre plus que précaire, de sorte qu'aussitôt ce répit écoulé, il songea qu'il aurait pu grimper dans ce train. Mais ce dernier était loin à présent, et il filait bien au-dessus d'eux.

— Frangin, j'ai la trouille ! On peut s'encorder ?

— Plante bien les pointes avant de tes crampons, on est sur une plaque de glace, mais on n'en a plus pour longtemps. La neige a fondu ici parce que c'est plus pentu et plus exposé au soleil dans la journée.

— On ne voyait pas ça d'en bas, insista Simon.

— C'est vrai, donc on traîne pas ici.

La peur gagnait le jeune homme, la solitude également, les deux sensations s'entretenant mutuellement dans une dynamique infernale.

Le silence régna de nouveau, troublé seulement par la chute de petites boules de glace. Fait surprenant, il semblait à Simon que l'une d'elles se déplaçait dans le sens inverse des autres. Elle glissait vers le haut, en direction de la cime, et grossissait à vue d'œil. *Merde, une hallucination !* se dit-il, *il ne manquait plus que ça !*

Peu à peu, sa peur se muait en effroi. Effroi de rester bloqué là, de chuter même, terreur de mourir maintenant. Certes, ses crampons mordaient la glace, mais ils ne s'enfonçaient que de trois ou quatre millimètres, pas plus. En appui sur ses pointes avant, droit comme un piquet, il plantait son piolet, s'y tractait, remontait une jambe, percutait de nouveau la glace de son pied meurtri par les coups répétés, ramenait l'autre à la même hauteur. Puis, il se hissait fébrilement sur ces accroches fragiles pour, de là, répéter la séquence, de façon trop précipitée. Combien de fois encore, combien de temps ? Car chaque fois, ses pointes ripaient, celles des crampons, celles du piolet, comme si la glace devenait trop dure ou l'acier des férules trop émoussé pour s'y accrocher, lui permettre de s'arrimer, et enfin de progresser. Le tout au-dessus de sept cents mètres de vide, et sans même être encordé. *Quel con ! Mais quel con !* jurait-il en son for intérieur.

— Aie confiance, lui lança son frère. Je sais que tu flippes, mais ça tient.

— Non, ça tient pas, fulmina Simon dont les forces s'amenuisaient rapidement.

Il était planté là, au-dessus du précipice, sur un mur vertical. Son corps lourd dans ses chaussures avec, pour seuls appuis, quatre petites pointes et ses deux mains engoncées dans des gants. La droite serrait fébrilement le piolet, histoire de ne pas le lâcher, en aucun cas. La gauche, inutile, cherchait une prise, ne serait-ce qu'une toute petite, mais ne rencontrait jamais qu'une paroi glacée et lisse, tellement lisse. Ses jambes s'étaient mises à trembler, de ce tremblement qui décuple la complexité du geste au moment où la situation le requiert le moins. Simon savait que s'il bougeait, ce serait la chute, inéluctable. Au fond de lui, il ne pressentait que trop bien la fin du scénario.

Le soleil illumine désormais les sommets. Simon, toujours pétrifié, ne s'en aperçoit pas. Soudain, il remarque du jeu dans l'attache de ses crampons mal ajustés, moins solidaires de ses chaussures à force de frapper le mur. Alors, ce qui lui reste de confiance dans son matériel et en son frère disparaît. Son sang circule trop vite et ne laisse plus à ses muscles, ni à son esprit, le temps d'y puiser l'oxygène. Simon Legrand est seul, définitivement seul, au bord du gouffre.

Il n'entend pas son frère lui indiquer qu'il est près de sortir de la dalle de glace vive, que déjà il a posé une broche et lui lance maintenant la corde. Simon ne voit plus, n'entend plus, alors même que l'issue s'annonce proche. Il est prostré là, sur cette pente glacée inclinée à quatre-vingt degrés, pour lui désespérément verticale. Prendre appui, se décoller du mur, se hisser, déplacer son centre de gravité, reprendre appui… Oui, mais… Le jeu augmente, il va perdre un crampon et aussi son piolet. Et il va mourir.

Parce que le vide l'appelle, irrésistible. Parce que le fleuve glacé en contrebas, silencieux et patient, plus que jamais, réclame son dû.

Simon Legrand ne chuta pas.

Il ne saisit pas davantage la corde. Il n'aurait eu, pourtant, qu'à la passer dans le mousqueton pour enfin terminer ce cauchemar, enfin se reposer.

Mais c'était sans compter ce qui advint à ce moment-là, après que son frère, dix mètres au-dessus de lui, un peu décalé sur sa gauche, lui eut indiqué l'issue désormais proche et eut déployé la corde à portée de sa main.

Un craquement bref et ahurissant vient déchirer le silence du matin. Suit un cri, celui de son frère. La dalle de glace sur laquelle il venait de fixer une broche et par là même de s'en solidariser, se détache de la montagne. Une petite partie de la dalle seulement, sur deux ou trois mètres de large, se cisaille sur la gauche de Simon, comme la banquise au printemps se fracture sous le poids du marcheur. Ensuite, tel un surf qui amorce la descente d'une vague, elle glisse, d'abord au ralenti, puis elle prend de la vitesse, emportant avec elle ce qui s'y trouve amarré, la broche, la corde et le frère de Simon, son cri, son corps, son équipement moderne et léger. Une chute que rien n'empêche, sinon les quelques pointes rocheuses affleurant la surface rabotée de la pente. La glace martelée quelques instants plus tôt, avec entrain et cadence, sans doute fragilisée par l'assaut des cordées déjà parvenues au sommet, se rompt dans un mouvement presque gracieux. Lorsque son frère, ancré sur son bloc, parvient à hauteur de Simon, à peine un mètre les sépare l'un de l'autre. Leurs regards se croisent furtivement. Ce petit mètre a épargné l'un, mais pas l'autre.

Simon assiste à la chute de son frère qui, presque aussitôt, disparaît dans les affres de la rimaye, cet antre noir, froid et sans fond, quelque sept cents mètres plus bas. Englouti pour toujours.

Puis, c'est de nouveau le silence.

Simon sursauta et manqua de se retrouver à terre. Il adoptait une position étrange pour un dormeur, à genoux sur le canapé, le torse contre le dossier, comme s'il avait cherché à s'en échapper par le haut. Il se réveillait toujours à ce stade de son cauchemar qui, sans cesse, revenait le hanter. Il n'aurait su dire depuis combien d'années il en était ainsi ni, surtout, la raison de ce tourment.

Car Simon Legrand n'avait pas de frère et n'en avait jamais eu.

CHAPITRE 4

Chambéry, France.

Anna était en retard et elle détestait cela. Elle avait dû attendre d'avoir achevé sa manipulation avant de quitter le laboratoire. Les premières neiges de novembre tombées ces derniers jours l'incitaient à rouler avec prudence. Anna Mestrallet avait beau passer la majeure partie de son temps sur les glaciers aux quatre coins du monde, si elle craignait bien une chose, c'était de conduire sur des routes enneigées, même plates et rectilignes. La jeune femme manœuvra cependant avec brio sa petite voiture et la gara dans le centre-ville. Elle attrapa son bonnet bleu sur le siège arrière, et l'enfila afin de discipliner ses boucles brunes. La froideur de cette nuit d'automne empourpra son visage. À moins que ce ne soit le souvenir du marin délaissé dont elle n'avait conservé que ce bonnet.

La glaciologue rejoignit d'un bon pas *Le Vintage*, un bar branché situé dans l'enceinte d'une ancienne caserne. Elle salua en chemin les célèbres « quatre sans culs », quatre imposantes têtes d'éléphant en fonte emmurées dos à dos, songeant qu'en Afrique ils seraient plus à l'aise. L'eau s'écoulait de leur trompe dans le bassin de cette fontaine emblématique de Chambéry, jadis cité des Ducs de Savoie. Anna appréciait cette ville à échelle humaine, coincée entre lac et montagnes.

C'est dans le centre historique, plutôt festif, qu'elle avait décidé de s'installer après avoir, deux ans auparavant, obtenu un poste de chargée de recherche.

Elle poussa la lourde porte et se laissa happer par la chaleur des lieux. Ses yeux s'accoutumèrent à la lumière tamisée qui créait une ambiance intimiste. Elle ôta son bonnet, réajusta sa chevelure rebelle et se dirigea vers une alcôve dans le fond de la salle, où ses deux meilleures amies l'attendaient. Toutes trois se retrouvaient de temps à autre lors de virées revitalisantes entre femmes trentenaires décomplexées. Elles avaient suivi ensemble leurs études de biologie, puis chacune s'était orientée selon ses centres d'intérêt, scientifiques ou affectifs.

Anna s'affala en face de ses amies dans un fauteuil lounge en simili cuir.

— Ah non, je suis en retard et j'ai raté des potins! bougonna-t-elle en se relevant pour les embrasser. Mais je suis super contente de vous revoir. Ça fait… cinq, six mois… Combien déjà?

— Trop longtemps. Et ce n'est pas faute de t'avoir proposé des dates. Finalement, il n'y a que quand tu t'ennuies au milieu de nulle part que tu nous envoies des nouvelles!

Armelle Lanzmann, une sculpturale métisse à la beauté redoutable, l'embrassa chaleureusement.

— Je sais. Entre l'expédition, le labo et un colloque à Paris, je n'ai pas arrêté.

— Et au fait, très chouette ta carte postale, je l'ai affichée sur mon frigo.

— Alors, raconte, le Groenland, cet été, c'était comment? demanda Julie Cazeneuve, une petite rousse aux cheveux coupés court.

Toujours vêtue de couleurs vives, cette dernière portait, ce soir-là, une longue robe kimono imprimée de fleurs multicolores qui cachait habilement ses rondeurs.

— Froid… Très froid, tu t'en doutes. Sinon c'était bien, on a extrait de belles carottes glaciaires bien gelées. Le boulot quoi!

Ne souhaitant pas s'étendre davantage sur le sujet, la jeune femme fit mine de regarder la carte du bar.

— Et tu n'as pas trouvé un amant pour te réchauffer ? renchérit Julie avec malice.

Les filles connaissaient le goût d'Anna pour les mécaniciens musclés qui accompagnaient les expéditions. La glaciologue n'eut pas le temps de répliquer, car un serveur vint prendre leur commande. Ce gringalet à la frimousse imberbe, un piercing en travers de l'arcade sourcilière et les cheveux noués en catogan, perçut aussitôt six yeux intimidants qui le scrutaient de la tête aux pieds. Quelque peu déstabilisé, il leur demanda si elles avaient fait leur choix.

— Vous êtes nouveau dans la maison ? dit la rouquine au regard espiègle.

Et sans attendre sa réponse, elle ajouta d'un ton enjoué :

— Les filles, comme d'habitude, on prend des mojitos et un assortiment de tapas ?

— Euh... Non, un cocktail sans alcool pour moi, objecta Armelle sous le regard médusé de ses amies.

Alors que le serveur s'éclipsait, les questions fusèrent :

— Tu es malade ? Tu fais un régime ? Ou tu...

— Je suis enceinte ! En plus, ce sont des jumeaux, ou des jumelles. Dans tous les cas, ils sont deux. J'ai passé ma première *écho* hier. Je vous ai apporté les photos.

Armelle sortit les clichés de son sac à main pendant que Julie, ravie, s'extasiait :

— Mais c'est une merveilleuse nouvelle ! Oh là là, des jumeaux, ça va être sportif. Les nuits, les biberons, les couches...

Anna, muette, semblait sous le choc, bouleversée mais aussi en colère, comme en témoignait son regard bleu acier.

— Je n'y crois pas. Pourquoi as-tu cédé à la pression de transmettre tes gènes ?

— Anna, s'il te plaît, ne commence pas, supplia Julie. Tu parles à une femme enceinte, fragile et émotive sous l'effet des hormones, peut-être même au bord de la nausée.

La glaciologue, incontrôlable, ignora la requête :

— Tu as renoncé à ta thèse, tu as préféré te marier puis tu t'es confortablement installée dans une prison dorée. Et maintenant, tu vas nous pondre, non seulement un, mais deux êtres qui vont contribuer à accroître la population mondiale.

Née Lavaux-Chanvrier, Armelle avait, en effet, épousé à la fin de son master son maître de stage, le brillant biologiste Arthur Lanzmann, professeur de renommée internationale. Depuis, elle était devenue une femme au foyer modèle, au grand désarroi d'Anna qui avait toujours pensé qu'Armelle était l'étudiante la plus douée qu'elle avait côtoyée.

Un malaise traversa le trio. Julie reprit la parole :

— Eh ! Anna, c'est pas grave. Armelle attend des bébés. C'est plutôt cool je trouve. Tu ne vas pas nous balancer tes théories fumeuses, comment dis-tu déjà… *psycho-évolutionnistes* ?

— Si ! s'emporta l'intéressée. Armelle, regarde-moi dans les yeux ! Il faut quand même que tu te rendes compte de ce qui t'arrive.

La jeune femme fut interrompue par le serveur, qui lentement disposait sur la table basse les cocktails ainsi que les tapas gourmandes, aussi colorées que la robe de Julie. Elle reprit de plus belle sa tirade :

— Ton comportement est conditionné par le fait qu'instinctivement, l'Homme cherche à transmettre ses gènes afin de maintenir son espèce. Ton Arthur, il est content, il a trouvé la génitrice parfaite. Tu as le profil de la nana séduisante, sylphide et plus jeune que lui, en bref, potentiellement dotée d'une capacité reproductive optimale. Vous avez quoi, déjà, comme différence d'âge ? Dix-huit ans, c'est ça ?

Anna accompagnait ses paroles en mimant une silhouette aux mensurations idéales. Armelle cherchait comment contenir son exaspération.

— Arrête, tu vas effrayer le nouveau, intervint Julie. Comment vous appelez-vous, au fait ?

— Alex, pour vous servir.

— Eh bien, Alex, n'écoutez pas mon amie qui se montre parfois un peu exubérante. Vos cocktails sont magnifiques et vous devriez…

— Ne cherche pas à détourner la conversation ! s'écria Anna sans quitter Armelle des yeux. Je vais jusqu'au bout, cette fois. Ton instinct, tu vois, il t'a conduite à sélectionner ce mâle avec un bon statut social. Tu sais qu'il fournira les ressources propices au développement de tes enfants. Allez, combien il gagne Arthur ? Un bon salaire de directeur de recherche avec les primes, laisse-moi calculer…

— Arrête tout de suite, t'es pas drôle, protesta Armelle. C'est carrément odieux, et puis sexiste, ce que tu me balances. Ça me faisait plaisir de te revoir et de vous annoncer cette nouvelle, mais finalement j'ai juste envie de m'en aller.

Dans un élan, elle se leva et prit son manteau. Anna, dépitée, la retint par le bras et l'invita à se rasseoir.

— Tu as raison, je suis désolée, j'y suis allée un peu fort. En plus, tu sais bien que j'apprécie vraiment Arthur. Mais n'oublie pas le plus important. Tu crois, toi, que tu as réellement choisi, décidé, d'avoir un enfant, mais rappelle-toi que notre espèce est programmée. En fait, c'est uniquement ton instinct de reproduction qui te titille.

Julie, effarée, leva les yeux au ciel. Soucieuse de maintenir la trêve plus que fragile, elle incita Anna à déguster les tapas. De quoi réduire les effets de l'alcool, espérait-elle.

— Vous vous rappelez notre prof d'*écotox* ? reprit Anna. Il nous serinait que la surpopulation créait une pression sur l'environnement et les ressources. La cause de tous les maux : déforestation, destruction de la couche d'ozone, réchauffement climatique... Enfin vous voyez, toute cette merde, quoi. Ce qui me déprime en réalité, et je me tais après, promis, c'est que tu viens de démontrer notre inaptitude à renoncer à procréer.

— Ça m'est égal, rétorqua Armelle. Moi je vous le dis, ce ne sont que des théories fumeuses, ces histoires de pression génétique et de comportement prédéterminé. Je suis tellement heureuse, tu sais, Anna!

Elle plaça ses mains d'un geste protecteur sur son ventre.

— C'est normal, sembla conclure la glaciologue, parce que la machine étant bien faite, tout ce qui va dans le sens de la transmission de tes gènes va augmenter ton niveau de bonheur. Sans vouloir te vexer, t'es juste conditionnée.

Les pommettes rougies par l'émotion, Anna saisit son verre déjà bien entamé.

— Trinquons à ta contribution à la survie d'*Homo sapiens* ainsi qu'à sa destruction! Deux bébés d'un coup, toutes mes félicitations. Blague à part, Armelle, je suis certaine et là, je suis vraiment sincère, que tu feras une mère merveilleuse.

Toutes trois levèrent leur verre. Armelle, un peu troublée par l'agressivité de son amie, s'attacha à faire bonne figure. Julie, de nature peu rancunière et habituée aux débordements non contrôlés d'Anna, souriait de bon cœur. Anna, quant à elle, ne semblait pas perturbée outre mesure. Elle les remercia avec insistance de leur présence à cette soirée, sachant que quoi qu'il advienne, elle pouvait compter sur leur soutien. Et ce, depuis le jour où elle leur avait confié qu'elle avait dû se débrouiller seule dès l'âge de 13 ans, ballotée de foyers en familles d'accueil. D'après elle, ses parents avaient toujours eu des relations compliquées et avaient fini par se séparer. La fuite de sa mère en Amérique du Sud et le décès de son père avaient fait d'Anna une adolescente rebelle et désorientée. Heureusement pour elle, ses professeurs avaient repéré et encouragé ses aptitudes intellectuelles et son goût précoce pour les sciences, lui épargnant ainsi un destin de délinquante.

Julie, qui croquait une bouchée croustillante de tapas, revint alors sur un sujet plus joyeux et surtout moins polémique.

— Alors, Anna, tu ne nous as toujours pas raconté si tu avais dégoté une bouillotte acceptable pour lutter contre le froid polaire.

Celle-ci, pensive, fit circuler les plats. Ses amies, au fond, s'inquiétaient de son désir de tout maîtriser et de ne surtout pas dépendre d'un homme. La jeune femme vivait des relations brèves et calculées et se débrouillait toujours pour que ce soit l'autre qui la quitte, évitant de la sorte des ruptures délicates. Elle pratiquait ce qu'elle appelait « l'échange sexe-ressources », sachant combien un homme devenait subitement disposé à remédier à ses tracas du quotidien une fois qu'ils avaient partagé un bon moment. Elle comptait déjà, parmi ses amants, un changeur d'ampoules, un perceur de trous et un kiné masseur.

— Sans commentaire, répondit Anna, redevenue légère. Et puis, c'est déjà une histoire ancienne, mon amant « radiateur » m'a plantée la veille du retour. En fait, j'ai essayé d'expliquer à ce mécanicien qu'il aurait des difficultés à procréer et il n'a pas apprécié.

— Qu'as-tu encore inventé ?! s'écria Armelle, faisant mine d'être horrifiée.

Anna se pencha en avant et, sur le ton de la confidence, apporta les éclaircissements demandés :

— Je lui ai dit que j'avais observé au microscope sa semence récupérée au fond du préservatif. Et aussi… puisque vous voulez tout savoir, que je l'avais comparée à d'autres échantillons et que je trouvais ses spermatozoïdes peu vigoureux et surtout peu mobiles. *Asthéniques* est le terme exact.

Ses amies la regardèrent d'un air incrédule. Elles éclatèrent de rire. Julie davantage qu'Armelle.

— Eh, les filles, c'est vrai, je n'allais pas lui mentir ! Au moins lui, il ne contribuera pas à l'explosion démographique.

— Et il a dit quoi ? lança Julie, des larmes dans les yeux.

— Il m'a envoyée balader. Et pour le coup, je me suis gelée la dernière nuit. Même avec deux paires de chaussettes, j'avais des crampes sous les pieds. Je pense que la prochaine fois, j'attendrai le petit matin pour faire mes révélations.

— Comment peux-tu être aussi désagréable ! intervint Armelle consternée, alors que Julie avait attrapé le hoquet à force de rire, imaginant la réaction de l'homme remis en cause dans sa virilité.

— À ton tour Julie, enchaîna Anna afin d'éviter la leçon de morale d'Armelle qu'elle sentait poindre. Alors, tu t'es trouvé un mec ? En six mois, j'ose espérer que tu n'as pas eu les yeux uniquement rivés sur tes microscopes.

Généticienne talentueuse, Julie travaillait sans compter ses heures à Genève, au sein d'un centre militaire spécialisé dans la médecine de catastrophe. Elle prit un air mystérieux, captant l'attention de ses amies. Elle toussota, but une gorgée. La mise en scène semblait soigneusement préparée.

— Je me lance. Donc, il y a environ un mois, en sortant du boulot, je trouve un bout de carton sur mon pare-brise. Je le récupère, en rogne car j'avais déjà attaché ma ceinture. Je regarde, quasi prête à le balancer, non pas, rassure-toi Anna, par terre sur le parking, mais dans mon vide-poche. Et dessus... Attendez, je vais vous le montrer.

Julie fouilla dans son sac et en sortit un bristol sur lequel était griffonné : « Excusez-moi de vous avoir suivie après votre pause déjeuner, mais vous m'avez troublé. Si vous souhaitez que nous fassions connaissance, voici mon numéro. »

— Et tu l'as appelé ! s'exclama Armelle.

Julie raconta les échanges de SMS et son premier rendez-vous dans un bar avec Romain, jeune informaticien plutôt réservé, bien que parfois impulsif.

— D'habitude, c'est pas trop mon trip les informaticiens barbants planqués derrière leurs écrans, mais là, je dois avouer qu'il a mis le paquet. Il m'a fait découvrir la cuisine moléculaire et dimanche dernier, il a dérobé une barque et improvisé un pique-nique avec champagne et foie gras au beau milieu du lac.

— Méfie-toi, avertit Anna tandis qu'Armelle se réjouissait pour eux. Tu vires dans le romantisme. Bientôt, il va te passer la bague au doigt. Et du coup, vous avez fait un peu tanguer la barque ou bien ça ne faisait pas bien dans le décor ?

Julie se garda de répondre, laissant Anna sur sa faim. Alex, le serveur, eut droit à nouveau aux regards bienveillants de ces dames lorsqu'il apporta la seconde commande. Il prenait lentement ses marques, jetant même des regards appuyés à la jolie brune enfin apaisée. Anna ne remarqua pas ce manège, mais ses deux amies échangeaient un sourire entendu.

La soirée se poursuivit en papotages, chacune puisant tour à tour dans les assiettes à partager.

— Bon, les filles, je suis crevée et cette fois-ci je rentre, abdiqua Armelle. Je vous rappelle que l'on se revoit dans quinze jours chez moi, à mon chalet dans les Hautes-Alpes. Je vous téléphonerai au sujet des logistiques.

— Compte sur moi, j'adore nos week-ends chez toi. J'espère que les mélèzes n'auront pas encore perdu leurs aiguilles. Crois-tu que je pourrais proposer à Romain de venir ?

— Bien sûr, ma Julie, ce sera un plaisir de le rencontrer. Anna, je t'invite, mais tu ne nous la refais pas, d'accord ?

— Oui, promis, je t'autorise même à me foutre dehors si je deviens insupportable.

— Oh ! renchérit Julie, si ce n'est pas Armelle ou Arthur qui s'en chargent, crois-moi, tu auras affaire à moi.

Le trio s'embrassa en quittant le bar. Le néon du *Vintage* éclairait la cour carrée du quartier culturel de Chambéry. Anna rejoignit à pied la rue Sainte-Apollonie, une petite ruelle pavée si étroite qu'aucun véhicule ne pouvait y circuler. Ce passage discret, vaguement imprégné de relents d'urine, abritait un vieil immeuble de caractère en haut duquel son deux-pièces était juché. Elle se hâta de composer le code d'entrée, poussa la porte cochère et c'est une odeur d'encaustique qui prit le dessus. Anna grimaça. Une faible lumière dévoilait l'antique escalier en colimaçon qu'elle gravit en titubant un peu. Les marches en bois, patinées par la multitude des frottements de semelles de toutes sortes, grincèrent malgré son application à rendre son pied léger. Elle sourit en pensant que cet escalier était bien vivant et que l'on ne pouvait décidément pas le duper.

Au troisième et dernier étage, elle ouvrit sa porte capitonnée et enleva ses bottes qu'elle abandonna négligemment dans l'entrée. Elle largua son sac sur un vieux canapé sans forme et accrocha sa veste sur le portemanteau perroquet. Anna aimait cet appartement loué à prix d'or, avec ses hauts plafonds et surtout cette imposante bibliothèque en chêne massif qui recouvrait une partie des murs de la pièce principale. Un authentique escabeau en bois lui permettait d'accéder aux rayons les plus élevés. Sur les étagères, s'entassaient sans ordre précis ouvrages scientifiques, dossiers d'archivage contenant des publications, empilements bancals de revues utiles à ses recherches et quelques romans.

La jeune femme se faufila jusque dans sa chambre. Elle se déshabilla prestement, laissant tomber un à un ses vêtements sur le parquet tout en se dirigeant vers la salle de bains attenante. Après s'être brossé les dents, elle enfila une paire de chaussettes et une nuisette en coton délavé. Elle se jeta enfin sur son matelas posé à même le sol et se pelotonna sous deux couettes. Déjà somnolente, elle étendit le bras pour mettre en charge son vieux téléphone portable. L'instant d'après, elle dormait profondément.

CHAPITRE 5

Hanoï, Vietnam.

Simon déplia ses jambes et pivota d'un demi-tour, avant de retrouver une position assise confortable sur le canapé. Il réajustait sa chemise et songeait à se servir un verre d'eau, lorsque son smartphone posé sur la table basse se mit à vibrer, affichant « Florent Baratier ».

Le pédiatre s'en saisit aussitôt et s'exclama :

— Florent ! Comment vas-tu, mon ami ?

— Dis, ça fait longtemps ! Tu es toujours au Vietnam ?

— Eh oui, je n'ai pas bougé, répondit Simon enjoué. T'as de la chance, je me réveille à l'instant, un petit somme après une garde.

— Toujours adepte des siestes après tes nuits à l'hosto. Moi, je n'y arrive plus depuis un bail. Dis-moi, tu n'étais pas tout seul au moins, dans ton lit ?

Simon retrouvait là l'esprit carabin de son ami gynécologue. Il répliqua de bon cœur :

— J'aurais préféré. Quoique ! Pour tout te dire, j'émerge juste d'un cauchemar !

— Maïssa ? suggéra Florent, soudain sérieux.

— Non, même pas. Je te raconterai.

— Écoute, ça tombe bien, je viens à Hanoï dans cinq jours. C'est la grand-messe, le congrès mondial de la Fédération de Gynéco Obs. J'ai réservé deux nuits à l'hôtel Asean.

— Annule ! rétorqua Simon sans sourciller, annule ta réservation. Tu seras mieux chez moi et on aura le temps de se voir. Quelle heure, ton avion ?

— Comme tu veux. Mercredi prochain à 17 heures au... Attends, je regarde le billet. Au Nội Bài Airport de Hanoï.

— J'y serai. Et au fait, Florent, un peu plus et on se loupait, je rentre à Paris vendredi matin. Je prévois de rester une quinzaine de jours sur place.

— Ah oui ! Tu vas faire quoi à Paris ?

— Je veux surtout faire le tour des hôpitaux parisiens pour récupérer du matériel remisé. On en a besoin ici. Et puis je donne un cours aux étudiants de première année à la Pitié. Enfin tu sais bien, les trucs habituels.

Il ajouta tout en se levant et avec un sourire en coin :

— J'ai aussi l'intention de voir les amis !

— C'est ça ! Sauf que tu rentrais et pour un peu, je ne le savais pas, dit Florent, taquin. On pourra peut-être aussi se voir à Paris, j'y vais dans ces eaux-là, à l'occasion d'une réunion de travail.

— Bien, on se voit déjà dans cinq jours. Je te récupère à l'aéroport. Ça me fait plaisir !

— Cool. J'ai hâte aussi, depuis le temps.

Et Simon raccrocha puis lança négligemment son téléphone sur le canapé.

Il n'avait pas revu Florent depuis près de deux ans et se réjouissait de cette visite impromptue. Florent Baratier ! Il l'avait rencontré une douzaine d'années plus tôt au Burkina Faso. Tous deux y faisaient alors leur service national au titre de la Coopération, en tant qu'internes en médecine, l'un en pédiatrie au nord du pays, précisément à Ouahigouya, l'autre en gynécologie-obstétrique, au sud-ouest, à Bobo-Dioulasso. Entendre la voix enthousiaste de Florent rouvrait soudain la porte à ses souvenirs de l'Afrique, souvenirs pourtant bien contenus depuis son arrivée au Vietnam. Il était retourné au Burkina Faso cinq ans plus tard, cette fois en qualité de pédiatre diplômé, pour une mission de quelques mois dont l'objet était d'accompagner la mise en route du nouveau service de pédiatrie de l'hôpital d'Ouahigouya.

C'est là, sur le continent africain, que Simon Legrand avait rencontré Maïssa Diallo.

Le pédiatre s'étira après avoir avalé un premier, puis un second verre d'eau. Il hésita un instant entre déjeuner d'un plat de riz sauté aux légumes qu'il lui faudrait faire réchauffer ou aller courir, histoire de faire quelque chose de sa journée. C'est le jogging qui l'emporta. Simon se changea et quitta sa maison pour rejoindre le sentier au bord du fleuve Rouge.

CHAPITRE 6

Burkina Faso,
6 ans plus tôt.

Le voyage à bord d'un vieux DC-8, un avion de la flotte burkinabè propulsé par deux hélices monstrueuses et assourdissantes, avait été éprouvant pour Simon. D'autant plus que des turbulences incessantes avaient malmené l'appareil à l'annonce de la longue et hasardeuse descente vers l'aéroport d'Ouagadougou, la capitale du Burkina Faso.

Le jeune médecin, âgé d'un peu plus d'une trentaine d'années, fut soulagé de poser le pied sur le tarmac en toute fin de matinée, malgré la température qui atteignait les quarante-cinq degrés. Il se réjouit même de retrouver la fournaise de la longue saison sèche, se rappelant aussitôt qu'il devait adopter un tout autre rythme que le sien s'il voulait mener à bien sa mission.

Simon Legrand parcourut en taxi-brousse, une Toyota neuf places, les deux cents kilomètres qui le séparaient d'Ouahigouya, sa destination. Il retrouvait ainsi le Sahel aride, fréquenté plus tôt dans sa vie. Les steppes à perte de vue recouvertes d'acacias et autres arbustes épineux épars, étaient sans cesse balayées de l'air brûlant chargé de particules en suspension en provenance du Sahara. Le chauffeur du taxi, assisté d'un acolyte, avait réussi la prouesse d'embarquer pas moins de quinze personnes dans l'étroit véhicule. Rien n'entravait la bonne humeur des voyageurs, ni les pneus lisses, ni la roue voilée, ni la carrosserie rouillée, ni encore la somnolence du conducteur. À chaque arrêt, sous le soleil accablant, des gens descendaient du véhicule et d'autres prenaient place, imposant sans cesse des réaménagements de l'espace. C'était selon les valises qui les accompagnaient, bagages hétéroclites et encombrants, parfois même vivants. On attacha ainsi une chèvre sur le toit bondé de sacs en toile, de viande sanguinolente et de malles en tous genres. Des gosses accouraient de nulle part et proposaient, en échange de quelques sous, des beignets, du plantain frit ou des brochettes de viande cuite et recuite. Le voyage dura ainsi cinq heures.

Le logement de Simon, très sommaire, se trouvait à quelques pas de l'hôpital d'Ouahigouya, situé au sud-est de la ville. Il se composait d'une pièce unique aux murs blancs meublée d'une table, de deux chaises et d'un sommier en métal au pied duquel un ventilateur électrique bruyant brassait l'air chaud en continu. Pour tout éclairage, un néon, qui attirait diverses bestioles volantes à la tombée de la nuit.

Le directeur de l'hôpital reçut le docteur Legrand à 7 heures le lendemain et le présenta à l'équipe soignante. Équipe au sein de laquelle certains visages lui étaient déjà familiers, de sorte que des éclats de joie ne manquèrent pas de ponctuer cette visite protocolaire lorsque Simon reconnaissait tel infirmier ou tel aide-soignant. Puis, hospitalité oblige, le pédiatre rencontra, un à un, les notables de la ville au cours des journées qui suivirent. Il retrouva rapidement ses marques et entreprit le travail pour lequel il était missionné.

Ce n'est qu'une semaine après son arrivée qu'il l'aperçut. Elle lui apparut comme par magie.

Maïssa était assise sur un tabouret en bois, parée d'une étoffe émeraude brodée de motifs dorés et coiffée d'un foulard issu de la même pièce. Sa peau cuivrée scintillait. Elle examinait l'un des nombreux enfants qui se bousculaient à sa consultation médicale.

Pas loin de quatre-vingts bambins ce matin, tous barbouillés de la tête aux pieds, parce qu'ils vivaient, dormaient et jouaient sur une terre rouge omniprésente.

La jeune femme accrocha brièvement le regard de Simon, le gratifiant d'un sourire paisible. *L'un de ces sourires*, pensa-t-il, *qui se gravent dans ta tête parce qu'ils viennent de très loin, pour toi et uniquement pour toi.*

Sur le pas de la porte, il l'observa un instant, remarquant ses gestes délicats, sa voix mélodieuse et satinée, son extrême nonchalance tandis qu'elle se levait et déposait une seringue sur la table. Son port altier, ses jambes interminables et la cambrure de ses reins lui conféraient, pensa-t-il encore, l'élégance et l'autorité naturelles d'une reine. Et puis ses yeux, teintés d'une étrange mélancolie, achevaient de lui donner un charme fou. Simon la trouvait terriblement séduisante. Dans le même temps, l'enfant qu'elle avait piqué hurlait, se débattait. Sa mère riait aux éclats tout en le berçant. L'instant d'après, il s'endormait.

— Bonjour ! lança Simon au milieu de ce brouhaha digne d'une cour de récréation. Vous êtes le docteur Maïssa Diallo ?

L'intéressée leva la tête, sans empressement, et se contenta de jeter un œil au médecin français dont on lui avait annoncé la venue.

— Nous n'avons pas été présentés, bredouilla-t-il. Legrand. Simon Legrand, pédiatre.

Et il précisa, inutilement :

— Comme vous.

— Je suis rentrée de congé tard dans la nuit et le travail ne manque pas ce matin, répliqua la doctoresse d'un air un peu distrait. On se voit dans la journée ?

— Bien sûr, bien sûr, lui retourna-t-il, ébloui par cette apparition.

Les jours s'écoulaient lentement pour Simon, affairé auprès des jeunes patients atteints de malnutrition ou de paludisme. Les deux pédiatres confrontaient de temps à autre leurs diagnostics, à travers des échanges empreints de complicité.

Simon tentait à chaque instant d'attirer l'attention de Maïssa, par-dessus la tête d'un enfant, ou de saisir son parfum au moindre de ses mouvements. Il auscultait les cœurs, les poumons fatigués, palpait les ventres douloureux et soulageait les douleurs. Son esprit cependant s'échappait ailleurs. Tout juste se rappelait-il encore l'objet de sa mission au terme du premier mois de son contrat. Celui-ci, en effet, pour lui ne revêtait plus aucune importance.

Très vite, Maïssa ne quitta plus ses pensées. Elle s'imposait désormais à lui dès la seconde où il se réveillait et y était encore le soir lorsqu'épuisé, il s'endormait. Son seul répit ? Le sommeil justement qui, par chance le gagnait rapidement et ne s'encombrait d'aucun rêve ou presque, si ce n'était cette ascension perpétuelle de la face glacée et la chute mortelle de son prétendu frère. Jamais il n'avait ressenti pareille détresse, un manque aussi cruel, que lorsqu'il songeait à sa condition de *toubab*[2] qui lui rendait cette femme inaccessible. Et quand, parfois, elle lui accordait l'un de ses redoutables sourires, ou juste un peu de son temps, ce ne pouvait, bien sûr, qu'être le reflet de son infinie gentillesse à son endroit.

Maïssa percevait son trouble. Elle ne l'évitait pas pour autant et n'en jouait pas non plus. Simon ne savait que penser. Il l'imaginait bien, en revanche, habituée à ce que les hommes se retournent sur son passage, lorsqu'elle s'adressait à eux ou prodiguait des soins à leurs enfants. Aussi installait-elle une distance qui les tenait à l'écart pour la plupart. S'ils devenaient entreprenants, elle savait les éconduire avec délicatesse. De ce fait, Simon ne tentait rien.

Deux mois après son arrivée, vers 14 heures ce jour-là, un pick-up transportant une quinzaine de collégiens se renversa sur la piste chaotique, au passage du gué asséché, juste à l'entrée de la ville. Chaque infirmier,

2 Mot utilisé en Afrique de l'Ouest pour désigner un homme blanc.

chaque médecin se mit à l'ouvrage. Tous les blessés, amenés l'un après l'autre, furent soignés, soulagés, suturés, plâtrés, et finalement sauvés au terme d'une journée sans fin. C'est ce soir-là que Simon la vit s'approcher.

— Nous sortons en ville, lui lança-t-elle sans détour. Souhaites-tu te joindre à nous ?

La divine Maïssa, amusée, observait sa réaction.

— Bien sûr, répondit le pédiatre ému, surtout pris au dépourvu.

Elle avait dit « nous » ! Un homme partageait-il sa vie ? Un homme vivant ailleurs, dans une autre région du monde ?

— Nous allons au *maquis*[3] d'Hamza. Sa sauce gombo est la meilleure de la ville, peut-être même du Burkina.

— Je vous rejoindrai, j'ai encore quelques bricoles à faire.

— D'accord. Je suis heureuse que tu acceptes.

Et Maïssa quitta l'hôpital de son pas nonchalant, comme ralenti. Elle se retourna une fois, gratifia Simon de son sublime sourire, s'enfonça puis disparut dans la nuit africaine.

Simon, stupéfait, resta immobile, comme pour mieux savourer cet instant. Inquiet aussi tout de même. Il rentra chez lui afin de se préparer, conscient de l'enjeu de cette soirée. Il enfila une chemise blanche et un pantalon clair en lin. Il troqua ses tongs contre des mocassins. Puis il enfourcha sa Yamaha 600 Ténéré et, tous feux allumés, se faufila dans les rues mal éclairées de la troisième cité burkinabè. Il lui fallut quinze minutes pour se rendre au petit restaurant situé à l'autre bout de la ville. Simon savait qu'on y mangeait bien. Il le fréquentait d'autant plus volontiers qu'Hamza, le gérant, lui était reconnaissant d'avoir soigné son fils aîné alors atteint d'une forme grave de tuberculose. Il gara sa moto aussi discrètement que possible et héla un gamin qui veillerait à ce que personne ne s'en approche. L'instant d'après cependant, une quinzaine d'enfants s'attroupait déjà autour de l'engin…

---

3 En Afrique francophone, « maquis » désigne un restaurant populaire.

— Salut, Docteur Simon, lança le patron du *maquis* à son attention lorsqu'il fit son entrée.

Et il ajouta, jovial, découvrant une dentition éparse :

— Tu es beau ce soir. C'est comment chez toi ?

— Salut Hamza, ça va, merci. Et ta femme, tes enfants ?

— Tout le monde se porte bien, merci. Dis, mon Docteur, les élèves ont eu chaud tout à l'heure !

La nouvelle du pick-up accidenté avait fait le tour de la ville en quelques heures à peine.

— Il n'y a rien eu de grave, heureusement, dit Simon.

— C'est parce que tu es là, et Dieu aussi. Alors *vois là-bas*, je crois que tu es attendu. La doctoresse s'impatiente. Tu es beau ce soir, mon Docteur ! répéta le patron avec malice.

Simon, d'humeur joyeuse, rendit son sourire à Hamza et s'avança vers la table qu'il lui indiquait. La sono diffusait un air de coupé-décalé sur lequel se trémoussaient des grands types en boubou, sérieux, hautains, une *Flag*[4] dans la main. *Ils bougent*, pensa-t-il envieux de leur aisance, *ils bougent leur corps, un pied, un bras, en rythme, toujours en rythme*. Deux néons, dont l'un grésillait, menaçant de s'éteindre, éclairaient faiblement la pièce. Des nuées d'insectes ailés tournoyaient autour sans que leur présence dérange les danseurs et les clients.

Le pédiatre fut une nouvelle fois touché par l'élégance de Maïssa, qu'il trouva attablée avec un homme et une femme qu'il n'avait jamais vus.

— Simon, je te présente ma cousine et son mari, Leila et Oumarou. Ils se rendent demain à Ouaga. Ils ont voyagé depuis Bamako et souhaitaient faire ta connaissance.

— Bonsoir, les salua le médecin aussitôt soulagé en serrant la main de l'une puis de l'autre, chaudement. Bienvenue chez Hamza, alors !

4 Bière locale produite au Burkina Faso.

Les invités de Maïssa, dans les yeux brillants de Simon, avaient l'allure d'un couple princier, enturbannés avec distinction et vêtus de somptueuses gandouras cousues de fils d'or. Sous le charme, il prit place aux côtés de la reine. Hamza, honoré de leur présence, apporta un capitaine braisé accompagné d'*aloko*, du plantain frit. Il leur servit également du riz avec sa sauce gombo, un plat de tripes aux poivrons et oignons poêlés. Une délicieuse odeur s'échappait de ces mets. L'homme savait recevoir. Et Simon se dit qu'il en faisait beaucoup ce soir-là.

Maïssa prit alors la parole. D'ordinaire, elle parlait peu. Mais en cette occasion, elle évoqua son peuple nomade, des Peuls venus du Sahara, son enfance dans le sud du Niger, et enfin son village où sa famille était sédentarisée depuis plusieurs générations.

Simon buvait ses mots et imaginait parfaitement la petite fille qu'elle avait pu être, semblable à tous ces enfants courant pieds nus sur la terre du Sahel, sans doute juste un peu plus secrète, plus réservée, plus seule que les autres. La jeune femme s'attarda encore un instant sur ses longues études de médecine et son arrivée au Burkina Faso, une année plus tôt.

La musique, les pas de danse et les rires ponctuèrent les anecdotes que chacun partagea ensuite à propos de sa culture ou de ses voyages. Dans l'esprit d'un Simon comme ensorcelé, Maïssa, sa cousine et son époux, insufflaient à cette soirée une connotation irréelle, hors du monde, hors du temps.

Quand le pédiatre retrouva sa moto, tard dans la nuit, les enfants avaient disparu, à l'exception du petit gardien. Le gamin s'était endormi en boule au pied de la bécane. Il le réveilla à peine lorsqu'il le mit en selle, juste assez pour que l'enfant trouvât à s'agripper. Il le raccompagna chez lui. Cette nuit-là, Simon Legrand ne parvint pas à trouver le sommeil. Mais cette fois, la raison en était tout autre qu'une panne de ventilateur ou un cauchemar récurrent.

Les jours suivants, la température monta encore d'un cran. La chaleur étouffait Ouahigouya. Elle étouffait aussi le Sahel et même l'ensemble du continent. Aucun vent, pas le moindre petit souffle d'air ne parvenait à alléger la souffrance des hommes et des bêtes. Le mercure dépassait les cinquante degrés à l'ombre. Le temps, alors, sembla s'arrêter. Les urgences s'espacèrent, les perfusions se tarirent, les soins aux malades étaient bouclés à 10 heures pour ne reprendre qu'à la tombée du jour. Et ce fut le grand soir.

Le soleil des tropiques brûla encore quelques minutes, immense, gigantesque. Les enfants, noirs et mats, couraient, riants, derrière un ballon. La lumière puissante, jaune orangée, rouge même, enflammait la rue de terre battue et le brun des murs en banco. La rumeur du crépuscule était perceptible. Simon entendait le va-et-vient caractéristique d'un moulin à mil écrasant un dernier sac, une femme qui pilait les haricots dans un mortier en bois, les palabres d'hommes ivres au bar du coin, une moto pétaradante et les chiens malingres qui se battaient en aboyant. Dans un dernier rayon de feu qui projette au loin les ombres des êtres et des cases, juste avant qu'il ne s'éteigne par l'ouest derrière les montagnes, dans cet instant absolu, cette douceur grandiose en plein cœur du continent noir, Simon l'aperçut une nouvelle fois, encore plus belle, magique dans son habit d'émeraude et d'or aux mille reflets, devant sa maison. Maïssa le regardait de ses yeux magnifiques, de sa bouche, de ses lèvres et de tout son corps tourné vers lui. Simon craignit une seconde de la voir disparaître, s'évanouir dans l'obscurité grandissante. Car il sut que sa vie basculait. Tous les deux en réalité le savaient.

La nuit les surprit. Lorsque la rumeur se tut, on pouvait juste distinguer, pour qui passait près d'ici, une toute petite lueur au travers des fenêtres de Simon, d'où ne filtra aucun murmure des gestes et paroles échangés cette nuit-là.

CHAPITRE 7

Chambéry, France.

L'alarme du vieux *Nokia*, programmée à 7 heures, fit sursauter Anna. La jeune femme s'étira et repoussa sa couette à contrecœur. Les seize degrés de son appartement rendaient en effet son confort très relatif au réveil. Mais c'était son choix. Elle souhaitait réduire sa consommation d'énergie et la facture qui en découlait.

Elle fila directement sous la douche. Quelques minutes de sèche-cheveux, un coup de brosse à dents, elle n'avait pas l'habitude de s'attarder dans la salle de bains. Elle jeta un œil rapide dans le miroir et hocha la tête en voyant le résultat. Ses boucles brunes enchevêtrées lui donnaient l'air d'une sauvageonne.

Collée au radiateur de son salon, elle pianota sur quelques touches du clavier de son téléphone. Dès la première sonnerie, une voix empâtée résonna au bout du fil.

— Allo ! Anna ?

— Coucou, Armelle. Je te réveille ?

— Oui, mais ce n'est pas grave, je devais me lever.

Un bâillement parcourut le combiné, suivi d'un court silence.

— Je voulais te présenter mes excuses à propos de l'autre soir ! J'aurais dû t'appeler plus tôt, je sais, mais…

— Anna, c'est du passé ! la coupa son amie d'un ton enjoué. C'est vrai que je t'en ai un peu voulu. Maintenant, c'est fini. J'accepte tes excuses et on n'en parle plus.

— Merci Armelle, tu es trop gentille avec moi. Je ne le mérite pas.

— Écoute, tu es mon amie, et je commence à te connaître. Dis-moi d'ailleurs ce qui te tracassait parce que tu ne vas pas me faire croire que tout va bien.

La perspicacité d'Armelle ne surprit pas la glaciologue.

— Tu as cinq minutes ?

— Vas-y, j'ai le temps. Arthur est parti tôt ce matin, je n'ai pas encore de nausée. Rien à voir avec l'annonce de ma grossesse, j'espère ?

— Non, pas du tout, c'est au sujet de mon *expé* au Groenland. Je n'ai pas voulu vous en parler l'autre soir au bar. J'étais surtout contente de vous revoir. Et puis, je pensais, encore une fois, être capable de me dépatouiller seule avec mes problèmes. Seulement, j'ai toujours ce truc en tête et ça me file encore des angoisses.

— Que s'est-il passé ?

— Ben voilà, j'ai passé un sale quart d'heure dans le blizzard. J'ai eu très chaud, enfin, façon de parler. J'ai bien cru que je n'allais pas m'en sortir.

Armelle décela un trouble dans la voix de son amie.

— Oh, Anna ! dit-elle inquiète. Tu sais que tu peux tout me dire, raconte-moi.

Anna s'éloigna du radiateur pour rejoindre son canapé. Elle s'entoura d'un plaid moelleux et se recroquevilla.

— C'était au mois de juillet, commença-t-elle, tiens, juste après que je vous ai écrit les cartes postales. Imagine un endroit paumé au milieu du Groenland. Et une grosse tempête que je n'ai pas vu venir.

— Ça ne te ressemble pas de te laisser surprendre.

— Oui, j'ai été très sotte. J'ai trop tardé à l'extérieur et je n'ai pas réussi à rejoindre le campement. Quand le blizzard se déchaîne, tu ne peux pas savoir comme il est difficile de marcher et de se repérer dans tout ce blanc. On n'y voit plus rien à moins d'un mètre. Bref, j'ai dû me terrer dans un trou que j'avais creusé. Une sorte d'igloo. Crois-moi, Armelle, j'étais en très mauvaise posture et en plus, comme une gourde, je me suis endormie. J'aurais pu y rester !

— Tu me donnes le frisson ! Et ensuite, tu as fait quoi ?

— J'ai dormi, deux, trois heures, je sais plus, et je me suis réveillée en sursaut, complètement désorientée, gelée. J'avais tellement froid, je ne sentais plus mes bras ni mes jambes. Et là, tu me connais, je me suis dit que si je ne sortais pas de là, personne ne me retrouverait. J'arrêtais pas de me répéter : « Adapte-toi ou disparais ! »

— Mais c'est horrible, s'étrangla Armelle dans le combiné. Les autres scientifiques, la mission, t'étais pas toute seule pourtant sur le camp ?

— Si, à ce moment-là, j'étais seule !

Son plaid sur les épaules, Anna se leva et poursuivit son récit en tournant en rond dans son salon :

— Et je crois que si je ne m'étais pas bougée, je serais morte en peu de temps. J'ai donné des coups dans l'entrée de ma tanière, enfin, dans la neige qui avait recouvert l'entrée. Je me suis traînée dehors à reculons. Mes jambes répondaient à peine.

La voix d'Anna tremblait, tandis qu'elle semblait repasser le film de son drame :

— J'avais trop mal ! Heureusement, il ne faisait pas vraiment nuit. Tu sais, c'est jamais la nuit noire à ce moment de l'année. En plus, par chance, le vent avait cessé. J'ai commencé à me traîner dans la neige, comme un ver, imagine un peu, en me tortillant, je n'avais plus la force de me lever.

— Oh, Anna, c'est affreux ! dit Armelle bouleversée. Tu as vécu ce moment, toute seule, loin de tout.

La glaciologue reprit, à peine plus sereine :

— J'ai voulu rallumer ma frontale en espérant que la pile n'était pas foutue. Mes doigts étaient si gelés que j'ai cru ne jamais y arriver. Quel soulagement quand elle s'est allumée !

— Logique, tu pensais que quelqu'un pourrait te repérer.

— J'ai quand même rampé un bon moment avant de voir arriver mon sauveteur, tu sais l'amant radiateur dont je vous ai parlé.

— Ah oui, le mec des spermatozoïdes, lâcha Armelle qui enfin, pouvait respirer. Quand je repense à comment tu l'as remercié !

Anna ne put réprimer un sourire à cette évocation.

— Il m'a localisée grâce à ma frontale, expliqua-t-elle. Il paraît que j'étais dans un sale état. Ne me voyant pas revenir, il avait prévenu le camp principal et ce que je ne savais pas, dans ma grotte, c'est que plusieurs équipes avaient sillonné la zone en motoneige. Enfin voilà. Après, j'ai été rapatriée au camp principal. Le médecin a soigné mes gelures aux pieds et aux mains. J'ai eu de la chance, je n'ai aucune séquelle. Fin de l'histoire.

— Mon Dieu, soupira Armelle, sincèrement peinée. Pourquoi tu ne nous en as pas parlé plus tôt ? C'est vraiment toi ! Toujours aussi muette sur les événements marquants de ta vie.

— Ben non, tu vois, je viens de t'en parler. Et je ne voulais pas vous inquiéter, c'est tout.

— Tu as quand même gardé ça pour toi pendant quatre mois !

Un silence s'installa.

— Eh, Armelle, tu ne m'en veux plus, c'est sûr, pour l'autre soir ?

— Mais non, si je pouvais te serrer dans mes bras, je le ferais tout de suite. On a failli te perdre. J'en ai encore la chair de poule.

Anna, déroutée par les marques d'affection de son amie, changea de sujet :

— Au fait, il est quelle heure ?

— Bientôt 8 heures. Tu ne dois pas aller bosser, toi ?

— Oh là là, déjà ! Faut que je me grouille. T'avoir parlé m'a fait du bien, tu sais, merci Armelle.

— Super. Bonne journée, Anna. *Tchuss* ma belle ! On se voit bientôt à mon chalet.

Anna raccrocha et essuya une larme d'un revers de main. Sans même prendre de petit déjeuner, elle sortit de son appartement, dévala l'escalier et récupéra sa voiture.

Elle fila en direction du technopôle scientifique situé en périphérie de Chambéry. Le trajet lui permit de se ressaisir, d'évacuer ses émotions, afin de pouvoir se concentrer sur le travail qui l'attendait au laboratoire. Anna y partageait son temps avec une dizaine de chercheurs investis dans l'étude du climat passé, présent et futur. Elle aimait son métier de glaciologue qui nécessitait à la fois curiosité intellectuelle, volonté d'explorer, et une bonne dose de persévérance. La jeune femme réunissait toutes ces qualités.

— Hello ! dit-elle joyeusement à son arrivée au laboratoire.

— Bonjour, la salua une technicienne, les bras chargés d'un bac contenant de la verrerie.

— Attends, je vais t'aider à ranger. Dis-moi, il n'y a pas grand monde ce matin.

— Bah ! Les autres ne vont sûrement pas tarder. Au fait, Anna, il y a une note pour toi sur le tableau de service. On dirait que tes carottes du Groenland arrivent demain.

— Ah, chouette ! Au moins trois mois qu'elles sont parties de là-bas. Je vais pouvoir commencer les manips avec Tania.

Anna rejoignit son bureau deux étages plus haut. Une plaque indiquait sur le mur adjacent : « Anna Mestrallet, chargée de recherche ». La jeune femme était fière d'avoir obtenu ce poste au CNRS après une thèse dans un laboratoire réputé et deux années d'études postdoctorales. Elle alluma son ordinateur et pendant la mise en route, se prépara un thé. Puis elle ouvrit sa messagerie et, impatiente, commença à parcourir ses e-mails.

Une grande fille aux cheveux blonds rassemblés en chignon se présenta timidement dans l'embrasure de sa porte. Son teint pâle et sa maigreur, perceptible au travers de sa blouse blanche un peu large pour elle, lui donnaient une allure de fantôme.

— Bonjour, je peux te demander quelque chose ? demanda celle-ci dans un français hésitant, teinté d'un accent slave.

— Ah, salut Tania ! répondit la chercheuse sans lever la tête de son écran. Deux secondes, s'il te plaît. Je vérifie juste si j'ai une réponse à propos d'un article que j'ai envoyé le mois dernier. Voilà, voilà, ça vient… *Yes yes yes* ! Ma publication est acceptée ! Une revue bien cotée en plus. Ouf! Six mois de travail récompensés.

Et Anna, le visage rayonnant, se leva pour embrasser la jeune doctorante.

— Je suis heureuse pour toi, déclara Tania, un peu surprise de tant d'effusion.

— Le prochain papier, ce sera sur ton travail. On le rédigera ensemble. Alors, de quoi as-tu besoin ?

Originaire de Russie, Tania Grashkov avait intégré l'équipe voici quelques semaines. Anna, sa directrice de thèse, était chargée durant les trois années à venir de la former et de superviser ses travaux de recherche.

— Tu sais où je peux trouver des acides pour étalonner le *chromato* ? Tu peux m'aider ?

— Viens avec moi, on va regarder dans le stock de produits chimiques. J'en profiterai pour te montrer, ce matin, comment on prépare un échantillon à partir d'une carotte glaciaire. Rappelle-toi, cette étape est indispensable avant de lancer l'analyse des gaz piégés dans la glace.

— Je suis contente d'apprendre cette technique, se réjouit Tania.

Anna expliqua à sa doctorante en quoi les carottes de glace constituaient des archives exceptionnelles, un véritable patrimoine pour les générations futures. L'étude des phénomènes climatiques du passé permettaient en effet de modéliser les évolutions du climat actuel et à venir.

Elle prit son étudiante par le bras et, emportée par son enthousiasme partagé, l'emmena directement à l'étage inférieur réservé aux expériences. Une salle rectangulaire de deux cents mètres carrés hébergeait du matériel de pointe, des prototypes très onéreux, dont certains conçus par les scientifiques eux-mêmes. Un visiteur aurait certainement qualifié cet espace d'anarchique. Un peu partout, s'étalaient des tuyaux, des câbles, des écrans, des outils et même une imprimante 3D qui fabriquait des pièces sur mesure. Les chercheurs en glaciologie se devaient d'être bons bricoleurs, capables d'adapter, parfois dans des conditions climatiques extrêmes, les instruments de mesure à leurs besoins. Dans un coin, s'entassaient de grandes malles métalliques. La plupart contenaient du matériel mobile qui servait exclusivement aux expéditions. On pouvait lire, en grosses lettres peintes en blanc sur ces malles cabossées et écaillées, des destinations aussi exotiques que « Vostok (Antartica) », « Monte San Valentin (Northern Patagonia, Chile) », « Base française Dumont d'Urville (Antarctique) », « Mont Béloukha (Sibérie) »…

Anna se dirigea ensuite vers la chambre froide. Celle-ci, guère plus grande qu'un bungalow de chantier, trônait au centre de la pièce. À l'intérieur, étaient stockés quelques échantillons de glace soigneusement rangés selon leur lieu de collecte.

— On entre, Tania ? On va d'abord s'habiller chaudement, car c'est un peu le pôle Nord là-dedans !

Elle réalisait une nouvelle fois à quel point Tania n'avait que la peau sur les os.

— Je ne crains pas le froid, rétorqua l'étudiante avec un sourire. À Moscou, tu sais, on a l'habitude.

Anna ôta sa blouse et enfila une veste polaire, puis un anorak ainsi que son bonnet de laine qui ne la quittait pas. Elle pria Tania d'en faire autant en lui indiquant le portemanteau chargé de vêtements chauds. Pour terminer, elles se munirent de gants en laine.

La chercheuse badgea la porte d'entrée de la petite pièce frigorifique et les deux femmes y pénétrèrent, ainsi couvertes. La température, régulée de manière très précise, affichait vingt-cinq degrés en dessous de zéro. Des LED bleues éclairaient l'espace bordé d'étagères métalliques sur lesquelles des cylindres de glace de trente à cinquante centimètres de long et de dix à vingt centimètres de diamètre étaient soigneusement rangés. Des étiquettes spécifiaient les lieux de provenance des échantillons.

— C'est beau, s'émerveilla Tania. Avec cette couleur bleutée, on se croirait au cœur d'un glacier.

— Tu as sous les yeux des petits bouts de glaces qui ont été prélevés très profondément aux quatre coins du monde. Les expéditions sont parfois une véritable épreuve quand il faut monter à plus de six mille mètres d'altitude. Après le forage, les cylindres tronçonnés sont descendus à dos d'homme par des sherpas ou des guides. Ils sont acheminés par bateau puis par camion dans des conteneurs réfrigérés jusqu'à nos labos. Pour nous, c'est de l'or, car on ne pourrait rien faire sans ces échantillons.

Anna, passionnée, expliquait son travail à sa benjamine dans les moindres détails, soucieuse de lui transmettre son expérience et ses connaissances.

— Tiens, en parlant de six mille mètres d'altitude, poursuivit-elle, on va s'entraîner sur ce petit morceau.

Elle désignait, à proximité d'un espace encore vide, un tube de glace cristallin emballé dans du plastique transparent. Les yeux brillants, elle précisa :

— Il provient d'un glacier du Kilimandjaro en Tanzanie, c'est le dernier échantillon de cette série. J'ai déjà travaillé sur quatre mètres de carotte provenant de ce glacier pour l'article qui va être publié, celui dont je t'ai parlé. Je n'en ai donc plus vraiment besoin.

— Comme tu n'en as plus besoin, si je me loupe, ce n'est pas trop grave ? demanda la doctorante, encore novice.

— Je ne dirais pas ça. Comme il y a eu peu d'expéditions de forage au Kilimandjaro, chaque parcelle de glace a son importance. Mais ça libèrera un peu de place pour ranger les carottes du Groenland qui arrivent en principe demain. Celles, justement, que tu devras analyser dans le cadre de ta thèse. En attendant, va pour le Kilimandjaro, je t'emmène aujourd'hui sur le plus haut volcan d'Afrique.

Tania ne cacha pas sa joie à l'idée d'explorer les secrets de cette montagne.

— Tu es allée là-bas ? je veux dire, au Kilimandjaro.

— Oh oui ! s'anima Anna. C'était une sacrée *expé*, mais je n'ai pas le temps de te raconter parce que sinon, on va finir congelées dans ce frigo.

Elle fit mine de grelotter.

— Et il reste encore beaucoup de glaciers en Afrique ?

— Non, tu te doutes. Les derniers modèles informatiques prédisent leur disparition vers 2030. Enfin, si le réchauffement se poursuit, ce qui est très probable.

Anna saisit délicatement le précieux paquet et le déposa sur la paillasse. Malgré le froid saisissant, elle poursuivait, très didactique, sa démonstration :

— La référence indiquée sur l'emballage te spécifie le lieu, la date de collecte et la profondeur d'extraction. Tu vois, là, nous avons un échantillon du glacier Furtwängler. C'est près du mont Kibo, un des sommets du Kilimandjaro. Et il a été prélevé à quarante-huit mètres.

— C'est profond ?

— Oui, dans le cas de ce glacier. Son épaisseur est au maximum de quarante-neuf mètres. Le forage a donc pratiquement atteint le substrat rocheux. La glace prélevée à ce niveau date d'environ onze mille sept cents ans. Bienvenue dans la Préhistoire !

Après avoir déballé le cylindre translucide, Anna, d'un geste aguerri, procéda à sa découpe au moyen d'une scie électrique. Silencieuse, Tania l'observait, plus attentive que jamais.

— Tu tranches d'abord un disque assez épais, commenta Anna. Et après, tu le réduis à un cube de quatre centimètres de côté. Tu feras bien attention à tes doigts, les gants protègent uniquement du froid.

— Ok, ça marche, répondit Tania, les yeux rivés sur ce qui lui apparaissait comme un diamant brut.

— Ensuite, tu enlèves un à deux millimètres de glace sur toutes les faces avec le couteau en céramique. Là, comme tu vois, c'est un peu délicat. Il faut en effet éliminer la surface qui a pu être en contact avec le liquide de forage, sinon tu risques d'avoir des erreurs d'interprétation.

— D'accord, je vais devoir m'entraîner un peu avant de faire aussi bien que toi !

— T'inquiète, Tania, tu auras matière à t'entraîner. Maintenant, tu observes bien ton échantillon. Regarde, les petites bulles de gaz piégées dans la glace. Ce sont ces gaz que nous étudierons ensuite, en faisant fondre le cube dans l'analyseur. Observe bien chacune des faces. L'échantillon doit être homogène, sans microfissures.

Anna expliqua comment la présence de microfissures pouvait altérer la composition du gaz dans les bulles et en perturber l'analyse. Elle examinait consciencieusement l'échantillon à l'aide d'une petite loupe, lorsqu'elle fronça les sourcils.

— Tiens, Tania, regarde, au centre du cube, on dirait qu'il y a une anomalie.

La doctorante passa la tête au-dessus de l'épaule de son aînée, qui enchaîna :

— Tu la vois ? C'est pas plus gros qu'une tête d'épingle.

— Oui, je vois quelque chose de bizarre. Une petite fissure ?

— Non, ça n'y ressemble pas du tout. C'est quoi ce truc ? s'interrogea Anna à haute voix. Tu sais, la glace contient souvent des impuretés comme des poussières ou des pollens. Parfois même carrément une couche de cendres. Mais là, le point est bien plus gros.

— Peut-être il y a un rapport avec le fait que la glace a été prélevée près du rocher ?

— Le mieux, c'est d'aller le regarder à la loupe binoculaire.

— Ici ? s'inquiéta Tania, que malgré tout, le froid engourdissait.

Anna se tourna vers elle, surprise, avant de comprendre.

— Non, en salle blanche. Ma pauvre, tu dois vraiment te geler. Allez, on sort.

Elle plaça le cube dans une mini-glacière, et toutes deux quittèrent la chambre froide.

— Ah, il fait quand même meilleur de ce côté de la porte ! avoua la Russe en déposant son anorak sur le portemanteau.

— Tu as raison, maintenant on crève de chaud ! décréta Anna, pressée elle aussi de s'alléger.

Et elles se délestèrent d'une nouvelle épaisseur de vêtements. Tania laissait entrevoir le bas de son dos, lorsqu'une voix masculine fusa.

— Les filles, c'est un plaisir de vous voir vous déshabiller.

Les cheveux châtains coupés court sur une calvitie précoce et les yeux globuleux rapetissés par des verres trahissant sa myopie avancée, Jean-Étienne Fontenil, à 33 ans, assumait sa tête de premier de la classe. Ses collègues l'appréciaient peu, mais il devait cela davantage à son comportement, jugé opportuniste, qu'à son aspect physique.

— Non mais, jura la glaciologue, tu n'as pas bientôt fini ? Va-t'en mater des filles sur un catalogue de lingerie, si tu es en manque !

— T'inquiète pas, Anna, j'ai tout ce qu'il me faut. Mais, si un jour…

— Ne te fatigue pas, je connais le refrain. Je ne suis pas intéressée.

Tu ferais mieux d'utiliser ton temps à approfondir ton niveau de réflexion.

Tania, mal à l'aise, se garda bien d'intervenir. Elle admirait l'aplomb de sa tutrice.

— Mais moi, je fais de la recherche de haut niveau, s'auto-félicita Jean-Étienne. Sache que je viens de publier un article dans une revue très renommée. C'est bon pour mon dossier d'avancement.

— Et alors ? répliqua la jeune femme, moi aussi j'ai un article qui sortira bientôt. Viens, Tania, on a du boulot qui nous attend en salle blanche.

Le chercheur parut étonné :

— La salle blanche ? Visiblement, vous avez préparé un échantillon. En principe, on le passe direct au *spectro*, qui n'est pas dans la salle blanche, que je sache.

Soupçonneux, il considérait sa collègue d'un air dubitatif.

— Anna voudrait vérifier… commença Tania, sur la défensive.

— Rien de particulier, l'interrompit sa directrice de thèse, coupant court à cet échange.

La jeune femme, glacière à la main, entraîna sa doctorante jusqu'au sas de la salle blanche. Là, elles revêtirent une combinaison intégrale avec surchaussures, gants stériles, charlotte et masque en plexiglas.

— On ressemble à des cosmonautes maintenant ! suggéra Tania, amusée, qui découvrait une pièce équipée de technologies analytiques ultrasensibles.

Anna expliqua que cette pièce servait à étudier les infimes particules piégées dans la glace, comme les pollens. Les scientifiques en tiraient des indications très utiles sur la composition de la végétation présente à l'époque où la glace s'est formée.

Elle précisa, en indiquant la hotte d'aspiration, que l'air était filtré en permanence afin de minimiser les concentrations de poussières, sources de contamination biaisant les résultats.

Elle sortit avec précaution l'échantillon de la glacière et rabota une nouvelle fois le cube de glace, de sorte qu'il ne mesurait désormais guère plus d'un centimètre de côté. Aussi les deux jeunes femmes pouvaient-elles bien mieux distinguer, enchâssé dans le glaçon, le minuscule point opaque.

— C'est quoi, Anna, selon toi ?

— Aucune idée. Ça ne ressemble à rien de ce que j'ai déjà pu observer. Sa forme, fine et allongée, sa couleur, c'est vraiment atypique. Je n'ose pas enlever plus de glace.

— Pourquoi, demanda Tania, tu ne la laisses pas fondre et tu récupères tout sur un filtre ?

— Je ne sais pas. Mon intuition me dit qu'il ne faut pas. Je veux préserver ce que la glace pourrait contenir. On va, si tu veux bien, rapidement le regarder sous la loupe binoculaire.

Anna plaça alors le petit cube sur la platine et tenta une mise au point au grossissement vingt fois. Après une dizaine de secondes, elle s'exclama :

— Regarde, Tania ! C'est le mieux que je puisse faire. Peut-être que cela t'évoquera quelque chose.

L'étudiante prit sa place et observa l'anomalie, l'œil rivé sur l'oculaire.

— Ça ne ressemble pas à des cendres, commenta-t-elle, ni à de la terre, pas plus à du pollen.

La glaciologue, en retrait, cherchait des alternatives. Elle suggéra :

— Un morceau de tige végétale, peut-être ?

— Non, je ne crois pas. La couleur n'est pas bon.

— Pas bonne, corrigea Anna doucement. Laisse-moi regarder, s'il te plaît.

Et elle reprit sa place devant l'objectif.

— En effet, sa couleur est presque blanche. Un bout de roche peut-être ? Mais, c'est curieux, le Kilimandjaro est un volcan, sa roche est en principe plus sombre. J'essaie de grossir encore, au quarante. On dirait que c'est légèrement strié. Tu sais à quoi je pense ?

— Non, dis-moi ?

— Un fragment d'os !

Anna s'emballa à cette idée.

— Un os ! répéta Tania, interloquée, avant de s'exclamer en anglais : *Incredible* !

— Oui je sais, c'est peu probable. C'est comme trouver une aiguille dans une botte de foin, un énorme tas de foin...

La glaciologue, inspirée l'instant d'avant, sembla soudain découragée.

— En Sibérie, suggéra la jeune Russe en prenant un ton réconfortant, on a bien trouvé des squelettes entiers de mammouth dans le permafrost.

— Le permafrost, c'est du sol gelé, Tania. Je sais bien que l'on y trouve toutes sortes de squelettes, c'est également le cas dans des glaciers. Des alpinistes accidentés, par exemple. Or là, on parle d'une carotte glaciaire issue d'un forage très profond. Notre glace date de la Préhistoire, tout ça me paraît surréaliste. En tout cas, à ma connaissance, on n'a encore jamais trouvé de fragment d'os fossilisé dans des carottes glaciaires. Ni aucun autre matériel animal, d'ailleurs.

Tania n'osait plus intervenir. Son aînée raisonnait désormais à haute voix.

— Si c'est vraiment un bout d'os que nous avons sous les yeux, je ne sais pas si tu te rends compte de ce que cela signifie ! Je m'explique. Admettons qu'un animal soit mort au sommet du Kilimandjaro, il y a onze mille ans. Il faut déjà y aller, on est quand même à six mille mètres d'altitude ! La neige, puis la glace, qui se sont ensuite accumulées pendant les millénaires suivants, ont forcément pulvérisé son squelette sous l'effet de la pression.

Anna tapa le poing sur la paume de sa main, ce qui fit sursauter sa thésarde.

— Et hop, poursuivit-elle avec ironie, nous, on arrive avec notre matos, on plante notre foreuse pile poil à cet endroit, et on y trouve notre fragment osseux. Beaucoup d'événements somme toute improbables, tu ne trouves pas ? Concours de circonstances favorables ou bien pur hasard ? Je me le demande.

— Le hasard, sinon je ne vois pas, conclue Tania. On fait quoi maintenant ?

— Laisse-moi réfléchir. D'abord, on n'y touche plus et je reconditionne tout de suite le cube afin d'éviter qu'il dégèle complètement. Je vais le mettre dans une boîte isotherme avec de la carboglace.

— Ok, et après ? hasarda l'étudiante, tu veux avertir le directeur du labo ?

— Pierre Morel ? Non ! C'est prématuré. Il a horreur d'être dérangé pour rien. Et puis aujourd'hui, il participe à un séminaire avec l'équipe de Grenoble. Je vais creuser, voir si je trouve des publications sur le sujet. En attendant, cette découverte reste entre toi et moi. D'accord, Tania ?

— Oui, si tu veux, répondit cette dernière, obéissante et surtout incertaine d'avoir saisi tout l'enjeu de leur trouvaille.

Anna cru d'ailleurs bon d'ajouter :

— Tu comprends, si ça se trouve, ce n'est rien de spécial et ce n'est pas la peine de se rendre ridicules auprès de l'équipe. Je remonte à mon bureau et on reprend après le déjeuner ?

— Tu peux juste me montrer les produits chimiques ?

— Ah oui ! se rappela soudain Anna, j'avais complètement oublié. Désolée, Tania, on y va maintenant.

Les deux jeunes femmes quittèrent les lieux, emportant avec elles la boîte isotherme contenant le précieux cube gelé. Lorsqu'elles parvinrent au local dédié au stockage des produits chimiques, Anna indiqua à Tania celui dont elle avait besoin, s'attardant un court instant sur les procédures de rangement sécurisé.

C'est le moment que choisit Jean-Étienne Fontenil pour entrer dans le local :

— Vous en avez mis du temps toutes les deux dans la salle blanche !

— Oh, Jean-Étienne, répliqua sa collègue, tu n'as vraiment rien de mieux à faire que de nous chronométrer et nous pister ? Je me demande d'ailleurs ce que tu fabriques ici. Tu n'utilises jamais, toi, de produits chimiques pour tes modélisations informatiques.

— Je venais simplement vous chercher pour la pause-café, se justifia le chercheur, cette fois sincère. Il y a des croissants aujourd'hui.

— C'est toi qui les as apportés ? demanda Tania avec gourmandise. C'est gentil, j'adore les croissants français.

— Ça, ce serait étonnant ! cingla la glaciologue, qui connaissait la radinerie de son collègue.

— Non, en effet, répondit Jean-Étienne, agacé. C'est une stagiaire. Elle fête son anniversaire.

Alors que tous trois s'apprêtaient à rejoindre la cuisine, ce dernier retint sa collègue par le bras :

— Mais dis-moi, pourquoi tu te balades avec une boîte isotherme ? Aucun échantillon ne doit sortir des salles d'analyse. Tu me surprends, tu es toujours la première à nous rappeler les règles.

— Cet échantillon est… sans importance, bredouilla Anna, prise sur le vif. J'explique à Tania les étapes d'analyse des carottes glaciaires.

Et, feignant un malaise soudain, elle ajouta :

— Je ne me sens pas vraiment dans mon assiette. Allez-y sans moi, je vous rejoindrai plus tard.

— Je te trouve toute pâle en effet, tu serais pas en cloque, des fois ? l'interrogea Jean-Étienne, affable, un peu mielleux. Si c'est le cas, je demanderai à Pierre d'échanger nos bureaux, puisque tu seras absente plusieurs mois. Je trouve le mien un poil trop sombre.

Et, se tournant vers Tania :

— Tu viens, Miss Russie ?

Anna lui jeta un regard incendiaire qui voulait dire *pauvre con* et leur tourna le dos tandis que la jeune doctorante, docile, emboîtait le pas au chercheur. La glaciologue rejoignit en toute hâte son bureau, s'y enferma et composa aussitôt un numéro sur son téléphone. La réponse fut immédiate :

— Bonjour, ici le Centre militaire spécialisé dans la médecine de catastrophe, que puis-je pour vous ?

— Bonjour, chuchota-t-elle, je souhaiterais parler à Julie Cazeneuve, s'il vous plaît.

— Oui, c'est de la part de qui ? je n'ai pas bien entendu.

— Anna Mestrallet, du CNRS.

— Ne quittez pas, je vous prie.

Sa patience fut mise à l'épreuve pendant quelques minutes. Anna, qui cherchait à occuper son esprit, parcourut quelques e-mails sans importance quand enfin, elle reconnut la voix de son amie.

— Anna, c'est toi ? Que se passe-t-il ?

— Écoute, Julie, j'ai absolument besoin de ton expertise, toi la pro de la génétique. Tu pourrais me rendre un service ?

De but en blanc, elle demanda à son amie si elle pouvait examiner une anomalie qui semblait être un minuscule fragment osseux prisonnier de la glace.

— Oui, bien sûr, j'ai tout ce qu'il faut ici. Mais tu sais, ne te fais pas trop d'illusions. Il y a de grandes chances pour que ce soit du minéral.

— On verra. Je t'envoie l'échantillon immédiatement par transport spécial. Tu devrais le recevoir d'ici deux heures max. Tiens-moi au courant.

— Ok, je regarde dès que je le reçois. Bises.

— Ça marche. Salut Julie, et merci en tout cas.

Anna raccrocha, pensive. Elle avait en réalité la troublante intuition que le contenu de ce glaçon allait l'entraîner dans une histoire autrement plus tumultueuse que la recherche de piquets en plein blizzard. Elle savait qu'elle enfreignait quelques règles, ce que Jean-Étienne n'avait pas manqué de lui rappeler, et qu'elle mettait peut-être Julie dans une situation délicate. *Le jeu cependant en vaut la chandelle*, songea-t-elle.

L'attente d'un résultat serait longue, alors autant continuer cette journée, le plus normalement possible. Une fois le colis expédié, Anna, soudain plus légère, rejoignit ses collègues en espérant qu'ils lui avaient gardé un croissant.

CHAPITRE 8

National Hospital of Pediatrics, Hanoï, Vietnam.

— Fréquence cardiaque 130, il rosit, c'est bon signe, indiqua Chau Lan, l'auxiliaire de puériculture dont Simon appréciait le calme.

Le nouveau-né qu'elle stimulait se mit à crier. Il émit plus un grognement plaintif qu'un véritable cri, mais il était bien vivant. Le pédiatre, soulagé, sentit aussitôt la salive affluer à nouveau dans sa bouche.

Depuis quelques minutes en effet, il s'affairait, avec l'auxiliaire et une vieille sage-femme, auprès d'un enfant en détresse sorti en urgence par césarienne.

Simon éloigna le masque à oxygène de la petite frimousse. Tous savaient la partie maintenant gagnée. Le bébé urina sur la table. Encore hagard, il ouvrit grands ses yeux vitreux. La tension retombée laissa place à une légère euphorie. Les corps se détendirent, les visages s'animèrent alors que chacun ôtait son masque chirurgical.

Le médecin remarqua alors le regard appuyé que lui adressait Chau Lan. Ce fut comme s'il se découvrait soudainement une attirance pour cette femme, avec laquelle il travaillait pourtant depuis près d'un an. Simon fut séduit par ses doux yeux noirs, finement soulignés d'un trait de crayon turquoise, ses lèvres charnues qui rehaussaient des pommettes arrondies encore rouges du stress envolé. La sage-femme, en retrait, faisait mine de ne pas remarquer le manège.

Un appel pour un avis médical en réanimation néonatale mit subitement fin à leurs œillades. Simon, un brin contrarié, salua les deux femmes, non sans adresser un sourire enjoué à la jeune auxiliaire. Il se sentait néanmoins léger en se dirigeant vers l'étage supérieur, sans aucun empressement.

Ici, des dizaines de nouveau-nés de petit poids ou prématurés s'accrochaient à la vie, seuls ou à deux dans une même couveuse. Deux toutes petites filles d'à peine six cents grammes, les yeux grands ouverts, comme des billes noires, ne parvenaient pas à dormir. La main de l'une d'elles agrippait la sonde verte qui reliait ses poumons au respirateur. Quelque chose semblait les déranger. Simon examina une des jumelles, puis l'autre, mais ne diagnostiqua rien d'anormal.

D'un geste résolu, il ôta sa tunique, se cala dans un fauteuil et, aidé par une infirmière qui sortit les jumelles une à une de la couveuse, les plaça tout contre son torse, *en peau à peau*. Il entonna alors une berceuse, et les fillettes, apaisées, s'endormirent aussitôt. Ainsi installé, dans le silence relatif de la pièce ponctué du bruit des alarmes de contrôle, le docteur Legrand pensa un instant à Chau Lan, sa jolie collègue. *Après tout,* se dit-il, *je pourrais peut-être lui proposer une escapade à la baie d'Along. Pourquoi pas une virée romantique en jonque sur les eaux turquoise, avec une petite escale sur l'un des multiples îlots?*

Cette perspective en tête, Simon passa une main libre sur son visage rasé de l'avant-veille, puis dans sa chevelure noire hirsute, songeant qu'il était temps de se lâcher un peu, même si Maïssa occupait encore bien souvent ses pensées. Simon Legrand, à son rythme, lui aussi s'apaisait et reprenait goût à la vie.

Après s'être assuré que plus rien ne dérangeait les jumelles, il confia le soin à l'infirmière de les réinstaller dans leur abri de plexiglas. L'alarme de son téléphone lui signifia qu'il était l'heure de se rendre à l'aéroport. Son ami Florent Baratier débarquait dans deux heures et il se réjouissait de leurs retrouvailles.

Quant à la baie d'Along avec Chau Lan, l'idée était séduisante mais, ce n'était peut-être pas encore le moment. *J'y penserai après mon séjour à Paris,* se dit résolument Simon.

L'Airbus A350 de la Vietnam Airlines perça la couche de nuages quelques minutes avant d'atterrir au Nôi Bài International Airport de Hanoï. En sortit Florent Baratier, fourbu mais joyeux, revêtu d'un costume en lin beige froissé par le voyage et d'une casquette assortie sur son crâne chauve. Il arborait un sourire charmeur et surtout généreux, celui d'un homme prêt à engloutir un gigot en entier.

Simon lui ouvrit grand les bras, manifestant une joie non feinte que l'autre, riant déjà, accueillit volontiers.

— J'étais coincé pendant onze heures entre une grosse dame d'un côté, qui sentait bon et un papi de l'autre, qui s'enfilait fiole sur fiole. Peut-être qu'il m'enviait un peu et aurait bien changé de place avec moi, maintenant que j'y pense.

— Un vrai bonheur, ton voyage ! s'extasia Simon qui imaginait très bien son ami blotti contre la dame.

— Ça, c'est sûr ! lâcha Florent, hilare.

Son parcours à celui-là, pensait Simon, n'était pas banal. Florent n'avait jamais su trouver la sérénité sur les bancs de l'école. Il avait connu une scolarité chaotique, traversée de périodes obscures dont l'une fut marquée par une consommation excessive de drogues dures. Il avait été l'un de ces surdoués trop peu scolaires qui auraient pu mal tourner s'il n'avait fini par obtenir son bac à 20 ans pour échouer dans les amphis de la Faculté de médecine de Paris. Florent aimait raconter qu'il y avait rencontré Thelma, une fille imaginative et captivante, selon ses mots, alors qu'ils disséquaient ensemble un cadavre plus que pourri dans un sous-sol malodorant des Saints-Pères. Il avait obtenu sa main trois jours plus tard. Diplômé de gynécologie obstétrique, Florent Baratier, baroudeur, 39 ans maintenant, le même âge que Simon, se promenait pour des missions humanitaires ou des conférences, un jour au Cameroun, la semaine suivante en Argentine, et cette fois-ci en Asie. Entre-temps, il était devenu l'un des spécialistes mondiaux du traitement des fistules vésico-vaginales chez la femme âgée. Son épouse Thelma, son port d'attache, avait opté pour la médecine générale. Son cabinet, installé dans la région de Lyon, ne désemplissait pas.

Simon et Florent se frayèrent un chemin au milieu d'une foule volubile. La multitude des passagers confinés durant les onze heures de vol se fondait maintenant en une même masse où se mêlaient ceux venus les attendre et d'autres qui prenaient un avion. Et, comme pour chaque goutte composant l'eau du fleuve qui rejoint l'océan, nul ne savait ce que chacun d'eux deviendrait.

Une chaleur moite les surprit tandis qu'ils quittaient le hall climatisé. Florent, pris d'une suée soudaine, ôta sa veste.

— Dis donc, tu ne supportes plus les tropiques ?

— Si, mais je n'ai qu'une veste pour tout le séjour, répondit le gynécologue en exhibant son blazer à bout de bras. Elle est classe, non ? Après-demain, je fais une présentation et je dois être au top.

— Alors, commençons par te mettre en condition. Que dirais-tu d'un massage relaxant après cette éprouvante traversée ?

— Je te suis les yeux fermés, j'adore les massages thaïlandais.

— Vietnamiens, rectifia Simon en faisant signe au taxi d'approcher. Tu verras, c'est tellement mieux !

Ils devaient d'abord parcourir les trente kilomètres qui reliaient l'aéroport à la capitale du Vietnam, au nord du pays. La circulation était fluide sur la *Võ Nguyên Giáp*, une autoroute à six voies bordée d'étendues vertes et luxuriantes à perte de vue, des terres de maraîchage et des rizières abreuvées par le fleuve Rouge. Les deux hommes bavardaient côte à côte à l'arrière de la voiture lorsque le soleil enflammé fit une apparition fugace sous la ligne de nuages, juste au-dessus de l'horizon. Simon s'apprêtait justement à évoquer leur première rencontre :

— Ça fait combien de temps, au fait, qu'on se connaît mon ami ?

— Dix, douze ans, rétorqua Florent aussitôt animé. C'était au Burkina Faso, ne me dis pas que tu as oublié.

— Mais non, je peux même te dire, précisa le pédiatre avisé, que c'était en saison froide. Il y avait de l'harmattan[5], on y voyait que dalle. T'es arrivé comme ça, avec Thelma. À propos, tu me diras comment elle va… C'était comme si vous sortiez de nulle part, tellement il y avait de sable en suspension.

— On arrivait de Bobo-Dioulasso, c'est là qu'on bossait. Mais on avait entendu parler de ton hôpital et de son projet pilote. On voulait voir un peu comment vous fonctionniez.

— Des touristes, j'ai aussitôt pensé ! Tu étais alors svelte et bronzé.

— Svelte, j'étais, tu dis ? Parce que maintenant…

Les deux amis se jetèrent l'un à l'autre un regard amusé.

— Eh oui, avec le temps, on dirait que tu as encore pris quelques kilos depuis la dernière fois qu'on s'est vus ! Ça remonte bien à deux ans, si ma mémoire est bonne.

— T'exagères, je n'ai pas pris tant que ça, fit Florent, tentant de rentrer son ventre. Mes abdos restent en béton, tu peux taper si tu veux.

Simon s'esclaffa.

Enthousiastes, ils échangèrent encore quelques anecdotes tandis que la voiture filait à vive allure vers Hanoï dans le jour déclinant. Ils se perdirent tous deux dans leurs pensées à l'évocation de ces souvenirs, et aussi en raison de la beauté du paysage traversé.

C'est Florent qui, le premier, en rompit la quiétude.

---

5 Vent chaud provenant du Sahara.

— Dis, Simon, et Maïssa, comment tu te remets ?

Le pédiatre se crispa aussitôt, même s'il s'attendait à entendre surgir la question.

— Je n'ai pas envie d'en parler, éluda-t-il. Elle me manque, tu penses bien. Une autre fois, peut-être…

— C'est comme tu veux, bien sûr !

Le taxi entra subitement à la nuit tombée dans le centre-ville, à hauteur du boulevard Hoàng Hoa Thám. La voiture se faufila non sans mal dans la foule motorisée, un peu seule au milieu des milliers de scooters roulant, d'un accord tacite, tantôt sur la chaussée, tantôt sur le trottoir, à contresens ici, en cohésion là, avec le groupe toujours, et surtout en évitant le piéton.

— Eh ! Il est fou ce type, émit soudain Florent, indiquant un vieillard qui traversait juste devant eux.

— T'inquiète, rétorqua Simon amusé, c'est comme ça ici. Tu te lances un peu en biais à contresens de la circulation, tu regardes les gens droit dans les yeux et ils s'écartent pour te laisser passer.

— Oui, peut-être. Tiens, en voilà un autre. Et jamais ils ne se font percuter ?

Tandis que le gynécologue attendait en vain sa réponse, le chauffeur donna brusquement un coup de volant sur la gauche et s'engouffra dans une ruelle étroite. Il rabattit les rétroviseurs afin d'éviter les façades décrépies d'où pendaient d'innombrables faisceaux de fils électriques, et sillonna ensuite un labyrinthe de voiries dont les trottoirs étaient envahis de boutiques, d'ateliers et de petits restaurants dressés à même le sol. Encore deux ruelles sur la droite, et les Français furent perdus. C'est là que le taxi les déposa.

Le salon de massage *Lan Anh* se trouvait dans le vieux centre de Hanoï. *Lan Anh* signifie en vietnamien « orchidée subtile et raffinée ». Simon et Florent se laissèrent guider par une hôtesse vêtue d'une longue robe en soie écarlate dans des cabines fermées de rideaux blancs. Elle les pria de se déshabiller intégralement et de gagner chacun une table de massage. L'ambiance boisée et confidentielle contrastait avec la folie de la rue. Des mains expertes s'appliquèrent bientôt à les enduire d'une huile parfumée, avant de les pétrir, n'épargnant aucune parcelle de leur peau. Ils sortirent de là longtemps après, groggy, titubant, avec la nette impression d'avoir été drogués.

— Excellente façon d'atterrir, jugea Florent.

Ils décidèrent de marcher un peu afin de se dégourdir les jambes. Simon entraîna alors son ami au travers de passages exigus et d'escaliers pentus jusqu'à parvenir à une petite terrasse juchée au sommet d'une bâtisse branlante qui surplombait les autres.

— Tu veux me faire crever, c'est ça ? s'exclama Florent qui peinait, soufflant comme un bœuf. Tu veux pas qu'on se pose devant une bonne bière bien fraîche ?

— On y est. Regarde plutôt, t'es pas bien ici ?

— Waouh ! C'est vrai que c'est cool, lâcha le retardataire, écarquillant les yeux en découvrant le panorama.

La métropole illuminée et grouillante s'étalait à leurs pieds. Autour d'eux, sur la terrasse, quelques tables éclairées de lanternes étaient disposées de façon éparse. Des parfums d'herbes aromatiques et de poisson grillé chatouillèrent leurs narines, aussitôt dispersés par une brise légère et bienvenue. Florent, reconnaissant, prit place et Simon commanda deux bières *Lao Caï*.

— J'en ai rêvé de celle-ci, tu peux me croire, soupira le gynécologue.

— J'en doute pas une seconde, tu n'avais qu'à me dire, on se serait posés plus tôt.

— T'inquiète, j'apprécie d'autant plus qu'elle s'est fait attendre.

Ils trinquèrent à leurs retrouvailles, faisant tinter les bouteilles tout juste apportées et décapsulées.

— Mmmh, pas mal ! commenta Florent en savourant sa première gorgée.

Il lui fallut encore quelques minutes pour retrouver son souffle et apprécier réellement le cadre. Puis il reprit la parole :

— Dis, Simon, j'y pense, t'as évoqué un cauchemar l'autre jour au téléphone !

— Ah oui ! En fait, je fais le même depuis des années, depuis mon enfance, et là ça revient vraiment souvent !

— Vas-y, raconte, ça m'intéresse !

Et Simon lui évoqua dans le détail le contenu de son rêve récurrent. Le gynécologue l'écouta sans l'interrompre, tout en savourant sa bière.

— T'as un frère, toi, maintenant ? Je te croyais fils unique.

— Ben non, pas à ma connaissance ! C'est ça, le problème.

— Tu l'as dit !

— C'est toujours au même moment que je me réveille, quand il dévisse ! Chaque fois, c'est le même scénario, chaque fois, ça se termine comme ça. Comme s'il n'y avait pas moyen d'intervenir, de prévenir sa chute. J'assiste, impuissant, à un drame qui me touche réellement. Je ne comprends pas le sens de tout ça.

— Je sais pas où t'es allé le chercher, ce frangin ? Va pour la montagne, tu crapahutes depuis que t'es petit, tu as bien dû te faire une frayeur une fois ou l'autre, non ?

— Pas vraiment, je suis plutôt du genre prudent.

Une serveuse déposa à ce moment des plats sur la table.

— Du *chảcá* et des *bánhcuốn*, indiqua distraitement Simon en désignant le poisson et les raviolis fumants fourrés au porc, tu vas voir, c'est excellent.

— Super ! Je me demandais aussi si t'avais pas un peu faim.

— J'aime ta patience, Florent !

— Cette histoire de frère, reprit ce dernier, soucieux de venir en aide à son ami, c'est curieux, non ? T'en as peut-être un ? Caché ?

— Ben, ça m'étonnerait, ou alors, il est mort avant ma naissance.

— Il y a bien des tas de gens qui sont frère et sœur et qui l'ignorent.

Tes parents ont peut-être eu des amants ? Qui sait ? Les miens en ont bien eu tous les deux. Si ça se trouve, j'en ai, moi aussi, après tout, un frère ou une sœur planqué quelque part !

— Mes parents, amoureux comme ils sont, j'en doute. On peut toujours imaginer un truc comme ça, dans l'hypothèse néanmoins, où ce rêve a réellement du sens.

— Ça, c'est pas gagné, rétorqua Florent, à court d'idées. Tu sais ce que j'en pense, moi, de l'interprétation des rêves ! J'te dirai si j'ai une autre idée…

Le repas se poursuivit dans la bonne humeur, toujours arrosé de bière légère. La serveuse leur présenta d'autres mets parfumés que Florent apprécia tout autant que les premiers quand soudain, la fatigue du décalage horaire le surprit.

Simon appela le chauffeur de taxi et le pria de les ramener chez lui, dans sa maison située près du fleuve Rouge. Il proposa à Florent l'une des alcôves bordant la vaste pièce boisée de bambou, séparée par une simple tenture. Ce dernier se dirigea sans se faire prier vers le lit qu'il aspirait à rejoindre plus que tout. Simon se réjouit quand, la minute d'après, il l'entendit ronfler.

CHAPITRE 9

Genève, Suisse.

Le colis d'Anna fut livré à 11 heures du matin au Centre militaire, puis déposé vingt minutes plus tard sur le bureau de Julie Cazeneuve, au 4e sous-sol du bâtiment. La généticienne remercia le coursier et repéra tout de suite l'enveloppe accolée au verso du paquet. Elle s'empressa de l'ouvrir et de lire les mots griffonnés par son amie :

STP dis-moi ce que c'est ! La glace provient du Kilimandjaro où la carotte a été prélevée, tout près du socle rocheux. Datation environ 11 700 ans avant notre ère, Préhistoire (Late Stone Age).

Intriguée, Julie lâcha sur-le-champ son travail en cours, une étude sur le génome d'un virus de chauve-souris. Associer des codes génétiques à des espèces en tous genres était sa spécialité, que ce soit pour caractériser un virus potentiellement mortel, attribuer une paternité ou encore découvrir l'identité d'un cadavre.

Elle embarqua la boîte réfrigérée dans le laboratoire qui disposait d'un matériel ultramoderne. Avec d'infinies précautions, elle s'appliqua dans un premier temps à faire fondre la glace, dans le but d'isoler le fragment. Elle soumit ensuite celui-ci à son œil méthodique, bien centré sous une loupe binoculaire qui grossissait cent fois le moindre grain de poussière.

Elle prit alors le soin de l'examiner sous toutes ses faces et identifia sans hésitation un assemblage singulier de lamelles, constellées de porosités.

— De l'os ! s'exclama-t-elle à haute voix. C'est un petit morceau d'os. Aucun doute. Bien vu, Anna !

Certains de ses collègues, affairés à des tâches délicates, levèrent la tête et lui adressèrent un regard réprobateur.

— Est-ce que quelqu'un sait, hasarda Julie inspirée, quels animaux vivaient en Afrique près du Kilimandjaro… au Mésolithique ?

Sans réellement attendre de réponse, elle imagina une bête s'aventurer sur le glacier, pourchassant sa proie. Qui du prédateur ou du butin, avait pu terminer sa course dans une crevasse ? Julie ne se représentait pas vraiment les lieux, ni la Préhistoire, ni même au fond, l'histoire.

— Julie, s'il te plaît, tais-toi ! rétorqua un technicien chargé d'ensemencer des bactéries hautement résistantes dans un milieu de culture. J'ai besoin de me concentrer. Tu n'as qu'à chercher sur Internet.

La généticienne, d'abord étonnée, admit que la réflexion était justifiée. Elle s'excusa d'un air résigné, reconditionna le fragment osseux dans la carboglace et regagna son bureau, son paquet sous le bras. Julie devait faire face à un véritable dilemme : soit elle en restait là – après tout, Anna avait la réponse à sa question –, soit elle poursuivait les investigations, et cela consistait à identifier l'animal. Autrement dit, à se lancer dans l'analyse de son code génétique. Elle hésitait. *Oh là là,* se dit-elle, *il est déjà midi passé, si je commence un séquençage j'en ai pour des heures !*

Dix minutes plus tard, un collègue, avec lequel elle avait l'habitude de déjeuner, entrouvrit sa porte :

— Tu viens avec nous, Julie ? On va à la *cafet'*.

— C'est gentil, merci, je n'ai pas le temps maintenant. Je prendrai un sandwich au distributeur.

— Au fait, tu es prête pour ta conférence de ce soir ?

Julie grimaça. Bien sûr qu'elle était prête ! Elle avait mis des semaines à préparer cette conférence pour le Centre de l'Innovation du CHU de Genève. Elle devait présenter un topo sur les dernières avancées technologiques en matière de séquençage de l'ADN et avait même convaincu Romain d'y assister.

C'est alors qu'une idée lui traversa l'esprit.

— Dis-moi, minauda-t-elle, un peu ennuyée, tu pourrais me rendre un service ?

— Ça dépend de quoi il s'agit ! rétorqua son collègue, une main sur la poignée.

— Tu peux me remplacer ce soir, justement ? Les *slides* sont prêtes, je peux te filer mes notes et puis tu maîtrises le sujet autant que moi.

Le visage hébété du type traduisit sa surprise :

— Oui, c'est possible mais… Tu es sûre ? Tu adores ça, en général, les conférences ! Un souci ?

— Rien de grave, je te rassure, juste une urgence de dernière minute qui devrait me prendre une partie de la nuit. Si c'est bon pour toi, ça me va. Je t'envoie les infos par mail et je préviens les organisateurs du changement d'intervenant.

Elle ajouta, flatteuse :

— Ils y gagneront au change.

— Bon, ben on fait comme ça si tu veux.

Et alors qu'il s'apprêtait à s'en aller, l'air satisfait, Julie le retint du regard.

— Attends, j'ai une dernière question, dit-elle en mordillant un stylo.

— Vas-y ! Je te sens préoccupée depuis tout à l'heure.

— Est-ce que tu sais si quelqu'un de l'équipe a déjà fait de l'extraction de l'ADN fossile ? Un animal, comme un ours des cavernes par exemple ?

— Pas à ma connaissance, non, avança le collègue en se frottant la nuque. Tu sais bien, on ne fait pas de paléontologie ici, ce sont plutôt les bestioles actuelles qui nous inquiètent.

— Ok merci. On se dit à demain. Tu me raconteras comment s'est passée la soirée!

Julie aspirait désormais à se retrouver seule. Elle mesura, fébrile, les dégâts causés par ses dents sur le stylo. *J'espère que je ne vais pas le regretter*, se dit-elle. *Maintenant que j'ai pris ma décision, il faut que j'aille jusqu'au bout.*

La jeune femme chercha à élaborer une stratégie afin d'identifier l'animal auquel l'esquille osseuse aurait pu appartenir. Récupérer en effet de l'ADN aussi ancien à partir de ce bout d'os dérisoire, puis le séquencer, ne serait pas une tâche aisée. Julie doutait fortement de ses chances d'obtenir une taille de molécule et une qualité de préservation suffisantes. La paléogénétique ne lui était pas familière. Le défi qu'elle se donnait s'annonçait donc de taille.

Des recherches sur Internet lui confirmèrent que des séquençages avaient pu être réalisés à partir de matières préhistoriques : un cheval de Przewalski, de la laine de mammouths fossilisés et même un os de Néandertalien. L'homme des glaces Ötzi, découvert en 1991 dans un glacier des Alpes italiennes avait eu également droit à son empreinte génétique.

Le problème de Julie résidait dans le peu de matière dont elle disposait au départ. Juste cette minuscule esquille. Le fait que la congélation ralentisse la dégradation de l'ADN constituait toutefois, selon elle, l'atout principal de la trouvaille de son amie Anna. Pour peu que son choix de faire fondre le glaçon protecteur n'ait pas déjà suffi à l'endommager.

Soucieuse, elle rédigea avec soin le protocole qu'elle allait suivre dans cette situation inédite. Vers 15 heures, d'un pas décidé, elle quitta son bureau, se rendit au distributeur à l'étage en dessous, et acheta un club-sandwich au poulet qu'elle engloutit en quelques minutes.

Réconfortée, la jeune femme se dirigea vers la salle de manipulation à haut niveau de confinement.

Dans cette pièce, tout ADN intrus était éliminé par des nettoyages drastiques et des passages réguliers aux rayons ultraviolets. Une trace de doigt, la présence d'un cheveu ou ne serait-ce qu'un postillon, pouvait en effet compromettre des heures de travail fastidieux. Julie s'équipa en conséquence dans le sas d'entrée et désinfecta la boîte isotherme. Elle songea qu'elle n'aurait pas de seconde chance si, par mégarde, elle contaminait l'ADN fossile avec le sien.

La généticienne retint sa respiration lorsqu'elle sortit l'os de sa boîte et le déposa dans un creuset. À l'aide d'un pilon, elle commença par broyer l'échantillon jusqu'à en obtenir une fine poudre. Puis, elle plongea celle-ci dans une succession de solutions détergentes afin d'éliminer les composants inutiles, tels les lipides ou les protéines. Julie manipula avec dextérité la pipette automatique ainsi que les microtubes déposés un à un dans la centrifugeuse. Suivant la procédure, elle utilisa ensuite des petites billes magnétiques capables de fixer sélectivement les molécules d'ADN, qu'elle libéra alors à l'aide d'une dernière préparation.

Après deux bonnes heures de manipulations délicates, elle observa avec satisfaction, au fond d'un tube à essai, un précipité blanchâtre formé par la pelote de filaments d'ADN. À ce stade, la jeune femme ignorait encore si la qualité de l'ADN récupéré lui permettrait d'en identifier la provenance.

L'étape suivante consistait à le répliquer par PCR[6]. Cette technique photocopiait la molécule des milliards de fois, avec le risque de recopier en autant d'exemplaires de l'ADN indésirable issu de contaminations potentielles. Enfin, lire l'information génétique nécessitait de trouver les bons décodeurs sous peine de rester avec une image cryptée indéchiffrable.

---

6 *Polymerase Chain Reaction*, en anglais.

Elle introduisit l'émulsion obtenue par PCR dans l'automate habituellement réservé à des tests génétiques en médecine légale. Couplée à un ordinateur, la machine délivrerait son résultat d'analyse dans les six heures.

À 22 heures, le Centre militaire était presque vide. Personne ne s'étonna, pas même la sécurité qui terminait sa première ronde, que la chercheuse restât au travail à cette heure avancée. Les scientifiques avaient coutume de s'attarder sur place s'ils devaient terminer une manipulation un peu longue ou finaliser une présentation.

Épuisée par sa journée bien chargée, la généticienne se frotta les yeux et s'étira. Elle trompait sa fatigue et l'attente en grignotant des biscuits et une tablette de chocolat. Son collègue devait tout juste avoir achevé la conférence, elle espérait qu'il avait été à la hauteur. Julie ne regrettait néanmoins pas son choix. Curieuse de connaître la provenance de l'os, elle avait aussi très à cœur d'apporter une réponse complète à l'énigme posée par Anna. *En plus*, songea-t-elle, *c'est sans compter que j'enfreins une bonne dizaine de règles de sécurité en acceptant de traiter son échantillon! Il faudra que je raconte ça à Romain.*

À l'évocation de Romain, son visage se décomposa. Elle avait oublié de le prévenir! Elle espéra qu'il ne lui en tiendrait pas rigueur alors que leur histoire commençait à peine à prendre racine. En plus, privée de son téléphone personnel – interdit dans les locaux du Centre –, elle ne pouvait vérifier s'il avait cherché à la joindre. La jeune femme, inquiète, consulta sa messagerie dans l'espoir d'y lire un quelconque petit mot de sa part.

Déçue de ne rien trouver, son attention fut cependant attirée par un e-mail en interne. Le nouveau séquenceur installé depuis quelques jours était désormais opérationnel et entrait en phase de qualification. Les tests et les réglages avaient même commencé.

« Génial! Je vais l'essayer avec l'ADN de la carotte! » s'excita Julie, ragaillardie à l'idée d'utiliser dès maintenant ce séquenceur de troisième génération. Cette petite merveille de la technologie pouvait décrypter en un temps record l'ADN par lecture directe. Elle se rendit dans la salle qui accueillait l'équipement flambant neuf et, consciente d'outrepasser une nouvelle fois les règles, y introduisit le reste du précipité obtenu plus tôt dans l'après-midi.

Vers 2 heures du matin, Julie, à moitié endormie, fut alertée par deux signaux quasi simultanés indiquant la fin des analyses. Quelle ne fut pas sa surprise lorsque les deux machines, l'une après l'autre, rendirent leur verdict. Le même résultat, sans équivoque. Elle lâcha un « Quoi ! » sonore, retentissant dans les locaux inoccupés. L'ADN qu'Anna lui avait confié provenait d'un squelette d'hominidé ! Un être humain.

La généticienne se représenta un instant cet homme préhistorique en train de se balader sur le toit du Kilimandjaro. *Enfin, si l'os date bien de onze mille ans*, se dit-elle, *perspicace, parce que ça, les séquenceurs ne l'indiquent pas.*

Elle comprit qu'elle devrait en confier la datation à une équipe dont c'était la spécialité. Elle se focalisa donc sur l'analyse du code génétique. La jeune femme intégra aussitôt les fichiers dans la banque suisse des empreintes génétiques, elle-même interconnectée avec celle des principaux centres de recherche mondiaux. Julie Cazeneuve voulait en savoir plus sur les traits de cet ancêtre. Et elle n'eut pas à attendre bien longtemps.

Aussi, quand l'écran d'ordinateur afficha sa réponse, elle hurla, cette fois sans retenue : « Anna, mais qu'est-ce que tu m'as fait là ?! »

À 3 heures du matin, maugréant et jurant grossièrement, Julie enfila de travers sa veste aux motifs arlequin. Elle fit claquer les portes une à une jusqu'à sortir du bâtiment. L'agent de sécurité, assoupi sur son siège en fut même inquiété.

— Une mauvaise nuit, on dirait ? dit-il avec empathie tandis qu'elle passait en trombe devant lui.

Pour toute réponse, la rouquine en furie le foudroya du regard. Elle se précipita vers sa voiture, en fit vrombir le moteur et disparut dans la nuit.

CHAPITRE 10

Hanoï, Vietnam.

À cinq mille kilomètres de là, Florent Baratier, confiant dans ses capacités d'orientation, se risquait à regagner à moto le fleuve Rouge, son rivage, et la maison de Simon. Il avait assisté à la première journée du congrès de la FIGO – la Fédération internationale de gynécologie et d'obstétrique –, consacrée aux avancées en matière de PMA[7]. Le gynécologue avait sans peine renoncé au dîner de gala servi au Grand Plaza Hanoï Hotel. Il préférait amplement passer la soirée chez son ami pédiatre.

Simon, de son côté, avait quitté tôt son poste afin de préparer ses bagages. Un voyage de quinze jours en France l'attendait, pour l'essentiel dans la capitale. Rien de bien exaltant, selon lui. Il prenait l'avion pour Paris dès le lendemain matin. Il bouclait tout juste sa valise quand il reconnut le vrombissement caractéristique du moteur de la XT 500 qui approchait à l'entrée de sa cour.

— Monte ! cria-t-il, apparaissant en bras de chemise en haut des escaliers lorsque Florent eut coupé le contact. J'ai mis des bières au frigo.

— J'arrive. Je laisse la moto ici ?

---

7 Procréation médicale assistée.

— Rentre-la dans l'appentis, tu y trouveras de la place.

Florent gara l'engin et se débarrassa du casque et des gants qu'il posa sur la selle. Il emprunta l'escalier en bois situé à l'extérieur de la maison traditionnelle. Parvenu à l'étage, il se déchaussa et pénétra dans la vaste pièce au plancher en bambou.

— J'adore marcher pieds nus là-dessus, dit-il tandis que Simon revenait avec deux *Lào Caï* et un décapsuleur.

— Trois degrés seulement et bien fraîche, tu devrais aussi apprécier!

Le gynécologue se laissa tomber dans un gigantesque fauteuil en bois de tek. Il but sa bière presque d'une traite, éprouvant ses bienfaits à mesure qu'il vidait la bouteille. Un fumet de porc grillé mêlé de gingembre et de coriandre vint alors lui chatouiller les narines. La cuisinière préparait à son attention un plat de *Bún Chả* accompagné de nouilles sautées.

— Alors, ta journée, commença Simon, amusé par le plaisir évident que Florent affichait. Des infos intéressantes?

— Oui, c'était pas mal! Une ou deux communications dignes d'intérêt. Tiens, par exemple, une équipe a parlé d'une molécule très prometteuse, le *proclomifènide*. C'est proche du *clomifène*, tu sais, ce médicament utilisé pour stimuler l'ovulation. Bref, ce *proclomifènide* permettrait de faciliter la nidification de l'œuf dans l'utérus après la fécondation. La recherche piétine un peu depuis quelques années dans ce domaine, alors tu penses bien que cette molécule a retenu l'attention générale.

— Vous ne trouvez pas, vous les gynécos, qu'il y a assez de monde sur la Terre sans être obligés de trouver comment éviter à tout prix les fausses couches? Elles sont pourtant naturelles au début de la grossesse!

— Demande aux couples qui n'arrivent pas à avoir d'enfant, ce qu'ils en pensent. Moi, je trouve que c'est bien. Et puis, pour toi qui es pédiatre, finalement, plus y'a de bébés, plus y'a du taf. Tu devrais plutôt être content, non?

Simon, la mine joyeuse, leva sa bouteille comme pour trinquer.

— C'est ça ! Tu crois vraiment que je cours après le travail, rétorqua-t-il sur le ton de la plaisanterie. T'en veux une autre, au fait ? Vu la vitesse avec laquelle t'as sifflé la première !

Florent, ravi, acquiesça d'un signe de tête, et reprit :

— J'ai une question pour toi, maintenant. Est-ce que, dans ton service à Hanoï, tu constates aussi une augmentation des jumeaux ?

— Pourquoi, *aussi* ? demanda Simon en se dirigeant vers la cuisine.

— Eh bien, répondit Florent sans bouger de son fauteuil, j'ai parcouru une dizaine de posters pendant la pause-café, qui traitaient tous de l'explosion des naissances gémellaires. Un phénomène observé, expliquent-ils, depuis plusieurs années et ce, quelle que soit la région du monde. C'est la deuxième chose que j'ai apprise au cours de cette journée.

— Ah oui ? Mais… rebondit le pédiatre en brandissant deux bouteilles, c'est pourtant pas très nouveau comme info.

Les jumelles prématurées, portées la veille en *peau à peau*, lui revinrent à l'esprit tandis qu'il passait mentalement en revue les enfants présents dans son service. Il tendit sa bière à Florent et ajouta :

— Pour répondre à ta question, mon ami, je dirais qu'un quart, un tiers peut-être même des couveuses de mon service, est occupé par des jumeaux. Surtout des prématurés. Pas loin d'une vingtaine d'enfants. Il en naissait sans doute moins avant, je peux regarder les archives, si tu veux.

— Ok, mais comment tu l'expliques ?

— Les stimulations ovariennes, les FIV[8], ta nouvelle molécule bientôt, si ça se trouve, le *proclomifènide*, c'est bien comme ça que tu l'appelles ? Le fait aussi, que les femmes ont des enfants plus tard dans leur vie. Tout ça, et tu le sais mieux que moi, favorise la formation de jumeaux.

---

8 Fécondation in vitro.

Florent Baratier prit un air sérieux, se redressa sur son siège et passa une main sur son crâne lisse.

— J'ai parcouru rapidement ces posters. En fait, les auteurs avancent que les FIV et l'âge des mères comme tu dis, n'en sont plus les principales raisons. Chacun émet son hypothèse selon laquelle cet accroissement des naissances gémellaires serait lié à l'exposition massive des populations aux perturbateurs endocriniens, à la pollution bien sûr, aux allergies, aux vaccins, au gluten même, ou bien encore, aux pratiques sexuelles des couples modernes.

— Tout ce qui leur passe par la tête, au final ! résuma Simon, qui trouvait cette liste quelque peu insolite.

À cet instant, la cuisinière déposa des assiettes fumantes sur la table basse, juste devant eux. Florent ne cacha pas son plaisir et saisit aussitôt les baguettes tout en remerciant la femme d'un sourire reconnaissant. Celle-ci s'éclipsa, son service terminé, en leur souhaitant un bon appétit.

— Mmmh, ce que ça a l'air bon, vraiment très bon, ce truc, Simon, dit-il juste avant d'aspirer les longs vermicelles, non sans maladresse.

Il renouvela la manœuvre avec plus de succès, saisissant un gros morceau de viande, et poursuivit en mastiquant bruyamment :

— Un des posters, tiens, accroche-toi, dans le genre original on ne fait pas mieux, ce poster rapporte une étude rétrospective à propos de jumeaux de couleurs différentes. Il en recense une cinquantaine de cas dans le monde. Au premier abord, j'ai trouvé ça super louche. Et puis je me suis dit qu'après tout…

— Parce que tu en as vu beaucoup toi, des cas comme ça ? demanda Simon.

— Non, bien sûr, mais en y repensant, j'ai bien rencontré une femme en France, il y a longtemps, qui avait accouché de jumeaux dont l'un était noir, et l'autre, aussi blanc que toi ! On s'était dit qu'elle avait couché avec deux messieurs à quelques jours d'intervalle, neuf mois plus tôt. On n'a jamais su la vérité mais la femme, elle, était mal !

— Tu m'étonnes ! Et je veux bien imaginer la tête du père, celui qui était présent à l'accouchement !

Tous deux sourirent à cette idée. Ils n'étaient cependant convaincus ni l'un ni l'autre par cette explication. *A priori, la seule qui pourtant tienne la route*, songea Florent.

— Allez, file ton assiette ! Tu en reprends ? demanda Simon qui se levait de nouveau et emportait les plats vides dans la cuisine.

Et tandis qu'il remplissait les assiettes, assisté de Florent venu l'épauler, le pédiatre ajouta :

— Dans le même registre, je ne sais pas si tu te rappelles cette cérémonie de baptême à laquelle on avait assisté à l'époque dans un village, pas loin de Ouahigouya ?

— Mais oui, répliqua le gynécologue, je m'en souviens, et même très bien. Un baptême mossi, qui concernait justement des jumeaux. C'était parfait pour nous, les touristes venus du Sud. On buvait de la bière de mil pendant qu'un vieux prêtre racontait des trucs dans son dialecte.

— Ce qui m'avait surpris, précisa Simon, c'était la taille et le teint très différents des deux enfants, un grand et un petit, noirs tous les deux, mais l'un beaucoup plus noir que l'autre.

— C'est vrai et même, je revois les parents leur mettre autour du cou un collier en tige de mil tressée avec pour l'un des enfants, une petite amulette en cuir en guise de pendentif.

Tout en se remémorant la scène, chacun, muni d'une assiette bien garnie, regagna sa place.

— On ne voulait pas croire, enchaîna Simon, qu'ils avaient le même âge.

— C'est ça ! Un de tes infirmiers, qui avait l'air de s'y connaître en jumeaux, nous a même dit que ça arrivait parfois, l'un d'eux étant en réalité la réincarnation d'un frère aîné décédé quelques années plus tôt.

Sceptique, le pédiatre temporisa :

— C'est ce qu'il pensait en tout cas. Va savoir s'il avait raison. Quoi qu'il en soit, les jumeaux fascinent, partout. Tu prends n'importe quel pays d'Afrique, ou même ici tiens, au Vietnam, la tradition toujours, accorde aux jumeaux une destinée particulière, un rôle à jouer, parfois même des pouvoirs magiques.

— Je préfère, pour ma part, la version de la femme qui a eu deux amants. C'est plus rationnel.

Les deux hommes s'égaraient, l'air de rien. Ils étaient comme transportés sur cette terre africaine, l'univers de leurs souvenirs qu'ils ne pouvaient partager qu'entre eux, au risque d'ennuyer leurs amis. Par chance, ce soir-là, ils étaient seuls.

Le tonnerre gronda au loin, ce qui eut pour effet de les ramener au présent, sur la terre d'Asie. De leur repas, il ne restait aucune trace. Ils bavardèrent encore jusqu'à tard dans la nuit.

Florent avait maintenant besoin de dormir afin d'être en forme le lendemain matin. Lors de la seconde journée du congrès, il devait présenter les résultats d'une année de recherche. Et il savait que le décalage horaire pouvait terrasser même les plus résistants.

Simon n'avait toujours pas reparlé de Maïssa, comme si l'évoquer représentait un tabou. Son ami Florent n'avait pas davantage engagé la conversation à son sujet, alors que tous deux avaient visité leur passé. Et ils n'en parleraient pas non plus le soir suivant, parce que l'un comme l'autre s'envolaient pour Paris, par des vols différents.

— Dis-moi, Florent, tu te débrouilles demain matin ? T'as besoin de quelque chose, un fer à repasser pour ta veste ?

— C'est bon, j'ai tout ce qu'il faut. Merci pour tout, mon pote. On se verra peut-être à Paris ou encore à la maison avec Thelma, si tu passes nous voir.

— Oui, j'aimerais bien. En plus, ça fait longtemps que je ne l'ai pas vue. Embrasse-la de ma part. Je t'appellerai, Florent, promis. Et bonne nuit à toi.

Chacun alors gagna son lit dans l'une des alcôves qui bordaient la vaste pièce boisée, tandis que la pluie déferlait sur la ville.

Cette nuit encore, Simon ne fut pas épargné par la chute insensée de son frère sur la pente vertigineuse.

CHAPITRE 11

Chambéry, France.

Anna fut réveillée en sursaut par un bruit sourd et répétitif. Saisie par le froid, elle se leva à regret, et se dirigea en traînant les pieds vers la porte qui menaçait de céder sous des tambourinements insistants.

— Eh, stop ! Qui s'acharne sur cette pauvre porte ? protesta-t-elle.

— Ah, enfin tu te bouges ! Ouvre-moi, c'est Julie. Il faut que je te parle.

— Julie ? Mais c'est la nuit ! Tu veux me faire expulser pour tapage nocturne ?

Anna ouvrit le verrou et se trouva nez à nez avec son amie à la mine fatiguée, aux yeux cernés, le visage blême constellé de taches de rousseur.

— Tu as l'air crevée. Qu'est ce qui se passe ? Entre !

Julie ne se le fit pas dire deux fois. Elle se dirigea d'emblée vers le canapé sur lequel elle s'affala.

— C'est qui, Maïssa Diallo ? demanda-t-elle de but en blanc.

— Aucune idée ! répondit Anna. Je suis censée le savoir ? Tu vas pas me dire que tu viens de Genève et que tu me réveilles à quatre heures et demie du mat' pour me poser cette question !

— Si. Réfléchis bien, et fais-nous un café parce que ça gèle chez toi et que, crois-moi, tu n'es pas près de te rendormir.

Anna, qui avait rarement vu Julie dans cet état, enfila une veste polaire et se rendit sans broncher dans la cuisine. Tout juste suggéra-t-elle :

— Une tisane plutôt ? Tu m'as l'air déjà bien énervée pour un café.

— Va pour une verveine et je te pique ton plaid, j'ai trop froid.

Quelques minutes plus tard, Anna déposa sur la table basse un plateau chargé d'une bouilloire encore fumante, de mugs et de morceaux de sucre. Elle versa l'eau sur les sachets de tisane *Nuit Tranquille* et s'installa à côté de son amie.

— Désolée, Julie, c'est tout réfléchi. Je t'assure, je ne connais pas de Maïssa… Maïssa comment, déjà ?

— Maïssa Diallo, soupira la généticienne. Et dire que j'ai foutu ma soirée en l'air pour ça !

— Je suis un peu perdue, là. Explique ! Ça a un rapport avec ce que je t'ai envoyé ?

Julie jeta quatre morceaux de sucre dans son infusion, sous le regard réprobateur d'Anna.

— T'imagines pas la journée que j'ai passée depuis que j'ai reçu ton colis !

— Ah ouais, c'est quoi, alors ? De l'os ? De la roche ? Allez, dis-moi, implora la glaciologue.

— Ben, je viens de te le dire. C'est Maïssa Diallo !

Anna écarta d'une main les mèches bouclées de son front plissé d'incompréhension.

— Je suis vraiment perdue, insista-t-elle, consciente que son amie devait avoir une bonne raison pour débarquer aussi furibonde. Dis-m'en un peu plus, s'il te plaît, Julie !

— Bon, concéda celle-ci en se calmant un peu, je reprends depuis le début.

Et tandis que la tisane refroidissait, Julie relata le déroulement des heures écoulées. Elle avait d'emblée confirmé qu'il s'agissait bien d'un fragment osseux. Puis son choix, guidé surtout par la curiosité, confessa-t-elle, avait été de poursuivre les investigations, renonçant à la fois à une conférence à laquelle elle s'était longuement préparée, et à voir Romain, dont elle n'avait toujours pas de nouvelles. *C'était donc ça*, songea Anna qui se retint d'intervenir, d'autant plus que Julie commençait à détailler avec une fierté certaine, son protocole savamment élaboré.

— Tu te rends compte, j'ai réussi à obtenir un bout d'empreinte génétique, près de deux cents nucléotides ! Pour ma première extraction d'un ADN censé être aussi ancien, je suis très fière de moi.

— Je suppose que c'est déjà une prouesse en soi, l'encouragea Anna qui n'avait en réalité aucune idée de la difficulté de l'exercice. Et ensuite ?

— L'étape suivante, en décrypter le contenu.

— Je sens que je vais avoir droit aux détails de cette phase !

— Ne sois pas impatiente, ma belle, j'en arrive aux faits.

Anna lui resservit une tasse de tisane que Julie, mieux disposée, sucra largement. Après quelques gorgées, cette dernière reprit ses explications sur la technique de séquençage de l'ADN.

— Là, j'ai même pensé un instant que tu m'avais fait une blague ! précisa la généticienne sur un ton amical. La carotte glaciaire, l'os, de l'ADN humain. Je me suis dit que, soit tu avais voulu te moquer de moi, soit tu avais eu un bol incroyable d'être tombée là-dessus !

— Oh, ma Julie ! Je ne vois pas pourquoi tu as pu penser une seconde que je te jouais un mauvais tour.

Et, dans un rare geste d'affection, Anna prit son amie dans ses bras, avant de la repousser aussitôt, comme secouée par une décharge électrique. Elle l'interpella :

— Mais attends, tu as dit quoi ? Un os humain ? Dans une carotte qui date de onze mille ans !

Les yeux noisette de la généticienne pétillaient d'excitation. Exaltée, elle saisit son sac à main et en sortit une série de clichés qu'elle étala sur la table basse. Des courbes vertes, rouges, bleues et noires s'enchevêtraient et des combinaisons de quatre lettres défilaient en parallèle : ATCTCGATAAGCCCTGAC…

Devant l'air stupéfait d'Anna, elle enchaîna :

— Oui, les résultats sont formels, il s'agit bien d'un ADN humain. Alors, j'ai rentré la séquence dans notre base de données internationale, et j'ai trouvé qui c'était.

— Comment ça, qui c'était ? demanda l'autre, incrédule. De l'ADN préhistorique appartenant à une momie référencée ?

— Non, je te l'ai dit en arrivant, à croire que tu ne m'as pas écoutée.

— La fameuse Maïssa Diallo ? Mais c'est qui, celle-là ?

— Attends ! J'ai fait mes recherches. Maïssa Diallo est une femme africaine originaire du Niger. D'après une base de données française, elle a été prélevée pour une analyse génétique il y a environ trois ans, à l'hôpital de la Pitié Salpêtrière à Paris. C'est comme ça que je l'ai identifiée. Cet ADN est le sien !

— Quoi ! rétorqua Anna, qu'est-ce que tu me racontes ? Tu as dû te gourer, elle ne peut pas être à la fois vivante aujourd'hui et morte au temps de la Préhistoire ! Je suis nulle en physique quantique, mais là, ça me paraît irréaliste.

Cette fois-ci, Anna était bien réveillée. Elle se leva et commença à marcher en cercles concentriques, tandis que Julie farfouillait dans les papiers estampillés du sigle du Centre genevois.

— Arrête de bouger, Anna, tu me donnes le tournis. Tiens, regarde ce document. Il est écrit qu'elle est mariée à un pédiatre, un certain Simon Legrand. Tu la connais forcément ! Parce que la seule explication que j'ai, c'est qu'elle a, d'une manière ou d'une autre, contaminé avec son ADN notre fragment osseux. Si tu veux mon avis, c'est ce qui a biaisé les résultats de ma manipulation.

— D'accord... Je comprends mieux maintenant toutes les raisons de ta furie, ma Julie, ou plutôt de ta déception. Mais non, je te dis, je connais bien mon équipe, et je n'ai jamais entendu parler d'une Maïssa Diallo. Qu'est-ce que cette femme fout dans ma carotte ?

Tout en réfléchissant, Anna reprit sa déambulation, effleurant du bout des doigts les livres de sa bibliothèque.

— Elle date bien de la Préhistoire, ta carotte ? s'enquit Julie.

— J'ai aucun doute là-dessus. Enfin... à deux mille ans près. Tu as dû, toi, plutôt faire une erreur dans l'extraction, je ne sais pas moi, dans les amorces ou encore dans l'interprétation. C'est délicat à manipuler, l'ADN.

— J'ai fait l'expérience avec deux séquenceurs différents. J'aboutis toujours à de l'ADN correspondant à celui de Maïssa Diallo. Moi aussi, j'ai pensé à une possible contamination de notre salle d'analyse. C'est pourtant impossible !

Julie expliqua que les membres du personnel disposant des autorisations d'accès aux laboratoires avaient leur propre séquence d'ADN enregistrée dans une base de données confidentielle. De sorte que chaque résultat de manipulation pouvait être comparé à ceux de cette base. Les scientifiques écartaient ainsi toute contamination.

— J'ai même vérifié notre annuaire interne, ajouta-t-elle. Aucune Maïssa Diallo ne travaille chez nous. En plus, tu le sais bien, avant d'être embauché au Centre, quelle que soit ta fonction, ton dossier est épluché à la loupe. Et toi, de ton côté, tu ne penses vraiment pas que la carotte ait pu être contaminée lors du forage au cœur du glacier ?

— Non, je t'assure ! En plus, j'étais la seule nana présente au Kilimandjaro lors de cette campagne de mesure. L'expédition remonte à deux ans, je m'en souviens très bien.

— Et après, vous en faites quoi des carottes de glace ?

— Elles sont scellées sur place avant d'être acheminées jusqu'aux laboratoires qui se répartissent les analyses. Dans mon labo, on doit badger pour accéder au *congélo* ou à la salle blanche. Je suis certaine que l'échantillon était encore scellé quand je l'ai déballé. J'ai taillé moi-même dans la carotte le morceau de glace contenant le fragment. C'était juste pour faire une démonstration à Tania, ma doctorante russe.

Anna, à court d'idée, se rassit, et les deux jeunes femmes burent quelques gorgées en silence. Elles s'étirèrent l'une après l'autre, puis éclatèrent de rire en songeant à cette situation pour le moins cocasse.

— Dans tous les cas, tu comprends pourquoi ça m'a énervée de passer tout ce temps pour un résultat qui ne rime à rien. En plus, si je perds Romain…

— Mais non, Julie… Tu lui expliqueras et s'il tient à toi, il comprendra. Appelle-le ce matin. En plus, pour l'instant on ne peut pas vraiment dire que t'as bossé pour rien. Certes, ça paraît tordu de découvrir de l'ADN d'une femme de notre époque dans une carotte de glace datant de la Préhistoire ! Là, j'avoue, je suis comme toi, plutôt décontenancée.

— Oui, tu as raison. Et puis, il y a certainement une explication logique à tout cela. Écoute, je suis fatiguée et je vais me reposer un peu. On creuse chacune de notre côté. Je vais voir si je peux obtenir une datation de ce qu'il me reste du fragment broyé. Parce que rien ne prouve en effet que l'os soit aussi vieux que ton bout de glaçon. Tu penses bien que s'il l'est, on en déduira que cette Maïssa Diallo l'a tout simplement contaminé, d'une manière ou d'une autre. On s'appelle, d'accord ?

— Tu ne préfères pas dormir ici ? Je te laisse les clés si tu veux, je dois bientôt aller bosser.

— Non, je vais rentrer, ça caille trop chez toi.

— Comme tu veux. Écoute, ma Julie, un grand merci en tout cas, et désolée de t'avoir impliquée dans cette affaire.

— J'ai aussi ma responsabilité, t'inquiète. Garde le papier de la base de données, et sois contente que je ne t'envoie pas la facture, parce qu'en plus, ça coûte cher toutes ces analyses !

Anna grimaça. Elle raccompagna son amie sur le pas de la porte et l'embrassa chaleureusement. La jeune femme passa alors dans la cuisine où elle expédia la corvée de vaisselle. Elle demeurait interpellée par les découvertes de Julie qui tournaient en boucle dans sa tête.

Il lui restait une bonne heure avant de partir travailler. Aussi, reconsidérant le document du Centre militaire, elle alluma son ordinateur portable. Avec résolution, elle tapa « Maïssa Diallo » dans un moteur de recherche, qui ne lui proposa pas moins de 77 références. Méthodique par nature, la chercheuse les parcourut succinctement, mais trouva peu d'informations exploitables. Une dizaine de femmes étaient originaires du Niger. L'une d'entre elles retint cependant son attention. Une certaine Maïssa Diallo avait fait sa thèse de médecine sur le traitement du paludisme en Afrique subsaharienne. Rien de plus. Était-elle donc médecin elle aussi ? Si tel était le cas, où exerçait-elle alors aujourd'hui ?

Anna lança une nouvelle recherche avec les mots-clés « Simon Legrand médecin ». La première référence qui s'afficha mentionnait un médecin du National Hospital of Pediatrics à Hanoï. *Quel rapport entre le Vietnam et l'Afrique*? s'interrogea-t-elle. Le site du centre hospitalier lui apprit qu'il travaillait dans l'équipe du département de pédiatrie et néonatologie. Elle lut un peu plus loin qu'il avait soutenu une thèse de médecine à l'Université Paris IV et publié divers articles alors qu'il travaillait dans un hôpital pédiatrique parisien. Elle trouva enfin un rapport au sujet d'une mission à l'hôpital d'Ouahigouya.

Satisfaite de ses trouvailles, elle résuma dans une note le parcours du docteur Legrand : « Pédiatre français, plusieurs années à Paris, une mission au Burkina Faso, travaille maintenant au Vietnam. » Elle se dit que le profil de cet homme pouvait bien concorder avec les maigres indices dont elle disposait sur Maïssa Diallo, d'autant plus que d'après Julie, la Nigérienne avait séjourné à l'hôpital de la Pitié Salpêtrière à Paris. Maïssa avait aussi bien pu croiser le pédiatre des années plus tôt, en Afrique. Anna trouvait curieux toutefois, que la trajectoire de Simon Legrand ait subitement basculé en Asie.

Si je veux en savoir davantage et retrouver cette Maïssa Diallo, je crois que je n'ai pas d'autre choix que de contacter son mari, se dit-elle. *Voyons, quelle heure est-il à Hanoï?*

Un site d'horloge parlante lui indiqua 13 h 18, soit six heures de décalage avec l'heure française d'hiver. Aussi, malgré la fatigue, appela-t-elle sans hésiter l'hôpital pédiatrique de Hanoï, avant de se raviser dès la première sonnerie. Elle réalisait en effet qu'il lui faudrait parler anglais. Ce qu'elle détestait. Elle prépara donc ses mots. Puis, elle composa de nouveau le numéro du standard et demanda à parler au docteur Simon Legrand.

— Bonjour Madame, ne quittez pas, je vous passe le secrétariat de la réanimation néonatale, répondit la réceptionniste dans un anglais parfait.

— Bonjour, j'aimerais parler au docteur Simon Legrand, s'il vous plaît, réitéra Anna lorsque sa nouvelle interlocutrice décrocha.

— C'est pour une consultation?

— Non, c'est pour lui parler. Euh… C'est d'ordre privé.

— Je vois, dit la fille, qui se permettait le commentaire.

Anna, elle, n'était pas sûre de voir quoi que ce soit, ni même d'avoir bien compris le sens de la remarque. Elle insista:

— Je dois lui parler, c'est important.

— Il n'est pas à l'hôpital.

— Dites-moi quand je peux le rappeler. Ou sinon, hasarda Anna, vous ne savez pas comment je pourrais contacter sa femme?

— Sa femme, quelle idée! Écoutez, le docteur Legrand ne reprend pas ses consultations avant un mois. À partir de demain, il sera en France, comme vous. Vous appelez bien de France, n'est-ce pas?

L'indicatif qui s'affiche sur mon récepteur est français.

— Oui, je suis française.

— Je m'en doutais aussi à votre accent. Envoyez-lui un e-mail. Si c'est important, il vous répondra. Au revoir, Madame.

Et elle raccrocha.

Anna resta perplexe à l'idée que le médecin se rende en France juste au moment où elle cherchait à le contacter. *Les probabilités continuent de me jouer des tours,* s'étonna-t-elle. *Sacré hasard! C'est peut-être le moment d'acheter une grille de loto. À moins que dans tout ça, il y ait une part de déterminisme qui me pousse à croiser la route de ce type.*

Elle ouvrit sa messagerie. Envoyer un e-mail! Mais à quelle adresse? Si elle trouva rapidement cette information en ligne, Anna mit bien plus de temps à formuler son message. Rien que pour l'objet, elle hésitait: *Trouvé ADN de votre femme dans un carottage glaciaire?* Anna décida d'en dire le moins possible, préférant s'expliquer oralement.

Bonjour,

Je suis Anna Mestrallet, glaciologue dans un laboratoire CNRS de climatologie en Savoie. À l'occasion d'une étude, j'ai trouvé quelque chose d'intrigant au sujet d'une femme nigérienne, Madame Maïssa Diallo.

Je cherche à la contacter, mais je n'ai pas ses coordonnées. Est-elle bien votre femme? Si oui, pourriez-vous lui dire que j'ai besoin de la joindre?

C'est important. Je dois lui parler de vive voix.

Bien cordialement.

Anna précisa ses coordonnées postales et téléphoniques et cliqua sur « Envoyer ».

Songeuse, elle éteignit l'ordinateur et tenta de mettre de l'ordre dans ses idées. Il était bien trop tôt pour espérer obtenir ne serait-ce qu'une seule réponse à toutes les interrogations qui affluaient. Elle pressentait que cette histoire encombrerait son esprit tant qu'elle n'aurait pas réuni toutes les pièces d'un puzzle qui s'annonçait complexe.

Ce n'est que le lendemain soir, installée chez elle au milieu de revues d'archéologie et de génétique, mais aussi d'articles pertinents découpés et classés par catégories, que sa messagerie lui indiqua la réception d'un mail. Anna en devina tout de suite la provenance.

Impatiente, elle se leva d'un bond pour consulter l'ordinateur resté sur la table de sa cuisine. Quelques revues volèrent sur son passage, dispersant des emballages de barres de céréales utilisés comme marque-pages.

Son intuition était juste ! Son cœur s'emballa. Simon Legrand était bien l'expéditeur.

Madame ou Mademoiselle Mestrallet,

Vous trouverez ci-joint des billets de TGV pour venir discuter de vive voix de ce qui vous intrigue. RDV à la brasserie Café de France place d'Italie demain dimanche à 13 heures. Je serai seul.

Cordialement,

Dr Simon Legrand, pédiatre

En pièce jointe, Anna trouva un e-billet en première classe pour un aller-retour Chambéry-Paris Gare de Lyon, départ à 8 h 25.

Stupéfaite, la jeune femme cliqua par réflexe sur « Supprimer ». Elle était choquée par le comportement cavalier de cet inconnu qui lui intimait de faire six heures de train pour discuter. En plus, un dimanche propice aux premières randonnées à ski.

Anna égrainait mentalement les possibles motivations de ce Simon Legrand : un traquenard, une proposition malvenue, le type qui ne sait pas comment occuper son temps… Pourquoi cet homme ne l'appelait-il pas au téléphone tout simplement ? *Si j'abandonne maintenant,* se dit-elle, *Julie aura vraiment fait toutes ces recherches pour rien ! C'est quand même fou cette histoire d'os et d'ADN, j'ai besoin de comprendre.*

Sa curiosité de scientifique piquée au vif, confrontée à une énigme qu'elle n'avait pas même imaginée, incita Anna à changer d'avis. Elle cliqua sur « Annuler Supprimer » et l'e-mail aussitôt réapparut dans la boîte de réception.

Elle le transféra alors à Julie, en ajoutant : « J'y vais. »

CHAPITRE 12

Paris, France.

Le TGV s'engagea à 11 h 15 sur la voie 9 en Gare de Lyon. Anna descendit sur le quai, un peu étourdie par les trois heures de trajet. Elle disposait d'une avance confortable sur son rendez-vous fixé avec le docteur Legrand à 13 heures. Elle décida de marcher jusqu'à la place d'Italie et de profiter du pâle soleil parisien. Bouger lui ferait du bien. Elle pourrait décider jusqu'au dernier moment de franchir ou non la porte de la brasserie. Après tout, la jeune femme ne connaissait pas le personnage et elle n'avait qu'une vague idée de la façon dont elle lui présenterait sa découverte.

À l'heure dite, Anna poussa la porte du Café de France. Elle balaya du regard la salle déjà bondée, et tenta de repérer, parmi les hommes attablés, celui qui correspondait à l'image qu'elle se faisait du pédiatre. Il avait bien précisé qu'il serait seul. Un quadra un peu arrogant, imaginait-elle, certainement très occupé sur un smartphone dernier cri, au style vestimentaire chic et branché. Ne lui avait-il pas expédié une place en première classe ? Cet homme brun, assis près de la fenêtre, rasé de trois jours mais bien sapé, à la chemise blanche aux manches retroussées, pouvait bien être l'intéressé. Pour elle, ce type n'était pas de ceux qui déjeunaient seul, et il semblait attendre quelqu'un. Anna s'avança, confiante.

De son côté, Simon pensa, sitôt qu'il l'eut repérée, qu'elle devait être un peu myope. Elle donnait l'impression de ne pas voir ce qu'elle regardait, ni ceux à qui elle souriait. Elle avait une belle silhouette, un air farouche, combatif, décidé aussi. Le pédiatre prêtait ainsi aux inconnus, par jeu le plus souvent, un avis a priori sur leur caractère. Et cet avis l'incita à faire signe à cette femme. Il ne s'était pas trompé. Anna non plus, d'ailleurs. Simon accrocha le sourire, qui enfin se posa quelque part, et lui proposa de s'asseoir.

Tandis qu'Anna prenait place, elle aperçut le modèle haut de gamme de l'*iPhone* posé ostensiblement sur le coin de la table. Elle sut réprimer un certain dédain envers son propriétaire, tout comme Simon à la vue du sac à dos aux couleurs ternies par l'usage dont elle se délestait. En outre, la jeune femme sentit une tension dans les intonations du médecin, dans ses gestes maîtrisés et sur son visage dur. Dur à son égard, se dit-elle, mais autrement charmeur l'instant d'après vis-à-vis de la serveuse qui apportait la carte. Elle ne manqua pas alors de relever le relâchement de ses traits, la malice dans ses yeux noirs et l'expression avenante de ses lèvres bien dessinées.

Simon redevint sérieux et invita Anna à exposer les motifs de leur rencontre.

— Nous aurions tout aussi pu échanger par téléphone, commença-t-elle d'une voix hésitante. Je ne m'attendais pas à recevoir des billets.

— Oubliez ces billets ! Parfois, rien ne vaut une conversation en face à face.

Anna, ne sachant comment aborder le sujet qui la préoccupait, opta pour un parler franc et direct.

— Je souhaite vous parler de Maïssa Diallo. En réalité, c'est à elle que je voulais m'adresser.

— Pour tout vous dire, elle ne viendra pas, lâcha simplement le médecin, l'air grave.

— C'est ce que j'ai cru comprendre. J'ai pourtant besoin d'éclaircir des points que je ne m'explique pas.

Après une courte pause, et sans se décourager, elle suggéra :

— Autant vous exposer le problème, puisque nous sommes ici.

— Je vous écoute, j'ai quelques heures devant moi, déclara-t-il, un brin de sarcasme dans la voix. Jusqu'à 16 heures.

Anna déroula le programme de recherche sur lequel elle travaillait, puis les étapes qui l'avaient menée au minuscule fragment osseux et à la découverte de son origine humaine.

— J'ai moi-même réalisé ce prélèvement sur un glacier du Kilimandjaro. C'était il y a deux ans. La datation de la carotte remonte au *Later Stone Age*, l'équivalent du Mésolithique, si vous préférez.

— Rien de bien extraordinaire, jusqu'à présent. Vous faites votre boulot, non ?

— Sauf que ce petit bout d'os appartient à Maïssa Diallo ! asséna-t-elle.

— Vous nagez en plein délire, Mademoiselle Mestrallet ! Qu'est-ce que vous me racontez là ?

— Écoutez-moi ! lui ordonna Anna, fixant Simon avec aplomb, droit dans les yeux.

Des yeux noirs, se dit-elle, *et glacials à cet instant, tels que je n'en ai jamais croisés.*

Se rapprochant alors de la table, en appui sur ses deux avant-bras, la jeune femme s'adressa au médecin dont le visage reflétait maintenant la colère. Toute trace d'ironie en avait disparu.

— Nous avons isolé, sans conteste, à partir d'une esquille osseuse retrouvée au plus profond d'un glacier qui couvre encore le Kilimandjaro, un ADN qui correspond en tout point à celui de Maïssa Diallo, votre épouse, analysé il y a trois ans à l'hôpital de la Pitié Salpêtrière.

— Mais d'où vous tenez ça ? Qu'est-ce qui vous a pris de fouiller dans le dossier médical de ma femme ?

— Peu importe, comment je l'ai su… C'est confidentiel !

— Tout comme son dossier, répliqua-t-il. Expliquez-vous !

— D'accord. Mon amie généticienne a simplement comparé les résultats fournis par son séquenceur à une base de données internationale. Vous auriez fait la même chose à sa place. Cessez de me juger. Je ne dis pas que c'est réellement l'ADN de votre femme, je relate des faits. Avouez, comme moi, qu'ils sont troublants !

— Dites-moi, Mademoiselle Mestrallet, vous êtes glaciologue, biologiste ou bonimenteuse ? railla le pédiatre.

Anna se sentit déstabilisée. Des têtes se tournèrent dans leur direction.

— Je ne comprends toujours pas votre attitude agressive, soupira-t-elle.

Simon ne répondit pas. Il était abasourdi à l'idée que cette insolente, qui plus est glaciologue et même pas médecin, ait exploité des informations d'ordre privé. Il ne s'attendait pas non plus à entendre des élucubrations aussi fantasques à propos de Maïssa. Mais en réalité, et surtout, son passé lui revenait de plein fouet, alors que, à peine quelques jours plus tôt, il avait imaginé s'en être affranchi.

Anéanti, il passa ses mains sur son visage.

— Tout ça est peu crédible, déclara-t-il avec une soudaine lassitude. Reconnaissez-le enfin ! Il existe sans doute une explication rationnelle à ce que vous avancez.

Anna comprit à ce moment que ses propos avaient touché un point sensible chez cet homme aux réactions déroutantes.

— Eh bien, avant de l'envisager, suggéra la glaciologue pragmatique, nous pourrions peut-être commander de quoi manger, sinon vous allez devoir gérer un malaise en plus d'une crise de divagation.

— Oui, bien sûr, vous avez raison. Je doute, pour ma part, d'avoir beaucoup d'appétit, mais je vous recommande le filet mignon. Il est excellent dans cette brasserie.

Simon fit un signe à la serveuse qui arriva toute disposée, son terminal de commande en main.

— Je prendrai le poisson du jour et de l'eau en carafe, annonça Anna.

Même si elle adorait le filet mignon, la jeune femme exécrait que l'on décide pour elle. Elle n'avait aucune intention d'aller dans son sens, à lui qui devait certainement la considérer comme une excentrique.

— Et pour vous, Monsieur ? questionna la serveuse, affable.

— Un filet mignon aux poires, s'il vous plaît. Je veux bien aussi un whisky. Merci.

Anna nota que le médecin n'avait plus un seul égard pour la serveuse qui déjà se tournait vers d'autres clients.

L'*iPhone* de Simon se mit alors à vibrer. Elle remarqua qu'il hésitait à répondre. Dans le même temps, elle jeta un œil discret au nom, « Florent Baratier », qui s'était affiché sur l'écran. La jeune femme se sentit rassurée, sans trop savoir pourquoi.

— Allez-y, répondez ! dit-elle spontanément. Je vais en profiter pour me rendre aux toilettes.

Anna se leva et disparut dans le fond de la brasserie. Simon prit l'appel.

— Salut Florent. Dis-moi vite, je suis occupé, là.

— Ça ne va pas, on dirait ?

— Si si, t'inquiète !

— Bon. Tu te souviens, je viens à Paris dans deux jours, on se voit comme prévu ?

— Ça marche, je te rappelle dans la soirée.

Il raccrocha, regrettant déjà la façon dont il avait expédié son ami. Il maudit également son incapacité à être agréable avec cette femme qui, au fond, ne faisait que chercher des réponses à son énigme. *Elle a fait le déplacement jusqu'à Paris, un dimanche*, se prit-il à penser. *Fais un effort mon gars, même si tu n'as pas du tout envie de parler de Maïssa !*

Lorsqu'Anna rejoignit sa place, les plats avaient été servis. Le médecin semblait tourmenté, perdu dans ses pensées. Son *iPhone* avait disparu de la table.

— Votre femme et vous... Vous êtes toujours mariés ? s'enquit-elle sans détour. J'ai remarqué que vous ne portez pas d'alliance.

Simon lui décocha un regard hostile, malgré ses bonnes résolutions.

— Pardon, se ravisa-t-elle, ce n'est pas très délicat de ma part. Mais nous allons devoir parler un peu d'elle, vous ne pensez pas ? Pourquoi son ADN a-t-il été enregistré dans une banque de données ?

Un silence bref s'ensuivit, très relatif toutefois dans cette brasserie comble à l'heure du déjeuner, comme tous les jours, même un dimanche.

— Maïssa était atteinte d'une maladie grave.

Le médecin avait lâché ces mots sans réfléchir, sans retenue. L'air accablé, il s'étonna lui-même de souhaiter s'expliquer davantage. De raconter à cette inconnue, cette impertinente au franc-parler ce qu'hier encore, il n'avait pas réussi à évoquer avec son plus proche ami.

— Son système immunitaire s'est emballé, poursuivit-il, il est devenu incontrôlable. Trop de globules blancs, qui ont progressivement bouché ses artères, trop d'inflammation. Si vous préférez, l'oxygène et l'énergie ne parvenaient plus à ses organes. Maïssa est décédée il y a trois ans, d'une vascularite immuno-allergique.

— Oh, merde ! ne put retenir Anna, stupéfiée par cette révélation. Je suis désolée.

Et dire qu'elle avait imaginé le couple battre de l'aile, et que le type ne se remettait tout simplement pas d'avoir été largué par sa femme ! Eh bien, elle s'était trompée sur toute la ligne. Maintenant, elle comprenait mieux l'attitude renfrognée et distante de son interlocuteur.

— La vascularite, c'est celle dont on parle dans les médias ?

s'enquit Anna sur la défensive. Je connais un collègue, climatologue, qui a perdu son fils de cette maladie. C'est terrible!

— Oui, il semblerait que ce soit celle-ci. On pensait au début à une maladie tropicale, une forme grave de paludisme. Elle avait froid, chaud, des suées… Elle était épuisée et puis elle s'est mise à délirer, par périodes. Mais vous savez, ce dont elle souffrait n'était pas un paludisme. Ça aurait été trop simple! La fièvre s'est installée, résistante à tous les traitements. Après, elle a commencé à avoir une gêne respiratoire, un peu comme de l'asthme. Maïssa est devenue pâle, de plus en plus fatiguée. Des taches violacées et rugueuses ont recouvert sa peau noire, d'ordinaire si douce. Un purpura, je ne sais pas si vous savez ce que c'est, avec des plaies qui saignaient au moindre contact.

Simon parlait, les yeux perdus dans le flou. La jeune femme n'osa pas l'interrompre.

— Elle a été admise en réanimation. Les spécialistes, en particulier le professeur Llorca qui la suivait à la Pitié Salpêtrière, ont testé toutes sortes d'immunosuppresseurs, des corticoïdes à fortes doses, et aussi des nouveaux médicaments en phase d'essai clinique. Une greffe de moelle osseuse l'aurait peut-être sauvée, or il lui aurait fallu un donneur compatible. Même ses propres parents ne l'étaient pas. On a interrogé les registres de *France Greffe de Moelle*, et d'autres regroupant des donneurs du monde entier. Tous sont restés muets.

Anna ne répondit pas. Elle écoutait, attentive et sincèrement touchée, tournant son verre entre ses doigts. Simon ne s'arrêtait plus:

— On a refait des biopsies un peu en désespoir de cause. Son ADN a été prélevé, séquencé, pour avancer, pour comprendre, pour le cas où… C'est comme ça que vous avez retrouvé Maïssa.

Il fixa alors son interlocutrice, de ses yeux noirs redevenus froids. Toute trace d'émotion en avait subitement disparu:

— Cela vous suffit comme explication, Mademoiselle Mestrallet?

— Oui, je vous remercie, bredouilla la jeune femme, plus

perturbée qu'elle ne l'aurait souhaité. Je comprends que ces moments ont dû être difficiles.

— Non, vous ne pouvez pas comprendre, répliqua Simon d'une voix sèche.

Anna hésita une seconde avant d'ajouter :

— En êtes-vous certain ? Je veux dire, qu'elle est décédée. Parfois, quelqu'un disparaît et…

Le médecin, interloqué, haussa le ton.

— Quoi ! Où allez-vous chercher de pareilles idioties ?

— Désolée, je…

— Elle est morte dans mes bras, la coupa-t-il.

— Pardon, je ne voulais pas paraître aussi directe. Vraiment désolée…

Anna se sentit stupide. Elle se servit de l'eau et en proposa à Simon qui, malgré lui, tendit son verre.

— Vous avez une drôle de façon de parler aux gens, vous !

— Encore une fois, désolée, très sincèrement.

Simon acquiesça de la tête en signe de trêve. Il but son verre d'une traite et enchaîna :

— Revenons à vos expériences, vous voulez bien. Vous ne croyez pas que vous avez pu tout simplement vous planter quelque part ? Êtes-vous certaine que la séquence correspond à celle de l'ADN de ma femme ? Parfois, une ou deux bases suffisent pour confondre deux identités. Les marqueurs, les amorces, vous avez vérifié ?

Anna bataillait avec les arêtes de son poisson. Elle aurait volontiers pioché un morceau de viande dans l'assiette de son voisin. Elle posa les couverts sur le bord de son assiette, bien décidée à convaincre Simon de la véracité de ses dires.

— Le séquençage, annonça-t-elle avec assurance, s'est déroulé à l'aide de techniques de pointe. Julie Cazeneuve, mon amie généticienne, est spécialisée dans ce domaine. Elle a tout vérifié. Et il est évident que votre femme n'a pas pu venir contaminer les salles d'analyse. Honnêtement, on peut toujours douter d'un résultat, mais là, je pense qu'il n'y a aucune erreur possible, ni humaine, ni technique.

— Et vous avez pu dater ce fragment osseux? La vraie question est là, maintenant.

— C'est en cours, mais je ne sais pas si nous aurons assez d'échantillon d'os pour y parvenir. La carotte de glace, elle, en revanche, est datée et elle remonte à un paquet d'années, onze mille ans environ!

— D'accord, mais si je vous suis bien, rien ne prouve que l'os soit de la même époque. Vous n'avez jamais songé, Mademoiselle, que quelqu'un, un alpiniste par exemple, avec un ADN similaire, aurait pu tomber dans une crevasse?

— Si, Monsieur! s'agaça Anna en insistant sur *Monsieur*. J'ai réfléchi à toutes ces hypothèses et je les ai écartées, les unes après les autres. J'ai même consulté les relevés topographiques de la zone. Le plus probable est que cet os soit très ancien, autant que l'est la carotte glaciaire.

— Appelez-moi Simon, je préfère cela à un obséquieux « Monsieur ».

— Uniquement si vous cessez de m'appeler « Mademoiselle », rétorqua Anna du tac au tac.

— Ok, repartons sur de bonnes bases et veuillez me pardonner pour cette maladresse. Vous voulez commander autre chose? Vous ne semblez pas apprécier le poisson, ajouta Simon, en jetant un regard sur l'assiette d'Anna encore pleine.

Le pédiatre offrit à la jeune femme un visage plus détendu. Son changement d'attitude la décontenança une fois de plus. Consentait-il enfin à abandonner sa stratégie de défense adoptée depuis le début de leur entrevue? Anna s'accorda le droit d'en douter.

— Reprenons le fil de notre discussion, suggéra-t-elle un peu froidement en se forçant à avaler une bouchée de poisson. Pouvez-vous me dire où Maïssa a été inhumée?

Avant d'en venir au fait, Simon s'attarda sur la jeunesse de sa femme au Niger, leur rencontre au Burkina Faso où ils avaient vécu pendant trois années ponctuées d'allers-retours réguliers en France.

— Et puis, lorsque Maïssa a commencé à présenter les symptômes de la maladie, nous sommes rentrés à Paris. Ça a duré cinq mois, jusqu'à ce qu'elle demande à retourner chez elle, dans son village, afin de mourir entourée des siens. Parce qu'elle avait parfaitement compris qu'elle ne s'en sortirait pas, et moi aussi. On est donc repartis au Niger, où elle est décédée, comme elle l'avait souhaité. Une grande cérémonie a eu lieu pour l'accompagner dans l'au-delà, selon la tradition animiste. Elle a été enterrée juste à côté de son frère jumeau, qui est mort, lui, peu de temps après leur naissance. Je l'ai appris ce jour-là, d'ailleurs, elle ne m'avait jamais parlé de ce frère. J'étais présent avec sa famille pendant toute la durée des rituels. Depuis, je n'ai jamais trouvé le courage de retourner en Afrique.

Simon avait manifestement du mal à contenir son émotion et ne touchait plus à son assiette. Anna l'avait écouté en silence. Elle s'était demandé un instant si la raison de son exil au Vietnam ne se trouvait pas ici. Elle lui laissa le temps de se ressaisir.

— Supposons maintenant, enchaîna-t-il, soucieux de ne pas perdre la face, que ce fragment osseux appartienne à Maïssa. Cela reviendrait à dire au passage que votre datation ou vos relevés topographiques sont erronés. Une partie de son squelette aurait été déposée au fond des glaces du Kilimandjaro avant votre expédition. Quelle drôle d'idée !

Le pédiatre s'interrompit un instant avant de reprendre :

— Mais, au fond, peut-être pas idiote, cette idée ! Tenez, je me souviens d'une pratique ancienne propre au peuple bamiléké, une ethnie camerounaise. Ils appelaient ça le culte des crânes. Sauf que Maïssa était peule et non bamiléké. Et puis, si son corps avait été exhumé, j'aurais été invité à la cérémonie. Si sa tombe avait été profanée, j'en aurais été averti, enfin… Je suppose.

— C'est quoi, ce culte des crânes ? l'interrompit Anna, qui se découvrait une soudaine passion pour l'anthropologie depuis la découverte de l'os fossilisé.

— Un rite funéraire. Plusieurs mois ou années après l'inhumation d'un corps, le crâne du défunt est déterré. Il est placé dans une sorte de mausolée aux côtés des crânes des ancêtres de la famille. Une façon de leur rendre hommage, de solliciter leur bienveillance et leur protection.

— Vous reconnaissez donc vous-même qu'il ne s'agit pas de cela. Et d'ailleurs, si les crânes sont conservés dans l'enceinte du village, je ne vois toujours pas comment un morceau de l'un d'entre eux aurait pu se retrouver dans ma carotte glaciaire, si loin du Niger, et puis si haut, en altitude.

— C'est la raison pour laquelle je pense que ce fragment d'os n'appartient pas à ma femme.

— Le séquençage est néanmoins formel. Nous tournons en rond, là. À moins que…

Anna hésita un instant.

— Maïssa n'aurait-elle pas eu une sœur jumelle plutôt qu'un frère jumeau ? Je ne sais pas, moi, l'ADN de jumeaux est identique, n'est-ce pas ? Dites-moi que sa jumelle aurait pu contaminer nos travaux !

— L'ADN des vrais jumeaux est identique, en effet. Mais ne vous emballez pas. Si elle en avait eu une, Maïssa aurait pu être greffée et elle serait sans doute encore en vie. Nous ne serions pas ici en train d'évoquer vos affaires. Non, Maïssa n'avait qu'un frère, décédé à sa naissance.

Anna Mestrallet et Simon Legrand songeaient l'un et l'autre à ce qui avait pu leur échapper, quand le son déplaisant d'une alarme retentit. Elle provenait de la veste du médecin.

— Oh, pardon, indiqua celui-ci, c'est moi. Il est temps de mettre un terme à notre conversation, car j'ai d'autres obligations. Pourquoi ne pas admettre tout simplement qu'il y a eu une erreur à un moment donné ? Vous avez trouvé un fragment, peut-être ancien, peut-être pas, mais quoi qu'il en soit, n'appartenant certainement pas à Maïssa.

— La science se nourrit aussi bien des échecs que des découvertes, vous savez. Vos réponses m'ont tout de même aidée. Même si je n'approuve pas votre raisonnement, je rejoins votre conclusion finale. Je doute aussi que cet ADN soit celui de votre femme. C'est pourtant le même et il nous vient de loin.

Anna Mestrallet souhaita régler l'addition malgré les protestations du pédiatre. Ce qu'elle fit en gagnant illico le comptoir. Simon se résigna et lui fit signe qu'il l'attendait au-dehors.

— Votre spécialité, lui asséna-t-il dès qu'elle l'eut rejoint sur le trottoir, c'est l'étude du climat, n'est-ce pas ? Alors un conseil, Mademoiselle, restez dans votre domaine de compétences.

Puis, il lui tendit une carte de visite en ajoutant sur un ton sarcastique, comme au début de leur conversation :

— Vous me tiendrez au courant lorsque vous aurez une publication acceptée dans une grande revue de génétique !

Anna, que ce nouveau revirement empreint de mépris laissa sans voix, déchira la carte sitôt saisie sous le regard imperturbable de Simon.

— Souhaitez-vous que je vous appelle un taxi ? lui proposa-t-il.

— Non merci, je préfère marcher, cingla-t-elle, furieuse et décontenancée. Désolée de vous avoir fait perdre votre temps et… Merci pour le billet de train.

— Mais je n'ai pas perdu mon temps ! J'ai été heureux de faire la connaissance d'une personne rebelle et entêtée. Au revoir, Mademoiselle Mestrallet.

Anna partit sans même jeter un regard en arrière. Elle abhorrait cette journée et encore plus l'idée de passer les prochaines heures dans le train. Elle descendait d'un pas décidé le boulevard de l'Hôpital lorsque, longeant l'enceinte de la Pitié Salpêtrière, elle frissonna en songeant à la triste fin de Maïssa.

La jeune femme fit une halte, le temps de récupérer son téléphone au fond de son sac et d'en consulter la messagerie vocale. Celle-ci indiquait trois appels manqués de Julie. La généticienne avait fini par laisser un message :

« Anna, c'est Julie. Tu te fous de moi ou quoi ? Ça fait des heures que je cherche à te joindre. Il est si captivant que ça, le pédiatre ? Bon, j'ai deux infos pour toi. Un, je sais de quand date ton bout d'os. J'ai soudoyé un collègue pour qu'il fasse une datation radiocarbone. Il trouve à peu près la même époque que celle de ta carotte glaciaire. Onze mille ans ! Deux, j'ai fouiné un peu dans les services. Et là, surprise ! Figure-toi qu'on n'est pas les seules à avoir dégoté des gens avec le même ADN ayant vécu à des époques différentes. L'info est classifiée, alors ça reste entre toi et moi. Rappelle dès que tu peux, mais pas avant demain, j'enchaîne avec une réunion. Au fait, Anna, Romain m'a pardonné pour l'autre soir, comme tu me l'avais prédit. On va ensuite tous les deux au ciné. Bises. Dis, tu me raconteras pour ton pédiatre ? »

Anna poussa un cri de joie alors qu'elle traversait le pont d'Austerlitz. Son intuition était confirmée. Les passants se retournèrent, incrédules, sur cette jolie brune qui semblait avoir remporté une victoire. Le visage radieux, elle parcourut en courant les cinq cents mètres la séparant de la gare de Lyon. Ce n'est qu'une fois installée dans son siège confortable de première classe qu'Anna sortit de sa poche les morceaux de la carte de visite, qu'elle assembla. Elle composa sur son *Nokia* le numéro indiqué et tapa laborieusement sur les touches quelques lignes en mode T9. Son téléphone, déchargé, s'éteignit juste après l'envoi du texto.

Le message se perdit dans les entrailles du métro parisien tandis que Simon, plus perturbé que jamais, en sillonnait les couloirs pour se rendre à l'hôpital pédiatrique Robert-Debré. Il ne savait que penser.

Au fond, cette glaciologue l'intriguait plus qu'elle ne l'irritait. En tant que médecin, il ne voyait dans ses révélations qu'une mascarade, rien d'autre. Mais tout de même, il ne pouvait se résoudre à balayer d'un trait l'intrusion de cette Anna Mestrallet dans son passé.

Il parvint peu avant 17 heures à sa destination, tout à l'est de Paris. Au deuxième sous-sol, dans une pièce étroite dont l'encombrement lui rappelait les bazars des vieux quartiers de Hanoï, Simon dressa, avec une ingénieure biomédicale, l'inventaire du matériel remisé ou obsolète qui serait expédié par bateau au Vietnam.

Le pédiatre, préoccupé, renonça à saluer quelques anciens collègues. Il préféra rejoindre à pied son appartement, un héritage de ses grands-parents situé rue Mouffetard dans le Vᵉ arrondissement de la capitale. Il traversa les quartiers de Belleville puis de Ménilmontant, se rappelant en chemin ce qu'il avait appris de la bouche d'Anna. Simon ressassait en boucle cette histoire d'ADN préhistorique piégé dans la glace, l'ADN de Maïssa. Ou plutôt, exactement le même, voulait-elle lui laisser entendre. Il y avait matière à devenir fou. Aussi, ne parvenant pas à progresser, il décida de reléguer les propos d'Anna Mestrallet au rang de pure fiction. N'était-ce pas, songea-t-il, le sujet d'un roman qui relatait la découverte sous des tonnes de glaces d'un œuf vieux de centaines de milliers d'années ? Un œuf qui protégeait la dernière femme d'une civilisation perdue. Simon ne se rappelait plus ni le titre ni l'auteur, mais cette histoire l'avait indiscutablement marqué.

Il atteignit le quartier latin après une bonne demi-heure de marche nocturne. Ces lieux, maintes fois parcourus avec Maïssa, lui renvoyaient encore d'autres échos du passé. Rien, en effet, ne demeurait enfoui pour toujours. Simon avait, juste un temps, mis de côté ses sentiments afin de pouvoir continuer à vivre. Sans véritablement prendre le risque de l'oublier, le risque de la trahir.

Simon se retrouva ainsi chez lui, déprimé, entouré de quelques photos de Maïssa, encadrées et suspendues aux murs, comme dans un mausolée. Des bibelots rapportés de ses voyages étaient disposés çà et là sur les meubles de son salon. Et puis, une petite boîte en bois retint son attention, juste à côté des clés qu'il venait de poser sur le buffet. Elle contenait les lettres que Maïssa lui avait écrites au cours des derniers mois de sa vie. Il en ouvrit machinalement le couvercle et se saisit de la première, qu'il déplia. Maïssa lui intimait d'être heureux lorsqu'elle serait partie, de retrouver une vie normale. « C'est ça ! Tu as raison, mon amour » marmonnait-il, lorsque son *iPhone* émit une succession de bips sonores.

Un verre de whisky à la main, Simon s'assis sur son canapé, y étendit ses jambes et replia soigneusement la lettre qu'il posa près de lui. Il consulta ses SMS sans empressement, puis manqua de s'étrangler à la lecture de l'un d'entre eux : *L'os date bien de la même époque que la carotte. L'ADN correspond bien à celui de votre femme, sauf qu'il n'est pas le sien. Peut-être une sorte de jumelle qui aurait vécu des milliers d'années avant elle. Et avant que vous ne vous fâchiez, sachez qu'il existe d'autres cas similaires recensés. Si vous souhaitez plus d'informations d'une scientifique rebelle et entêtée, vous avez mon numéro. Mais je vous défends de continuer à m'appeler Mademoiselle.*

Anna Mestrallet marquait un point. Cette femme avait réveillé son passé douloureux. Avec ces nouvelles révélations, elle attisait maintenant son intérêt. Il ne pouvait plus désormais faire marche arrière.

CHAPITRE 13

Paris, France.

Le lendemain matin, dans son appartement parisien, Simon dû s'y reprendre à deux fois pour boutonner sa chemise. Préoccupé malgré lui, le décalage horaire en sus, il n'avait en effet que très peu dormi. L'énigme de la femme du Kilimandjaro envahissait ses pensées. Dans la soirée, il avait, comme convenu, rappelé Florent Baratier et calé leur rendez-vous pour le surlendemain à la gare de Lyon.

Simon s'empara de sa sacoche d'ordinateur et dévala les cinq étages de son immeuble. Il se fraya ensuite un chemin dans la foule se pressant au marché de la rue Mouffetard et gagna d'un bon pas la faculté de médecine. Le pédiatre s'apprêtait à donner un cours d'introduction à l'embryologie aux étudiants de première année. C'était la seule conférence qu'il ait conservée après avoir, plusieurs années durant, enseigné la néonatalogie dans cette université.

L'amphithéâtre était bondé d'un millier de jeunes gens, dont certains discutaient ou riaient et d'autres sommeillaient. Les bizuts fraîchement sortis du lycée occupaient les strapontins, chassés des sièges par les redoublants, les « carrés », qui faisaient valoir leur ancienneté. Quelques-uns même, plus résignés que d'autres, mais non moins motivés par l'exercice, se contentaient des marches libres dans les allées.

Le médecin déposa son ordinateur sur le pupitre et le connecta au système de projection. Il s'empara du micro sans fil et prit place au milieu de l'arène. De là, il se présenta à l'assemblée encore dissipée. Simon diminua alors la luminosité de l'amphithéâtre d'une pression appuyée sur la télécommande et lança une première vidéo. Les chuchotements s'espacèrent sensiblement, laissant place à quelques rires étouffés.

Sur l'écran géant, se tortillait en tous sens un vigoureux spermatozoïde.

L'intervention de Simon Legrand pouvait désormais commencer.

— C'est lui, le spermatozoïde, débuta-t-il en désignant de la main le sujet sur l'image, lui qui fut un instant la moitié de vous, de chacun d'entre vous. Rendez-vous compte ! Cette toute petite cellule d'à peine trois microns de diamètre n'a-t-elle pas été le grand vainqueur d'une course effrénée contre des centaines de millions de congénères ? La course d'une vie, celle de sa vie, la vôtre en l'occurrence. Vous pouvez, à ce propos, lui dire merci, à lui comme à chacun de ses semblables qui ont réussi cet exploit, et dont vous êtes tous issus.

Simon obtint dès lors l'attention totale de l'auditoire.

— Au commencement, ils sont deux à trois cents millions de spermatozoïdes, tous dotés, comme lui, d'une tête chercheuse propulsée par un flagelle. Tous sont mués par une énergie phénoménale qui les guidera durant des heures sur un parcours infiniment long et difficile. Ils ont, à mon sens, un, et un seul objectif, le seul qui donne raison à leur existence. À votre avis, lequel ?

— L'ovule !

— Une femme !

— Boire une bière !

Les réponses avaient fusé dans la seconde, malgré l'heure matinale. Simon voulait conquérir son public. Il n'en attendait pas moins de lui.

— Atteindre l'ovule, bien sûr, relaya-t-il. Et surtout, être le premier à l'atteindre ! Ou mieux encore, l'atteindre au bon moment, c'est-à-dire ni trop tôt, ni trop tard.

— Encore faut-il que l'ovule soit dispo ! lança un garçon au troisième rang.

— Exactement. Parce qu'en effet, ce n'est pas gagné pour autant, si notre ami se retrouve, tout comme ses copains dans la bousculade, trop en avance. Il peut se casser le nez si l'ovule a décidé de se pointer un peu plus tard au rendez-vous. Vous me suivez ?

Des rires traversèrent l'assemblée. Des regards furent échangés entre voisins. Simon ajouta, presque chuchotant, comme s'il livrait une confidence :

— Ils ont peut-être d'autres ambitions, plus modestes, plus raisonnables que celle qu'on leur prête, à eux, tous ces spermatozoïdes au flagelle conquérant. Comme prendre l'air par exemple, ou encore boire une bière entre potes comme vous l'évoquiez. Mais ça, à moins d'être dans leur tête, on ne le saura jamais, et jusqu'à preuve du contraire, leur objectif reste l'ovule. Retenez ceci !

Quelques sifflets d'approbation ainsi que des commentaires grivois à propos de blonde et de brune, parcoururent la salle.

— Ces mêmes spermatozoïdes, enchaîna Simon, sont déposés au tout début, en nombre infini dans le vagin, je ne vous l'apprends pas. Ils traversent le col et remontent la cavité utérine, puis l'une des trompes, la bonne trompe, il y en a deux. Ça aussi, vous le savez, c'est au programme de terminale ou même de troisième. Des heures durant, ils se battent, se dépassent, ils tombent et se relèvent, ils ne se découragent jamais. À moins d'être de ceux qui s'arrêtent en chemin, faute de motivation, faute d'être performant, ou encore parce que lassés avant l'heure. Ceux-là gisent sur le côté, abandonnés à leur sort. Ils ne sauront jamais ce qu'il y avait au bout du compte.

Tout en parlant, Simon avait gagné l'extrémité de l'estrade et encore atténué la luminosité. L'amphithéâtre baignait maintenant dans l'obscurité. Il lança la projection de *L'Odyssée de la vie*, un documentaire de Nils Tavernier retraçant, pas à pas, la genèse d'un enfant dans le ventre de sa mère depuis la fécondation jusqu'à sa naissance. Les trois premières minutes matérialisaient en images cette épopée des spermatozoïdes. Simon en avait remplacé la bande-son par *Chevaliers de Sangreal*, une composition d'Hans Zimmer mêlant les cordes de l'orchestre aux chœurs en une mélodie rythmée et particulièrement envoûtante.

Le pédiatre se tut, lui-même ému et conquis, tout comme les spectateurs, par cette prodigieuse aventure, par les images qui défilaient. Pour preuve, même les pires cancres, ceux du fond qui, d'ordinaire, s'adonnaient à des occupations peu studieuses, furent parcourus par un frisson le long de leur colonne vertébrale. Simon s'en aperçut lorsque, devançant la fin de la vidéo, il leur fit de nouveau face, rétablissant progressivement la lumière.

— Cette force, annonça-t-il d'un air triomphant, cette force que développent nos amis, construit inlassablement la vie depuis la nuit des temps. N'est-elle pas celle qui, sans cesse, vous anime, celle qui vous guidera jusqu'à votre mort ? Chez ces valeureux chevaliers, l'espoir est intact. Ils savent pourtant… ou ils ne savent peut-être pas, qu'une fois l'objectif atteint, seul l'un d'entre eux réussira à pénétrer la forêt de ronces qui protège encore la belle des intrus.

Simon savoura un instant la réaction des étudiants qui esquissaient des sourires enfantins à cette dernière allusion. Il attrapa une bouteille d'eau posée sur le pupitre et en but une gorgée.

— Il est le seul, poursuivit-il, le seul spermatozoïde qui, au sein de cette échappée, pourra prétendre donner la vie à un enfant. Les autres ? Ignorent-ils dès lors ce qu'il adviendra d'eux, histoire de garder le moral ? Eh bien, vous l'avez certainement compris, conscients ou pas de leur destin, ils resteront derrière, à la porte, et ils périront. Tous mourront, sans exception !

— Si ça, c'est pas injuste ! lança l'étudiant du troisième rang plus téméraire que les autres.

— Eh oui ! Comment vous appelez-vous, jeune homme ?

— Ulysse, Monsieur.

— Vous avez bien raison, Ulysse. Aussi injuste que cela puisse paraître, comme je le disais, tous mourront sans exception. À moins que…

— Ben oui, Monsieur, on le sait tous, ici ! proclama le garçon qui se retourna vers ses semblables. Pas vrai, les gars ?

Des avions en papier fusèrent aussitôt dans sa direction, saisis au vol par quelques mains habiles. L'un d'eux échoua néanmoins sur l'estrade. Avec bonhomie, Simon s'empressa de ramasser l'objet volant et, faisant mine d'en parfaire les plis, se plaça au centre de la scène. La lumière retrouvait sa puissance maximale tandis que le pédiatre reprenait, cherchant le regard de chacun :

— Afin de vous représenter cette course folle, imaginez, si vous voulez bien, un marathon. Au hasard, celui de Paris. Le départ. Un dimanche matin en avril, il est 7 heures, il fait six degrés, pas plus, et il pleut des cordes. Quarante mille, peut-être cinquante mille personnes piétinent sur les Champs-Élysées à hauteur de l'Étoile. La place est noire de tous ces gens. Tous ont froid, ils sont simplement vêtus d'un short et d'un tee-shirt, parfois d'un sac-poubelle sur les épaules pour les protéger de la pluie glaciale. L'inquiétude se lit sur leurs visages.

Simon interpella l'étudiant du troisième rang.

— Toi, dit-il, indiquant Ulysse d'un signe de tête.

— Encore moi ?

— Oui toi, Ulysse. Tu es justement parmi eux. Imagine ! Tu jettes des regards furtifs à ton voisin, à ton ami, mais surtout aux concurrents qui pensent comme toi, faire mieux, faire plus, arriver au bout, des fois que tu en serais capable.

— Mais moi, Monsieur, je les massacre mes concurrents ! répliqua le garçon, hilare, tout en bombant le torse.

Ulysse obtint les sifflets escomptés, confortant ainsi son statut de boute-en-train dont Simon avait justement besoin avant d'envisager la suite de son intervention.

Le garçon, paradant, crut bon d'ajouter à l'attention de ses pairs :

— C'est comme ce foutu concours, mon ticket vers la deuxième année de médecine, je vais tout donner et je vais l'emporter !

— Excellent, Ulysse ! rebondit le pédiatre qui, d'un geste de la main, obtint une accalmie. Mais reviens un instant au marathon. Tu sais, toi, ce qui t'attend, les quarante-deux kilomètres qu'il te faudra courir pour arriver deux heures et demie plus tard au bois de Boulogne. Ça, c'est si tu es très fort. Trois, voire quatre heures plus tard, si tu l'es un peu moins.

L'assemblée écoutait l'orateur sans broncher, curieuse de savoir où il voulait en venir.

— Tu es donc à Paris, Ulysse, il est 7 heures et tu as froid. Tu vas courir, vite, très vite même, en dosant cependant bien ta force parce que tu veux atteindre ton but. Celui que tu t'es fixé, parce qu'en réalité, tu as bien conscience que tu n'arriveras pas le premier. Tu entends le signal du départ, mais pourtant rien ne bouge. Tu devines juste, très loin devant, les futurs vainqueurs déjà dans la course. Tu ne peux pas encore remuer tant la foule est inerte. Alors comme tous les autres, tu cries, tu hurles, tu as toujours aussi froid. Encore de longues minutes à piétiner, et puis, enfin ça bouge, tu peux t'élancer. Ce n'est que maintenant que tu les vois, tout en bas des Champs-Élysées. Tu vois qui, au fait ?

— Bah, des Kenyans !

— Exactement ! Tu l'as déjà fait ce marathon, on dirait ?

— Cette année encore ! C'est mon troisième, si vous voulez tout savoir.

Les regards allèrent de Simon au garçon qui, à l'évidence, s'amusait bien, puis du garçon à Simon lorsque ce dernier approuva :

— En effet, les Kenyans, ils sont souvent les gagnants, mais bien entendu, pas toujours. Quoi qu'il en soit, les premiers coureurs abordent déjà la place de la Concorde, six kilomètres plus avant. Tu les vois bien, poursuivis par cette foule incroyable, ces concurrents qui te devancent, qui courent beaucoup plus vite. Derrière toi, la même foule tout aussi dense attend son tour pour démarrer. Tu te dis là, que tu as peut-être une chance.

— C'est tout à fait ça, Monsieur, confirma l'étudiant qui revivait l'évènement.

— La caméra, imagine un peu, la caméra emportée sur un drone s'attarde quelques instants sur toi et tes semblables. Elle jette une ultime visée à ceux qui te suivent, puis se déplace en avant, désormais indifférente à toi. Tel un oiseau ivre, elle évolue bien au-dessus de tous, légère et ondulante. Elle rejoint ceux qui te devancent, puis ceux qui les devancent et gagne la tête de la course avec aisance et liberté. Elle repère alors les premiers et fonce vers eux, leur montre l'arrivée, la coupe, l'ovule en quelque sorte. Un seul parmi eux gagnera. À moins que…

Simon se tut un instant, comme s'il reprenait son souffle. Les étudiants patientèrent, en haleine.

— L'analogie avec l'épopée folle des spermatozoïdes s'arrête ici, avec celle des marathoniens aussi. Parce qu'en ce qui vous concerne, vous et votre concours, comme le disait votre camarade Ulysse, il y aura plus d'un vainqueur. Cependant, vous le savez, certains parmi vous échoueront, malgré toute la motivation, les compétences, l'intelligence et l'acharnement dont vous aurez pu faire preuve.

Simon observa son auditoire retrouver ses esprits, tandis que de nouvelles boulettes de papier traversaient l'espace et atterrissaient sur les premiers rangs. Il se dit que tous avaient entendu et compris le sens de ses propos. Ceux du devant comme ceux du fond, ceux du milieu, assis ou debout, et même ceux qui dormaient.

— Arriver au bout et bien se placer, en somme, indiqua-t-il en guise de conclusion. Voilà l'objectif commun que vous partagez, vous, étudiants, avec les spermatozoïdes ou encore avec les marathoniens.

Ulysse, au troisième rang, interpella le pédiatre :

— Monsieur ? Vous disiez, pour revenir aux spermatozoïdes, un seul vainqueur, *à moins que...*

Rires dans la salle.

— Oui, tout à fait, répondit le médecin, pris à son propre jeu. Oui, la plupart du temps. Plus rarement, il y en a deux, ça aussi, vous le savez. S'il y a deux ovules, il y a deux vainqueurs et ça donne des jumeaux. Des faux, bien entendu.

— Et les vrais jumeaux ? lança une voix stridente du fond de la salle, une étudiante que rien ne semblait distinguer de sa voisine.

D'un seul mouvement, toutes les têtes se tournèrent dans leur direction.

— Un seul ovule, un seul spermatozoïde, mais, en revanche, deux embryons dans votre cas à toutes les deux, osa Simon. Notre vainqueur forme un œuf avec l'ovule conquis. Quelques jours après la fécondation, cet œuf se sépare en deux œufs identiques. Deux enfants au bout du compte. Toi et ta sœur jumelle précisément, n'est-ce pas ?

— C'est ce que la sage-femme a expliqué à ma mère, rétorqua l'étudiante.

Sa voisine s'empressa d'ajouter, d'une voix toute aussi affirmée :

— Mais c'est quand même moi qui suis née la première !

Ce à quoi Simon, amusé, répliqua :

— Merci Mesdames, pour cette illustration on ne peut plus efficace.

L'ostinato au violon d'Hans Zimmer résonna de nouveau dans les haut-parleurs, la lumière diminua et Simon projeta encore des extraits de *L'Odyssée de la vie*. D'embryon à fœtus puis de fœtus à enfant, le petit corps prenait forme sur l'écran, dans l'utérus de sa mère. En fond sonore, le thème musical des *Chevaliers de Sangreal* se déployait dans un crescendo que rien ne semblait arrêter. Apparurent, de façon parfaitement orchestrée, le cœur de l'embryon, sa colonne vertébrale, ses membres, ensuite son cerveau, au sein duquel les neurones se multipliaient puis s'interconnectaient en un réseau incroyable. Le petit être grandissait et s'animait sous les yeux fascinés du public. Les chœurs de la bande-son retentissaient alors dans l'amphithéâtre comme une ode à la vie, à la révélation du mystère de la procréation.

Dans l'esprit de Simon, chacun refaisait son voyage. Un voyage essentiel. Il saisit dans la pénombre les sourires entendus, les chuchotements et aussi les visages ébahis qui paraissaient se demander à quel moment, comment et pourquoi tout cela avait commencé.

Ce fut exactement ce qu'il était venu chercher ce matin-là, comme chaque fois qu'il dispensait ce cours. L'émerveillement candide des étudiants tout juste sortis de l'adolescence le bouleversait.

Des applaudissements surgirent ici et là. Et, en l'espace de quelques secondes, la salle entière se levait et ovationnait l'orateur. Il ne restait plus à Simon qu'à s'incliner, avec un plaisir infini, reconnaissant de tant d'attention.

Le temps avait passé. Les étudiants, pas plus que Simon, n'avaient vu l'heure tourner.

Le pédiatre eut alors l'idée de soumettre à leur sagacité l'énigme dont une certaine glaciologue excentrique lui avait fait part. Tandis que tous commençaient à quitter les lieux, il les retint d'une annonce au micro :

— Chaque jour, les enfants, partout sur la planète, sont conçus par dizaines de milliers. Et neuf mois plus tard, tous ou presque voient le jour. Parmi eux, se trouvent des jumeaux. Il en naît des centaines sur cette Terre, et ce depuis toujours. J'ai une dernière question ! Est-ce que, selon vous, deux bébés issus d'un même œuf, autrement dit des vrais jumeaux, deux bébés avec le même ADN, peuvent naître de façon naturelle, chacun dans un lieu différent et à une époque différente ? Merci et bonne journée à vous.

La réponse de l'auditoire se limita à quelques applaudissements mêlés au claquement des strapontins qui se rabattent, des discussions animées et des bruits d'une salle se vidant après le spectacle.

Aucun étudiant ne semblait avoir relevé la question. Sauf certains, peut-être, se disait Simon à en voir leur tête. Ceux-là devaient se demander si ce genre de question pouvait tomber le jour du concours.

Un grand gaillard dégingandé s'avança, les cheveux blonds en bataille dissimulant des yeux trop écartés. Simon n'eut pas de peine à reconnaître Ulysse, à qui il devait en partie le succès de sa conférence.

— Super intéressant, votre cours, Monsieur ! dit le jeune homme en s'approchant. Un des meilleurs de l'année, si vous voulez mon avis.

— Merci à toi, Ulysse. Tu y es pour quelque chose.

— J'ai, moi aussi, une question. Vous n'en avez pas parlé.

— Je t'écoute.

— Qu'est-ce qui se passe si deux spermatozoïdes pénètrent un même ovule ?

— Si deux marathoniens franchissent en même temps la ligne d'arrivée, si deux étudiants dans ton genre, s'autorisa Simon en souriant, arrivent premiers ex aequo ? À ton avis ?

Le gars se gratta la tête, et trouva lui-même sa réponse.

— La vidéo de l'arrivée, ou bien les cellules photoélectriques. Elles font toujours la différence dans les courses sportives. Et puis, les questions au concours de médecine sont si tordues qu'il y a toujours de quoi départager les deux premiers.

— Eh bien voilà, tu as trouvé. Pour l'ovule, c'est la même chose. Il devient hermétique, dès lors qu'un spermatozoïde s'y introduit, fermant toute possibilité à un autre d'y entrer. Commence alors l'évolution de l'ovule fécondé, autrement dit de l'œuf. Contenant trop d'ADN, trop de chromosomes si tu préfères, cet œuf en expulse une partie sous la forme d'un globule polaire, le second, précisément.

— Il y en a donc un premier ?

— Oui, dans le processus de maturation de l'ovule. Un premier globule polaire a déjà été expulsé, avant la fécondation. Toujours dans le but de réduire la quantité de matériel génétique, histoire de faire de la place pour accueillir celui du spermatozoïde.

— Ah oui, c'est vrai, admit l'étudiant audacieux. Merci, Monsieur.

— Pas de quoi. Et dis-moi, en ce qui concerne mon énigme, tu as une idée ?

Mais l'étudiant rejoignait déjà ses amis. Simon n'obtint pas de réponse.

Un instant frustré, il réalisa bien vite qu'il avait en réalité proposé cette énigme dans un but unique, celui de se conforter dans l'idée de ne pas lâcher une intrigue aussi insolite.

Dans la soirée, il adressa à Anna Mestrallet le message suivant :

Anna, vous avez raison, c'est finalement une bonne idée de creuser la piste des jumelles.

CHAPITRE 14

Chambéry, France.

Anna se dépêcha de rejoindre l'ambiance feutrée du *Vintage*. Cette fois, elle arriva la première et choisit un emplacement calme et confortable dans le fond du bar. Songeuse, elle ne remarqua pas Alex, le serveur au catogan impeccable, qui la saluait d'un signe de la main.

Elle sortit son téléphone de son sac à dos afin d'en vérifier la batterie. La veille, son premier geste en arrivant chez elle à Chambéry avait été de la mettre à recharger. Au cours de son voyage de retour, elle avait reçu deux SMS, l'un de Julie, l'autre d'Armelle, qui fixaient au trio un rendez-vous au bar le lendemain soir. Aucun message du docteur Legrand en revanche, et pas davantage dans sa boîte d'e-mails. Anna, déçue, s'était couchée dans la foulée, bien décidée à oublier leur entrevue et à se concentrer sur ses travaux de recherche. Elle avait dormi d'une traite, mais au laboratoire, ce matin-là, son humeur exécrable avait surpris ses collègues. Sa difficulté à se mettre au travail avait également inquiété Pierre Morel. Et puis Tania, sa doctorante, n'avait obtenu que des commentaires évasifs à propos des résultats de ses expérimentations. Anna ne s'était pas entretenue avec elle au sujet de leur découverte expédiée à Genève, une cachotterie que la jeune Russe semblait s'attacher à respecter.

Tandis que sur sa chaise, la glaciologue ressassait quelque rancœur, son attention fut attirée par un écran de télévision qui diffusait une chaîne d'information en continu. Un reportage parlait de la recrudescence des crises d'asthme en Auvergne-Rhône-Alpes. Le réseau de surveillance régional soulignait la persistance inhabituelle des pollens d'ambroisie en ce mois de novembre. Anna n'eut pas le loisir d'écouter l'interview du spécialiste jusqu'au bout, car elle aperçut ses amies à l'entrée du *Vintage*.

Julie et Armelle arrivaient ensemble. Alex leur souhaita la bienvenue avec un large sourire et leur désigna la table où elles étaient déjà attendues. Il prit toutefois Julie en aparté et échangea quelques mots avec elle tandis qu'Armelle, dans une démarche gracieuse et aérienne, rejoignait Anna.

— Salut ma belle, alors, future Nobel d'archéologie ? plaisanta-t-elle. Julie m'a mise au courant. Elle m'a téléphoné hier soir et on a discuté au moins pendant deux heures. Il ne devait pas être loin de minuit lorsque nous avons raccroché. Arthur était fou parce que je ne venais pas me coucher. Il devait se lever à 5 heures du matin pour une réunion à Marseille. Mais, dis-moi, c'est incroyable, cette histoire !

— Au moins, je ne serai pas obligée de tout t'expliquer, répondit Anna, un peu agacée que Julie lui ait volé la vedette en vendant la mèche la première.

— Eh, oh, ne sois pas désagréable ! Tu étais injoignable hier.

La ravissante métisse ajouta sur le ton de la confidence :

— Au fait, pendant que Julie papote avec Alex, tu sais qu'elle et son informaticien, Romain, c'est plutôt sérieux. Elle m'en a reparlé plusieurs fois hier. Elle a l'air vraiment sous le charme.

— Alors il faudra que tu m'expliques pourquoi elle est en train de minauder avec le serveur, persifla Anna en haussant le ton, de sorte que sa remarque atteigne les oreilles de l'intéressée.

Le regard espiègle et la mine radieuse, cette dernière rejoignit enfin ses amies.

— Bonjour Anna, on dirait que tu es d'une humeur massacrante ce soir. Un bon mojito te détendra peut-être, j'ai déjà passé la commande. Une verveine pour toi, Armelle. J'ai aussi demandé à Alex de veiller à tenir éloignés les clients de notre table. Nous avons besoin de discrétion, n'est-ce pas ?

Anna jeta un coup d'œil furtif au serveur qui prenait une commande à quelques tables de là.

— Physiquement, c'est pas trop mon style, commenta-t-elle. Un peu jeune, timide, gentil garçon. Je passe mon tour !

— Pourtant, lâcha Julie, je peux te dire que de son côté, il t'a remarquée. Il vient de me demander si tu habites Chambéry, si tu es célibataire, ce que tu fais dans la vie et tout et tout. Il n'est pas si timide, tu vois.

— Dans ce cas, se ravisa Anna, flattée, je reçois bientôt un nouveau sommier en kit. C'est un peu compliqué, le montage toute seule et puis il faudra en tester la robustesse alors…

À ces mots, Julie s'exclama :

— Ah non, pitié ! C'est un coup à ne plus pouvoir remettre les pieds au *Vintage*. Choisis quelqu'un d'autre ! Et tais-toi, le voilà avec notre commande.

Parvenu à leur table, Alex salua une seconde fois celle qu'il convoitait. Il distribua le contenu de son plateau, non sans une certaine maladresse lorsqu'il tendit son mojito à Anna. Le regard inquisiteur de celle-ci le fit même rougir. Après son départ, les trois jeunes femmes rigolèrent sans retenue, heureuses de se retrouver dans ces moments de détente et de complicité entre copines.

— Bon, allez les filles, reprenons-nous, intervint Armelle qui sonnait la fin de la récréation. C'est que je n'ai pas toute la soirée, moi. J'ai promis à Arthur que je rentrerai de bonne heure pour me reposer. Il est assez protecteur et inquiet pour ma grossesse.

— Oh, ça va, tu n'es pas en sucre. Il faut qu'il arrête le mari chéri qui-ne-veut-pas-que-sa-femme-quitte-le-nid, ne put s'empêcher de dire Anna qui avait entamé son cocktail.

— Toi, répliqua Armelle piquée au vif, tu es perturbée par quelque chose ou par quelqu'un. Tu ne vas pas me la refaire à l'envers comme l'autre soir. Laisse Arthur en dehors de ça.

— Eh, stop les filles ! supplia Julie. On se calme. Je ne vous ai pas proposé de venir pour que vous vous chipotiez. On a une affaire sérieuse à discuter.

Julie réajusta sa tunique fleurie au style bohème et se pencha vers ses amies, prenant l'allure d'une conspiratrice. Après une brève synthèse de la situation, elle baissa la voix, incitant son auditoire à tendre l'oreille.

— Ça me turlupinait, cette histoire d'ADN, alors j'ai cherché comment je pouvais accéder à des données « secret-défense » sans en avoir les habilitations.

— Quelle audace ! reconnut Anna. Une vraie espionne, notre Julie. Tu as demandé à ton informaticien s'il pouvait hacker la base de données du Centre militaire ?

— Mais non, je me suis débrouillée toute seule ! Je suis entrée dans le bureau de mon chef et je lui ai dit qu'une rumeur émanant du service des maladies infectieuses circulait sur l'apparition de nouveaux cas d'Ebola au Congo. Ebola, c'est sa bête noire, il est à cran dès qu'il en entend parler. Il a passé plusieurs mois sur le terrain lors des épidémies au Zaïre et en Guinée. Je crois que cela l'a définitivement marqué. Bref, il a déguerpi du bureau sans même fermer sa session informatique. J'ai juste pris quelques minutes pour fouiller.

— Tu es folle, s'inquiéta Armelle, tu pourrais avoir de graves ennuis !

Ce à quoi Anna réagit, pleine d'admiration :

— Non, t'es trop forte ! Génial. Alors, tu as trouvé quoi ?

La généticienne était fière en effet de sa trouvaille et appréciait l'intérêt que lui portaient ses amies. Elle marqua une pause, but quelques gorgées, temporisant leur impatience.

— Je flippais, avoua-t-elle, alors je n'ai pas pu aller dans les détails. J'ai quand même trouvé un dossier intitulé « cas iso ADN à élucider ».

— C'est fou, exultait Anna. Et tu as eu le temps de regarder ?

— Moins fort, s'il te plaît, je te rappelle que c'est pas légal, alors motus.

D'un geste, Julie les invita à s'approcher encore et poursuivit :

— À l'intérieur, il y avait moins d'une dizaine de fichiers. J'en ai ouvert un, c'était le cas d'un homme français, 35 ans, actuellement en prison. Apparemment, son ADN a été séquencé parce qu'il était soupçonné d'un crime passionnel. Or, dans la base d'Interpol, le même profil ADN concernait déjà, tenez-vous bien, le cadavre d'un homme belge sans aucun lien familial connu avec ce prisonnier. Il a été victime d'une catastrophe aérienne il y a plus de vingt ans. Seul son ADN avait permis de l'identifier.

— Bof, cela ne prouve rien, commenta Anna, déçue. La période temporelle et la zone géographique restent proches. Ils sont peut-être jumeaux malgré tout, et l'un a pu changer de nationalité. Ou encore, ils ont été séparés et adoptés à la naissance.

— Attends ! J'ai mieux. J'ai juste eu le temps d'ouvrir un autre fichier.

Julie expliqua qu'il s'agissait, cette fois, d'une femme décédée récemment dans un incendie. Elle avait le même profil génétique qu'une momie égyptienne datant de 1400 ans avant J.-C. Pour la généticienne, ce dossier top secret recensait bien des situations dans lesquelles deux personnes présentaient le même ADN alors qu'elles avaient vécu à des époques différentes.

— Waouh ! Là, effectivement, on tient une piste, s'exclama cette fois Anna avec effusion, manquant de tomber de sa chaise.

Et comme Alex regardait dans sa direction, elle fit mine de réagir à une histoire rigolote en s'esclaffant.

— Moi, les filles, chuchota Armelle, je continue de penser que vous nagez en plein délire. Vous avez lu trop de livres de science-fiction ! *La Nuit des temps* de Barjavel, cela vous dit quelque chose ? Et d'ailleurs, dans ce roman, le médecin qui fait partie de l'expédition, il s'appelle Simon si je me rappelle bien. Tiens, comme ton pédiatre, Anna! À ce propos, si tu nous racontais maintenant ton rencard avec lui.

Anna, à son tour, s'assura d'avoir toute leur attention. Elle sirota quelques gorgées de mojito et vérifia une énième fois que son téléphone était bien chargé, avant de leur répondre :

— Eh bien, à part vous dire que ce mec est arrogant, sûr de lui, qu'il aime le filet mignon et les mignonnes qui le servent, je n'ai pas grand-chose à ajouter.

— Ah ! pouffa Julie, ça a dû être électrique entre vous. Aurait-il réussi à te tenir tête ?

— Hé ! Tu ne vas pas t'en tirer comme ça, insista Armelle, on veut tous les détails. Allez, dis-nous, déjà physiquement, il est comment ?

— Pas mal pour son âge. Brun, les cheveux ondulés plutôt courts, des yeux d'un noir aussi profond et inhospitalier qu'un puits sans fond. Que dire d'autre… Le genre de gars qui porte des vêtements classe, hors de prix. Du style aussi à rouler avec un quatre-quatre bien polluant dans Paris. Et puis, un tantinet gringalet à mon goût.

— C'est vrai, suggéra Julie, que tu préfères les gars musclés pour tes travaux d'intérieur. Mais tu sais, les gringalets peuvent s'avérer être des amants très imaginatifs.

— Comme Romain ton informaticien ! se moqua gentiment Anna. C'est donc ça, il compense par sa créativité.

Julie riposta en lui assénant une tape amicale sur le bras.

— Et alors, le pédiatre, il t'a parlé de sa femme, pourquoi était-il seul ? questionna Armelle pour recentrer la conversation.

Anna leur raconta ce qu'elle avait appris sur Maïssa Diallo, la maladie dont elle avait souffert, en l'occurrence une vascularite immuno-allergique. Puis, l'air de rien, elle lâcha le scoop :

— Figurez-vous, les filles, que Maïssa Diallo est morte il y a trois ans.

— C'est pas vrai, Anna, tu aurais pu m'appeler dès que tu l'as su.

— Allez Julie, ne fais pas cette tête, c'était hier, et là je te le dis !

— Au moins, réagit la rouquine, sa maladie explique pourquoi l'ADN de Maïssa a été analysé. En revanche, on ne sait toujours pas comment il s'est retrouvé dans l'os de ta carotte, au Kilimandjaro. Si je résume, on a un fragment osseux trop ancien pour être celui de cette femme. On s'interrogeait sur sa contamination potentielle par l'ADN de Maïssa, mais maintenant que tu nous apprends qu'elle est décédée…

— C'était bien avant mon expédition au sommet du Kilimandjaro, je précise. En plus, le pédiatre m'a assuré qu'elle n'a jamais mis les pieds là-bas.

— Je crois que l'on peut donc exclure définitivement une contamination du fragment osseux par Maïssa Diallo, de son vivant.

— Oui, c'est vrai, ma Julie, je te l'accorde. Il nous faut dans ce cas imaginer une autre piste. Je retiens pour ma part celle des dossiers top secret de ton chef. À approfondir !

Les deux jeunes femmes trinquèrent à leur accord.

— Dis-moi, Anna, intervint Armelle qui se sentait un peu exclue de la discussion, tu n'avais pas un collègue qui a perdu son fils de cette horrible maladie, cette vascularite ?

— Tu as raison, c'est arrivé à un collègue du labo de Grenoble, son fils est mort il y a environ un an. Ça craint, la vascularite, je vous conseille de ne pas la choper. Simon, le pédiatre je veux dire, soutient qu'on est toujours incapable de la soigner.

À l'évocation du pédiatre, Armelle et Julie échangèrent un sourire entendu.

— Et à ton avis, reprit la douce Armelle sur un ton maternel, il l'aime toujours sa femme, ce Simon ? Il pense encore à elle ?

— Qu'est-ce que j'en sais, moi, se crispa soudain Anna, tu m'en poses des questions ! Et puis, c'est quoi le rapport ? L'amour, tu sais ce que j'en pense. Juste une histoire de chimie, alors ça le regarde, ces conneries.

— Vous avez prévu de vous revoir ? rebondit Julie, taquine.

— Certainement pas ! Dites, ça ne vous dirait pas que l'on change de sujet parce que là, je ne vois pas ce qu'il y a à ajouter. En plus, je croyais qu'Armelle était pressée d'aller réconforter son mari chéri, alors je vous propose de boucler la liste des courses pour le week-end à son chalet.

Anna espérait avoir fait diversion mais Armelle relança :

— Moi, je pense que ce Simon ne t'a pas laissée indifférente et que tu es furax parce que tu n'as pas réussi à le séduire. Malgré tout ce que tu peux nous dire, je ne t'ai jamais vue aussi attentive à ton vieux *Nokia* depuis que je te connais. Tu sais, tu peux l'inviter au chalet avec nous, si tu veux.

— Ah oui, je me demandais aussi pourquoi ton téléphone était posé à côté de ton verre, renchérit Julie, soulagée qu'Armelle ait osé le lui faire remarquer. Toi, Anna, tu attends qu'il te contacte !

— N'importe quoi, les filles ! Vous allez me lâcher les baskets avec ce type ? Et puis j'invite qui je veux.

Anna, furieuse, se leva subitement, mettant ainsi un terme à cette conversation, et rejoignit le serveur en arborant un sourire des plus avenants.

Au même instant, son *Nokia* laissé sur la table se mit à vibrer sous le regard intrigué et indiscret des deux amies restées assises. Elles n'eurent pas le temps d'interpeller Anna qui, peu après, la mine réjouie, revenait déjà :

— Armelle, finalement j'ai invité Alex pour le week-end au chalet. Ça ne te dérange pas ? Il repartira le samedi soir, il bosse dimanche. Pour moi, c'est parfait comme ça.

— C'est comme tu veux, Anna, répondit Armelle un peu dépitée. Au fait, je crois bien que tu as reçu un SMS pendant que tu jouais la séductrice.

Le regard bleu de la glaciologue vira aussitôt au gris acier. Contrariée d'avoir délaissé son téléphone quelques instants, elle rétorqua :

— Ah, ça doit être sans importance. Vous voyez, « corbeille » direct. Plus de message !

Abasourdies, Julie et Armelle restèrent sans voix.

— Bon, ce n'est pas le tout mais il faut que je me sauve, ajouta Anna en se rhabillant. C'est vous qui m'invitez ? Alex termine son service et je lui ai proposé de le ramener chez lui. Il peut m'aider à monter les pneus neige qui sont dans le coffre de ma voiture. Cela m'évitera demain de passer chez le garagiste. On échange par mail pour les détails du week-end. Salut, les filles.

Et, triomphante, elle tourna le dos à ses copines, encore sous le choc de ce revirement soudain. Ces dernières observèrent la jolie brune passer le bras autour de la taille du serveur et lui murmurer des choses à l'oreille.

— Un peu rapide tout de même sur ce coup, notre Anna ! résuma Julie.

— Oui, enfin, depuis qu'on la connaît, elle est toujours comme ça. Elle a trop peur de s'engager, tu le sais bien.

Armelle, pensive, observa :

— Dis, Julie, tu penses comme moi, il a l'air bien ce Simon ? Tout à l'heure, j'ai mémorisé son numéro de téléphone quand il a envoyé un texto à Anna. On pourrait peut-être lui donner un coup de pouce, tu ne crois pas ?

— C'est exactement ce que je me disais. On s'appelle dès que l'une de nous a une idée. Il va falloir la jouer fine si on ne veut pas déclencher l'ouragan Anna !

Les deux femmes, enchantées à l'idée de jouer les entremetteuses, rassemblèrent leurs affaires et quittèrent le bar.

CHAPITRE 15

Paris, France.

Le tumulte habituel régnait dans le hall 1 de la gare de Lyon, traversé par un vent froid d'automne. Les hommes et les femmes d'affaires provinciaux fraîchement débarqués croisaient les touristes et les retraités encombrés de valises. Simon cueillit Florent Baratier dès l'arrivée de son TGV à 8 heures précises. Celui-ci fermait son manteau, un duffel-coat classique, lorsqu'il aperçut son ami sur le quai.

— Cette fois, tu m'attends au saut du train. Ça change de l'avion. Et puis, ça caille ici !

— C'est vrai, admit Simon, lui donnant une accolade. Content de te revoir, depuis la semaine dernière. Tu n'es pas trop épuisé avec le décalage horaire ?

— Si, un peu. Je suis debout depuis 4 heures ce matin, et même pas besoin de réveil !

— Pareil pour moi. Encore un jour ou deux et ça ira. Allez, je t'emmène dans un endroit qui te fera oublier qu'ici il fait froid, gris et sombre.

— Un petit massage ? risqua Florent sur le ton de la plaisanterie.

— Je pense que ce sera difficile. Une autre fois, peut-être. Suis-moi !

— Les yeux fermés. J'ai une totale confiance en toi.

Simon entraîna Florent au Train Bleu, une luxueuse brasserie surplombant le hall 1. Cet espace hors du temps, avec ses boiseries dorées, ses imposantes verrières et ses banquettes recouvertes d'un cuir bleu roi, l'avait toujours fasciné.

Les deux hommes empruntèrent les marches du grand escalier, puis prirent place dans l'un des salons, très au-dessus de la cohue du matin.

— Je t'invite à prendre un petit déjeuner. Vise un peu la carte !

— Excellent, acquiesça Florent qui déjà salivait. J'ai juste un impératif, ma réunion commence dans deux heures, à l'hôpital Saint-Antoine. C'est à deux pas d'ici.

— Alors, fais ton choix, le serveur arrive.

— Et toi, raconte plutôt ton affaire, tu m'as mis l'eau à la bouche, l'autre soir.

Simon commença par évoquer sa rencontre avec la glaciologue. Il n'avait pas terminé sa première phrase que déjà l'autre le coupait net, avec un regard de connivence :

— Elle est comment, d'abord, cette Anna ?

— Pardon ? réagit Simon, qui devinait cependant très bien où il voulait en venir.

— Ben oui, elle est comment ? répéta Florent, mimant de ses mains les formes d'une femme.

— C'est une belle femme, environ un mètre soixante-cinq, brune, les cheveux bouclés en vrac, des yeux bleus, verts, gris peut-être, clairs c'est certain, et pétillants de sagacité. Mais tu sais, ajouta-t-il en prenant un air angélique, je ne l'ai pas bien observée.

— Menteur !

— La couleur des yeux, je ne la retiens jamais.

Florent adopta une mine faussement détachée, jetant un œil distrait au va-et-vient des voyageurs à travers la verrière. Simon, résigné, précisa qu'il pensait Anna Mestrallet intelligente, directe, passionnée, et qu'il l'avait sans doute un peu malmenée lors de leur entrevue.

— Avec ses airs aussi, sûre de ce qu'elle avançait, ajouta-t-il, j'avoue avoir été plus qu'agacé.

Et devant la perplexité de son ami qui, malicieux, le regardait toujours, un large sourire aux lèvres, tel un gosse attendant la chute de l'histoire, Simon, au fond assez pudique, capitula :

— Bon, d'accord. Difficile d'échapper à son charme... Mais si tu préfères, j'ai surtout dans la tête ce qu'elle a découvert, avec sa copine généticienne. Laisse-moi te raconter, jusqu'à la fin.

Le pédiatre relata alors toute l'affaire dans ses moindres détails, omettant toutefois d'évoquer le texto d'Anna. Florent, désormais disposé, se laissa emporter par l'invraisemblable récit de Simon. De plus en plus interloqué à mesure qu'il en apprenait davantage, il l'écouta de bout en bout, sans jamais l'interrompre, tandis qu'un serveur en queue-de-pie apportait leur commande.

— N'empêche, en conclut le gynécologue, ça a beau être absurde, tout ça, je ne vois pas pourquoi cette Anna aurait fait tout ce foin pour te retrouver, si elle-même n'était pas intriguée. Ou alors, c'est une folle, une admiratrice comme tu dois en avoir aux quatre coins du monde. Tu laisses des traces mon gars, crois-moi ! Elle a jeté son dévolu sur ta belle personne. Un gentil pédiatre, ça ne court pas les rues, contrairement aux séduisants obstétriciens.

Simon, habitué aux railleries de son complice, ne releva pas et le laissa poursuivre :

— Trêve de plaisanterie, ce qu'elle affirme nous ramène, tu l'as vu, en Afrique. Maïssa était peule, non ? Et les Peuls sont des nomades.

— Oui, mais la plupart sont maintenant sédentarisés.

— Soit. Et si, chez eux, il existait une coutume qui consiste à ramener le défunt à son point de départ ? Tu vois, chez nous, on disperse les cendres de nos morts dans la montagne ou dans la mer. Dans ton histoire, ce serait la région du Kilimandjaro. Je te l'accorde, on est un peu éloigné du Niger. Je dirais, à vue de nez, que ça doit faire trois ou quatre mille kilomètres…

— En définitive, la première idée qui te vient est la même que la nôtre, le coupa Simon sur un ton traduisant sa déception.

Le gynécologue, surpris par cette réaction, se tut et engloutit dans la foulée un toast beurré. Simon lui expliqua qu'ils avaient déjà évoqué cette possibilité avec Anna mais qu'un transport de relique jusqu'au sommet du Kilimandjaro, certes sacré, paraissait peu compatible avec les rites funéraires ancestraux des Peuls.

— Et le vent ? suggéra Florent qui tentait à nouveau sa chance. Tu as pensé au vent ? L'harmattan transporte bien le sable du désert sur nos voitures.

— Ça ne colle pas de toute façon.

— Quoi ça colle pas !

Florent, sa tasse dans une main, donna un petit coup sec sur la table du plat de l'autre, manquant de renverser son café. Simon révéla alors, presque confus :

— Parce que l'os date de onze mille ans ! Il ne peut pas appartenir à Maïssa.

— Qu'est-ce que tu racontes là ? Tu pouvais pas le dire avant !

Florent s'était en réalité un peu emballé, tout comme Simon deux jours plus tôt. En ne lui précisant pas tout de suite l'âge du fragment osseux, Simon avait espéré que, peut-être, son ami aurait eu une idée géniale. Il leur paraissait maintenant évident que tout se passait comme si, il y a onze mille ans, une autre Maïssa avait vécu dans cette région du monde, et en particulier tout près du Kilimandjaro.

— Son double, en somme, souligna Florent. Un double qui aurait vécu dans ce lointain passé.

— Oui, et qui se serait rendue de son vivant, ou bien qui aurait été transportée après sa mort, coutume ou pas, au sommet de cette montagne.

— Ça ne nous dit pas pour autant comment ce double de Maïssa, cette femme du Kilimandjaro, a pu ne serait-ce qu'exister, elle et son ADN, à cette époque.

La conversation allait bon train lorsque Simon se surprit à apprécier la tournure qu'elle prenait. Comme si son amour pour Maïssa, ou plutôt le deuil de cet amour perdu, opérait un tournant. Comme si les révélations d'Anna, encore improbables la semaine précédente, signaient pour lui le point de départ d'une quête salutaire.

— Et je ne t'ai pas tout dit, mon ami, accroche-toi bien. La copine généticienne d'Anna Mestrallet prétend que ce ne serait pas le premier cas de ce genre.

— Tu entends quoi par *pas le premier cas* ?

— Elle soutient, je n'ai pas encore les détails, qu'on a déjà identifié des personnes avec un ADN identique, ayant vécu à des périodes très différentes et en des lieux tout autant éloignés.

Le gynécologue manqua s'étrangler avec son jus de mangue. Il toussa bruyamment avant d'exprimer son point de vue, la voix tout enrayée.

— Dis, c'est qui, ces nanas, tu crois pas qu'elles te mènent en bateau ? s'inquiéta-t-il, suspicieux. Elle ne t'a pas demandé du fric au moins ?

Et Florent croqua dans une autre tartine grillée, qu'il savoura sans cacher son plaisir. Simon le rassura et lui avoua qu'il comptait bien en apprendre davantage et faire toute la lumière sur cette affaire.

Les deux hommes bavardaient toujours, se délectant de leur petit déjeuner. C'était d'ailleurs un brunch plutôt qu'un simple frichti, au vu de l'assiettée d'œufs brouillés et de lard dans laquelle ils puisaient maintenant.

— Il y a bien une théorie, avança Simon, selon laquelle on a tous un jumeau, ou tout au moins, tous *eu* un jumeau. Ces enfants, tiens par exemple, ceux qui naissent avec un tératome, tu connais, cette tumeur embryonnaire composée de dents, de cheveux, d'ongles ou parfois d'os, ou ceux qui présentent un doigt surnuméraire ou une excroissance devant l'oreille ? Eh bien tous ces enfants, ne dit-on pas d'eux qu'ils ont eu un jumeau, et que ce jumeau ne s'est pas développé ?

Il ajouta encore, tandis que Florent restait impassible :

— T'as qu'à voir, même moi je rêve d'un frère une nuit sur deux. Des tas de gens pensent réellement qu'ils ont potentiellement un double sur cette Terre.

— Moi, s'agaça Florent, cette théorie selon laquelle on a tous un jumeau qui n'aurait pas vécu, ça me fout hors de moi !

Des têtes se tournèrent dans leur direction et Simon invita son ami à plus de discrétion :

— Moins fort, mon pote, mais explique-toi !

— Parce que, selon moi, défendit le gynécologue avec énergie, certains psychologues utilisent ces phénomènes, les tératomes, les excroissances, les saignements du début de la grossesse même, à des fins que je trouve très discutables. Ils les considèrent comme les témoins d'une existence oubliée et en profitent pour expliquer ainsi un tas de dépressions ou de blocages psychologiques. Le manque d'un prétendu jumeau, perdu au cours de la vie intra-utérine, devient le sujet juteux de séances de thérapie prolongées et lucratives.

— En revanche, dis-moi, Florent, si je me trompe, les saignements du début de la grossesse, s'ils sont normaux et bénins dans la grande majorité des cas, peuvent aussi témoigner de l'élimination d'un jumeau porteur d'une grave malformation.

— Oui, évidemment. Les fausses couches ne surviennent cependant pas que dans les cas de jumeaux. Elles peuvent concerner n'importe quel embryon.

Ils dissertaient encore lorsque Simon fit remarquer que l'horloge affichait 10 heures. Florent fit la moue tout en hélant le serveur, à qui il demanda encore une dernière tasse de café.

— Laissons de côté les psys, suggéra le pédiatre. Je vais creuser cette histoire de jumelles, et voir ce qui pourrait relier Maïssa à la femme du

Kilimandjaro. Intuitivement, je pense qu'il faut repartir du début de la vie, la fécondation. Dis-moi, est-ce que tu connais quelqu'un de pointu en embryologie avec qui je pourrais échanger là-dessus?

— Bah oui, réagit Florent sans hésiter. Je connais même très bien l'une des meilleures spécialistes de la PMA. Elle s'appelle Diane Länder. Elle est allemande et dirige l'un des plus gros laboratoires de recherche en Europe sur le sujet. Ollendorf, c'est le nom du labo, tu en as certainement entendu parler. Tu devrais la rencontrer, elle vit à Berlin. Je t'envoie ses coordonnées et tu l'appelles de ma part.

— Cool, merci pour le tuyau!

Et Florent trouva opportun d'ajouter:

— Elle est particulière, tu verras par toi-même.

Simon ne put s'empêcher de sourire. Son ami avait le don de voir les choses en couleur.

— Bon, mon Docteur, tu as vu l'heure? Si t'as d'autres idées, fais-moi signe. Je recontacte Anna Mestrallet dans les jours qui viennent. Elle m'en dira un peu plus, j'espère.

— On se revoit quand? Je te rappelle que ma chère Thelma va être furieuse si tu ne viens pas nous voir à Lyon avant ton retour à Hanoï.

— Je ne sais pas encore quand je pourrai passer mais je t'appellerai, d'accord.

Simon insista pour régler l'addition, le priant de ne pas se mettre en retard. Ils se séparèrent en se promettant de se tenir informés.

Le pédiatre décida de regagner à pied le quartier latin. Une fois sorti de la gare, il tourna le dos à la grande horloge et se dirigea vers la Seine et le pont d'Austerlitz. Il traversa ensuite le Jardin des Plantes où les joggeurs, des écouteurs dans les oreilles, affluaient à cette heure. Un peu plus loin, une foule de touristes s'apprêtait à visiter la grande galerie de l'Évolution au Museum national d'histoire naturelle, un bâtiment ancien qui abritait des milliers d'espèces animales empaillées ou fossilisées de toutes les époques. Simon marchait d'un bon pas, sacoche d'ordinateur en bandoulière, lorsqu'il aborda enfin la place de la Contrescarpe. Là, deux marmots d'une dizaine d'années se poursuivaient en hurlant. Il les observa un instant, non sans curiosité. Ils se ressemblaient comme deux gouttes d'eau.

À l'entrée de sa rue, Simon prit place au *Mouffetard*, un bar dans lequel, comme à Ouahigouya chez Hamza ou chez monsieur Ly à Hanoï, il avait l'habitude de prendre un verre. Il salua le patron du regard et commanda un café. Il aimait l'ambiance de cet établissement vieillot, et de là, regarder vivre son quartier. Celui-là même qu'il évoquait maintenant chaque fois qu'on le questionnait à propos de ses origines. Il s'était, de fait, construit un passé dans ce coin de Paris, bien qu'au fond, il n'y ait que peu vécu.

Simon ouvrit son *MacBook* et consulta le site de la Société française de pédiatrie. Il fit quelques recherches à propos de l'augmentation du nombre de jumeaux, mentionnée par Florent à Hanoï quelques jours auparavant. Conforté dans l'idée que cette évolution était récente, il ne trouva rien de plus que ce qu'il savait déjà.

Le patron lui apporta un autre café, fumant celui-ci, en place du premier à présent refroidi et resté sur le coin de la table. Simon, touché de l'attention, le remercia et lui fit part tout naturellement de ses observations alors qu'il refermait son ordinateur :

— Vous le saviez, vous, que le nombre de jumeaux avait plus que doublé en dix ans ?

— Non, fit l'autre avec un accent du Sud, à peine surpris de la question. Ce que je sais dans tous les cas, c'est que ma sœur en a et *qu'elle s'en voit avec eux*. Je suis d'ailleurs censé les surveiller.

Et il jeta un œil inquiet vers la place de la Contrescarpe à travers la vitre embuée du bistrot.

— Ah ! Ce sont les vôtres ? Enfin, vos neveux plutôt.

— Je vais vous dire, à ce propos, impossible pour moi de les différencier.

Simon lui sourit d'un air entendu et saisit la tasse brûlante. Son regard fut détourné à cet instant par une jeune femme qui remontait la rue Mouffetard d'un pas pressé, brune et bouclée. Comme cette Anna Mestrallet qui avait débarqué dans sa vie avec son histoire. Il faillit se lever et l'interpeller, troublé quelques secondes par la ressemblance.

C'est à ce moment-là que Simon décida qu'il reporterait de quelques semaines son retour au Vietnam. Il envoya dans ce sens un e-mail à sa secrétaire, la priant de l'excuser auprès de ses collègues qui auront à assurer ses consultations en son absence. Puis, il annula son billet de retour sur le site de la Vietnam Airlines.

Simon remercia encore une fois le patron et rejoignit son appartement, qui se trouvait à moins de cent mètres. Sitôt chez lui, il prit contact avec Diane Länder, la spécialiste mondiale, selon Florent, de la fécondation. Celle-ci, quoiqu'un peu sèche et expéditive au téléphone, lui proposa, dans un excellent français, de le rencontrer sous vingt-quatre heures avant qu'elle ne s'envole pour un congrès aux États-Unis. « Dans les Rocheuses à Salt Lake City », précisa-t-elle. Il réserva aussitôt un vol Air France à destination de Berlin pour le lendemain matin.

Comme la professeure le lui avait demandé, Simon lui adressa un e-mail exposant les principaux éléments de sa requête. Après cela, il s'en alla courir dans les rues de Paris. Rentré vers 17 heures, il s'attarda sur le coucher de soleil qui éclairait les façades et les toits gris percés de multiples lucarnes. Sa nuit fut paisible, exempte de rêve ou de cauchemar. Et à l'aube, valise et sac de sport en main, il se rendit en taxi à l'aéroport d'Orly, d'où son avion décollait à 6 h 45.

Simon Legrand atterrit à 8 h 30 au Flughafen Berlin-Schönefeld, dans la banlieue sud-est de la capitale allemande. Vingt-cinq minutes plus tard, il parvenait au pied d'une bâtisse massive en béton à l'architecture futuriste, le siège du laboratoire Ollendorf que dirigeait la professeure Länder.

CHAPITRE 16

Berlin, Allemagne.

Au dernier étage en sortant de l'ascenseur, Simon trouva la professeure Länder penchée sur son écran d'ordinateur. Telle la patronne d'une société du CAC 40 dans son bureau vitré trônant au sommet de son building, celle-ci quitta son fauteuil avec souplesse et vint à sa rencontre. Un instant, le pédiatre fut troublé par cette femme élancée perchée sur des talons aiguilles, vêtue d'un tailleur noir, strict et élégant, aux cheveux cendrés coupés court et au regard direct. Diane Länder, pensa-t-il, était le genre de femme que l'on écoute, dont on approuve les idées avant même qu'elle n'ait ouvert la bouche. Le genre de femme qui peut effrayer les hommes parce qu'elle décide pour eux.

Elle le reçut avec peu de chaleur, mais de sa voix grave et autoritaire, émanait une sensualité redoutable. Simon eut quelque peine à se ressaisir.

— Bonjour. Docteur Legrand, je présume, dit-elle avec le léger accent qu'il avait perçu la veille au téléphone.

Elle lui tendit une main ferme ornée d'une pierre en lapis-lazuli montée sur un anneau en or blanc.

— Bonjour, Professeure Länder. Je vous remercie d'avoir accepté de me consacrer du temps. Je sais que vous êtes très occupée.

— Florent Baratier est un ami et je lui rends volontiers service. Comment va-t-il ?

— Il va bien. Vous le connaissez ! Toujours aussi bon vivant, innovant et voyageur devant l'Éternel. Il me charge de vous transmettre ses amitiés.

— Vous m'en direz plus dans la journée, signifia Diane d'un ton impérieux. Un café ? Nous déjeunerons d'un sandwich, sur place, dans une petite heure. Cela nous laissera le temps d'examiner votre affaire. J'ai trouvé à ce propos des informations qui devraient vous intéresser. En fin d'après-midi, je vous emmènerai courir au Tiergarten, un grand parc à deux rues d'ici, si cela vous convient. Vous avez de quoi courir n'est-ce pas ? Les amis de Florent font tous du sport.

Diane désigna à Simon un siège en plexiglas transparent et regagna quant à elle son fauteuil en cuir noir installé derrière un large bureau en verre trempé, impeccablement rangé, littéralement vide.

— D'accord pour ce programme, répondit Simon, en fin de compte amusé.

Il n'avait, au fond, pas le choix. Néanmoins, cette femme, à l'évidence organisée et directive, visait juste. Même s'il avait bien projeté de flâner un peu sur Alexanderplatz et de l'inviter à déjeuner, *va pour le sandwich et le footing*, se dit-il, *il y a pire comme proposition.*

À partir de ce moment, Diane Länder s'adoucit. L'évocation de Florent Baratier, ou bien du jogging à venir, y étaient-ils pour quelque chose ? Elle le questionna sur ce qui avait motivé ses recherches et, après que Simon lui eut raconté l'histoire du fragment osseux, s'engagea entre eux une conversation animée.

— La problématique, si vous êtes d'accord, se résume ainsi, énonça Diane avec fermeté, comment des jumelles, des vraies jumelles, peuvent-elles avoir vécu à onze mille ans d'écart ? Pour ma part, je n'ai jamais entendu parler d'une telle situation, vous pensez bien !

Simon acquiesça d'un hochement de tête, se rappelant toutefois le texto d'Anna qui s'interrogeait à propos de cas similaires. Elle n'en avait pas dit plus à ce sujet. Il se garda bien de livrer cette information dès le début de la conversation.

— On sait déjà, avança-t-il, que le jumeau d'un enfant né aujourd'hui, s'il a été conçu par FIV, peut très bien être conservé puis réimplanté selon les désirs des couples. C'était cependant une chose inimaginable il y a onze mille ans.

— Évidemment ! réagit la professeure. Fiez-vous à mon expérience, les réimplantations réussies le sont dans un délai d'une dizaine d'années, pas plus. Quoi qu'il en soit, avec les FIV, il s'agit de faux jumeaux. Dans le cas de vrais jumeaux, il faudrait plutôt s'intéresser aux techniques de clonage. À condition de s'affranchir des questions d'éthique, vous savez bien que tout devient théoriquement possible.

— Le clonage ou les FIV, de toute manière, n'existaient pas au temps de la Préhistoire ! Je suggère que nous écartions les hypothèses qui impliqueraient des technologies avancées de notre époque.

— Vous avez raison et j'ai d'ailleurs une autre piste, bien plus intéressante, à vous soumettre, proposa la spécialiste, soudain mystérieuse. Entrons dans le détail du développement d'un embryon.

Diane se leva, alluma le vidéoprojecteur et rejoignit le tableau numérique interactif placé de l'autre côté de la pièce, sur le seul mur non vitré disponible. Elle s'empara d'un stylet et, sous l'œil intrigué de Simon, esquissa un croquis en haut et à gauche de l'écran. Avec une autorité naturelle, elle expliqua :

— Je vais d'abord vous parler de la voie que tout le monde connaît, celle qui mène à la naissance d'un enfant unique. Vous voyez sur ce schéma, l'œuf fécondé. Il se divise en deux cellules au bout d'une trentaine d'heures, soit un peu plus d'une journée, puis en quatre, en huit, en seize et ainsi de suite. Il double le nombre de ses cellules toutes les dix heures environ.

Simon observa l'habilité de Diane à matérialiser de la sorte la division des cellules. N'ayant jamais eu l'occasion d'utiliser ce genre de tableau, il se serait bien essayé à l'exercice. La chercheuse, imperturbable, expliqua oralement la migration solitaire de l'embryon vers l'utérus.

— Les parois de cette cavité, précisa-t-elle en regardant Simon droit dans les yeux, ne sont pas très accueillantes, hormis peut-être à mi-chemin lorsque l'endomètre les tapisse. La pente y est raide, il y fait sombre, mais passons les détails, car là n'est pas mon propos. C'est pourtant bien le long de ces parois que l'embryon va essayer de se nicher, lui, sa poche et son placenta.

— Mais ce n'est pas gagné d'avance, commenta le pédiatre, montrant ainsi qu'il suivait l'exposé.

— En effet, il peut très bien déraper, et c'en serait terminé pour lui. Fort heureusement, la majorité du temps, l'embryon unique ainsi formé donnera naissance à un bébé.

La biologiste nomma cette voie parfaitement décrite, la « voie classique ».

— Maintenant, parlons de la genèse des jumeaux, des vrais, insista la professeure bien campée sur ses hauts talons. Elle débute, vous le savez, de la même façon. Mais quelques jours après la fécondation, l'embryon parvenu au stade de huit ou seize cellules, voire un peu plus, se scinde en deux embryons bien distincts, mais absolument identiques, avec l'ambition, pour cwhacun d'eux, d'aller se nicher quelque part, dans l'utérus. Selon que cette séparation a lieu deux, quatre ou six jours après la fécondation, la configuration des poches et des placentas sera un peu différente, vous le savez. Ces jumeaux représentent au final, à peine deux à trois pour cent des naissances.

Illustrant ses propos, Diane dessina au centre du tableau, en quelques traits sûrs et rapides, cette autre voie qu'elle intitula « voie des jumeaux ». Satisfaite, elle regagna son fauteuil. Elle se rapprocha de la table d'une simple pression de talon sur le sol, puis ramena une jambe sur l'autre.

Le buste en avant et le regard intense, elle dévisagea une nouvelle fois son interlocuteur.

— Simon, permettez que je vous appelle par votre prénom, focalisons-nous maintenant sur vos jumelles. D'un côté, la femme du Kilimandjaro et de l'autre, votre épouse, Maïssa Diallo. Partons du postulat que l'une comme l'autre aient été conçues ensemble…

— Vous voulez dire, il y a onze mille ans ! lâcha Simon, surpris. Je vous écoute.

Il se souvint à cet instant des paroles de Florent qui avait qualifié la biologiste de particulière. Aussi, approuvait-il sans sourciller.

— L'un des embryons, suggéra Diane, celui qui deviendra Maïssa, aurait lâché prise. Il aurait chuté, comme s'il n'avait pu s'arrimer à l'utérus de sa mère. Et il aurait été conservé, je ne sais ni où ni comment, avant d'être réimplanté dans un autre utérus.

— Pour naître il y a quarante ans, ironisa Simon. Comme si cela coule de source !

— Ne soyez pas cynique ! Mon domaine se limite à étudier le développement de l'embryon et vous allez voir que ma théorie n'est peut-être pas si fantaisiste. La chercheuse lui proposa de faire une pause, avant de quitter subitement le bureau. Simon resta planté dans cet espace qu'il trouvait aussi froid et austère que son hôtesse. Aucun papier, aucun cadre, pas même une plante verte.

Il retira sa veste et la posa sur le dossier de son fauteuil. Puis, il consulta son téléphone. Florent Baratier lui demandait dans un SMS si sa rencontre avec la professeure se passait bien, lui rappelant que parfois la glace et le feu pouvaient faire bon ménage. Simon souriait à cette métaphore lorsque Diane Länder réapparut de manière aussi soudaine qu'elle s'était éclipsée.

— J'avoue que votre mail m'a tout de suite intriguée, reprit-elle. J'ai interrogé, toute une partie de la nuit, le moteur de recherche *PubMed*[9].

---

9 Moteur de recherche américain donnant accès à des données bibliographiques spécialisées dans les domaines de la biologie et de la médecine.

J'ai concentré mes recherches sur le devenir des embryons qui stoppent leur développement et sont éliminés, ou pas, de l'utérus.

Diane indiqua qu'elle avait identifié une centaine d'articles sur le sujet. Elle était surtout restée perplexe par la lecture d'un résumé de travaux menés une trentaine d'années plus tôt par un certain Lancaster de l'université de Vancouver. Une publication parue dans le *Journal Research of Embryology*, réputé pour la qualité de ses articles. Elle n'avait cependant retenu ni l'attention, ni l'approbation de la communauté des embryologistes. La raison en était simple : à l'époque, personne n'avait pu reproduire ces travaux. Leur auteur, considéré comme un imposteur, avait même été banni de la communauté.

— Moi-même, confia-t-elle ennuyée, presque déçue, je n'en avais pas connaissance. J'ai tout juste entendu parler de ce Lancaster, vu par mes maîtres comme un fou furieux, un farfelu. Ses travaux, il faut croire, ont dû être méprisés puis relégués aux oubliettes.

— Et que disent-ils, ces travaux ? s'enquit Simon, aussi curieux de ce qu'elle allait lui annoncer qu'impressionné par l'ampleur des recherches menées par cette femme au cours de la nuit précédente.

— Eh bien, reprenons le schéma de tout à l'heure !

La biologiste retourna au tableau et pointa du doigt les deux voies dessinées. Elle déclara, toujours dressée sur ses talons :

— L'œuf fécondé, nous l'avons vu, se divise en deux cellules au cours du deuxième jour. Cela est valable quelle que soit la voie.

— Oui, et alors ?

— Lancaster dit avoir observé une première division remarquablement plus précoce que celle que nous venons de décrire, une division en deux cellules qui surviendrait dans la toute première heure suivant la fécondation. Elle serait immédiatement suivie d'une séparation physique et complète de cet œuf en deux embryons jumeaux parfaitement distincts, possédant ainsi le même matériel génétique. En résumé, Lancaster soutient l'existence d'embryons jumeaux super précoces.

D'une main experte, Diane Länder dupliqua le schéma de la voie classique, celle de l'enfant unique. Munie de son stylet, elle inséra alors en haut, juste en dessous de la première cellule, une étape supplémentaire dans la division de l'œuf, succédant immédiatement à la fécondation. Elle matérialisa l'émergence d'une très petite cellule, dont la taille tout autant que l'existence firent soudain bondir le pédiatre.

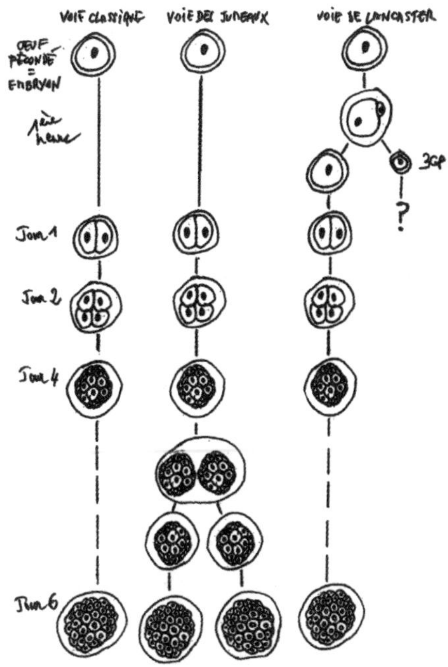

Se levant de sa chaise, comme pour prendre de la hauteur vis-à-vis de cette information ou tout simplement de Diane, Simon s'anima :

— Attendez Diane, qu'est-ce que vous dessinez là ? Vous avancez qu'un œuf fécondé devient deux œufs, *moins d'une heure* après la fécondation ! Voyons, une duplication de l'ADN en un temps extrêmement réduit, c'est en soi impossible. Et personne, à part ce Lancaster, n'aurait relevé le phénomène ? Ensuite, vous dessinez un…

— Écoutez plutôt ! reprit la scientifique. Dans ses travaux, Lancaster avance même l'hypothèse selon laquelle cette séparation ultra-précoce en deux embryons a lieu de manière systématique, après chaque fécondation. Selon lui, il ne s'agirait pas d'un phénomène nouveau ou conjoncturel. Il conclut qu'en théorie, une femme pourrait donner naissance à des jumeaux dans la quasi-totalité des grossesses.

— Pas étonnant qu'on ne l'ait pas suivi, ce type-là !

Diane décida de ne pas relever la pique, tandis qu'elle apposait une légende à son schéma. Elle nomma ainsi cette nouvelle voie, la « voie de Lancaster ». Puis, elle considéra les deux embryons représentés avec un peu de recul. L'un d'eux était un embryon standard, l'autre était si petit, si chétif, que Simon pria la biologiste de s'en expliquer.

— La particularité de ce double, soutint la professeure, serait d'être dix fois plus petit que l'autre. Il mesurerait, toujours selon Lancaster, moins d'un centième de millimètre, et vous allez le comprendre, il n'aurait pas, en fin de compte, la capacité de se développer. Notre chercheur prétend en effet que tous sont éliminés hors du corps de leur mère. Un phénomène d'ailleurs si précoce qu'il inaperçu.

Diane ne laissa pas le loisir à Simon de l'interrompre. Tout en regagnant son siège, elle enchaîna sur un ton neutre :

— Lancaster les a nommés les 3GP dans sa publication, 3GP pour « troisième globule polaire », en référence aux premier et deuxième globules polaires, chargés tous deux d'éliminer du matériel génétique excédentaire contenu dans l'ovule pour l'un avant la fécondation, et dans l'œuf pour l'autre pendant celle-ci.

— Justement, fit remarquer Simon, perplexe. Pas plus tard qu'hier encore, j'expliquai à l'un de mes étudiants l'expulsion des deux premiers globules polaires. Ces deux-là sont parfaitement observés et décrits dans la littérature scientifique. Quel rôle jouerait donc un troisième globule polaire après la fécondation ? À ce stade, il n'y a plus de matériel génétique excédentaire à éliminer.

Diane, tout aussi perplexe, se leva de nouveau, peut-être pour toiser Simon à son tour. Elle griffonna juste au-dessous du 3GP un gros point d'interrogation.

— Lancaster ne s'avance pas trop sur ce terrain, souligna-t-elle. Selon lui, la totalité de ces doubles sont éliminés hors du corps de la femme, parce qu'ils n'ont probablement pas les propriétés pour progresser et se nicher dans l'utérus. Comme on le constate tous les jours, la plupart des enfants naissent seuls.

Les deux scientifiques n'échangèrent plus un mot. Diane Länder laissa Simon Legrand digérer un instant ces informations pour le moins singulières. Elle déposa le stylet sur le rebord du tableau prévu à cet effet, et fit mine de remettre de l'ordre sur son bureau.

Simon sortit alors de sa rêverie et frappa dans ses mains. Ce qui fit sursauter Diane.

— Et si Lancaster se trompait sur ce point, conjectura-t-il les yeux brillants de perspicacité. Ce mini-embryon jumeau, ce 3GP, n'est peut-être pas systématiquement perdu, quand bien même il chuterait. Et s'il avait un devenir ?

— Voilà pourquoi je vous ai indiqué avoir trouvé une piste. Je vous rappelle que, pas plus tard que tout à l'heure, vous vous êtes montré sceptique. Je vais néanmoins tout de suite freiner votre enthousiasme. La première question n'est pas celle que vous posez, mais plutôt : le 3GP existe-t-il ? Car ça, nous ne le savons pas. Personne n'a encore été capable de reproduire les travaux de Lancaster. Je suis presque certaine que son protocole a même été détruit.

Simon Legrand n'écoutait plus. Il avait déjà l'esprit ailleurs. Il imaginait le troisième globule polaire perdu dans la nature, conservé un temps, puis miraculeusement réintégré. Les questions se bousculaient dans sa tête. Comment le 3GP pouvait tout simplement survivre hors du corps de sa mère ? Comment pouvait-il réintégrer le corps d'une femme et donner naissance à un enfant, le double de son jumeau inconnu ? Tout cela devenait si fou, si impensable… Le pédiatre s'était mis à tourner en rond dans le bureau comme un poisson rouge dans son bocal.

— Ainsi, voulut-il conclure en lui-même, la croyance que tout le monde a un jumeau prend peut-être sens, si l'on suit bien ce Lancaster. Comme quoi, ce qu'Anna a mentionné dans son texto tient peut-être la route.

Simon avait sans doute parlé un peu fort.

— Pardon ?

— Je disais qu'Anna Mestrallet avait évoqué des situations similaires, d'autres cas de jumeaux ayant vécu à des époques et en des lieux très différents.

— C'est la première fois que je suis confrontée à une telle énigme, je vous le dis une nouvelle fois. Peut-être devriez-vous vérifier la solidité de vos sources ?

— Je le ferai, bien entendu.

Simon avait répondu évasivement. En réalité, il songeait qu'il devait rencontrer avant tout ce monsieur Lancaster. Il le fallait. Il devait, d'une manière ou d'une autre, confirmer l'existence des troisièmes globules polaires, se rapprocher de la vérité. Maïssa avait-elle été le double d'une autre femme, le double de celle dont on avait retrouvé une trace sur la plus haute montagne d'Afrique ?

— Vous voulez bien rester tranquille, vous me donnez le tournis.

Simon stoppa net son manège et dévisagea la biologiste.

— Ce Lancaster, Diane, où puis-je le trouver ? Vous avez certainement lu tout ce qui est écrit à propos de ce bonhomme. Ses collègues ont bien dû le décrier dans les médias, n'est-ce pas ?

— Vous ne pourrez pas le rencontrer, lui annonça Diane calmement. Il n'est plus de ce monde !

Et devant la mine déçue de Simon, elle ajouta :

— Je n'ai eu accès, en ce qui concerne ses recherches, qu'à un seul *abstract* résumant celles-ci. La publication dans son intégralité reste introuvable. Tout comme certainement d'autres papiers qui, comme je le pense, ont dû être détruits ou mis au rebut par ses contemporains. Par contre, j'ai trouvé sur Internet une vieille coupure de journal mentionnant qu'il s'était suicidé peu de temps après leur publication. Lancaster n'a jamais été pris au sérieux et son travail a fait l'objet de bien des railleries de la part de ses confrères.

— Non, c'est dingue cette histoire ! décréta le pédiatre, consterné. Et personne n'a donc repris ce travail ?

— Je vous l'ai dit, pas à ma connaissance et croyez-moi, cela se saurait ! Mais je veux bien, suggéra-t-elle avec superbe, ou avec arrogance, essayer de reproduire ici son expérience, à mon retour de Salt Lake.

À ces mots, Simon resta médusé. Cette femme lui proposait carrément de reproduire cette expérience, comme lui aurait pu envisager de confectionner un gâteau au yaourt selon la recette de sa grand-mère. *Va pour reproduire l'expérience dudit Lancaster*, songea-t-il, l'humeur allégée, presque joyeuse.

La journée passa vite. Les sandwichs furent avalés puis oubliés, comme Lancaster l'avait été de ses pairs, et le café de même. Oubliée aussi, l'idée d'une balade dans Berlin. Les deux scientifiques, pris au jeu, échafaudèrent des plans pour déterminer les expériences à monter, les protocoles qu'il conviendrait de tester. À 17 heures précises, Diane proposa de se rendre au parc. Prendre l'air devenait nécessaire. *Courir pour remettre de l'ordre dans ma tête*, pensa Simon. Ils se donnèrent rendez-vous au rez-de-chaussée, le temps de se changer. Diane lui indiqua le vestiaire avant de s'éclipser.

Dix minutes plus tard, la biologiste se présenta dans le hall, méconnaissable, transformée en athlète aguerrie. Elle avait troqué son tailleur pour une veste et un legging noirs. Moins impressionnante mais toute aussi séduisante, elle paraissait maintenant moins grande qu'elle ne l'était, juchée sur ses hauts talons.

La ville s'illuminait petit à petit lorsqu'ils quittèrent le laboratoire et rejoignirent le Tiergarten. D'autres coureurs, pour beaucoup tout juste sortis du travail, convergeaient eux aussi dans la même direction. L'immense parc boisé, surnommé le poumon vert de Berlin, offrait aux sportifs des kilomètres de sentiers à travers les sous-bois.

Diane mena d'emblée la course avec un rythme rapide que Simon, heureusement pour lui, parvint sans trop de peine à suivre.

— Diane, vous courez souvent ?

— Tous les jours, été comme hiver. L'air de Berlin aère mieux mon cerveau qu'une salle de sport ou une piscine.

Elle lui fit comprendre ensuite qu'elle apprécierait le silence.

Simon encaissa sans mot dire et adopta sa cadence, avec la conviction qu'il en sortirait quelque chose de bon.

Et de ce fait, les wagons s'accrochèrent les uns aux autres… Des images fortes défilèrent dans l'esprit de Simon. Celles de la division puis de la séparation très précoce d'un œuf en deux œufs jumeaux. L'un d'eux se développait. L'autre, le 3GP plus chétif, se perdait. Un processus naturel, universel peut-être, qui conduisait au bout du compte, à la naissance d'un enfant unique. *L'un des œufs s'accroche et l'autre chute. Pourquoi ce 3GP ne parvient-il pas à s'arrimer ? Tout se passe comme s'il n'en avait pas les moyens, ou comme s'il manquait d'imagination pour s'accrocher, ou comme si la paroi de l'utérus devenait lisse à son contact, ou même le repoussait. Alors, il chute, de la même manière que l'alpiniste dévisse, à moins d'être encordé. Et comme personne n'est là pour l'assurer, il tombe et meurt ! À moins que… Serait-il possible qu'il puisse ne pas mourir, aller quelque part, dehors, dans la nature qui a toujours une bonne raison de laisser faire les choses. Mais alors, où dans la nature ?*

Simon, réellement ému, décida qu'il ne prendrait pas le vol pour Paris le soir même, tandis qu'ils entamaient un second tour.

— On poursuit, ça vous va? lâcha-t-il à l'attention de sa partenaire, elle-même perdue dans quelque songe.

— Vous souhaitez m'épuiser, Simon?

Et Diane allongea résolument sa foulée, l'incitant à faire de même s'il ne voulait pas être distancé. Un petit nuage de vapeur sortait de sa bouche à chaque expiration. Simon se dit qu'elle en avait encore sous le pied.

La température baissa de près de cinq degrés alors que le crépuscule frôlait la nuit. Les lampadaires s'allumèrent un à un, découvrant, ici une sculpture évoquant un buffle jadis terrassé par les chiens d'un marquis, là une amazone en bronze, perchée toute droite sur son cheval. Dans cette fraîcheur presque glaciale, Diane cultivait sa silhouette en sillonnant les allées bien éclairées, Simon enchaînait à ses côtés sans effort apparent, et en silence.

Au troisième et dernier tour, il retourna dans ses pensées. Pensées que Maïssa traversa une nouvelle fois, pour peu qu'elle les eût jamais quittées. Pensées que la femme du Kilimandjaro, désormais, habitait elle aussi, sous les traits mêmes de Maïssa.

Depuis ce message d'Anna Mestrallet, Simon regardait le monde sous un autre angle. Un monde plus optimiste, plus lumineux. Le pédiatre se promit à cet instant d'aller aussi loin qu'il le pourrait dans la résolution de cette énigme, pour Maïssa, mais également pour lui-même.

— Rentrons maintenant au laboratoire, annonça Diane subitement.

À 18 h 30, ils arrivèrent dans le hall d'accueil encombré des chercheurs et techniciens fourbus qui, eux, s'en allaient. Diane en salua certains et se servit un gobelet d'eau à la fontaine. Simon en vida trois, coup sur coup. Et comme personne ne l'attendait ce soir, il proposa à la professeure Länder d'aller dîner en ville.

La biologiste déclina son offre. Elle prétexta devoir terminer sa présentation et préparer ses affaires pour son départ aux États-Unis. Diane

Länder souhaita alors à Simon Legrand un bon retour à Paris et s'en retourna vers son bureau, dans les sommets du bâtiment, retrouver ses talons hauts, son tailleur élégant et son air hautain.

Ainsi congédié sur le trottoir de la Friedrichstrasse, il ne restait plus à Simon qu'à se trouver une chambre d'hôtel. Sa journée avait été exaltante, et voici qu'elle prenait fin de cette façon. *Elle est quand même spéciale cette Diane Länder*, se dit-il en souriant, avec une pensée pour Florent. Il était toutefois extrêmement reconnaissant envers cette biologiste si particulière, d'avoir déniché une piste à explorer, la seule en réalité dont il disposait à ce jour. Mais, il lui faudrait encore patienter et tout d'abord vérifier si celle-ci était crédible.

Cette nuit-là, dans sa chambre située au dixième étage de l'InterContinental Hôtel, il ne fut pas question de face nord ni même de la chute de son frère. Les rêves du docteur Legrand furent peuplés d'embryons perdus par millions, de glaciers aussi, qui fondaient sous le soleil, et d'une certaine femme excentrique aux boucles brunes.

Simon, à son réveil, se rappela avec délice avoir rêvé qu'ils avaient fait l'amour. Ce souvenir léger donna le ton à sa journée qui commençait.

CHAPITRE 17

Hameau Le Freyssinet, Hautes-Alpes, France.

Personne ne fit attention à Simon lorsque trois jours plus tard, il arriva à proximité du lieu-dit Le Freyssinet, à 2 h 30 du matin. La route de montagne, d'abord large et praticable, devint subitement étroite et sinueuse à l'approche du hameau. Apparurent des maisons aux contours sombres, qui contrastaient avec les immensités blanches et désertiques du col franchi un peu plus tôt. La bande-son entêtante, presque hypnotique, du film *Interstellar*, l'avait accompagné avant qu'il n'amorçât la descente vers la vallée habitée. Simon avait eu l'impression de parcourir un monde irréel, balayé par les phares puissants de son Audi. Un monde minéral partiellement recouvert des premières neiges, qui avait défilé telle une scène projetée au ralenti. Un monde que Simon Legrand peuplait de ses pensées, le fantôme de Maïssa, les révélations de Diane, le visage d'Anna…

Par deux fois, moteur au pas, il parcourut les ruelles désertes du village, jusqu'à apercevoir ce qu'il croyait être sa destination. Pas une lumière n'éclairait le hameau, à l'exception d'une ampoule nue surplombant le lavoir qu'une eau glaciale remplissait depuis des lustres. Le pédiatre gara sa voiture en contrebas de la maison. Puis, il gravit les quelques marches en bois conduisant à la porte. Il songea un instant à entrer mais se ravisa aussitôt, s'inquiétant d'avoir pu se tromper d'adresse. Il ne souhaitait en aucun cas réveiller les occupants. Dormir dehors était pour lui une option acceptable, malgré une température extérieure proche de zéro. Cela lui rappellerait ses vertes années. Il avait d'ailleurs emporté son duvet en plumes d'oie, maintes fois utilisé lors de courses en montagne. Aussi, sans plus de cérémonie, déplia-t-il un tapis de sol en mousse juste sous l'auvent qui prolongeait le toit en tavaillons de mélèze. Il se déshabilla et se glissa, nu, dans le duvet. Il lui sembla, dès qu'il fut endormi, être entouré de glace, tel un alpiniste recroquevillé dans un igloo qui serait protégé des éléments déchaînés. Nul ne sut si, cette nuit-là, son frère vint le hanter. Pas même Simon, lorsqu'il fut réveillé par des chuchotements indistincts à propos de bûches et de petit bois à rapporter pour relancer le feu.

C'est ainsi qu'au petit matin, il émergea de son sommeil. Et, encore allongé dans son duvet, il perçut trois choses, presque simultanément.

D'abord, l'odeur de terre humide mêlée à celle du bois qu'il respira d'emblée. Simon tenta, en vain, d'en retenir un instant le parfum.

Ensuite, sans même relever la tête, il vit la montagne, majestueuse, imposante, dominante et froide. Simon ne l'avait pas bien cernée au cœur de la nuit, même si, au fond, il la connaissait un peu pour avoir déjà séjourné à plusieurs reprises dans la région. Dorées par le soleil matinal, ses crêtes hautes de près de quatre mille mètres fricotaient avec un ciel bleu cristallin, lavé de tout nuage et de toute particule. Ses glaciers remontaient inexorablement jusqu'à bientôt disparaître, laissant place à des rochers polis au fil du temps. Un peu plus bas, les forêts de pins et de mélèzes couleur de feu tapissaient les pentes abruptes encore dans l'ombre. Et dans la vallée enfin, les prairies et les villages accueillaient les bêtes et les hommes ensommeillés.

Et troisièmement, ce que Simon discerna en se redressant sur ses coudes, toujours dans son duvet, ce fut Anna, sur le pas de la porte, la main crispée sur la poignée. Ses jolies boucles dépassant d'un bonnet en laine masquaient à peine son regard sombre et empli de reproches.

Le pédiatre, un instant embarrassé, ravala son bonjour dès les premières paroles de la jeune femme en furie.

— Simon Legrand ! Qu'est-ce que vous foutez dans ce bled paumé, allongé là comme un clochard ? Non, ne répondez pas, j'ai mon idée sur la question.

Elle lui tourna le dos, criant en direction du couloir :

— Armelle, je peux te parler une minute ? Tu ne m'as pas fait ce coup-là ? Pas toi !

Puis, s'adressant à un jeune homme frêle qui avait accouru lorsqu'il l'avait entendue s'énerver :

— Alex, s'il te plaît, va chercher le bois et fait attention où tu mets les pieds, le perron est squatté par un individu qui n'était pas prévu au programme.

Simon vit alors, tour à tour et simultanément, le prénommé Alex, un homme aux cheveux longs à l'allure d'adolescent qui se présenta timidement en s'excusant de devoir enjamber son campement, et juste derrière lui, une magnifique femme métisse qui lui tendit une main avenante.

— Bonjour, je suis Armelle, c'est moi qui vous ai contacté. Vous devez être Simon.

Elle était exactement telle qu'il se l'était représentée, élégante, généreuse, assez bon chic bon genre en somme.

— Bonjour Armelle. Bien vu, c'est moi.

— Pourquoi n'avez-vous pas frappé à votre arrivée ? Il y a une chambre pour vous, le chalet est spacieux, vous savez.

— Je n'étais pas très sûr de l'adresse et je ne voulais pas vous réveiller. Et, pour tout vous dire, j'aime dormir sous les étoiles et l'occasion était trop belle pour ne pas en profiter.

— Entrez vous mettre au chaud et déjeuner avec nous. Nous nous occuperons ensuite de vos affaires.

— Merci de votre invitation, même si j'ai un peu l'impression que ma venue n'est pas du goût de tout le monde.

— Oh, vous parlez d'Anna ! Ne vous en faites pas, elle s'en remettra. C'est vrai que j'ai omis de lui signaler votre arrivée. Elle aime bien tout maîtriser, alors elle manifeste sa désapprobation, je l'avoue, un peu bruyamment. Mais elle a bon cœur, vous savez.

— J'avais en effet remarqué que votre amie n'appréciait guère qu'on lui impose quoi que ce soit, mais je veux bien croire que sous sa carapace, elle est plus aimable qu'elle n'y paraît.

Armelle trouva cocasse la vision de cet homme émergeant de son duvet, le torse dénudé, les cheveux en désordre, le visage engourdi, et plutôt à l'aise malgré le froid ambiant. Elle se dit aussi qu'à cette place, elle aurait très bien pu trouver Anna justement, Anna la baroudeuse. *C'est un peu le même genre, ces deux-là !*

— Accordez-moi quelques minutes, histoire d'être présentable, et je viens.

Lorsqu'Armelle s'en retourna, Simon s'extirpa du sac de couchage et enfila un tee-shirt et un jean. De là, pieds nus, il rejoignit les autres dans le chalet.

Il découvrit une vaste salle voûtée, bardée de mélèze veiné aux tons sable et ocre. Un pilier central délimitait deux espaces de vie. D'un côté, de confortables canapés tournés vers la cheminée, de l'autre, une grande table en bois patiné proposant aux invités un copieux petit déjeuner. Une large baie vitrée, le seul aménagement architectural contemporain, offrait une vue imprenable sur le dôme de Monêtier.

Tous les regards se tournèrent vers Simon lorsqu'il entra. En bonne maîtresse de maison, Armelle fit les présentations :

— Voici Alex, que vous avez déjà vu dehors et qui…

— …est le mec d'Anna, coupa l'intéressée tout en enlaçant le jeune homme qui achevait de s'attacher les cheveux.

— Et qui doit repartir ce soir, termina Armelle, parce qu'il travaille demain à Chambéry. Il est serveur dans notre pub favori. Et voici Arthur, mon époux. Julie et Romain dorment encore à l'étage, ils attendent peut-être que la pièce se réchauffe avant de descendre.

Arthur Lanzmann, la cinquantaine, les cheveux poivre et sel coupés court, le visage orné d'un bouc parfaitement taillé, se leva et donna à Simon une poignée de main amicale.

— Bonjour, Simon, et soyez le bienvenu au Freyssinet. Ma femme m'a dit que vous êtes médecin et que vous avez fait récemment la connaissance d'Anna, dans des circonstances surprenantes. Appelez-moi Arthur, et si vous voulez bien, adoptons le tutoiement.

— Bien, d'accord avec toi et heureux de mettre un visage sur ton nom. J'ai lu il y a quelque temps tes travaux de recherche sur la différenciation cellulaire. J'aurais, à ce propos, quelques questions à te poser.

— Je suggère, intervint Armelle en jetant à son mari un regard implorant, que nous prenions d'abord le petit déjeuner. Je n'ai pas encore de nausées et mon ventre crie famine.

Arthur acquiesça de bon cœur et souffla comme pour s'en excuser à l'attention de Simon :

— Ma femme est enceinte et elle attend des jumeaux. Assieds-toi où tu veux, nous aurons la journée pour discuter boulot. Et chacun se sert à sa convenance.

— Des jumeaux. Le sujet est d'actualité, risqua le pédiatre en direction d'Anna.

Deux nouvelles têtes firent leur apparition à cet instant. Simon remarqua d'abord un petit bout de femme bien en chair au regard rieur, le teint très clair souligné par des cheveux carotte et un pull en V assorti.

— Eh, Julie, tu tombes bien, ironisa Anna, toujours furieuse. Devine qui est là ? Julie, Judas, ça commence pareil, non ?

Julie, accompagnée de Romain, son copain dont le grand corps dégingandé la dépassait d'au moins une tête, fit le tour de la tablée et vint saluer le nouvel arrivant. Elle décida de ne pas relever les paroles piquantes de son amie à son égard.

— Je vous ai entendu parler de jumeaux, j'espère que vous n'avez pas entamé la discussion sans moi.

— Ne vous inquiétez pas, intervint le pédiatre en désignant la table bien achalandée, nous avons convenu de profiter d'abord de tout ceci.

— Vous savez, Simon, répliqua Julie, enthousiaste, Anna est une fille formidable et une sacrée chercheuse, malgré son tempérament parfois tempétueux. Il faudra que nous parlions de sa découverte. D'accord ?

— Bien sûr, et si j'ai bien compris, vous êtes complètement partie prenante dans cette affaire. J'ai de mon côté de nouvelles informations à vous soumettre à toutes les deux. Je reconnais volontiers avoir mis en doute la parole de votre amie et pensé qu'elle n'avait plus toute sa tête mais…

— Ah ! s'écria Anna. Je vous avais bien dit qu'il m'avait prise pour une folle. Si encore, vous n'étiez pas si sûr de vous, si arrogant.

— Anna, reconnaissez que vous ne m'avez pas facilité la tâche. Le sujet est délicat, non ? Il serait dommage d'assombrir une si belle journée. Faisons la paix, vous voulez bien ?

La jeune femme n'eut pas le temps de répondre. Armelle fit diversion en apportant le café, qu'Alex versa d'une main experte dans des mugs colorés.

— Alors, aujourd'hui, indiqua la maîtresse des lieux, je vous propose un pique-nique à l'Alpe du Lauzet, suivi d'un moment de détente aux Grands Bains du Monêtier. Qu'en dites-vous ?

Anna protesta pour la forme :

— Quel programme ! On se croirait dans un club de vacances. Je n'ai pas trop envie d'aller barboter dans des trucs à touristes. Ça vous arrive de vous soucier des conséquences environnementales de nos modes de vie ?

Ses amis se gardèrent bien de répondre et d'engager une discussion sur le terrain de jeu favori de la glaciologue.

Malgré les récriminations d'Anna, le petit déjeuner se prolongea dans la bonne humeur. Ce fut l'occasion d'évoquer l'actualité et les souvenirs communs. Simon apprécia tout de suite la compagnie d'Arthur Lanzmann, biologiste renommé mais non moins accessible, et de quelques années son aîné. Il remarqua que Romain restait plutôt en retrait du groupe, les yeux rivés sur son smartphone, la capuche de son sweat vissée sur la tête, capuche que Julie s'amusait de temps à autre à rabattre. Alex, quant à lui, nouait et dénouait ses cheveux en un geste sans cesse renouvelé, et approuvait chacune des paroles d'Anna.

Ils suivirent ensuite le programme du jour, hormis leur hôtesse pour qui le repos était recommandé. La troupe se rendit d'abord en voiture au point de départ de la randonnée et, de là, chargée des sacs à dos garnis du pique-nique préparé par Armelle, emprunta le sentier abrupt qui menait à l'alpage.

Une douce clarté baignait le paysage d'automne. Des montagnes aux à-pics vertigineux surplombaient l'étroit canyon. Un cervidé, tout au moins ses longues cornes, fit son apparition sur les hauteurs, générant d'infinies théories quant à leur propriétaire. D'aucuns parlaient d'un chamois, d'autres d'un bouquetin. L'un proposa même une marmotte.

Les randonneurs atteignaient l'Alpe et ses immenses pâturages à l'herbe rase et jaunie par le gel de saison, quand ils surprirent des bouquetins par dizaines. Les animaux sauvages s'aventuraient bas, trouvant là une maigre nourriture. La neige, habituellement plus précoce et abondante à cette altitude et à cette époque de l'année, fondait désormais dans les jours qui suivaient sa chute. Son blanc manteau ne prendrait possession du paysage que plus tard dans l'hiver, dont la durée se raccourcissait d'année en année. Les troupeaux en profiteraient alors davantage et les hommes pourraient se vanter de les approcher plus aisément.

Anna ne se décollait pas d'Alex, lui expliquant les spécificités géologiques des lieux ainsi que la formation des glaciers. Simon, quelques pas derrière eux, remarquait surtout les tentatives du jeune homme pour prendre la main de la belle ou bien l'embrasser, tentatives que celle-ci repoussait, semblant déjà lassée de son galant providentiel.

La journée s'écoula, légère comme l'air purifié de décembre, malgré le froid, les préoccupations de chacun, et l'humeur changeante d'Anna Mestrallet.

Arthur, qui marchait en tête et servait de guide, se laissa peu à peu rattraper. Il profita de ce que Simon parvenait à sa hauteur pour l'aborder.

— Je peux te poser une question, Simon ? J'aimerais avoir ton point de vue de médecin. Enfin, tu n'as peut-être pas envie de parler boulot maintenant.

— Dis-moi, je t'en prie. Tu t'inquiètes pour vos jumeaux à naître ?

— Oh non, il ne s'agit pas d'eux, répondit Arthur en riant. Même si, je te l'avoue, depuis que ma femme est enceinte, je ressens une sorte d'appréhension permanente. Ma question porte en fait sur la vascularite immuno-allergique. Je sais qu'elle a malheureusement emporté ta femme et j'en suis désolé. Je ne sais pas ce que tu en penses mais j'ai l'impression que l'on ne s'intéresse pas assez à cette maladie. Des lanceurs d'alertes ont déjà indiqué une convergence de signaux qui devraient faire réagir les autorités publiques. Selon moi, cette vascularite pourrait devenir plus problématique que le cancer dans les prochaines décennies. Tu ne crois pas que l'on devrait davantage consacrer des programmes de recherche sur le sujet ?

Simon s'arrêta, et se tourna vers la vallée.

— Je crois bien qu'on n'est pas sorti de l'auberge, en effet. On fait face à un fléau d'une ampleur inconnue, très différente des épidémies saisonnières classiques. Cette vascularite serait liée à l'émergence d'allergènes alimentaires ou respiratoires, peut-être même cutanés, dont on ne sait pour ainsi dire rien encore. On est en revanche certain qu'elle n'est pas contagieuse et en aucun cas causée par un microbe, que ce soit un virus ou une bactérie.

— Ce qui expliquerait le petit nombre de cas répertoriés dans le monde. On est loin des chiffres de contamination observés au cours des épidémies virales.

— Oui, quoiqu'au sein des urgences pédiatriques, je peux te dire qu'on accueille régulièrement des gamins atteints de cette forme grave de vascularite, pour lesquels on ne peut plus grand-chose ! Ce n'est pas faute maintenant d'en reconnaître les symptômes à temps.

— Un collègue me disait que les chercheurs désespèrent de trouver un médicament efficace afin de stopper l'inflammation des vaisseaux avant qu'elle n'atteigne tous les organes.

— Il y a pourtant des pistes avec des nouveaux immunosuppresseurs, toujours en phases d'essai, je le disais à Anna, mais on n'attend pas de résultat avant quelques années. J'espère seulement que les équipes de chercheurs bénéficient de moyens conséquents.

À la mine préoccupée du pédiatre, Arthur s'en voulut un instant d'avoir abordé le sujet.

— Désolé, Simon, on doit tous t'emmerder avec nos questions, mais il est vrai que cette maladie fait peur !

— Non, ne t'inquiète pas ! Pour la question, je veux dire. Cette vascularite en revanche, c'est franchement la loterie. On ne sait pas qui va l'attraper et il n'existe pas de mesure barrière. Si déjà, on pouvait identifier les allergènes responsables...

— Oui, ce serait déjà pas mal, en effet.

Et tous deux reprirent leur marche, jusqu'à rejoindre le reste du groupe qui attendait son guide un peu plus haut.

Le programme concocté par la jeune madame Lanzmann se déroulait à merveille. Tous paraissaient éreintés lorsqu'aux alentours de 16 heures, après un rapide crochet par le chalet pour récupérer Armelle, ils arrivèrent au complexe thermal.

Le jour déclinait rapidement. L'effet de nuit tombante était accentué par de gros nuages qui avaient soudain assombri le ciel. Le vent soufflait en courtes rafales dans la vallée de la Guisane.

— Il vient du col du Lautaret, leur indiqua Armelle qui fermait la porte de sa voiture, c'est signe de neige.

La température chuta brutalement. Dès lors, il n'existait rien de mieux que de s'octroyer un moment de détente dans des eaux naturellement chaudes à quarante-cinq degrés.

Simon, qui découvrait l'établissement, se laissa distancer par le groupe. Il dut acheter un maillot de bain à la boutique. Lorsqu'il rejoignit les autres, déjà plongés dans le bassin intérieur principal, ceux-ci formaient un cercle autour d'Anna. Tous semblaient captivés par ce qu'elle leur racontait.

Il jugea la jeune femme, à cet instant, particulièrement ravissante. Elle portait un maillot deux-pièces bleu Majorelle qui la rendait, de son point de vue, très sexy.

En réalité, Anna faisait depuis quelques minutes l'objet d'une controverse. C'était à qui devinerait l'espèce de l'oiseau à laquelle appartenait celui qu'elle avait, tatoué au bas de son dos.

— Les filles, taisez-vous ! implora-t-elle en souriant à Julie et Armelle, vous connaissez la réponse.

— Je dirais un aigle, proposa Arthur. Tel que je te connais, tu as dû choisir une espèce régnant sur le ciel.

— Un milan ? suggéra Alex en bombant le torse.

— Non, un faucon, souffla Romain presque en même temps.

Anna les aspergea d'eau, tel un enfant qui s'amuse, avant de s'écrier :

— Vous avez tous faux, les gars. Et toi, Simon, tu en dis quoi ? lui demanda-t-elle en lui présentant son dos, exhibant ainsi l'oiseau dessiné finement d'un trait noir.

Tous pouvaient lire l'inscription « Adapte-toi ou disparais » habilement dissimulée dans le plumage de l'aile droite. En revanche, seul Simon repéra, de son œil exercé, la petite cicatrice en partie masquée par l'aile gauche. Elle lui sembla même ancienne. Il n'en dit rien, trop heureux de constater qu'Anna l'avait spontanément tutoyé.

— Moi, je pense à un condor, répondit-il avec assurance. Le condor des Andes, messager des Incas, l'oiseau terrestre qui présente la plus grande envergure au monde.

Et alors qu'Armelle et Julie félicitaient Simon de sa clairvoyance, Anna, muette, lui adressa un clin d'œil avant de disparaître à l'autre bout du bassin en plongeant sous l'eau. Les deux femmes entraînèrent Simon à l'écart.

— Son tatouage représente certes un oiseau, commença Armelle, mais pas n'importe lequel, tu penses bien.

— Une espèce menacée, renchérit Julie. C'est le côté écolo militant d'Anna. Pendant ses études, elle était engagée dans une association de protection des oiseaux. Tu te rappelles, Armelle, comme elle nous saoulait le dimanche quand elle nous embarquait tôt le matin pour faire du comptage de telle ou telle espèce en forêt !

Armelle approuvait avec des petits hochements de tête, tout en scrutant les réactions de Simon. Elle précisa d'un air grave :

— Moi, je crois surtout qu'Anna a choisi un condor parce que l'Amérique du Sud a une signification particulière pour elle. J'ai toujours pensé qu'elle avait adopté cet animal comme une sorte de totem protecteur.

Simon, visiblement intrigué, voulut en savoir davantage, mais Armelle et Julie l'invitèrent à se renseigner directement auprès de l'intéressée. Arthur se rapprocha de sa femme qu'il enlaça tendrement. Leur indiquant le sas, il les incita à profiter du bassin extérieur et à admirer la vue sur les montagnes tant que la visibilité le permettait.

Dehors, dans la vapeur des bains, des petits groupes se formaient et plaisantaient, savourant les effets bienfaisants ou parfois plus violents des jets et autres bouillonnements. Quelques flocons de neige dansaient maintenant dans le ciel ou terminaient leur vol en se liquéfiant au contact des eaux chaudes. Simon observait Anna, attiré malgré lui par cette jeune femme singulière qui, de son côté, le fuyait ostensiblement. Il l'approchait au gré des remous du jacuzzi, cherchait à accrocher un regard, un sourire, une attention de sa part. Mais Anna semblait anticiper tous ses mouvements et s'éclipsait, trouvant refuge dans les bras de son Alex, faisant mine d'ignorer son manège. Simon se résolut alors à quitter le bassin et opta pour un sauna. Quelque chose dans le comportement de cette femme lui échappait, au point qu'il se demandait dans quelle mesure il avait eu raison d'accepter l'invitation d'Armelle.

Quinze minutes plus tard, le corps réactivé par une douche bien froide, il pénétra dans le caldarium où le trio d'amies se prélassait. Elles lui cédèrent un peu de place, non sans s'autoriser un commentaire sur sa personne. Julie, souhaitant aussitôt dissiper tout malentendu, lui demanda de but en blanc de leur raconter une anecdote un peu drôle au sujet de son travail. Pris au dépourvu, Simon réfléchit quelques secondes puis se leva. À grand renfort de mimes, il évoqua comment, un jour qu'il parcourait la savane au Burkina Faso lors d'une campagne de vaccination, il avait porté secours à un bébé rhinocéros blanc pris dans un piège. Sa mère, dotée d'une corne majestueuse, avait jeté son dévolu sur cet *Indiana Jones* improvisé et l'avait gentiment éraflé ! Sans doute lui avait-elle été reconnaissante d'avoir sauvé son rejeton.

Les filles n'avaient certes pas cru un mot de son histoire, mais Simon triomphait intérieurement, car elles riaient. Toutes trois riaient. Anna le regardait, Anna souriait, et son expression le touchait.

Le groupe d'amis, ramolli par les bains, s'en retourna enfin au Freyssinet. La neige tombait à gros flocons et la route, éclairée par les vieux lampadaires, commençait à blanchir. Simon monta avec Arthur dans la voiture d'Armelle, les quatre autres empruntèrent celle de Julie. Cette dernière déposa Alex, comme prévu, sur le parking de l'église où stationnait le bus qui devait le reconduire à Chambéry. Le serveur, inquiet de franchir le col enneigé, ne comprenait pas l'attitude distante adoptée par Anna depuis la sortie des thermes. Cette Anna qui l'expédiait d'un simple geste de la main en guise d'au revoir, sans même se donner la peine de descendre de voiture.

— Tu pourrais au moins m'accompagner, non ? s'insurgea-t-il. Tu étais dans mes bras il y a une heure à peine ! Qu'est-ce qui se passe, Anna ?

Celle-ci prétexta alors, au travers de la portière restée entrouverte, craindre de prendre froid avec ses cheveux mouillés et lui rappela qu'ils auraient d'autres occasions de se voir.

Cependant Alex, lucide en son for intérieur, pressentait bien qu'ils ne se reverraient pas. Il tapa, rageur, dans un caillou et monta dans le bus sans se retourner.

CHAPITRE 18

Hameau Le Freyssinet, Hautes-Alpes, France.

Au chalet, Arthur Lanzmann décréta qu'il était maintenant l'heure de prendre l'apéritif et de préparer la fondue savoyarde. Le biologiste, pragmatique, énuméra aux invités les tâches à répartir : rapporter le bois pour le feu, découper le beaufort, le comté et l'emmental, sans oublier le pain, et puis préparer la salade et quelques amuse-gueules. Il se chargea de déboucher une bouteille de roussette Anne-Sophie.

— Tiens, Simon, proposa-t-il en lui tendant un verre, goûte-moi ce vin blanc. Je le prends chez un ami viticulteur, il n'y a pas meilleur.

Simon plongea son nez dans le verre, inspira, puis le porta à ses lèvres.

— Mmmh ! J'aime bien. Il est un peu miellé, non ? J'avais un a priori vis-à-vis des blancs de Savoie, celui-ci mérite toutefois de finir autrement que dans un poêlon.

— Ce n'était pas mon intention, rétorqua gaiement Arthur en remplissant les verres disposés sur la table, juste derrière une rangée de verrines de crudités colorées.

Armelle proposa à chacun d'aller se servir. Puis, tout en levant son verre d'eau pétillante, elle prit la parole et demanda l'attention de ses hôtes :

— Avant tout, annonça-t-elle en adressant un œil complice à son mari, et puisque nous sommes tous coincés ici pour des travaux forcés, je propose que nous trinquions à l'extravagante découverte d'Anna. Et puis aussi à Julie qui, au péril de sa vie, a déniché des situations similaires.

— Tu exagères, Armelle, intervint la généticienne qui s'apprêtait à relater, à l'attention de Simon, son subterfuge pour accéder aux données classifiées.

Romain, qui connaissait l'histoire, embrassa fièrement sa dulcinée puis s'éclipsa, le nez dans son smartphone.

Simon, quant à lui, s'attelant à la découpe du beaufort au hachoir, s'exprima à son tour :

— Si j'ai été, dans un premier temps, choqué par ce que me racontait Anna, et je lui présente aujourd'hui mes excuses, je pense que la thèse des jumeaux nés à des époques différentes, autrement dit des jumeaux asynchrones, mérite d'être suivie.

— Au fait, comment expliquez-vous, questionna Arthur, qu'un tel phénomène soit possible ? Nous connaissons parfaitement d'un point de vue scientifique toutes les étapes de la fécondation.

— Justement, l'arrêta le pédiatre, il se pourrait que nous ne sachions pas tout.

Et Simon évoqua, pour l'assemblée, sa rencontre à Berlin avec la professeure Länder. Il résuma les travaux de Lancaster sur la genèse plus que probable d'un embryon nommé Troisième Globule Polaire.

— Tu veux dire, s'emballa Anna après qu'il eut terminé son récit, que ce troisième globule polaire serait un deuxième œuf, identique en tout point au premier et généré à tous les coups ?

— Oui, c'est l'idée ! Mais cet œuf, ce 3GP, appelons-le par l'abréviation donnée par Lancaster, serait beaucoup plus petit que son embryon jumeau et systématiquement expulsé du corps de sa mère dans les heures qui suivent sa formation. Un peu comme quand tu fais une fausse couche très précoce, sans t'en apercevoir.

Armelle, attentive au discours de Simon, frissonna. Se pouvait-il que l'un des jumeaux qu'elle attendait soit justement ce 3GP qui, lui, serait resté bien au chaud dans son ventre au lieu d'être expulsé loin d'elle ?

— Maintenant que j'y pense, répliqua Arthur, je crois me souvenir que ce Lancaster n'avait pas été pris très au sérieux, lorsqu'il avait publié ces travaux.

— En effet, approuva Simon, il semblerait que ses publications aient disparu, comme si elles avaient été enterrées avec le bonhomme. Diane Länder n'a pu retrouver qu'un seul article, plutôt un résumé d'ailleurs. Nous avons passé un après-midi à tenter d'établir un protocole. Elle veut reproduire l'expérience malgré le manque d'informations sur la manière de procéder. Et elle est bien capable d'y parvenir, croyez-moi !

— Tu as une copie de ce résumé ? demanda le biologiste, intrigué.

— Je veux bien le lire aussi, intervint Julie. C'est tellement dingue ce 3GP ! J'avoue que j'ai quand même de gros doutes sur la réalité de son existence.

— Diane m'a envoyé le document par mail. Je vous le montre si vous avez une connexion, je n'ai pas de réseau avec mon téléphone.

Anna, étrangement en retrait depuis le début de la conversation, trouvait que Simon évoquait cette Diane Länder de façon bien familière. Elle relança les hostilités malgré elle.

— Oh oui, rassure-toi, Simon, les Lanzmann ont un chalet bien équipé. Certes, en montagne, mais il n'est pas perdu au milieu des alpages. Ce n'est pas parce que tu as bivouaqué sur le pas de la porte que…

— Anna, je te ressers un verre ? l'interrompit Armelle. Tiens, Simon, prends mon ordinateur, tu peux consulter ta messagerie. Je crois que nous sommes tous impatients de lire cet article.

Le pédiatre, qui avait à peine entamé la découpe du fromage, confia, un peu gêné, sa tâche à Arthur. Il s'isola sur le canapé, tout près de la cheminée.

Anna de son côté, brûlait d'envie de jeter un œil sur l'écran, mais elle se ravisa sous le regard réprobateur d'Armelle. Aussi entreprit-elle, animée d'une véritable frénésie, de trancher le pain en petits morceaux.

Les e-mails défilèrent. Simon retrouva sans peine celui de Diane Länder. Au moment d'en ouvrir la pièce jointe, son attention fut happée par l'objet d'un message « non lu », expédié par un certain Ulysse de Formeyan.

Bonjour Docteur Legrand,

J'ai réfléchi à la question que vous nous avez posée à la fin de votre cours. Vous nous aviez demandé comment deux bébés issus d'un même œuf, avec le même ADN, pouvaient naître de façon naturelle, chacun dans un lieu différent, et à une époque différente.

J'ai d'abord pensé logiquement au clonage. J'ai donc fait des recherches sur le darknet. Et j'ai trouvé des équipes qui, en effet, ont déjà réussi à cloner des embryons humains. Mais vous aviez spécifié « de manière naturelle » alors j'ai exclu le clonage.

Et je me suis rappelé avoir fait, quand j'avais 12 ans, un élevage de Triops, des petits crustacés d'eau douce qui n'ont pas évolué depuis des millions d'années. La capacité de survie de leurs œufs est remarquable. On en trouve dans le commerce, en sachets. Séchés, ils peuvent survivre de longues années. Si on les réhydrate, ils reviennent à la vie. Ils peuvent illustrer la notion de naissance à des périodes différentes. Pas moyen de savoir en revanche s'ils sont issus d'un même œuf.

J'ai interrogé quelques contacts dans le darknet. Un certain Lancaster aurait mis en évidence la formation d'un troisième globule polaire issu de l'œuf tout juste fécondé. Selon lui, cet embryon insignifiant disparaîtrait de la circulation. Moi j'ai pensé qu'il pouvait peut-être vivre dans son monde, jusqu'à une renaissance. J'ai répondu à votre question n'est-ce pas?

Dites-moi que j'ai trouvé la réponse!

Au fait, si je réussis ce foutu concours, je suis ultra-motivé pour faire de la génétique.

Simon, sidéré, lut le message à deux reprises. Il se dit que ce garçon avait toutes les qualités pour passer en deuxième année de médecine et qu'il pourrait bien devenir un excellent chercheur.

— Quelqu'un sait comment aller sur le darknet? lança-t-il à la cantonade. Apparemment, cette chose héberge des informations sur Lancaster.

— C'est Diane qui t'a rencardé?

Anna n'avait pu réprimer sa curiosité. Elle abandonna la découpe du pain et s'installa dans le fauteuil en face de Simon, feignant de lire une revue de photographie. Elle pointa toutefois du doigt, à l'attention d'Armelle, une page qui présentait une interview de la célèbre photographe Stéphanie Nelson.

— Euh, non, pas vraiment, répliqua distraitement Simon, un œil sur la revue. C'est un étudiant en médecine de première année.

— C'est quoi, le darknet? osa Armelle, qui préparait une vinaigrette tout en adressant à Anna un signe de la tête.

— Ce sont des zones d'Internet, des endroits auxquels tu ne peux pas accéder avec des moteurs de recherche classiques, expliqua le grand Romain, soudain reconnecté à la conversation. Les moteurs utilisés garantissent l'anonymat à ceux qui créent les pages ou bien les consultent, poursuivit-il. On y trouve le meilleur comme le pire, avec une légalité douteuse.

— Tu plaisantes?

— Non, pas du tout, Armelle. Tu peux y trouver comment fabriquer une bombe ou commanditer un meurtre, ou encore escroquer ton voisin. Il y a un tas de données que tu ne trouveras nulle part ailleurs et une liberté d'expression que tu n'as pas sur le Net. Je peux accéder au darknet de mon ordinateur, si vous le souhaitez.

— Waouh Julie ! Un vrai *warrior* ton homme, en fin de compte !

La jeune femme rougit au compliment d'Anna, qui se montrait d'habitude plutôt avare en la matière. L'informaticien, vêtu d'un jean trop large et de son éternel sweat-shirt floqué du sigle *Br Ba*, avait désormais l'attention de tous. Il réclama un peu de temps.

Julie lui tendit son ordinateur avant même qu'il le lui demandât et s'assit près de lui. Tous l'observèrent obstruer sa webcam avec un ruban adhésif noir et installer une clé USB. Romain expliqua que cela lui permettait de lancer le système d'exploitation développé initialement dans le but de réaliser des tests d'intrusion. Il activa ensuite son VPN, un réseau privé virtuel et son pare-feu, tous deux « fabrication maison » précisa-t-il, qui rendaient son ordinateur anonyme et intraçable. Il ouvrit ensuite un portail lui donnant accès à un ensemble de services cachés, et se connecta à un service de communication instantanée connu de lui seul.

— Il ne me reste plus qu'à envoyer ma demande sur les travaux de Lancaster. Voilà, ma Julie, allons reprendre un verre et attendons les réponses.

Julie et Romain, main dans la main, se rapprochèrent de la grande table sur laquelle le fromage, coupé en dés dans différentes assiettes, formait maintenant des petits monticules odorants.

Arthur, en maître de cérémonie, rassembla dans un saladier les morceaux de pain tranchés un peu à la hussarde. Il lança au passage un œil indulgent à Anna qui, un peu confuse, lui renvoya un sourire des plus plaisants. Elle était debout, une pile d'assiettes dans les bras dont elle ne savait que faire. Ce fut Armelle, amusée, qui l'en débarrassa sans qu'elle s'y opposât ou même s'en rendît compte. Simon était sous le charme. On ouvrit une nouvelle bouteille de roussette Anne-Sophie.

Le vin blanc sec, quant à lui, de moindre qualité, pouvait être versé dans le caquelon frotté à l'ail. La fondue s'annonçait bien.

Et bientôt, le darknet rendit son verdict. Romain, que chacun voyait d'un autre œil après sa démonstration de force, n'en exhuma pas moins de dix articles concernant ledit Lancaster, transmis par d'obscurs contacts. Armelle suggéra de projeter les études sur un écran plat escamotable, qu'elle déroula devant une alcôve située à côté de la cheminée. Chacun prit place sur les canapés, son verre à la main. À ce moment de la soirée, tous, à l'exception d'Armelle, étaient un peu éméchés mais ils souhaitaient en savoir davantage sur les recherches de Lancaster.

— Regardez ! indiqua Julie. Sur cette figure, Lancaster explique comment se forme le 3GP.

L'auditoire se mit alors à disséquer chaque propos du chercheur qui décrivait les phénomènes complexes conduisant à la formation du 3GP, depuis la duplication excessivement rapide de l'ADN immédiatement après la fécondation à son éjection à la périphérie de l'œuf initial. À défaut de photographies, des dessins montraient le petit 3GP à côté de l'œuf-mère dont il était issu. Tous deux avaient un noyau identique contenant les mêmes chromosomes. Le cytoplasme enveloppant ce noyau, tel un plasma protecteur et nutritif, était en revanche très réduit pour le 3GP.

— Si j'ai bien compris, reprit Julie en parcourant de façon simultanée l'ensemble des documents qu'elle projetait au fur et à mesure, c'est une protéine, la GSFα, pour *Growth Stimulating Factor*, qui provoquerait en un temps record le dédoublement de l'œuf tout juste fécondé.

— La GSFα, rebondit Simon, est une molécule – je crois me souvenir –, qui intervient habituellement dans la genèse des vrais jumeaux. Ce qui est remarquable ici, c'est que Lancaster indique que cette protéine serait produite massivement dans l'environnement de l'œuf, non plus deux ou trois jours après la fécondation, mais juste après. Elle se comporterait comme un signal précoce qui déclenche la duplication expresse de l'ADN. Lancaster pense que la clé de la formation du 3GP se trouve ici.

Arthur Lanzmann évoqua comment, quelques années plus tôt, il avait fait plancher un élève de master sur la recherche d'une relation entre la présence de cette GSFα et l'induction d'une différenciation cellulaire précoce chez la souris. Il avait voulu étudier sa capacité à provoquer la spécialisation d'une cellule jeune encore généraliste, dans une fonction ou dans une autre. Après le départ de l'élève, l'expérience n'avait pas été poursuivie, faute de temps et de moyens.

— Tu as raison, Arthur. Tester l'influence de la GSFα et voir ce qui se passe chez l'animal quand on y expose des œufs tout juste fécondés, pourrait être une excellente idée. Je vais tout de suite le suggérer à Diane. Et lui envoyer ces articles par mail. Tu peux me les transférer, Romain ?

L'évocation de Diane eut pour effet de stimuler Anna, qui s'était peu exprimée dans ce domaine de recherche qu'elle pensait trop éloigné du sien pour pouvoir briller.

— Eh bien moi, dans l'immédiat, dit-elle avec un petit sourire en coin, je vais expérimenter la chimie de la fondue, parce qu'à ce rythme, on n'est pas près de manger.

La fondue savoyarde fut réussie et appréciée. Le vin aidant, la discussion resta animée, plaisante et variée, quoique régulièrement ramenée à des considérations d'ordre scientifique plutôt pointues auxquelles Romain ne comprenait vraiment pas grand-chose. Julie paraissait fière de sa démonstration et de ses trouvailles. Cela lui suffisait amplement.

Anna déclara à la fin du repas qu'elle allait se coucher. Elle se lèverait à l'aube, projetant de se rendre sur le glacier de l'Homme, de l'autre côté du col. Elle comptait profiter de ce séjour en Oisans pour prélever quelques morceaux de glace en altitude, dans cette région qui bénéficiait d'un singulier microclimat.

— Je doute que l'un d'entre vous veuille se lever aux aurores et se farcir mille trois cents mètres de dénivelé avec moi, décocha-t-elle, à peu près certaine du résultat. Mais, avis aux amateurs.

— Moi, je suis partant, répondit Simon à la surprise générale. J'avais apporté mon matériel au cas où, il faut juste que je vérifie que mes peaux collent encore à mes skis, sinon je ne pourrai pas te suivre. Dehors, il continue de neiger et on dirait que ça tient bien.

— Ok, départ 7 heures, bougonna la glaciologue, après une brève hésitation.

Elle lança à Simon un regard de défi et ajouta :

— Tu dors encore à la *Indiana Jones* sur le palier cette nuit ? Méfie-toi, il n'y a pas de rhino ici, mais un grand méchant loup qui pourrait bien venir te dévorer ! Allez, bonne nuit tout le monde, ajouta-t-elle en guise de salut.

Anna s'en alla rassembler son matériel avant de le déposer près de l'entrée. Puis elle gagna l'étage. Chacun fit de même dans la demi-heure qui suivit. Il était près de minuit et demi lorsque les lumières de la maison s'éteignirent, les unes après les autres.

CHAPITRE 19

Hameau Le Freyssinet, Hautes-Alpes, France.

À 6 h 30, seuls Simon et Anna s'affairaient dans la salle à manger. Avant d'aller se coucher, Armelle, toujours attentionnée, avait sorti le nécessaire pour leur petit déjeuner.

— Et les autres, finalement ? chuchota Simon tout en posant son sac à dos sur une chaise. Personne ne s'est porté volontaire pour nous accompagner ?

— Ils dorment tous, marmonna Anna. Je crois qu'ils ont un peu trop bu hier soir. Excepté Armelle bien sûr.

— Dommage pour eux, parce que la journée va être superbe. Le ciel est dégagé, plein d'étoiles. Et puis, avec ce qui est tombé cette nuit, on aura au moins vingt centimètres de poudre, peut-être plus.

— Ça, c'est leur problème ! Ils iront certainement se balader à pied ou en raquettes. Armelle parlait de monter juste au-dessus, à la cabane du berger. La vue sur la vallée est superbe de là-haut.

— Tu veux du café ? s'enquit gaiement Simon en agitant le récipient fumant sous son nez.

— Perso, je préfère le thé, grimaça-t-elle, mais va pour le café. Juste une petite tasse, merci. Faut pas traîner.

— Je prends des barres de céréales, des fruits secs et je prépare une Thermos de thé chaud. Sucre ? Pas sucre… dans le thé ?

— Sucre, s'il te plaît.

— Tu mets du sucre dans ton thé ? s'insurgea Simon qui, lui, le préfèrait sans, en riant.

— Ce n'est pas négociable.

— Bon, ça fera toujours des calories.

En réalité, peu lui importait le contenu de la Thermos, il se réjouissait en secret de passer quelques heures avec elle.

Le petit déjeuner englouti, ils rassemblèrent leurs affaires et se dirigèrent en silence vers la sortie. Anna se retourna vers Simon et l'interpella à voix basse.

— Tu as bien pris ton ARVA[10], au fait ?

— Oui je l'ai, j'ai même changé la pile, ça te va ?

Elle ne répondit pas, soucieuse de ne pas réveiller la maison.

Difficile toutefois d'éviter les craquements du plancher qui trahirent leur départ, ainsi que le claquement mat du heurtoir, un lourd poing en bronze qu'une bourrasque glacée vint ébranler lorsque Simon ouvrit la porte, le rendant un peu confus et faisant pouffer Anna. Ils empoignèrent skis et chaussures posés dans l'appentis et foulèrent la neige fraîche pour rejoindre la voiture de Simon. Le vent soufflait encore et chassait les derniers nuages. Le contraste saisissant entre la chaleur de la couette à peine quittée et l'air glacial cinglant chaque parcelle de leur visage ne semblait pas les perturber. Anna repéra un amas blanc informe.

— Tu es sûr que c'est ta voiture ? dit-elle en éclairant Simon avec sa lampe frontale.

Le pédiatre, ébloui par le faisceau, acquiesça. Cette situation lui rappelait le moment de son rêve où la guide lui braque sa

10 Appareil de recherche de victime d'avalanche.

lumière dans les yeux. Il en sourit un instant tout en balayant, du revers de sa manche, la neige qui recouvrait les fenêtres et le pare-brise. Puis, ils chargèrent leur matériel et s'engouffrèrent dans l'habitacle. L'Audi s'engagea, pleins phares, sur la petite route communale en direction du col du Lautaret. Anna, attentive à la trajectoire du véhicule, se sentit soulagée de ne pas endosser le rôle du chauffeur. Elle détestait conduire sur les routes enneigées et se crispa malgré elle dès le premier virage lorsque les roues arrière chassèrent.

— La voiture est équipée de quatre pneus neige, la rassura Simon, détends-toi, ça va aller. La chaussée, un peu plus loin, me paraît dégagée et le chasse-neige a bien dû passer.

Et en effet, seule une fine couche de neige tassée, telle un tapis soyeux, couvrait la départementale sitôt rejointe. Des petites congères aux crêtes soufflées s'étaient formées sur les côtés de la route. Anna ne parvenait pas à se détendre totalement, alors que Simon, comme envoûté par la musique d'*Interstellar* diffusée en boucle dans les haut-parleurs, semblait planer à des millions de kilomètres.

Une demi-heure s'écoula. Le temps de passer le col et de rejoindre, sur l'autre versant, le hameau du Pied du Col. Simon se gara sur ce qu'il pensa être un parking et coupa le contact. La jeune femme, aussitôt apaisée, lui en fut reconnaissante. Elle lui décocha même un sourire radieux, presque enfantin.

Ils chaussèrent alors leurs skis et entreprirent de remonter plein sud le vallon de la Romanche. Le froid vif mordait toujours mais le vent avait cessé. Les sommets du pic Gaspard et de la Meije orientale, déjà baignés de soleil, paradaient au-dessus de leurs têtes à près de quatre mille mètres. Le glacier de l'Homme, leur destination, encore dans l'ombre, en dévalait le versant nord-est, charriant ses monstrueux séracs.

— Anna, tu sais ce que racontent les gens de La Grave ?

— Dis-moi !

— Ils prétendent que chaque nuit durant l'été, on peut entendre la glace craquer depuis le village. Je ne te dis pas l'angoisse, quand tu passes ta première nuit là-bas.

— Ça devrait aller, alors, plaisanta-t-elle. Maintenant, c'est l'hiver ou presque. Il n'y a plus de chute de séracs en principe à cette époque de l'année.

— Oui. Enfin, j'espère que tout est bien stabilisé là-haut. Je n'ai pas trop envie de me prendre un glaçon sur la tête.

Ils franchirent le torrent tumultueux sur leur droite par un pont de bois branlant recouvert de neige légère, délaissant sur la gauche un verrou rocheux dénommé le Pas d'Anna Falque. Simon saisit l'aubaine pour évoquer la légende selon laquelle cette Anna-ci, après avoir dansé au bal de la Saint-Jean malgré l'interdiction de sa mère, fut emportée en guise de punition par une jument maléfique sur le chemin du retour.

— La jeune femme ne réapparut jamais, précisa-t-il. Enfin, selon cette légende, colportée par un ancien de La Grave.

— Elle craint, ton histoire, réagit Anna, plus ébranlée qu'elle ne le paraissait.

Ils attaquèrent la pente qui devait les mener au pied du glacier, quelque huit cents mètres plus haut. Anna devant, faisait la trace. Simon la suivait de près. Le vacarme émanant du torrent couvrait tous les bruits, d'ordinaire audibles en cette heure matinale. De là, il leur était impossible d'entendre le glissement feutré des skis sur la neige, leur respiration accélérée, ou même le passage au loin d'un camion de livraison empruntant la route de Grenoble.

Anna et Simon s'élevèrent ainsi de quatre cents mètres, bientôt rejoints par le soleil qui illuminait maintenant l'ensemble des montagnes, et dont les rayons épargnaient encore, comme pour leur offrir un répit, les habitants endormis dans la vallée.

Ils firent une courte pause et burent un peu de thé brûlant. Anna ôta sa veste en Gore-Tex, Simon, sa doudoune qui ressemblait, une fois mise en boule et tassée dans le sac, à un petit pamplemousse bleu.

— C'est somptueux, ces montagnes ! concéda Anna en tirant de son sac une paire de lunettes de soleil.

— Je suis bien d'accord avec toi. Tu sais, lorsque j'étais ado, je venais dans le coin chaque printemps. Cette course est l'une de celles que je préfère. Peu dangereuse, à condition de ne pas s'aventurer sous le vent. On fera attention un peu plus haut.

Simon, en appui sur ses bâtons, lui indiquait de la tête les pentes verticales du pic Gaspard. Il surprit dans le même temps le regard attendri d'Anna, posé sur lui.

— Je suis déjà venue aussi, répondit-elle, en se ressaisissant. Pour le boulot et à l'occasion d'autres week-ends. Mais j'avoue que je ne t'imaginais pas adepte de ce genre d'activité. Pour moi, tu étais plutôt le type de vacancier qui arrive avec son gros quatre-quatre, jantes alu et pare-chocs chromé, le genre Jeep noire qui défonce les chemins sans trop se soucier de la nature ! Pas le mec qui pratique la rando à ski en tout cas. Tu as l'air de t'y connaître.

Simon sourit au compliment et à l'allusion d'Anna, se remémorant en effet les balades à moto qu'il avait faites plus jeune dans ce massif, avant que l'accès aux véhicules ne soit réglementé.

— Toi aussi, tu te débrouilles bien, répondit Simon. Tu as juste un style un peu haché.

— Comment ça, haché ?

Il la taquinait. Il trouvait sa façon de se déplacer sur la neige somme toute conforme à son caractère. En espérant ne pas la vexer, il risqua :

— Anna, tu souhaites que je prenne le relais ? C'est fatigant de faire la trace.

— D'accord. En plus, je suis partie un peu vite, se justifia la jeune femme en soufflant. Je reprendrai sur le replat, après ce passage raide.

Simon prit ainsi la tête et ils poursuivirent leur ascension, obliquant progressivement sur la gauche encore en dessous du glacier. Après quelques minutes seulement, Simon se retourna et demanda :

— Et au fait, tu m'en veux encore d'avoir accepté l'invitation d'Armelle ?

— Hein ? Non, pas du tout. J'étais juste surprise de te trouver là quand je me suis levée hier matin. Tu débarques, aussi, comme si de rien n'était, à l'improviste.

— Cool. En fait, je n'ai pas été correct avec toi à Paris. Pardonne-moi mais cette conversation troublante, avouons-le, nous a très vite emmenés sur un terrain glissant. On a bien avancé depuis, tu ne trouves pas ?

Anna ne répondit pas immédiatement. Elle imaginait, en effet sans déplaisir, glisser lentement vers une *terra incognita* sans trop identifier qui, de la femme du Kilimandjaro ou du mari de Maïssa Diallo, l'y embarquait.

— Dans ce cas, ne nous arrêtons pas en si bon chemin, lança-t-elle en souriant. Supposons que ce fameux 3GP existe, et que ce minuscule embryon soit éliminé. Le voilà banni, hors de l'utérus, hors du vagin, hors de sa mère, laissant sur place, un peu scotché, son œuf de frère ou bien de sœur. Celui-là ou celle-là même qui va tranquillement se développer et devenir à terme, un enfant.

— Oui, approuva Simon, satisfait qu'Anna ait de nouveau abordé le sujet. Il ferait en quelque sorte le chemin inverse de celui emprunté plus tôt par son père, alias le spermatozoïde vainqueur au flagelle conquérant.

Anna jugea le scénario tout à fait plausible. Avec la pointe de son bâton, elle décrocha une petite boule de glace qui se mit à rouler dans la pente.

— Comme celle-ci, fit-elle remarquer.

La boulette disparut hors de leur vue.

La jeune femme songea que le 3GP pourrait rouler comme cette boulette, une bille microscopique sans accroche possible, sans corde pour la retenir, en une dégringolade vertigineuse le long de la paroi de l'utérus, pour terminer sa course dans la nature.

— Exactement ! dit Simon qui devinait ses pensées. Un truc qui m'est arrivé, tiens, il y a quelques années. Tu veux savoir ?

— Quoi ? fit Anna, interloquée, sans cesser d'avancer.

— Enfin, pas à moi. À mon portefeuille ! On faisait une pause sur un replat, après une montée abrupte. C'était au printemps sur le glacier du Tour près de Chamonix. Mon portefeuille est tombé d'une poche du haut de mon sac, et sans que personne ne bouge, on l'a regardé glisser, lentement d'abord, puis un peu plus vite, de plus en plus vite sur la neige, qui était très dure à cette heure-ci. Il devait être 8 heures du matin. Mon portefeuille glissait, tant et plus, et puis il a disparu des centaines de mètres en contrebas, jusqu'à échouer dans le torrent. Quelqu'un l'aura peut-être trouvé l'été suivant, ou encore le suivant, ou bien jamais. J'ai dû refaire tous mes papiers.

— Je sais bien qu'on retrouve un tas de trucs emprisonnés dans les glaciers, des objets, et même parfois des cadavres d'animaux ou d'alpinistes.

— Justement, Anna, si on veut que le 3GP puisse un jour et ailleurs devenir un enfant, il nous faut admettre qu'il est capable, d'une part de se conserver, d'autre part de voyager. Tu l'imagines un instant se déplacer ?

Simon se retourna de nouveau pour tenter de lire sur le visage de la jeune femme ce que lui inspirait son hypothèse. Mais la glaciologue semblait concentrée sur la trace. Alors il reprit sa progression, laissant les images s'imposer à lui.

— L'eau voyage, reprit-il un peu plus tard. Elle circule dans les ruisseaux, les torrents, les fleuves, jusqu'à atteindre la mer. Et puis, les courants l'emportent, encore plus loin. Elle s'évapore ensuite, si le temps s'y prête, et elle gagne les nuages sous la forme de vapeur, de micro-gouttelettes baladées par les vents. Enfin, elle retombe, toujours, ailleurs, dans les champs, les rivières, les montagnes et parfois les déserts. Imaginons maintenant que le 3GP soit porté par l'eau. Un globule polaire lié à une goutte d'eau, un véritable binôme comme une nacelle amarrée à sa montgolfière se déplaçant au gré du vent. Ce voyage de l'eau serait alors aussi celui de notre petit 3GP.

Anna, qui malgré tout se prêtait à l'exercice, répondit, le souffle court :

— L'idée du vent qui balade tout ce petit monde me convient. C'est, au passage, une partie de mon domaine de recherche. Au Groenland, j'ai filtré l'air chaque jour pendant des semaines. On analyse ensuite ce qui a été déposé sur les filtres, pollen, bactéries, microplastiques, polluants, transportés sur des milliers de kilomètres. Il en arrive de tous les coins du monde.

— Ça, je veux bien te croire, acquiesça Simon. Ainsi, l'eau et le vent assureraient le transport de notre 3GP. Ça me plaît, ce concept !

Anna, de son côté, se représentait le 3GP ballotté dans le brouillard, les pluies, la neige, à travers les nuages. Elle rejoignit Simon après une courte accélération et lui fit signe de s'arrêter. Elle dut reprendre sa respiration avant d'ajouter :

— L'eau, c'est la base de la vie. Elle est présente partout, sous forme liquide, solide ou encore gazeuse. Sais-tu que le diamètre d'une goutte d'eau va d'une vingtaine de microns à l'état gazeux à six millimètres au maximum à l'état liquide ? Si elle est grosse, elle explose. Loi de la physique.

— J'étais nul en physique. Le 3GP, lui, ne devrait pas dépasser une dizaine de microns. Selon Lancaster, il est bien plus petit qu'un embryon standard.

— Donc ça se tient, le binôme eau et 3GP. Au fait, Simon, tu veux que je repasse devant ?

— Non, c'est bon. On ne s'arrête pas, on garde le rythme.

Et, traçant une belle ligne droite en travers de la pente, le pédiatre enchaîna :

— On peut aussi raisonnablement supposer que le voyage des 3GP est parsemé d'embûches. Bon nombre d'entre eux doivent échouer dans le désert, en ville ou bien ici, et fatalement mourir et disparaître. Quoiqu'ici, avec ce froid, va savoir… Tant qu'ils sont dans l'eau, si tu veux mon avis, a fortiori dans l'eau froide ou mieux, glacée, ils peuvent survivre. Mais dès qu'ils sont déposés quelque part, s'ils ne sont pas rapidement congelés, je ne vois pas comment ils pourraient résister au temps.

— L'eau, même froide, ne permet pas de conserver un corps vivant dans la durée, affirma Anna, même s'il s'agit d'une seule cellule comme une bactérie, un virus ou, en ce qui nous concerne, un embryon. En plus, onze mille ans, n'en parlons pas ! Enfin, d'après ce qu'on connaît. Si l'eau ne peut conserver le 3GP, seulement le transporter, la glace en revanche doit avoir cette faculté.

— Partons donc sur l'hypothèse de la glace comme mode de conservation. L'eau gèle dans les nuages en altitude et puis au sol en haute montagne, aux pôles, au Groenland, dans les glaciers de Patagonie… enfin là où il y a de la neige et de la glace en permanence.

Simon effectua une conversion, autrement dit un demi-tour dos à la pente, alors qu'il était parvenu à une extrémité du couloir. L'inclinaison demeurait faible, de sorte qu'ils pouvaient continuer de discuter en maintenant une trace bien régulière dans la poudreuse, très épaisse à ce niveau.

Anna, qui entamait à son tour le virage, modéra les propos de Simon. Elle s'arrêta quelques secondes bien qu'en posture délicate.

— Si un 3GP est réellement expulsé du ventre de sa mère chaque fois qu'il y a fécondation, depuis le temps, ça devrait en faire pas mal ! s'émerveilla-t-elle.

— Quel élément, hormis la glace, peut garantir la préservation d'un embryon ? Mon étudiant en médecine de première année m'a certes parlé de ces petits crustacés, les Triops, dont les œufs sont conservés au sec plusieurs années. Une sorte de carapace hermétique les protège, or ce n'est pas le cas pour les cellules humaines.

— Je n'y connais rien en biologie humaine, indiqua Anna, mais une conservation longue durée du 3GP dans la glace supposerait qu'il possède un véritable talent et tout un arsenal pour résister à la formation de cristaux et ainsi éviter d'éclater.

— Tu as raison. Et ça, c'est tout à fait possible. On peut très bien concevoir qu'il fabrique un cryoprotecteur, ou plus simplement, qu'il contient très peu d'eau dans son cytoplasme entourant le noyau. C'est ce qui le caractériserait alors et expliquerait la très petite taille du 3GP. Ensuite, si les conditions de conservation sont réunies, la durée de sa captivité dans la glace peut être infinie.

— En théorie, oui, dit Anna dubitative. Admettons maintenant que nous ayons le transport et la conservation. Et ensuite ? On en fait quoi, de tout ça ?

Songeurs, les deux skieurs progressaient lentement, la respiration plus rapide. Le soleil les accompagnait depuis déjà un moment et la neige commençait à coller sous les peaux. Simon se sentait bien toutefois. Il observait de temps à autre Anna enchaîner les conversions avec une aisance qui l'épatait malgré son style saccadé, en particulier lorsque la pente devenait plus raide et plus étroite.

Soudain, le cri d'un rapace retentit. Tirant à peine Anna et Simon de leurs pensées qui les menaient très loin d'ici. C'était un cri, comme un signal venu d'en haut, qui perçait le silence. Sans doute, l'oiseau les avait-il remarqués, ces deux petites fourmis, ces deux petits points noirs qui progressaient sur cette immense toile blanche froissée de roches et de glace recouverts par la neige.

— Et maintenant, suggéra Simon, si tant est qu'il y a un peu de vrai dans cette suite d'hypothèses, peut-on imaginer qu'un œuf aussi petit, ainsi malmené, puisse donner naissance à un enfant, un vrai ? Que cet œuf soit capable d'être préservé, en termes de devenir et pas uniquement en termes d'assemblage d'atomes, aussi subtil fut-il ? Qu'il soit conservé dans le froid extrême, avec ses capacités de croissance et de reprise évolutive intactes, une fois de nouveau au chaud dans le ventre d'une femme, forcément d'une autre femme ! Et puis quelle femme, à supposer qu'il s'y retrouve, pourrait porter cet œuf voyageur vieux de plusieurs années, siècles ou plus encore, et le mener à terme ?

Anna en était aussi à ce stade de réflexion lorsqu'ils atteignirent les premières crevasses. Ils firent une nouvelle halte, le temps de souffler et de grignoter quelques fruits secs.

— Qui sait, Anna, éprouva Simon comme s'il prenait conscience à cet instant de l'étendue de ses propos, combien ils sont emprisonnés là-dedans, sous nos pieds ?

— Oui, c'est vrai. Et de la place, il y en a, précisa la glaciologue en étendant le bras. Regarde, rien que dans ce périmètre, à la louche, trois cents mètres de large, mille de long, deux cents d'épaisseur. Fais le calcul ! Des millions de mètres cubes de glace sous nos pieds.

— Tu imagines ! Si cette immense masse millénaire, torturée de séracs qui craquent et gémissent, était peuplée de tous ces petits êtres, si petits que personne n'a encore songé à les chercher, à leur parler, ne serait-ce que pour leur chuchoter une parole douce, une comptine, pour les rassurer. Imagine encore un peu ! La glace fond et elle libère ceux qu'elle a conservés pendant des années et des années, les œufs, les embryons, les 3GP. Comme au printemps, quand le signal est donné à chaque plante d'éclore, elle se met à fondre, la nature se libère des entraves de l'hiver, reprend des forces, c'est la débâcle, et tout revit.

— Sauf que là, répliqua Anna, un ski hors de la trace, en appui sur son bâton amont, il ne s'agit pas de printemps mais plutôt d'un réchauffement du climat à une échelle de temps beaucoup plus longue qu'un cycle de saisons. Ces dernières décennies, ce sont autant nos glaciers alpins que la banquise arctique, ou encore l'inlandsis du Groenland, qui ont considérablement fondu. Peu de glaciers semblent échapper à cette tendance.

Le rapace, à nouveau, lança un sifflement pénétrant. Beaucoup plus proche, cette fois. Comme un avertissement.

— Je serais curieux de... Attends un peu, Anna. Ça se complique ici.

Un passage délicat se présentait en effet devant eux, une sorte d'étroit goulet qu'il fallait emprunter pour contourner un mur de séracs et qu'il aurait été préférable de gravir encordés, crampons aux pieds et skis sur le sac à dos. Ils observèrent le rapace tournoyer dans les airs, puis disparaître de leur champ de vision.

— Un gypaète barbu, si tu veux mon avis, estima la jeune femme, même s'il vole un peu loin, je le reconnais à son cou orangé et son ventre blanc.

Anna, qui s'y connaissait en rapaces en voie d'extinction, précisa que le gypaète barbu avait été réintroduit dans les Alpes il y avait seulement quelques années. Elle expliqua à Simon que cet oiseau, un charognard surnommé le « casseur d'os » ou encore le « nettoyeur des Alpes », se nourrissait en lâchant les os de ses proies depuis les airs pour qu'ils se fracassent sur les rochers, et il n'avait plus qu'à en avaler les débris ou bien les donner à son petit.

— Oui, eh bien, gypaète ou pas, rétorqua Simon, on reste prudent. Ça te va si on continue ?

— Ça me va. Je te le dirai si je suis en difficulté. On en était où, déjà ? Ah, oui. Quand le 3GP est libéré de la glace, comment et à quel moment crois-tu qu'il puisse rencontrer à nouveau une femme et se retrouver dans son ventre ?

— Certainement au bon moment pour lui, lorsque son chemin croise celui d'un corps féminin apte à le recevoir. La chance de sa vie !

Parce qu'il n'en aura pas d'autre.

— Une chance sur mille alors, ou même sur un million. Comment est-ce qu'il s'y prend à ton avis ?

— L'eau est partout, voulut récapituler Simon, et tu le disais toi-même, elle est source de vie, on entend souvent ici et là qu'elle est fécondante. La plupart des traditions le disent. L'eau, c'est la pluie, la mer, les rivières. Elle est également présente dans la piscine ou quand on se douche et, tiens, même dans les thermes.

Tous deux visualisaient très bien les instants légers passés la veille à se prélasser dans les eaux chaudes des bains.

— L'eau véhicule peut-être ces 3GP éliminés, elle les brasse, les colporte aux quatre coins du monde, ajouta Simon. À mon sens, c'est l'eau, l'élément clé. C'est elle qui en assure le transport, la conservation et sans doute la réintégration.

— Là, tu vas un peu vite ! On les aurait déjà repérés, quelques-uns tout au moins, et observés au microscope. Quoiqu'au final, se ravisa Anna, ils ne sont certainement pas concentrés comme dans un bouillon de culture. Aussi, peut-on très bien les avoir manqués.

— Si seulement on les avait cherchés, tu ne crois pas ?

— Soit. Alors une femme se douche, et ensuite ? Le 3GP, tranquille, grimpe dans son utérus et s'y installe ?

— Je ne sais pas, moi, à l'occasion d'un rapport sexuel par exemple ! proposa le médecin, comme si cela coulait de source. C'est plausible, même si c'est sans doute exceptionnel. Disons qu'un homme pénètre une femme et son pénis emporte ce que contient son vagin, la semence bien entendu, mais aussi l'eau, les bactéries, ainsi qu'un 3GP… s'il s'en trouve un à ce moment, à cet endroit précis. Dans ce cas, notre ami ne fait que suivre le mouvement.

— Ben voyons !

Ils en étaient là, lorsque le cri acéré du gypaète retentit une troisième fois.

Suivi d'une déflagration d'une extrême violence.

Anna et Simon se figèrent instantanément. Le temps de réaliser qu'une avalanche s'apprêtait à nettoyer tout ce qui se trouvait sur son passage, et eux avec, elle abordait déjà le couloir, telle une vague dévastatrice. Obscurcissant le ciel, dans un rugissement monstrueux, le nuage destructeur composé de milliards de cristaux de neige leur fonçait dessus à la vitesse de l'éclair. L'instant d'après, il terminait sa course dans la vallée.

Et le silence presque aussitôt, régna de nouveau.

La jeune femme se tenait en bordure du couloir. Le souffle n'avait fait que la projeter quinze mètres plus bas. Les choses pour elle s'étaient arrêtées là. Elle avait eu seulement le temps d'apercevoir Simon s'envoler d'un côté, ses skis de l'autre.

Simon avait été happé et englouti.

Anna resta pétrifiée.

CHAPITRE 20

Glacier de l'Homme, parc national des Écrins, France.

Il est emporté avec le flot de spermatozoïdes. Sa seconde chance, et sa dernière. Pour le 3GP, c'est le dernier voyage. Nul ne saisit l'émotion qui le traverse lorsqu'il comprend qu'il a cette autre chance. Personne ne sait s'il en a même conscience, si cette idée l'a effleuré l'instant d'avant ou chaque matin que compta son périple. Mais cette fois, il n'est plus un bleu, il connaît le chemin pour l'avoir déjà parcouru en sens inverse, il y a très longtemps.

Ce temps où il avait dévalé la pente, impuissant, incapable de freiner son allure, tel l'alpiniste sur une dalle de glace qui se détache de la montagne, au ralenti d'abord, un peu plus vite ensuite... emporté avec tout ce qui s'y trouve ancré, la broche, la corde, son cri, son corps, son équipement moderne et léger... Aussi, le 3GP se rappelle-t-il son double... Celui qui était resté arrimé et qui l'a vu chuter. Ils étaient à même hauteur, lorsque leurs regards se sont croisés.

Cette perception d'un avenir possible s'impose dorénavant comme jamais. Il y puise une incroyable motivation, il doit se surpasser cette fois. Car, mieux que quiconque, il se sait sans filet.

Le 3GP remonte, vaillamment, la paroi de l'utérus. Il sent intuitivement que le moment viendra bientôt pour lui de s'arrimer sur cette pente raide et lisse. Mais ce moment n'est pas encore venu. Il voit, tout autour de lui, des milliers de spermatozoïdes tomber les uns après les autres, certains d'épuisement, d'autres de découragement, des jeunes fougueux partis trop vite… Lui seul sait que pour eux, la course est terminée pour toujours. Et il fonce, porté par le courant, confiant, vers une victoire improbable, ignorant tout encore de ce que sera l'issue de son interminable voyage. Il lui faut se concentrer. Même si, au fond, il a compris que sa propre course est d'un tout autre ordre que celle menée par ses voisins.

Les minutes passent. Les heures, peut-être…

Et soudain, une certitude. Il doit se fixer. Là. Maintenant!

Alors, il déploie tout ce qui lui reste de force mais aussi d'espoir et d'amour, pour s'arrimer. Tenter de s'arrimer. Il projette ses amarres contre la paroi, la paroi qu'il n'a pas su agripper la première fois.

Il y parvient! Grâce à son petit crampon dont seules les pointes avant s'insèrent, dans cette paroi avec laquelle il fera désormais corps.

C'est à peine s'il remarque un congénère, un autre 3GP, qui chute, là, juste devant lui. Tout comme lui avait chuté. Il se souvient, la chute qui accélère, inéluctable, vertigineuse, la chute que rien n'entrave, sinon les quelques pointes rocheuses affleurant la surface lisse de la neige dure. La glace, martelée avec cadence, ainsi fragilisée, se détache, se cisaille, dans un mouvement majestueux, presque gracieux.

Et deux 3GP se croisent, au ralenti pour qui les voit.

Lui, l'ancien, le voyageur, le revenant, est heureux. Il a trouvé refuge. Enfin une maison, une grotte, un nid. Il va poser ses valises, et puis grandir un temps, ici.

Et l'autre, le nouveau 3GP, est terrifié. Il dégringole. Et c'est pour lui le début d'une errance dont il ne sait encore rien.

Reste le jumeau de ce dernier, celui qui s'est naturellement implanté, déjà arrimé un peu plus haut, celui qui a tout vu. Celui qui devra à la fois partager son nid avec lui, le 3GP voyageur, et porter sa détresse d'avoir perdu un frère. Se laissera-t-il réconforter par un intrus ?

Lui, le 3GP voyageur, a déjà lu cette détresse dans le regard de son propre jumeau, dans le regard de celui qui, autrefois, l'a vu chuter, celui qui s'était naturellement arrimé, et qui a vécu bien avant lui, il y a très longtemps.

Car un seul, alors, pouvait rester ! C'est ainsi. C'était l'un ou l'autre. Si l'un restait, l'autre chutait, vers l'inconnu, l'eau, la glace, le froid, les limbes ou même, la mort. La mort le plus souvent.

Mais maintenant, il en serait peut-être autrement.

Anna ne perdit pas un instant. Elle avait mentalement enregistré la zone où Simon s'était volatilisé.

D'un geste expert, elle arracha les peaux de ses skis et enclencha ses fixations en position de descente. En dépit du danger, elle plongea dans la coulée, instinctivement, sans une hésitation. Elle enchaîna les virages sautés, manquant de tomber à maintes reprises, prenant des risques insensés. Le rocher, en effet, affleurait par endroits, lavé du manteau neigeux balayé par le souffle, et les cailloux roulaient sous ses skis. Cela n'avait pas d'importance. Mais quelle imprudence, quelle inconscience de s'être engagés dans ce couloir ! Que n'avaient-ils su écouter le rapace, lui qui, à trois reprises, avait prévenu du danger ? Tandis qu'elle dévalait le goulet à toute allure, Anna s'en voulait de s'être laissée emporter par la conversation, de ne pas avoir été plus attentive à son environnement.

Elle repéra alors, quelque trois cents mètres plus bas, la spatule jaune d'un ski émergeant de la neige accumulée. Un ski de Simon. Puis le second, à peine plus loin sur le côté, échoué là, plié à angle droit, telle une branche de bois vert brisée, la laissant imaginer la violence de l'impact.

Anna s'arrêta net. Elle se figea et jeta un regard inquiet en contrebas.

Pas un murmure ne troublait le silence pesant sur ce chaos. Même le torrent, au loin, s'était tu. Levant la tête, elle aperçut, très haut dans le ciel, le gypaète, devenu minuscule. Il avait pris de la hauteur et tournoyait, donnant l'impression de dominer et de scruter la scène, l'air de lui signifier, *je te l'avais bien dit.*

La seconde d'après, Anna basculait de nouveau dans la pente, tous les sens en alerte.

Elle n'eut pas besoin d'activer son ARVA en position « recherche ». Car elle l'aperçut. Sur un replat que masquait un rocher, à cent mètres à peine. Le corps de Simon émergeait du désordre, engoncé dans un airbag orange fluorescent.

La jeune femme s'en approcha prudemment, ne sachant ce qu'elle allait découvrir. Son cœur s'emballa, mélange de peur et d'inquiétude, mais aussi de joie inavouable d'avoir été épargnée. Simon était bien là...

Mais il ne bougeait pas.

Il avait eu, constata-t-elle, le réflexe de tirer sur la lanière de son airbag, de sorte qu'il s'était maintenu à la surface de la neige. Dès lors, la poudre asphyxiante l'avait soulevé, malmené, bringuebalé dans une dégringolade ahurissante qui avait pris fin sur ce replat providentiel.

Anna, tremblante, fit le tour du corps inanimé. Elle se surprit, l'espace de quelques secondes, à vouloir fuir la scène. Elle se sentait terriblement fautive d'avoir laissé Simon l'accompagner sur ce glacier, et de sa propre négligence durant l'ascension. L'instant d'avant, ils échangeaient avec insouciance à propos des 3GP et maintenant, cet homme gisait à ses pieds.

Mais elle se ressaisit aussitôt. Elle s'apprêtait à appeler les secours quand elle se rendit compte que de la buée sortait de la bouche de Simon. Il respirait et il la regardait. Et d'un regard crétin, comme s'il était ivre. Il lui souriait même !

— Quel con ! ne put-elle s'empêcher de hurler, soudain furieuse.

— C'est bon, je n'ai rien.

Sa tête, le casque envolé, avait cependant heurté quelque obstacle. Il était sonné, incapable de faire le moindre mouvement. Rien de très rassurant.

— Ta tête, Simon, tu saignes sur le côté.

— Ça va, ça va, Anna. C'est sans doute à cause d'un ski lorsque j'ai déchaussé.

La glaciologue sortit alors la pelle de son sac et entreprit de le libérer du carcan qui le maintenait immobile. Cette même pelle qu'elle emportait toujours dans ses expéditions et qu'elle maniait avec dextérité depuis qu'elle avait eu à s'en servir, tout récemment au Groenland. Elle s'empressa ensuite de vérifier l'absence de lésion grave, faisant appel à ses notions de secourisme. *Sans doute une légère commotion cérébrale*, conclut-elle en son for intérieur. Simon était juste confus, désorienté. Entier quoi qu'il en soit, et bien vivant.

Ce n'est qu'une fois dégagé, après qu'il eut étiré ses membres et éprouvé l'ensemble de ses articulations, qu'Anna fut rassurée. Contus de toute part mais à l'évidence, sans fracture, il avait eu chaud. Naturellement, ils se retrouvèrent dans les bras l'un de l'autre. Simon apprécia, tout autant qu'Anna, qui s'en étonna elle-même. Leur randonnée s'arrêtait néanmoins ici. Et il n'était plus question de prélèvement de glace, si toutefois, il en avait réellement été question.

Ils regagnèrent la voiture tant bien que mal, après une descente laborieuse dans la neige brassée par l'avalanche. Anna avait fixé ses skis sur son sac et soutenu Simon qui clopinait à ses côtés, un pas après l'autre, s'enfonçant parfois jusqu'aux genoux. *Un peu pathétique, tout ça*, avait-elle pensé.

Le 3GP avait entamé leur vigilance. Il leur aurait même coûté la vie à tous les deux si le gros de l'avalanche, qui en réalité avait contourné leur itinéraire, n'avait pas été dévié plus en amont par un éperon rocheux, leur épargnant ainsi le pire. Cela, Anna et Simon ne le réalisèrent que lorsqu'ils se retournèrent sur le chemin parcouru.

Très haut dans le ciel, le gypaète barbu poussa un dernier cri, comme pour leur dire qu'ils n'étaient pas les bienvenus dans ces montagnes. Ou peut-être, plus simplement, pour les saluer ?

— Il est intrigant, ce grand rapace, émit Anna, tu ne trouves pas ?

— Je crois que c'est la première fois que j'en vois un. Il nous aime bien, on dirait.

Anna se laissa un temps attendrir par cette réponse.

— Au fait, Simon, je n'y avais pas pensé tout à l'heure, mais le coup des os que le gypaète lâche sur les rochers, ça pourrait être une piste pour expliquer la présence de notre esquille osseuse au sommet du Kilimandjaro.

— Tu veux dire que ce rapace existait déjà il y a onze mille ans ? Il aurait pu alors... Simon ne termina pas sa phrase.

— Oui, c'est plausible. De mémoire, le gypaète barbu est présent dans cette région d'Afrique depuis des millénaires.

Ils restèrent songeurs l'un comme l'autre en regardant le rapace disparaître derrière une crête. La jeune femme, à nouveau pragmatique, tira sur la manche de Simon :

— Bon, allez, nous avons assez rêvassé, passe-moi les clés. Je vais conduire, la route est dégagée, maintenant.

— Si tu veux, je ne suis pas en état, de toute façon.

Simon se réjouit de son côté à l'idée qu'elle prenait soin de lui. Il l'interpella, les bras posés sur le capot.

— Tu sais, Anna, je suis convaincu à présent que Maïssa était la sœur jumelle de cette femme à qui appartenait l'ADN trouvé sur ton glacier au Kilimandjaro. Une jumelle un peu particulière, issue d'un 3GP qui aurait séjourné plus de cent siècles dans un congélateur avant de retrouver une matrice et de s'y implanter. La matrice de sa mère... qui n'est, en fait, pas sa mère biologique.

— Simon, tu ne veux pas t'asseoir ? Regarde dans quel état tu es ! Tu as du sang sur ta figure. Tu n'as pas mal au crâne ?

— On dirait plutôt que le choc m'a remis les idées en place, je n'ai jamais été aussi lucide.

— C'est toi le médecin, avisa-t-elle alors qu'elle chaussait ses baskets.

— Sa mère, continua Simon avec insistance, a porté Maïssa et l'a mise au monde. Difficile d'imaginer qu'elle ne l'ait pas conçue ! Son père, ne serait alors pas davantage son père. Ça aussi, c'est curieux, car en fin de compte, elle lui ressemblait franchement.

Anna ferma le coffre et prit la place du conducteur. Elle marmonna :

— La seule preuve de l'existence de cette sœur est un petit bout d'os que j'ai trouvé, par hasard, dans un morceau de glace.

Tout est possible, se dit-elle, se perdant dans ses pensées une fois installée au volant.

— Anna ?

— Oui ? Excuse-moi.

— C'est bon pour toi ? Je veux dire, la route.

— Est-ce que j'ai le choix ? répondit-elle, les mains crispées sur le volant. Mais continue, tu me disais quelque chose.

— J'étais en train de penser qu'il manque encore quelques pièces à notre puzzle.

Le paysage bleuté traversé le matin même alors qu'il faisait encore nuit, était repeint de blanc, réfléchissant le soleil éblouissant sur les versants immémoriaux. Et, bien plus qu'Anna dont les yeux demeuraient rivés sur le bitume, Simon était en proie à une étrange rêverie. Son esprit se peuplait, plus que jamais, de petits êtres qui s'arrimaient… ou qui chutaient.

Anna ramenait à bon port, sur une route désormais sèche, le véhicule et ses deux passagers. Le clocher du Freyssinet sonnait midi lorsqu'elle se gara à proximité du chalet.

CHAPITRE 21

Hameau Le Freyssinet, Hautes-Alpes, France.

À leur grande surprise, Anna et Simon retrouvèrent le chalet vidé de tous ses hôtes. Anna scruta le versant sud de la montagne, recouvert de prairies enneigées, piqueté de mélèzes roux, épars, et surplombé de petites falaises abruptes. Elle tenta un instant d'y repérer ses amis censés randonner, mais elle dut renoncer, tant la luminosité était forte.

Elle appela alors Armelle à haute voix, l'imaginant affairée dans l'une des pièces du chalet, privée de promenade par son mari en raison de sa grossesse. Pas plus de réponse de ce côté-là.

Simon se laissa choir sur le canapé moelleux près de la cheminée. Une plaie sanguinolente lui entaillait la tempe. *Il a vraiment une sale tête*, pensa Anna qui, tout en cherchant un désinfectant, le rejoignait. *Plus de compresse dans la trousse de secours, un mouchoir en papier fera l'affaire.* Elle disposait en revanche d'un fil à suturer serti d'une aiguille courbe. L'expérience accumulée au cours de ses missions faisait d'elle une urgentiste honorable et pragmatique. Simon sembla un instant en douter. Il glissa juste :

— Tu évites l'alcool, s'il te plaît ?

— Je te croyais brave comme un aventurier. Laisse-moi faire et aie confiance !

— Et toi, Anna, tu as confiance en moi ?

Impassible, la jeune femme appliqua méthodiquement le produit qui, certes, piquait un peu, mais Simon dut se rendre à l'évidence, Anna s'y prenait bien, vraiment très bien. Les trois points qu'elle exécuta avec adresse rapprochaient parfaitement les berges de la plaie, qui maintenant ne saignait plus.

— Encore un et c'est fini. Tourne la tête par là.

Dans le même temps, elle imprimait sur son front une légère pression de ses doigts libres. Le patient se détendait un peu lorsqu'Armelle, bien emmitouflée et les bras chargés de courses, apparut. En voyant depuis le seuil l'état de Simon, elle prit un air horrifié et se délesta vite de ses paquets dans l'entrée.

— Mon Dieu, que vous est-il arrivé ? dit-elle, une main sur sa bouche.

Concentrée sur son ouvrage, l'aiguille entre les doigts, Anna sursauta, comme prise en flagrant délit.

— Armelle, Dieu n'a rien à voir là-dedans, répliqua-t-elle. C'est juste une question de physique, de trajectoire. Mais je t'avoue que j'ai eu très peur.

— Quoi ! Quelle trajectoire ?

Simon, penaud, bafouilla :

— On s'est fait surprendre par une avalanche, ce matin. En fait, plutôt une coulée. Ma tête a dû heurter un rocher ou un de mes skis lorsque j'ai déchaussé. Rassure-toi, Armelle, je vais très bien, maintenant.

— Anna, toi qui es super aguerrie, ça m'étonne que tu joues les têtes brûlées. Vous n'auriez pas dû partir, avec ce qui est tombé cette nuit.

La glaciologue haussa les épaules avant de vérifier sa suture et de la recouvrir d'un pansement.

— C'est surtout, précisa Simon qui se sentait responsable, que nous avons manqué de vigilance. Nous étions absorbés par nos histoires de globule polaire.

— Ne bouge pas ! avertit Anna. J'ai presque terminé.

Armelle, tranquillisée, lui tendit de quoi nettoyer les traces de sang sur le visage de Simon. Elle esquissa même un sourire. Au fond, cela lui plaisait de voir Anna plus complice, plus proche de Simon.

— Je vais vous préparer un bon café, dit-elle en ôtant écharpe et manteau. Et puis, il faut manger. Les émotions, ça creuse !

— Du thé pour moi, s'il te plaît, rectifia Anna. Avec deux sucres. Tu sais bien que j'ai horreur du café.

— Je sais surtout que tu aimes les mojitos, mais c'est un peu tôt pour un cocktail. Je vous prépare donc un thé et un café. Le sucre est sur la table.

Simon remercia Armelle de sa bienveillance. Il se promit d'avaler un paracétamol lorsque ses jambes, encore un peu chancelantes, l'autoriseraient à se lever. Il songea même à se rendre aux urgences, mais l'idée de passer le reste du week-end à l'hôpital et attendre un scanner de la tête ne l'enthousiasmait guère. Avoir retrouvé toute sa conscience peu de temps après la chute l'avait déjà rassuré.

— Armelle, demanda-t-il, je peux utiliser ta tablette pour envoyer un mail ? Je crois que mon smartphone n'a pas résisté à mes acrobaties.

— Ton *iPhone* hors de prix est foutu ? se moqua Anna en brandissant son téléphone intact. Crois-moi, rien ne vaut une bonne vieille brique.

Sauf que toi, tu as heureusement échappé à l'avalanche, pensa Simon, qui ajouta pour sa défense :

— Oui, mais tu ne peux pas envoyer de mail avec ce truc, et tu n'as même pas de GPS !

— De toute manière, il y a rarement de la 4G sur les glaciers, alors c'est plus utile d'avoir un *truc*, comme tu dis, résistant et capable de capter un peu de réseau pour appeler les secours, qu'un smartphone m'as-tu-vu qui devient inutilisable au moindre choc.

Anna préparait déjà dans sa tête une argumentation sur le sujet « smartphone sophistiqué » *versus* « simple mobile ».

— Eh bien, intervint Armelle qui souhaitait enrayer la dispute, je me dis qu'il y a eu plus de peur que de mal, si j'en crois l'énergie que vous dépensez à vous chamailler.

Elle déverrouilla sa tablette et la tendit à Simon, avant d'entraîner Anna par le bras:

— Viens m'aider à préparer le repas, s'il te plaît.

— Et s'il ne me plaît pas? bougonna celle-ci.

— Tu viens, un point c'est tout. Laisse Simon tranquille avec sa messagerie.

Et elle ponctua d'un regard chargé de reproches, comme une mère sermonne son enfant. Anna la suivit de mauvaise grâce.

Le reste de l'équipe arriva bientôt, affamé après sa balade en raquette passée à remuer les paquets de neige fraîche. On évoqua les événements de la matinée tandis que chacun prenait place autour de la table. Le déjeuner fut joyeux et copieux, constitué des restes de la veille, de fromages et de terrines variées. Personne ne relança la discussion autour du 3GP. Sans doute, avait-elle pris un peu trop de place au cours de la soirée précédente. La complicité d'Anna et Simon, tous deux au centre de l'attention, amusait Julie, qu'Armelle avait avisée dès son retour. La généticienne envoya discrètement un SMS à son amie: *Tu as eu une bonne idée d'inviter le pédiatre. On dirait bien que notre Anna est en train de tomber amoureuse!*

Julie eut, pour toute réponse, le visage lumineux d'Armelle.

Après le repas, chacun plia bagage. Simon salua chaleureusement ses hôtes. Il chercha alors Anna du regard, mais ne la trouva pas. Armelle, toujours prévenante, le raccompagna sur le pas de la porte.

— Tu sais, soupira la belle métisse un peu attristée, Anna n'aime pas trop les « au revoir » et les départs. J'espère que tu auras l'occasion d'apprendre à mieux la connaître.

— J'y compte bien mais ça va être compliqué si elle fuit tout le temps. Elle est déjà partie ?

— Pendant les préparatifs. Elle semblait si pressée qu'elle en a oublié son bonnet.

Simon afficha une mine embarrassée.

— Peux-tu lui transmettre un message pour moi ? Mon téléphone est fichu et, au mieux, j'en aurai un autre demain seulement.

— Que veux-tu que je lui dise ?

— Dis-lui que j'ai besoin d'elle pour résoudre cette énigme. Dis-lui qu'elle est une demoiselle certes enquiquineuse, mais surtout une scientifique délicieuse et douée.

— Ce sera fait, Simon. Bonne chance et merci d'être venu jusqu'ici, j'ai été très heureuse de faire ta connaissance.

— Moi de même. Et, hormis cette chute ce matin, j'ai vraiment passé un très bon moment avec vous. Je peux te demander un autre service ?

Devant l'air interrogatif d'Armelle, le pédiatre ajouta, moqueur :

— Son bonnet, tu ne pourrais pas l'oublier ici ? Elle est tellement plus jolie sans. Je l'aime beaucoup avec ses cheveux qui partent dans tous les sens. Ses boucles lui donnent un air revêche, surtout quand elle est en colère.

— Tu sais, Anna peut paraître une proie facile, pourtant son cœur est comme enfermé dans une cage.

— C'est sa manière de se protéger. À moi de gagner sa confiance.

Et, laissant Armelle sur cette note touchante, Simon, sac sur l'épaule, quitta le chalet.

Le soleil disparaissait de l'autre côté des Écrins lorsqu'il franchit le col du Lautaret autour de 16 h 30. La montagne trônait, somptueuse, apaisée, purgée du trop de neige tombée au cours de la nuit. Simon contempla la pente qui l'avait vu partir le matin même, dans l'ombre du glacier qu'ils n'avaient, en définitive, qu'approché. Anna s'était montrée si forte et déterminée pour le délivrer de la poudreuse accumulée par l'avalanche. Cette femme demeurait cependant toujours sur le qui-vive, prête à exploser. Quel secret cachait-elle au fond d'elle-même ? Pourquoi ses amies la maternaient-elles à ce point ? Le médecin ressentait l'indicible envie de la protéger. Il se réjouit à l'idée de la revoir, de reprendre leur discussion à propos d'ADN, de glaciers, de portefeuille ou de téléphone, de reprendre leur conversation, tout simplement. Elle lui manquait déjà.

CHAPITRE 22

Limas, Rhône, France.

Peu après avoir passé Lyon, Simon fit une halte chez ses amis les Baratier. Ils habitaient une ferme rénovée au milieu des vignes, une bâtisse toute en pierres dorées, qui jadis avait abrité des générations de viticulteurs. Le feu crépitait dans la cheminée et une potée l'attendait, comme le lui avait promis l'obstétricien lorsqu'il l'avait appelé. *Une agréable soirée en perspective*, s'était dit Simon, même si, tout compte fait, il n'était pas au mieux de sa forme.

— Qu'est-ce qu'il t'est arrivé mon pote, lui demanda Florent dès qu'il eut mis un pied hors de la voiture. C'est quoi, cette plaie-là ?

— Une mauvaise chute, ce matin. Ce n'est rien. Une grosse coulée de poudreuse, et je me suis retrouvé étourdi trois ou quatre cents mètres plus bas, sans gros dommage heureusement. Il faut dire qu'on a été un peu cons sur ce coup.

— Qui, *on* ?

— Anna Mestrallet, tu sais, la…

Florent lui coupa la parole :

— Anna, la glaciologue ? Sans blague !

Il se tourna vers son épouse adorée, dans l'intention de lui rapporter quelques détails à propos de cette femme qui entrait de façon cocasse dans la vie de Simon mais Thelma, ayant embrassé son hôte, un bras autour de sa taille, l'entraînait déjà dans le salon.

— Et le Vietnam, alors, tu t'y plais ? Il y a trop longtemps que tu ne donnes plus signe de vie. Ce n'est pas normal, insista la petite femme dont le visage empreint de bonté traduisait une sincère inquiétude.

— Mais oui, plus de confort qu'en Afrique. En revanche, tout autant de travail. C'est ce que je cherchais. J'ai retrouvé plaisir à bosser, je crois que je suis enfin serein là-bas.

Simon lui adressa un large sourire.

— Tu n'as pas eu envie de refaire ta vie ? reprit Thelma. Aucune rencontre ?

Florent les rejoignit, une carafe de vin rouge dans une main, trois verres dans l'autre.

— Ma chérie, dit-il avec complaisance, je ne pense pas que Simon veuille te confier ses petits secrets !

— Tu sais, Maïssa, c'était vraiment magique.

— Simon, les histoires ne finissent pas toutes ainsi. Enfin, ce que je veux dire, s'emmêla Thelma, c'est que tout le monde ne tombe pas malade.

— À ce sujet, un gosse encore, pas plus tard que la semaine dernière, est mort de cette vascularite dans mon service à Hanoï. J'ai encore du mal avec ça. C'était quelques jours avant l'arrivée de ton homme.

— Et moi, avoua Thelma, je panique chaque fois quand je repère les symptômes chez un patient, à mon cabinet. Ceux qui s'en sortent, à ma connaissance, ont pour la plupart bénéficié d'une greffe de moelle avec un donneur hautement compatible. Enfin, cela ne suffit pas toujours, ajouta-t-elle, cherchant l'acquiescement de son mari.

— Allez, Thelma, tu nous plombes l'ambiance, là. Dis-nous plutôt, Simon, où tu en es de ton enquête et passons à table !

Le pédiatre revint volontiers, tout au long du repas, sur la semaine écoulée. Il raconta sa rencontre avec Diane Länder, les recherches à propos des travaux de Lancaster, et puis son week-end avec Anna Mestrallet, relatant leurs échanges qui les avaient menés sur la voie des jumeaux asynchrones et du 3GP. Florent et Thelma, dubitatifs au premier abord, se laissèrent séduire par son raisonnement, l'interrompant de temps à autre pour obtenir des précisions.

Ils avaient bu un dernier verre de génépi fait maison lorsque, subitement, le mélange d'alcools aidant, le traumatisme crânien, la potée, les souvenirs aussi, Simon sombra dans le sommeil alors qu'il quittait tout juste la table. Il eut à peine le temps de s'allonger sur le sofa et de bredouiller quelque excuse. Cela fit sourire Thelma parce que Florent s'endormait exactement ainsi lorsqu'il avait enchaîné deux ou trois gardes.

Le pédiatre ne refit surface que le lendemain. Florent, attablé devant les restes d'un petit déjeuner digne d'un buffet « continental », lui proposa un bol de café corsé.

— Au fait, dit ce dernier, j'ai reçu, tôt ce matin, un texto de Diane Länder. Elle veut te revoir, elle est rentrée des USA et t'a envoyé un mail que tu n'as pas dû consulter encore.

— Le trop-plein de neige a eu raison de mon portable. Je n'ai pas ouvert ma messagerie depuis hier midi, en effet. Et pour ce qui est de Diane, elle a une sacrée patate, ta copine, un cerveau qui fonctionne vite et bien, ses jambes aussi. J'ai eu du mal à m'accrocher et j'étais cuit après trois tours du parc en courant.

Thelma, apprêtée, enlaça tendrement son mari, lui indiquant de se dépêcher s'il ne voulait pas les mettre tous les deux en retard. Elle invita Simon à rester quelques jours.

— Non, c'est gentil, je rentre à Paris, là. Merci pour tout, Thelma.

— Tiens-moi au courant alors, conclut Florent en lui donnant une accolade.

— Bon, Simon, on te laisse en espérant t'avoir une dernière fois avant ton retour à Hanoï, lança Thelma qui gagnait la voiture. Prends ton temps et quand tu pars, tu claques bien la porte !

Florent ajouta, tandis qu'il la rejoignait :

— Et tu penses à nous présenter Anna, un de ces jours !

CHAPITRE 23

Paris, France.

Parvenu chez lui, rue Mouffetard, quelques heures plus tard, Simon trouva trois messages intéressants dans sa boîte d'e-mails.

L'un provenait, effectivement, de Diane Länder. Celle-ci accusait réception de son dernier envoi, et indiquait avoir entrepris de reproduire l'expérience de Lancaster. Non sur des embryons humains, précisait-elle, ce qui aurait demandé trop de temps et de démarches officielles en plus de causer d'insurmontables problèmes éthiques, mais sur des embryons de souris *Dropsis*, des petits rongeurs d'à peine deux centimètres si l'on exceptait leur queue. Ces souris avaient deux particularités. L'une était un cycle de reproduction extrêmement rapide, de tout au plus cinq jours. L'autre tenait du providentiel : chaque portée se limitait à un seul petit. Diane requérait la présence de Simon à Berlin dans les quarante-huit heures et concluait par un mystérieux : *Vous ne serez pas déçu.*

Le deuxième message émanait du professeur Llorca, le médecin de la Pitié Salpêtrière qui avait soigné Maïssa. Informé par des relations de la présence de Simon en France, il avait cherché à le joindre à plusieurs reprises. Il lui laissait son numéro de téléphone en le priant de l'appeler, car il avait une question délicate à lui poser.

Le troisième message, enfin, venait d'Anna :

Je vous suggère, Monsieur le Docteur Legrand, de faire un geste pour la planète en acquérant un smartphone, soit de seconde main, soit conçu de manière à limiter les dégâts sur l'environnement. Voici quelques liens pour vous aider à faire votre choix. Je vous conseille également d'être très prudent la prochaine fois que vous randonnerez sous des cimes enneigées. Si vous avez besoin d'une bonne secouriste, je vous redonne le numéro de ma brique, certes à fonctionnalité unique, mais incassable.

Mademoiselle A. Mestrallet.

Simon, attendri, consulta les références transmises par Anna. L'une d'elles décrivait les impacts d'un smartphone au cours de son cycle de vie : le travail des enfants dans les mines de coltan en Afrique, la consommation énergétique galopante des serveurs et du *cloud*, les téléphones usagés brûlés artisanalement dans les pays émergents, entraînant la pollution des sols et des eaux. Les autres liens lui permettaient d'acheter un téléphone écoresponsable. Il fut ému par l'engagement total d'Anna qui se préoccupait d'améliorer le sort de l'humanité. Et il commanda dans la foulée l'un de ces appareils. Il regretta aussitôt son geste quand il comprit que la livraison prendrait plusieurs semaines.

Ensuite, au fond peu soucieux de son bilan carbone, il acheta deux billets d'avion à destination de Berlin et en envoya un à Anna avec ces quelques mots :

Diane Länder avance sur notre affaire. Anna, rejoins-moi à Berlin s'il te plaît. J'y serai dès demain. Ci-joint un billet au départ de Genève. Tu peux le modifier si tu le souhaites. Simon.

CHAPITRE 24

Chambéry, France.

Pierre Morel présidait le conseil du laboratoire de glaciologie qui se tenait tous les premiers lundis du mois. Dans une pièce mal éclairée, le directeur de l'unité recueillait les doléances des scientifiques. Cette réunion lui donnait aussi l'occasion de répartir le travail rébarbatif : répondre aux appels à projets subventionnés ou monter les dossiers de financement des expéditions. Ces activités chronophages étaient bien loin des préoccupations des chercheurs, mais elles s'avéraient essentielles à la survie du laboratoire. Enfin, Pierre Morel faisait le point avec son équipe sur les multiples projets de recherche en cours. C'était ce qu'il estimait être le plus intéressant.

Son physique de montagnard aguerri, doté d'un visage au profil acéré, buriné par le soleil, témoignait de son passé de chercheur baroudeur. Il regrettait souvent d'avoir troqué le travail de terrain consacré à arpenter les glaciers par de la paperasse administrative et ces multiples rendez-vous dans des bureaux qui sentaient le renfermé.

Une fois tout le monde installé, Pierre Morel interrompit le verbiage ambiant en prenant la parole de sa voix autoritaire et posée :

— Anna, peux-tu nous faire part de l'avancée du programme GISP3 ? As-tu commencé l'analyse des carottes du Groenland réceptionnées il y a peu ?

Toutes les têtes se tournèrent vers la jeune chargée de recherche qui, alors embrumée dans ses pensées, sursauta, comme prise au dépourvu. Elle était en train de relire une suite de mots qu'elle avait griffonnés au bas d'une page : *carotte – os – ADN – secret – jumeaux – 3GP – conservation – voyage – réintégration ? – rôle ? – Simon – danger ?*

— Eh bien, intervint Jean-Étienne, je crois que c'est la première fois que je vois Anna aussi distraite en conseil de labo. On pourrait peut-être lui demander ce qu'elle a fait de son week-end ?

La remarque eut pour effet de déclencher, tout à son avantage, quelques rires dans l'assemblée. Anna raya le mot « danger » de sa liste, retourna sa feuille et releva la tête, les sourcils froncés, la mâchoire serrée. Jean-Étienne, une fois de plus, l'insupportait et la manière dont il se mettait en valeur en rabaissant ses collaborateurs la faisait bondir.

— C'est sûr que toi, répliqua-t-elle sans même lui adresser un regard, on n'a pas besoin de te demander ce que tu as fait de ton week-end. Je suppose que c'est comme d'habitude, golf le samedi, soirée à tchatter sur les sites de rencontre, grasse matinée le dimanche et jeux vidéo de combat le reste de la journée !

— Je constate, intercéda le directeur, que l'absence d'Anna était temporaire et que nous la retrouvons avec tous ses esprits. Maintenant que tu as taclé Jean-Étienne, pouvons-nous, Anna, reprendre le cours de cette réunion sur un plan plus professionnel ?

Cette dernière, mieux disposée, exposa l'avancée de ses travaux sur la campagne du Groenland, valorisant les débuts prometteurs de Tania.

— Et aussi, Pierre, conclut-elle, notre *publi* sur le programme ICE-Africa au Kilimandjaro a été acceptée. Je dois juste intégrer quelques corrections suite aux remarques des relecteurs. C'est tout en ce qui me concerne.

— Bravo pour toutes ces avancées. Viens me voir dans mon bureau après la réunion, j'ai une bonne nouvelle à t'annoncer, je t'ai obtenu la place de coordinateur scientifique pour une campagne de mesure sur le glacier Zongo, en Bolivie. Il faut que tu signes le contrat.

À cette annonce, Pierre Morel discerna une note de confusion dans les yeux écarquillés d'Anna. Le cœur de la glaciologue, en réalité, résonnait jusque dans ses tempes. Elle se sentait partagée. D'un côté, elle se réjouissait de cette promotion, une opportunité rêvée. Elle allait se rendre pour la première fois de sa vie en Amérique du Sud. De l'autre, elle appréhendait de partir dans le pays où sa mère avait disparu, voici près de vingt ans.

Elle passa subrepticement une main dans le bas de son dos.

— Pierre, tu peux me donner les dates de la mission ? demanda-t-elle sur un ton neutre, maîtrisé.

— Tu pars du 22 décembre au 30 janvier, lui répondit le directeur. C'est l'été là-bas, alors avec un peu de chance, il fera plus chaud qu'ici. Tu n'avais rien prévu, au moins, pour les fêtes ?

Anna se crispa malgré elle, tandis qu'elle se remémorait son dernier Noël familial, ponctué de cris et de larmes. De ce fait, depuis toutes ces années, elle se débrouillait pour esquiver cette période de festivités, le moment où les familles en principe se réunissent avec bonheur.

— Révise ton espagnol, ironisa Jean-Étienne, parce que si tu parles cette langue aussi bien qu'un lama français, je ne parierais pas sur la fiabilité de tes mesures.

Il voulait à l'évidence ne pas laisser la jeune femme sur une victoire.

— Au risque de te décevoir, cher collègue, tu seras ravi d'apprendre que ma mère était madrilène. J'ai grandi au son de mélodies populaires espagnoles et je suis parfaitement bilingue !

— Me voici complètement rassuré. Tu devrais alors n'assister qu'à des conférences internationales en espagnol. Parce que, si je me rappelle bien, ton oral en anglais au congrès de Stockholm était un peu limite.

Le jeune chercheur avait visiblement du mal à s'arrêter. Ses sarcasmes devenaient déplacés et généraient un malaise au sein de l'équipe. Cependant, aujourd'hui, il ne parvenait pas à atteindre Anna qui, au fond, le plaignait plus qu'autre chose. La glaciologue, qui avait déjà préparé sa réponse, la lui décocha avec un grand calme :

— Mon cher Jean-Étienne, si tu additionnes mes talents linguistiques à mes compétences scientifiques, tu comprendras certainement pourquoi Pierre a préféré m'attribuer ce projet plutôt qu'à toi. Je sais que tu aurais bien aimé être désigné.

— Deux partout, la balle au centre ! ne put s'empêcher de lancer quelqu'un, provoquant gloussements et commentaires dans les tribunes.

Le professeur Morel mit un terme à l'affrontement entre les deux numéros qui, tous le savaient, ne s'appréciaient guère. Il précisa en outre avoir mentionné dans le contrat de mission qu'en cas d'empêchement majeur, Anna serait remplacée par Jean-Étienne. Ce dernier, même si la proposition pouvait sembler séduisante, n'apprécia que trop peu d'être relégué au banc des suppléants. Il se jura, au fond de lui, de ne pas laisser passer un tel affront, tant il pensait sincèrement avoir autant mérité la promotion.

La réunion reprit ensuite son cours sans plus d'animosité. Chacun exposa l'état de ses recherches et décrivit les expéditions auxquelles il avait participé. Anna retourna à sa rêverie, laissant en bruit de fond s'égrener les sujets exposés.

— Anna, as-tu remarqué que la réunion est finie ? Tu veux bien me suivre ? la pria Pierre.

— J'arrive tout de suite, balbutia-t-elle en s'empressant de se lever et de talonner son chef jusqu'à son bureau.

Dérouté par son comportement lointain, le directeur de l'unité l'interrogea sur ses préoccupations. La jeune femme se voulut rassurante et lui indiqua que tout allait pour le mieux. Elle se sentait juste un peu fébrile :

— Je pense que j'ai pris froid en grimpant sur le glacier de l'Homme, ce week-end. Les conditions étaient mauvaises. Au passage, tu peux oublier les échantillons que je t'avais promis.

Pierre Morel se montra compréhensif et se contenta de lui accorder quelques jours de repos, sachant qu'elle devrait préparer sa prochaine mission en Bolivie. Il lui présenta le contrat qui en définissait les termes et spécifiait le financement que recevrait, en contrepartie, le laboratoire.

— J'ai besoin de ta signature, Anna, là, en bas de page, en qualité de chef de projet.

— Je peux te piquer de quoi écrire ? J'ai laissé mes affaires dans la salle de réunion.

— C'est la première fois que tu tiendras ce rôle, dit Pierre Morel en lui indiquant le pot à stylos. Continue à faire du bon boulot et je suis certain que tu passeras rapidement directeur de recherche. Je t'appuierai, tu sais.

— La concurrence sera rude, soupira-t-elle. Ce con de Jean-Étienne ne va pas me lâcher !

— Vous devriez travailler ensemble au lieu de vous tirer sans arrêt dans les pattes.

— Bosser avec lui me paraît inconcevable, il n'acceptera jamais mes idées. Et puis sans nos disputes, les conseils de labo seraient trop monotones, tu ne crois pas ?

— On vient d'en avoir un aperçu. Allez, file te reposer un peu avant que je ne change d'avis ! Ça m'ennuierait que tu tombes malade et d'être contraint de te remplacer par lui. On se revoit vendredi. Et on préparera ensemble le matériel à expédier au Zongo.

— Super, et merci pour le contrat. J'apprécie ta confiance. Cela dit, souffler quelques jours me sera profitable. Mes derniers congés remontent à plusieurs mois. Je vais juste passer des consignes à Tania avant de rentrer chez moi.

La jeune femme rejoignit la vaste pièce où se déroulaient la plupart des expérimentations. Trois chercheurs penchés sur une paillasse bavardaient, le ronronnement des équipements couvrant leur conversation. On se serait cru dans un atelier de mécanique. Au fond de la pièce, Anna repéra Tania qui discutait avec Jean-Étienne. Ce dernier, voyant arriver sa collègue, s'éclipsa en toute hâte dans la salle informatique.

— Tania, tu peux venir, s'il te plaît! appela Anna.

La jeune Russe, gênée, le teint diaphane marbré de rougeurs, approcha.

— De quoi parliez-vous avec Jean-Étienne? Je le soupçonne de fouiner dans mes affaires.

— Il m'a posé des questions, Anna. Il voulait des informations sur la carotte que nous avons manipulée ensemble, l'autre jour, celle du Kilimandjaro. Il a parlé de choses bizarres qui seraient arrivées.

Anna plissa le nez comme en réaction à une odeur nauséabonde. Elle prit l'étudiante par le bras et l'emmena dans un coin, à l'écart des oreilles indiscrètes. Elle remarqua le regard fuyant de Tania qui tortillait avec frénésie une mèche blonde échappée de son chignon.

— Tu lui as parlé du fragment?

— Je lui ai dit, avoua la doctorante, qu'on avait trouvé une anomalie dans la glace, mais que finalement ce n'était rien d'important. C'était bien de la roche, en définitive?

Anna hésita, puis opta pour la franchise:

— Tu as le droit de savoir, Tania. C'était de l'os. Mais, peu importe, tu connais les règles, je n'ai pas l'autorisation de sortir d'ici des échantillons sans en faire la demande à Pierre Morel. Aussi, je préférerais que tu n'en parles pas dans l'immédiat.

Tania acquiesça de la tête en ajoutant:

— Oui, je comprends. Jean-Étienne a demandé à voir l'échantillon. Je lui ai dit avoir passé tous les tronçons de la carotte dans l'analyseur à flux continu. Et comme l'appareil fait fondre la glace…

— Ah, c'est bien trouvé comme excuse. Plus de glace, plus de preuve! Et c'est tout? Ça lui a suffi comme réponse?

— Il voulait également consulter les résultats, les spectres d'analyse des gaz piégés dans la carotte. J'ai répondu que je te demanderai.

Anna stressée, réfléchit quelques instants. Elle passa instinctivement ses mains dans ses boucles brunes, se frotta le nez. Elle cherchait dans le même temps à identifier les capacités de nuisance de Jean-Étienne et à évaluer les conséquences potentielles de sa propre désobéissance. Son chef venait en effet tout juste de lui accorder une faveur avec cette mission en Bolivie.

— Ok, Tania, donne-les-lui, après tout. Je doute qu'il sache les interpréter et cela n'a, au fond, aucune importance. Ce qui m'inquiète avant tout, c'est que j'ai eu tort d'expédier ce morceau de glace sans autorisation.

Tania s'engagea une nouvelle fois à garder ce secret. Anna lui conseilla de se méfier de Jean-Étienne et elle conclut:

— Je te dis à bientôt. Je vais m'absenter quelques jours. Maintenant que tu sais utiliser l'appareil d'analyse, occupe-toi des tronçons du Groenland. On regardera les résultats à mon retour.

En sortant de la pièce, Anna remarqua que Jean-Étienne, les yeux plissés derrière ses gros verres de lunette, la dévisageait à travers la paroi vitrée de la salle informatique. Il lui sembla qu'il lui adressait un signe de la main. Un de ces gestes qui signifient que pour lui, une bataille a été remportée.

Anna n'y prêta cependant guère plus d'attention. Perdue dans ses pensées, elle passa rapidement rassembler ses affaires oubliées dans la salle de réunion et les déposa ensuite distraitement sur son bureau. Elle prit connaissance, enfin, en consultant sa messagerie, d'une invitation de Simon à le rejoindre à Berlin. La jeune femme songea un instant lui répondre que rencontrer la professeure Länder ne l'intéressait pas du tout, mais elle se ravisa, sans toutefois parvenir à identifier ce qui la motivait le plus. Résoudre une énigme scientifique, ou bien revoir le pédiatre. En outre, elle demeurait perturbée, plus qu'elle ne l'aurait souhaité, par son manque de loyauté envers Pierre Morel et ce prochain départ pour la Bolivie.

Anna éteignit son ordinateur portable, le prit sous son bras ainsi que quelques dossiers, puis elle quitta le laboratoire. Dehors, la bise, glaciale, la fit frissonner. Elle marchait la tête rentrée dans les épaules, tous ses muscles contractés. La jeune femme regretta à ce moment d'avoir oublié son bonnet au chalet d'Armelle.

Vingt minutes plus tard, elle était de retour dans son appartement de la rue Sainte-Apollonie et tentait de se réchauffer sous sa double couette. Elle soupira bruyamment, déjà désœuvrée, ne sachant comment occuper le reste de sa journée. Pendant qu'elle rêvassait, il lui revint à l'esprit la trouille qu'elle avait ressentie quand Simon, la veille, avait été emporté par l'avalanche, et surtout les pensées qui l'avaient traversée lorsqu'elle l'avait cru mort. Puis, il lui avait souri, bêtement certes, mais il était vivant. Elle en aurait pleuré.

Anna esquiva aussitôt ces préoccupations, s'assit sur son lit et alluma son ordinateur. Elle se savait fragilisée par ces derniers événements et les récentes annonces. Aussi ressentit-elle, comme rarement, le besoin de parler sur-le-champ à ses deux seules amies. Elle préféra les appeler en visioconférence, avec le risque qu'elles ne soient pas disponibles, plutôt que d'attendre le soir, d'avoir à leur donner rendez-vous au *Vintage* ou encore, de se déplacer chez l'une ou l'autre.

Après plusieurs essais infructueux, Julie et Armelle, pour le moins surprises, avaient répondu présentes et se trouvaient maintenant connectées. Leurs visages, quoique pixélisés, apparurent simultanément sur son écran.

— Hello, Anna, ça va? s'enquit Julie. La dernière fois que tu nous as appelées en vidéo et en journée, c'était il y a deux ans, pour nous dire que tu avais reçu un appel de Bolivie de la part d'une femme qui prétendait être ta mère. Alors?

Anna décida de ne pas relever l'évocation et commença par leur raconter l'incident du laboratoire, ainsi que ses inquiétudes vis-à-vis de cet « opportuniste » de Jean-Étienne. C'est le mot qu'elle utilisa pour qualifier son collègue.

— Et? questionna Armelle, dont l'intuition n'était plus à démontrer.

— Quoi, *et*? Voilà, c'est tout, s'emporta la glaciologue.

Julie alors s'agaça:

— Anna, j'ai un colloque demain sur le séquençage et je dois préparer mon intervention. Je suis loin d'être au point. Alors, je ne suis pas là pour entendre tes histoires futiles de labo. Dis-nous plutôt ce qui ne va pas.

— Bon, d'accord. Alors... J'ai reçu un mail de Simon. Il souhaite que je le rejoigne à Berlin pour l'aider. Apparemment, la fameuse Diane Länder a des résultats. J'avoue que je ne sais pas quoi faire, j'hésite même à laisser tomber. Cette histoire d'ADN, de globule polaire, de jumeaux asynchrones, c'est compliqué. Je ne suis pas biologiste, moi. Je parcours les glaciers, je les ponctionne ici et là pour disséquer leurs bulles d'air qui nous renseignent sur l'évolution du climat. Mais en aucun cas pour épiloguer sur les secrets qu'ils sont susceptibles de renfermer.

— Anna! s'énerva Julie, tu sais très bien que tu as des capacités de déduction incroyables. Ton cerveau a cette faculté d'aller chercher de minuscules informations et de les assembler en un tableau cohérent. Rappelle-toi la fois où tu m'as débloquée en un rien de temps, quand je ramais depuis des heures sur la rédaction de ma thèse. Maintenant, si tu veux notre avis, on a notre petite idée sur la question, avec Armelle.

Anna voyait à l'écran, deux visages côte à côte, l'observer activement. Elle allait cliquer sur la touche rouge et mettre fin à l'appel, lorsqu'Armelle réagit sur-le-champ:

— Ah non, Anna, ne fait pas ça! On te connaît, tu ne peux pas toujours fuir. Je t'interdis de couper tant que tu ne nous auras pas écoutées.

— Les filles, je sais ce que vous allez me dire. Eh bien, non, je ne suis pas amoureuse. L'amour n'existe pas, l'amour est une invention de notre cerveau. Un simple cocktail chimique, en fait assez subtil, j'avoue, composé de trois neuromédiateurs, chacun dans son rôle, et tout ça, vous savez ce que j'en pense. Désolée de vous décevoir, mais c'est juste notre cerveau qui cherche à nous corrompre pour qu'on s'attache l'un à l'autre, dans le but de procréer et de transmettre nos gènes. Après, au bout de quelques mois, la concentration de ces molécules chute et tout s'efface. Retour à la réalité. Je ne veux pas être amoureuse, j'y vois aucun intérêt!

Son visage s'était couvert de larmes tandis qu'elle avait, une nouvelle fois, servi à ses amies le discours que celles-ci connaissaient déjà par cœur.

— Anna, répondit Armelle avec une infinie douceur. Et si tu cessais tout simplement d'avoir peur? Tu ne crois pas qu'il est temps de laisser ton passé derrière toi? Ce n'est pas parce que tu aimes quelqu'un, que tu vas forcément le perdre un jour.

— Je pense qu'Armelle a raison, rebondit Julie, et je vais même être plus directe. Alors oui, Anna, ta mère t'a abandonnée quand tu avais 12 ans. Oui, elle est partie avec un homme en Amérique du Sud, un autre que ton père, avec qui elle a sans doute refait sa vie, sans toi. Eh oui, tu ne l'as jamais revue! Il y a bien eu cet appel il y a deux ans, ça t'a pas mal brassée, on s'en souvient, mais…

— Stop, les filles! s'écria Anna. Mon directeur de labo m'a annoncé qu'à la fin du mois, je pars en Bolivie.

Là, les deux femmes furent sans voix. Elles se rapprochèrent naturellement de leur ordinateur, de sorte que leurs visages, ébahis, occupaient maintenant tout l'écran d'Anna.

— Mon père, reprit cette dernière en reniflant, réprimant ses sanglots, mon père, lui, l'aimait comme un fou et il n'a pas supporté qu'elle le quitte, ni qu'elle nous abandonne.

— Anna, c'est avant tout l'histoire de leur couple, glissa Julie.

Il n'en fallut pas plus à la jeune femme pour qu'elle accepte d'ouvrir l'une de ses boîtes de Pandore, et de libérer un flot de tristesse. Ses amies, impuissantes, ne pouvaient que compatir à sa douleur.

— Il y a quelque chose, quelque chose que je n'ai jamais osé vous dire. À l'époque où ma mère est partie, confia Anna, mon père s'est mis à boire. De plus en plus souvent. Et quand il était ivre mort, il lui arrivait de me balancer à la figure ce qui lui tombait sous la main. Comme si ma présence lui était devenue insupportable, comme si je devais payer pour le départ de ma mère. Un soir, il a cogné un peu plus fort, et puis il est parti. J'avais 13 ans. Les voisins m'ont retrouvée bien amochée et m'ont emmenée aux urgences.

Anna, tout en parlant, parcourait de ses doigts les reliefs de sa cicatrice, atténuée avec le temps, camouflée au bas de son dos dans une aile du condor.

— Ces mêmes voisins, je les ai revus le lendemain à l'hôpital. Et ils m'ont annoncé que mon père s'était pendu dans le garage.

Armelle et Julie restèrent comme pétrifiées. Leur visage exprimait autant la surprise, le bouleversement, que le soulagement de voir leur amie s'être enfin libérée d'un fardeau qu'elle avait trop longtemps gardé pour elle. Elles avaient toujours su que ses parents avaient eu des relations compliquées, qu'ils avaient été séparés. Mais Anna ne s'était, jusqu'à présent, jamais étendue sur la façon dont son père était mort.

Après un long silence, celle-ci continua :

— L'amour est destructeur. Je ne veux pas être amoureuse, risquer de mettre en danger la vie de quelqu'un. Et je ne veux pas d'enfant, jamais!

Julie fut la première à reprendre la parole. Elle répéta à Anna que l'histoire de ses parents n'était pas la sienne. Elle avait le droit de vivre heureuse et elle n'était responsable, ni du départ de sa mère ni du suicide de son père.

Anna écoutait, peu convaincue. Armelle et Julie lui proposèrent de venir la rejoindre pour passer la soirée auprès d'elle.

— C'est gentil, déclara la jeune femme en déclinant leur offre, mais je suis fatiguée. J'ai mal au crâne, j'ai des frissons, sans doute une faiblesse passagère. Je préfère dormir et récupérer. Je crois que j'ai aussi une cave à ranger et des boîtes de Pandore à reconstruire.

Tandis qu'Armelle et Julie, incrédules, l'observaient, Anna esquissa un rictus qui se voulait rassurant. Elle ajouta, avant de mettre un terme à la conversation :

— Ne vous inquiétez pas, ça ira. Je suis très heureuse d'avoir des amies aussi cool que vous. Je vous appelle demain matin. Bises.

Les deux visages disparurent de l'écran et furent aussitôt remplacés par un cliché de la calotte glaciaire pris au Groenland. On y distinguait au loin le camp principal où elle avait séjourné quatre mois plus tôt. Anna contempla l'image un moment, comme hypnotisée par la glace et la solitude qu'elle y associait, ainsi que par la froideur de son toucher. Peu après, les yeux encore rougis par les pleurs, la jeune femme ferma les volets de la chambre, ôta son jean et se glissa à nouveau sous la couette.

Elle se réveilla dix heures plus tard, un peu désorientée. Il faisait nuit noire, lorsqu'elle perçut une faible lueur provenant de son salon. Anna se leva et enfila une veste polaire. Au pied de la bibliothèque, son ordinateur, resté allumé, attendait patiemment. Des bulles multicolores éclataient sur son écran de veille. Elle s'en voulut un instant d'avoir oublié de l'éteindre. Il était presque 3 heures du matin quand une alerte s'afficha afin de lui rappeler qu'il lui restait cinq minutes pour confirmer son vol à destination de Berlin. À défaut, le billet deviendrait caduc. La jeune femme ne croyait pas au destin. Son cerveau fonctionnait de manière bien trop rationnelle pour cela.

Elle ouvrit sa messagerie. Armelle lui avait envoyé un e-mail l'encourageant à tourner une page et dépasser son histoire. Elle y avait joint des publications vantant les effets bénéfiques du sentiment amoureux et, surtout, une photo réalisée au chalet montrant Simon riant à ses côtés. Sur celle-ci, il était flagrant qu'il n'avait d'yeux que pour elle.

Quelques secondes avant que la réservation n'expire, Anna valida son départ. Elle éteignit, cette fois, l'ordinateur, prit un polar dans sa bibliothèque, se lova dans le canapé et y passa le reste de la nuit.

CHAPITRE 25

Berlin, Allemagne.

Simon débarqua pour la seconde fois à Berlin. À 9 heures, il se trouvait dans l'ascenseur qui menait au bureau de Diane Länder. Les lieux lui étaient dorénavant familiers mais, se remémorant la façon dont il avait été éconduit à l'issue de sa première visite, le pédiatre ne savait pas au juste où il remettait les pieds.

La chercheuse berlinoise l'accueillit, perchée sur des Louboutin et vêtue d'une *combi-pantalon* rouge parfaitement ajustée. Simon reconnaissait bien là son style *working girl 2.0* très tendance. Elle l'invitait à s'asseoir d'un geste protocolaire quand elle remarqua le pansement qu'il portait à la tempe. Simon s'en expliqua en évoquant une chute en montagne, sans donner plus de détails. Il lui assura qu'il allait bien depuis.

— Vous prenez un café ? Un sandwich à midi ? Nous courrons à 17 heures ? mitrailla-t-elle, pleine d'entrain.

— Nous aviserons, ne croyez-vous pas ? suggéra le pédiatre, déjà dérouté.

— Bien entendu, cher Docteur Legrand, mais la pratique du sport est un élément essentiel à notre équilibre et il me semble que sur ce plan, vous avez une revanche à prendre !

— Ah bon ! fit-il, un peu soufflé dans la mesure où il ne se rappelait pas avoir démérité. Qu'à cela ne tienne, si c'est ce que vous voulez.

Un challenge à mener sur deux fronts, songea Simon. *La résolution d'une énigme d'un côté et le bouclage de trois tours de parc de l'autre.*

— Revenons à notre sujet du jour, proposa Diane, à l'expérience de Lancaster. Nous en avons déjà longuement discuté. Je ne sais pas où vous avez trouvé ces publications qui détaillent autant ses travaux, elles valent de l'or ! J'ai donné des indications à mon assistante depuis Salt Lake et une partie de mon équipe travaille maintenant dessus.

La biologiste énonça la teneur des travaux entrepris. Une centaine de souris *Dropsis*, des souris naines, mâles et femelles, avait copulé tout le week-end. L'équipe avait débuté une première expérience en injectant aux femelles une dose croissante de GSFα, selon le protocole transmis par Simon. Si l'on en croit Lancaster, cette protéine doit favoriser le dédoublement de l'œuf tout de suite après la fécondation.

— Nous sacrifions une de ces femelles toutes les dix minutes et observons au microscope optique chaque étape du développement de l'embryon. Chez cette petite souris, tout se déroule durant la demi-heure qui suit la fécondation, expliqua-t-elle en illustrant approximativement la taille de la bestiole entre son pouce et son index.

— Et alors, qu'est-ce que ça donne ? s'impatienta Simon.

Diane se tut un instant, toisant le pédiatre. Puis elle reprit, comme agacée :

— Laissez-moi continuer ! Nous avons déjà ce matin de bonnes raisons de croire qu'il existe bien une séparation ultra-précoce de l'œuf en deux œufs distincts. La dénomination de 3GP que donne Lancaster au plus petit des deux me paraît fantaisiste, mais passons. Nous en obtenons une cartographie très précise en utilisant les fixations et colorations qu'il préconise.

À ce moment, une jeune femme de grande taille à l'allure athlétique, vêtue d'un pantalon Stretch et d'un chemisier cintré, fit irruption dans la pièce. Elle portait avec adresse un plateau qu'elle déposa sur le bureau vitré. Simon nota le regard déshabilleur de Diane sur sa collaboratrice, puis le clin d'œil qu'elle lui adressa lorsque celle-ci se retira.

Le café expédié, Diane invita Simon à visiter son laboratoire avant de se rendre dans la salle de microscopie optique d'où ils observeraient les premiers résultats.

Simon acquiesça, enthousiaste à l'idée de rencontrer *en chair et en os* ce 3GP encore ignoré de tous la semaine précédente. Tout en se levant, il consulta son vieux téléphone à clapet qu'il avait finalement retrouvé au fond d'un tiroir, dans l'attente de l'appareil équitable et durable commandé sur les conseils d'Anna. Pas de SMS, aucune nouvelle de la sauvageonne. Il pesta intérieurement de ne pouvoir accéder à ses e-mails et regretta de n'avoir pas opté pour un remplacement immédiat et à l'identique de son *iPhone*, quitte à passer aux yeux d'Anna pour un piètre consommateur.

Diane toussota :

— Un problème, Docteur Legrand ?

— Non, tout va bien, merci. Je réfléchissais.

Simon replaça le téléphone dans sa poche et suivit Diane dans l'ascenseur.

Le laboratoire se composait d'une grande pièce circulaire surmontée d'une verrière centrale hissée quinze mètres plus haut. Trois cents mètres carrés de surface formaient une rotonde qui donnait le sentiment de se trouver en plein air, tant la luminosité en emplissait l'espace. Dans les salles et les bureaux, portes ouvertes pour la plupart et disposés tout autour en étoile, s'affairaient chercheurs et techniciens vêtus de blouses blanches, munis de masques et de gants. Le cadre séduisait le pédiatre dont les yeux s'agrandissaient un peu plus à chaque pas. À en voir sa tête, il n'avait jamais rien visité de tel.

Diane Länder, de son côté, paradait, droite, telle une reine parmi ses sujets. Le son régulier de ses talons martelant le sol marbré annonçait la revue, maintes fois répétée. Elle présenta le pédiatre à son équipe comme un invité inestimable. Ce dernier savait parfaitement qu'un médecin clinicien est précieux aux yeux du chercheur qui développe de nouveaux traitements. Précieux, il l'est, parce que susceptible d'apporter ce dont le chercheur a besoin : le patient, ses organes, ses symptômes et les effets bénéfiques ou indésirables des médicaments testés. En contrepartie, le médecin sollicite le chercheur lorsqu'une maladie inconnue se présente à lui, afin d'en comprendre les mécanismes ainsi que la façon d'y remédier.

Simon souhaita une nouvelle fois qu'Anna ait été là, avec lui, dans ces lieux. Il la savait brillante. Pour échanger avec Diane certes, mais pas seulement. Il aurait aimé qu'elle fût là, tout simplement. C'est à cet instant que son téléphone vibra. Il pria son hôtesse de l'excuser et s'éloigna de quelques mètres. Son cœur s'emballa tandis qu'il parcourait le texto : *Atterrissage à Berlin prévu à 12 h 50. Quelle adresse ? Anna.*

Il trouva le message peu romantique, mais le fait était qu'elle arrivait ! Cela suffit à le réjouir. Il lui envoya l'adresse du laboratoire et ajouta : *Très heureux que tu viennes !*

Puis, rejoignant la biologiste, il se justifia :

— C'était Anna Mestrallet, la glaciologue qui a découvert le fragment à l'origine…

— Je sais qui elle est, le coupa Diane, exaspérée parce que Simon lui semblait n'avoir nul besoin de se justifier à propos de cette femme pour laquelle il avait de toute évidence le béguin. Vous m'avez déjà parlé d'elle. Et donc, Anna Mestrallet ?

— Elle arrivera vers 13 h 30. Je lui avais proposé de se joindre à nous, mais j'ignorais si elle accepterait mon invitation. Cela ne vous pose pas de problème, j'espère ?

— Bien sûr que non, aucun problème, répondit-elle en plissant le nez. Je vais prévenir l'accueil de son arrivée. Quelqu'un la conduira jusqu'à nous.

Elle reprit le cours de sa visite, non sans un détour par l'animalerie où les couinements de centaines de petits rongeurs se mêlaient à des gazouillis, pépiements et sifflements divers, témoins de l'intense activité sexuelle à laquelle ils s'adonnaient. Diane dut tirer Simon par la manche et littéralement l'arracher à son étonnement, quand elle estima son temps de contemplation suffisant. L'atroce odeur d'ammoniaque empestant les lieux fit le reste.

— Nous voici désormais devant la salle de microscopie optique. Elle est volontairement obscurcie pour une meilleure visualisation des lames, précisa-t-elle en y entrant. Vos yeux vont s'habituer.

La biologiste, après s'être assurée que le pédiatre l'avait suivie et entendue, s'approcha d'une paillasse sur laquelle étaient disposés plusieurs microscopes. Elle pria une assistante de lui apporter les préparations, des lames de verre sur lesquelles étaient fixées des coupes très fines de trompes utérines. Un profane n'y aurait vu qu'un piqueté de colorations roses et violettes. À Simon, cela rappelait les travaux dirigés d'histologie au cours desquels il avait observé au microscope la composition des cellules. Diane activa la descente d'un écran géant sorti du plafond.

— Vous pourrez ainsi visualiser en grand format ce que j'observe dans l'oculaire.

Quelques minutes plus tard, elle sélectionna quatre lames et les inséra adroitement sur la plateforme de quatre microscopes posés côte à côte, reliés chacun à une caméra.

— Encore un instant pour effectuer les réglages, et... c'est bon. Là, regardez ! Je vous montre rapidement la fécondation sur celle-ci, la libération du premier globule polaire sur celle-là, puis du second. Et, enfin, la dernière lame. Le voilà, notre troisième globule polaire, le 3GP ! Nous avons trouvé les bons marqueurs, de sorte qu'il n'a pas pu nous échapper.

Et à l'écran, en effet, brillait une toute petite cellule ronde pourvue d'un noyau violet foncé, tel un embryon de têtard dans sa gangue gluante. Le 3GP, son noyau, son cytoplasme réduit et sa membrane le délimitant, existait pour la première fois sous leurs yeux. Une autre cellule, dix fois plus grosse, y était encore accolée. L'embryon et son 3GP, tout comme la Terre et son satellite, la Lune.

Simon était fasciné. Il imagina un instant ce 3GP dévaler une pente et disparaître dans un monde incertain. *Elle est trop forte, cette Diane!* se dit-il. *Le révéler tout d'abord, le saisir ensuite, de surcroît avant sa chute, relève de l'exploit.*

Diane Länder en était l'auteure, elle le lui présentait sur un plateau.

— Magnifique, s'extasia-t-il, magnifique! Vraiment. J'imagine déjà sa photo dans le prochain numéro de *Nature*. Vous vous rendez compte de ce que cela représente pour l'espèce humaine? Et dire que nous produisons des petits doubles de nous-mêmes sans le savoir.

Diane aussi, triomphait, mais de manière moins démonstrative. Sans même lever la tête de son oculaire, sans se lasser de scruter le nouveau venu, elle arborait un sourire satisfait. Simon en fut sincèrement content lorsqu'il s'en aperçut.

— Un grossissement plus puissant en microscopie électronique, déclara la biologiste une fois ses esprits recouvrés, nous permettra, demain je l'espère, de préciser la composition du 3GP. On voit bien, déjà ici, que son cytoplasme est extrêmement réduit par rapport à celui de son jumeau. Leurs noyaux sont en revanche identiques, ils renferment le même ADN. Je ne vous apprends rien.

— Non, bien sûr. Mais ne croyez-vous pas que c'est justement l'état de son cytoplasme, quasi dénué d'eau, qui autoriserait une durée de conservation du 3GP dans la glace aussi exceptionnelle?

— C'est possible, affirma la biologiste, évasive. Mais c'est un peu tôt pour l'affirmer, il faudra le démontrer.

En rejoignant le bureau de Diane, Simon dévoila la théorie qu'il avait élaborée avec Anna. Selon eux, la nature n'ayant pas pour habitude de gâcher des atomes et de l'énergie, le 3GP avait probablement un rôle à jouer. Ils avaient réfléchi à son mode de conservation et à sa réimplantation naturelle dans l'utérus d'une femme, une autre femme que sa mère. Car le cycle du 3GP pouvait aboutir, dans certaines conditions, à la naissance d'un enfant, comme tendait à l'attester l'existence de Maïssa. La raison d'être du 3GP restait cependant un mystère, un de plus, à élucider.

— Vos hypothèses se tiennent, Simon, confirma Diane qui, de son côté, commençait à mesurer l'ampleur de leur découverte et se demandait vers quelle sorte de révolution celle-ci pourrait bien les mener.

Simon flatté, mais surtout encouragé, s'empressa de la relancer :

— De quoi, selon vous, aurait besoin ce 3GP pour se développer ?

— Un corps prêt à le recevoir, vous l'avez dit, un peu comme ce que nous favorisons lorsque nous réimplantons, en PMA, des embryons fécondés in vitro. Il sera cependant difficile de le prouver tout de suite. Et attention, n'allons pas, tel Lancaster, grossir les rangs de ces chercheurs qui passent pour des farfelus.

Haussant les épaules, Simon, tout à son raisonnement, poursuivit :

— Des facultés d'adhésion ou des accroches efficientes, voilà ce dont il a besoin ! Le 3GP se serait, en quelque sorte, équipé de crampons ou d'un piolet au cours de son voyage.

Le pédiatre était exalté par ce qu'il décrivait, comme s'il en avait lui-même endossé le costume.

— En effet, si le petit 3GP chute, ainsi que le décrit Lancaster, c'est peut-être qu'il lui manque ces facultés ou si vous préférez, cet équipement. Ce que vous avancez là me donne une idée.

Installée dans son fauteuil, la chercheuse berlinoise se concentra, fermant les yeux, un doigt sur sa bouche. Simon comprit qu'il devait se taire. Un silence pesant s'installa. Jusqu'à ce que, subitement, Diane s'animât et se mît à frapper frénétiquement sur les touches de son clavier d'ordinateur. Puis, elle tourna son écran vers lui, affichant l'image d'un petit arbuste épineux et annonça :

— On a découvert tout récemment une molécule sécrétée par cette plante envahissante. Une substance naturelle, très volatile, qui intéresse des laboratoires pharmaceutiques parce qu'elle favoriserait la procréation. Ils en ont très vite écrit la formule et peuvent désormais en fabriquer.

— Ne s'agirait-il pas du *proclomifènide* ? suggéra Simon, fier de ne pas être en reste. Florent Baratier m'a rapporté qu'elle avait suscité un vif intérêt lors du dernier congrès mondial d'obstétrique à Hanoï. Elle permettrait, selon lui, d'améliorer la nidification de l'embryon et de diminuer les fausses couches.

— C'est exact, vous m'épatez, Docteur Legrand ! Je vous le disais à l'instant, j'ai là une idée qui devrait vous séduire. Mais avant toute chose, je dois me procurer ce *proclomifènide.*

Et sans plus attendre, Diane Länder s'activa. Bien entendu, elle savait exactement où en trouver. Un gros laboratoire pharmaceutique en synthétisait à Berlin même. Elle consulta son répertoire de contacts sur son smartphone, tandis que Simon se levait pour se servir un verre d'eau pétillante. Il proposa d'aller acheter des spécialités à grignoter.

Mais Diane n'écoutait déjà plus, obnubilée par son nouveau projet.

Simon ainsi s'échappa, songeant qu'il lui faudrait être de retour avant l'arrivée d'Anna. Dans la rue, l'odeur âcre du bitume remplaça celle, aseptisée, du laboratoire. Le temps de rejoindre la boulangerie au coin de la Friedrichstrasse, son regard fut attiré par la une des journaux internationaux exposés sur le présentoir d'un kiosque. *Die Zeit* titrait : « Die Vaskulitis-Epidemie erfasst die meisten Städte ». *The Times*, quant à lui, affichait : « Is the world in the grip of a new scourge ? 1,300 dead in the USA, 950 dead in Europe, 1,800 in Asia since the beginning of the year ». *Le Monde*, enfin, s'affolait : « L'OMS en alerte, une vascularite qui tue ».

Tous les médias s'emparent du problème, c'est plutôt bon signe, se dit Simon tout en lisant un encart du quotidien français : « Il est temps pour la communauté internationale de se pencher sur cette nouvelle menace. Les lanceurs d'alerte n'ont, une fois de plus, pas été suffisamment pris au sérieux, on ne peut que déplorer le retard de la prise de conscience des pouvoirs publics. »

Simon se souvint qu'à peine trois ans plus tôt, quand les médecins avaient cherché à comprendre ce qui tuait Maïssa, aucun n'avait envisagé que ce mal pût se répandre par la suite. Cette maladie, tous les scientifiques l'avaient admis, n'était ni d'origine infectieuse, ni contagieuse.

Un peu plus loin, la devanture alléchante de la boulangerie dissipa ses pensées.

À presque 13 h 15, Simon franchissait de nouveau la porte du bureau de Diane, les bras chargés de victuailles.

— Eh bien ! plaisanta celle-ci en relevant la tête et en lui indiquant un coin de son bureau, vous avez rapporté de quoi restaurer l'ensemble de mon équipe, ou bien vous comptez m'engraisser afin de m'épuiser avant ce soir ?

Simon, amusé de la remarque, répondit sur un ton joyeux :

— Non, je sais simplement que vous n'acceptez pas mes invitations au restaurant. Alors, j'ai pris les devants.

— Je vous rappelle, au fait, notre footing à 17 heures. Sachez aussi que nous tenons notre molécule test, le *proclomifènide*. Je m'en suis procuré, ajouta-t-elle sans lui laisser l'occasion de décliner le rendez-vous sportif.

Elle lui fit part de ses réflexions. Aussi, plutôt que de s'intéresser à la réimplantation du 3GP voyageur, avait-elle imaginé un raisonnement inverse, plus simple à vérifier. À savoir, identifier la façon dont le petit 3GP tout juste conçu s'y prendrait pour s'agripper, si on lui donnait la possibilité de ne pas chuter. Elle proposa ainsi de tenter une deuxième série d'expériences en soumettant dès à présent un lot de souris *Dropsis* au *proclomifènide*, puis d'en observer les effets sur la structure du 3GP et notamment sur sa membrane. *C'est là toute l'étendue du pouvoir de cette femme !* médita le pédiatre, impressionné par autant de réactivité créative. *Elle pense quelque chose, elle peut le confirmer ou l'infirmer dans l'heure, tant elle a de moyens à sa disposition, et elle passe ensuite à l'étape suivante.*

— Et quand aurons-nous les résultats? hasarda-t-il.

— Difficile à dire, dans la soirée, demain au plus tard.

— Parfait. Je vois que rien ne vous résiste.

Sur ces mots, la professeure se leva, fit le tour de son bureau et s'approcha de lui comme si elle s'apprêtait à lui délivrer une confidence. Elle l'effleura seulement du dos de sa main et piocha par-dessus son épaule un bretzel au sésame.

C'est précisément à cet instant qu'Anna Mestrallet poussa la porte du bureau de Diane Länder. Et qu'à la surprise des deux protagonistes, elle la claqua aussitôt, sans aucune retenue. La jolie brune s'était éclipsée aussi vite qu'elle était apparue.

— Anna! s'écria Simon en repoussant sa chaise.

— Qu'est-ce qu'il lui prend?

Le pédiatre, un peu confus, s'excusa et courut derrière la jeune femme. Il dévala quatre à quatre les marches des cinq étages. Avec un train de retard cependant. Tandis qu'il parvenait au rez-de-chaussée, Anna avait déjà filé dans la ville.

Dépité, il se résolut à remonter au laboratoire.

— Alors?

— Échappée!

— Des enfantillages, vous ne trouvez pas? Je vais, pour ma part, procéder au lancement de la nouvelle série d'expériences.

— Écoutez, Diane, je fais une pause! Je rentre à mon hôtel et je vous retrouve ici vers 16 h 30.

Simon laissa tout en plan et quitta le bureau tandis que Diane, déjà, se penchait sur son clavier. Il marcha d'un pas chancelant jusqu'à l'hôtel InterContinental, se moquant bien de l'air sec et glacial lui cinglant le visage.

À la réception, il demanda à tout hasard si sa collaboratrice dénommée Anna Mestrallet avait retenu une chambre. Aucune réservation n'était enregistrée à ce nom. Simon consulta sur l'ordinateur réservé à la clientèle la liste des vols du jour à destination de la France. L'un d'eux correspondait à sa requête mais il affichait « complet depuis deux jours ». Il ne trouva pas davantage de trains en partance dans la soirée. La fugitive se terrait donc quelque part dans Berlin. À court d'idées, Simon monta dans sa chambre pour réfléchir.

La vibration de son téléphone posé sur le lit l'alerta. Un message de Diane lui indiquait de ne pas oublier ses affaires de sport. *Elle est tenace celle-là !* grommela-t-il. Dans la foulée, un autre message, expédié par Armelle Lanzmann : *Qu'est-ce qui se passe à Berlin ? Anna a l'air folle de rage.*

Simon l'appela sur-le-champ et lui relata l'arrivée remarquée d'Anna, puis sa fuite aussi soudaine qu'incompréhensible.

— La situation est délicate certes, mais pas désespérée. Anna hésitait à te rejoindre à Berlin. Avec Julie, on l'a un peu poussée. Nous pensons que ses sentiments pour toi l'effraient. Un peu comme ce que ressentirait quelqu'un qui doit se jeter du haut d'un pont parce que ses amis lui ont offert un saut à l'élastique. Anna a bien voulu tenter l'expérience mais peut à tout moment décider de renoncer.

— En guise d'expérience, c'est plutôt raté, alors !

— Anna est une rebelle, et gagner sa confiance n'est pas simple. Elle renoncera à vouloir tout maîtriser uniquement si elle a déjà éprouvé sa confiance en toi.

Malheureusement, Anna n'avait donné à Armelle aucune indication sur le lieu où elle se trouvait, ni sur ses intentions.

— Je crois qu'elle n'a jamais mis les pieds à Berlin, précisa Armelle. Elle va, si tu veux mon avis, chercher à s'apaiser dans un lieu calme.

Elle souhaita bonne chance à Simon et lui promit de l'appeler si elle avait des nouvelles. Sceptique, elle ajouta toutefois d'une voix angoissée :

— Simon, il est peu probable qu'elle te donne signe de vie. J'espère seulement qu'elle acceptera de nous voir avec Julie, avant son départ pour la Bolivie. Peut-être que, dans quelques jours, elle reprendra le cours de sa vie, imperturbable, murée dans une solitude qui, je te l'avoue, m'inquiète un peu.

— Comment ça, son départ pour la Bolivie ? s'étonna le pédiatre, d'autant plus anxieux à l'idée de ne plus revoir Anna. Écoute, Armelle… Je vais me débrouiller pour la retrouver.

Simon s'allongea sur le lit après avoir lâché son téléphone d'un geste las. Il se pétrit le visage et soupira. Il était partagé entre courir les rues de Berlin à la recherche de la belle, ou la laisser gérer sa solitude sans s'en mêler. Machinalement, il étendit le bras pour attraper le magazine de l'hôtel et entreprit d'en feuilleter les pages. Celles-ci vantaient les mérites de Berlin : Alexanderplatz, la porte de Brandebourg, Checkpoint Charlie, Kreuzberg, Mariannenplatz… Cette ville regorgeait de monuments et de musées chargés d'Histoire. L'un d'eux aurait-il trouvé grâce aux yeux d'Anna ?

Un encart attira son attention. Cinq lignes indiquaient que la photographe Stéphanie Nelson présentait ses clichés dans une exposition temporaire au Postfuhramt sur Oranienburger strasse. Simon saisit aussitôt sa veste, son téléphone ainsi que la revue providentielle, et se précipita. Il s'engouffra dans un taxi et tendit au chauffeur la page qui mentionnait la galerie. Ce dernier comprit, à la mine déconfite de son client, que celui-ci jouait là son va-tout. Aussi s'affranchit-il de la course à travers le centre-ville sans le moindre détour.

La voiture le déposa au pied d'une imposante bâtisse en briques vernissées rouges et jaunes, aux fenêtres en arc et flanquée d'une monumentale porte d'entrée surmontée d'une tour hexagonale.

Simon remercia le chauffeur pour sa diligence, régla la course et emprunta les marches d'un large escalier recouvert d'un tapis vert délavé. Il acheta un ticket et rejoignit l'exposition, trois étages plus haut.

Ce fut ici qu'il la trouva.

Anna était là, seule au milieu de la grande pièce qui tenait lieu de galerie, assise sur une banquette en mousse couleur orangée. Elle semblait absorbée par des clichés de paysages sauvages de Norvège encadrés de noir et mis en valeur par des faisceaux lumineux venus du plafond et du parquet.

Simon, soulagé, prit le temps de souffler et de la contempler. Anna se présentait de trois quarts dos. Elle portait un trench en laine chinée noir et blanc et ses boucles brunes en recouvraient partiellement le col relevé. Quelques-unes échappaient à toute volonté d'ordonnancement. La jeune femme avait les genoux croisés sur de belles jambes chaussées de bottines noires. Il s'en approcha doucement, sans présumer de sa réaction, sans qu'elle ne manifestât de surprise. Lorsqu'il l'enveloppa de ses bras et posa sa tête tout contre la sienne, elle ne s'envola pas. Il ferma les yeux et respira pour la première fois le parfum de la rebelle.

Tous deux gardèrent le silence de longues minutes, comme s'il avait été convenu de se retrouver ainsi, devant une photographie qu'Anna était venue chercher. C'était celle d'une petite Scandinave en maillot de bain une pièce, les cheveux très blonds rassemblés en queue-de-cheval, qui se tenait assise, isolée, recroquevillée au centre d'une plage bordée par une forêt. Une plage déserte recouverte de galets et de varech échoué çà et là. Cette enfant à l'allure déterminée semblait étudier la mer froide et même hostile. Qu'attendait-elle au juste ? Simon tentait de l'imaginer. Sans doute, face à cette œuvre, ils cherchaient, eux aussi, ce qui les unissait et ferait de cet instant, le point d'ancrage de leur histoire.

Anna se retourna et regarda longuement le visage clair de Simon, que ses yeux noirs animaient d'un jour nouveau. Elle sut y déceler la mélancolie doublée d'une solidité et d'une sincérité qui l'effrayèrent moins qu'elle ne l'avait présagé. Cette vision chassa celle du visage de sa mère qu'elle s'évertuait à se remémorer depuis près de vingt ans d'absence. Elle devina certainement dans les prunelles lumineuses et profondes de cet homme une place pour elle auprès de lui, parce que l'instant d'après, elle lui donna un doux baiser.

— Allons marcher un peu, suggéra Simon en lui prenant la main, je crois que ça nous ferait du bien.

— Tu as raison, je n'ai encore rien vu de cette ville. Comment as-tu fait pour me retrouver?

Simon s'était rappelé la revue de photographie qu'Anna avait tendue à Armelle lors du week-end précédent, au Freyssinet. Il avait alors seulement entraperçu le nom de la photographe norvégienne, un nom qui avait ressurgi en parcourant le magazine de l'hôtel. Puis, tout naturellement, il avait suivi cette piste.

La jeune femme envoya un SMS à Armelle afin de la rassurer. Et comme la nuit tombait, elle annonça d'une voix timide:

— Je mangerais bien quelque chose, je n'ai rien avalé depuis hier soir. Tu as une idée?

— Peu m'importe, tant que tu ne t'échappes plus, plaisanta Simon. Mais d'abord, je te réserve une chambre.

Ce qu'il s'empressa de faire en tapotant un numéro sur son téléphone.

Anna ne protesta pas. Elle s'en amusa même. Ils traversèrent le quartier de Kreuzberg, repère de squats épargnés par la rénovation, puis empruntèrent, en direction de l'est, la rue Mariannenstrasse illuminée de décorations de Noël. De temps à autre, ils croisaient la Spree dont les eaux noires coulaient à contresens. Ils longèrent d'immenses usines désaffectées qui, tard dans la nuit, se transformeraient en dancings et où régneraient jusqu'au matin tous les excès au son d'une musique techno. Ainsi, les lieux devenaient fantastiques, tandis que l'obscurité s'installait.

Anna et Simon aperçurent, en bordure d'un canal étroit émanant de la rivière, un tripot unique, de ceux qu'on rencontre par hasard et qui convenait parfaitement aux circonstances. Une guinguette discrète, faiblement éclairée par trois lanternes et comme ouverte pour eux seuls, avec des murs vieillis peints d'ocres rouges ou dorés et un mobilier authentique fait de bric et de broc. La dame qui les accueillit leur proposa une table près de la fenêtre, avec vue sur une terrasse certainement très appréciée aux beaux jours. On devinait l'eau calme s'écouler au pied du muret.

Ils ne parlèrent pas de Diane Länder. Ils n'évoquèrent pas plus le 3GP, lui qui, pourtant, les avait réunis.

Le canal frissonna imperceptiblement lorsque les tourtereaux vinrent y lancer des cailloux en respirant l'air frais de sa berge. De retour à l'hôtel InterContinental, Anna consentit tout juste à donner à Simon un autre baiser avant de rejoindre sa chambre, située en face de la sienne.

CHAPITRE 26

Berlin, Allemagne.

Le lendemain matin, le pédiatre, le pas léger et la mine radieuse, retrouva Anna déjà attablée dans la salle de petit déjeuner de l'hôtel.

— Bonjour Anna. Tu as bien dormi ?

— Mmmh, acquiesça-t-elle, le regardant de ses yeux bleus insondables. Et toi ? Le matelas était-il aussi confortable que la dalle sous l'auvent du chalet ?

— Oui, mais j'ai eu plus de mal à m'endormir, avoua Simon en s'asseyant en face de la jeune femme. Je pensais juste un tout petit peu à toi. Étrange, non ?

— Sans blague ! C'est tout ce que tu trouves à dire ? Comme plan drague, ce n'est pas très original.

Quoi qu'en disaient ses amies, Anna trouvait peu judicieux de se lancer maintenant dans une aventure qu'elle pressentait autrement plus dangereuse que toutes celles qu'elle avait connues. Le romantisme de leur soirée lui laissait encore une sensation délicieuse, comme si un chocolat raffiné fondu sur la langue avait enveloppé ses papilles d'une suave amertume, des minutes ou même des heures durant. Cela, elle en convenait parfaitement et elle aussi s'était endormie troublée.

— Sans blague, oui ! Je suis resté comme un con dans ma chambre. J'avais très envie de te rejoindre.

Simon avait l'impression de se jeter dans une eau trouble, ou glacée, ou les deux. Et comme personne ne lui envoyait de bouée, il changea de sujet, espérant ainsi maintenir sa tête hors de l'eau. Il reparla de Lancaster, des expériences de Diane et de l'observation du 3GP qui concrétisait un peu plus la thèse d'un lien entre Maïssa et la femme du Kilimandjaro.

Son esprit encore empreint de la douceur du chocolat, Anna se plaisait à regarder l'homme assis devant elle s'animer et rassembler les éléments de réponse à leur énigme improbable. Elle imaginait son cerveau s'agiter en tous sens derrière ce visage enthousiaste, placer là des informations glanées, ici des certitudes et autres conjectures, tentant d'établir entre elles les plus parfaites connexions.

En réalité, jamais la jeune femme ne s'était laissée aller à éprouver quelque sentiment à l'endroit d'un homme. Elle avait su prévenir le moindre attachement à ses amants de passage, dès lors qu'il s'en était manifesté un, ne serait-ce qu'un tout petit.

— Tu sembles vraiment apprécier Diane, l'interrompit-elle. Je veux dire, vous étiez si proches quand je suis arrivée. Et puis, je crois que tu n'as pas vu comme elle te collait.

Anna Mestrallet, semble-t-il, découvre aujourd'hui ce qu'est la jalousie, songea Simon.

— Anna, dit-il en poussant sa tasse de café sur le côté tout en approchant son visage du sien, j'apprécie son professionnalisme, sa vivacité et, oui, je suis impressionné par tout ce qu'elle est capable de mettre en place du moment qu'elle l'a décidé. Pour le reste, ce serait plutôt à moi de m'inquiéter. Ta silhouette trop craquante ne manquera pas de l'intéresser bientôt, tu verras.

Anna ne put réprimer sa surprise et faillit s'étouffer. Simon, quoiqu'un peu embarrassé, se tut et la contempla longuement, sans plus mot dire.

Vingt minutes plus tard, ils quittaient l'hôtel pour gagner le laboratoire, marchant côte à côte, traversant de part en part le parc que déjà les joggeurs sillonnaient. Lorsqu'ils parvinrent au dernier étage du laboratoire Ollendorf, Diane Länder, fidèle à elle-même, leur souhaita une bienvenue formelle. Elle examina toutefois Anna de la tête aux pieds avec une curiosité non dissimulée.

La conversation s'engagea sur les coupes de 3GP obtenues après l'accouplement et le sacrifice programmé des petites souris *Dropsis*. Simon savait que l'équipe berlinoise les avait étudiées sous toutes leurs coutures.

— Et, qu'a donné cette deuxième série d'expériences avec le *proclomifènide*? s'enquit-il, vivement intéressé. Votre équipe a-t-elle déjà des résultats?

— Mon équipe a opéré une partie de la nuit. Une technicienne doit me rappeler dès que les nouvelles lames seront prêtes.

De son côté, Anna commençait, elle aussi, à réaliser la démesure du travail accompli. Les moyens dont Diane disposait ainsi que la mise en œuvre de leur projet en un temps si court lui paraissaient, elle se l'avouait maintenant, considérables. Cette femme avait de quoi séduire plus d'un visiteur.

Diane expliqua en des termes simples le protocole qu'elle avait conçu. Ses assistants avaient vaporisé du *proclomifènide* dans les cages d'un premier lot de souris afin que celles-ci le respirent. Un deuxième lot avait servi de témoin. Elle avait ensuite chargé son équipe d'observer les premières étapes de la gestation des femelles qui, rappela-t-elle, ont des portées limitées à un seul embryon, un seul souriceau si la gestation est menée à son terme.

— Toujours selon le même procédé? demanda Simon, qui appréhendait la réaction d'Anna.

Diane confirma le sacrifice des femelles, à raison d'une toutes les dix minutes, la seule façon, selon elle, d'observer en temps réel la migration du 3GP.

— Mais c'est horrible ! s'indigna la glaciologue qui comprenait au bord de la nausée, ce que ces expériences impliquaient de condamnable.

La porte s'ouvrit alors et la collaboratrice au chemisier cintré remit entre les mains de Diane un document plié en deux. Le regard ostensiblement soutenu entre les deux femmes n'échappa pas à Anna qui lança un sourire complice à Simon. Son assistante repartie, Diane s'empressa de parcourir la missive. Elle laissa éclater un rire triomphant, de ceux qui sont réservés aux grandes victoires. Les deux autres, estomaqués par tant de démonstration, restèrent suspendus à ses lèvres. Cela, en effet, ne lui ressemblait guère.

La sulfureuse biologiste ne put réprimer une certaine fierté lorsqu'elle annonça d'une voix assurée :

— Nous avons réussi ! Chez les femelles exposées au *proclomifènide*, le taux de gémellité dans les portées avoisine les cent pour cent alors qu'il est à peine de deux pour cent chez les témoins non exposés. Vous savez ce que cela signifie ? Dans le premier cas, il semblerait que les petits 3GP se soient fixés au côté de leur jumeau, alors que dans le second…

— Ils ont chuté ! souffla le pédiatre.

Et, agitant sous leurs yeux le document auquel était agrafé un cliché photographique, Diane proposa à Simon et Anna d'aller sans plus attendre visualiser les lames que son équipe avait préparées.

— Vous allez être surpris ! dit-elle.

Diane Länder, théâtrale, savait parfaitement ménager ses effets, se plut à songer Anna.

Dans la salle dédiée à la microscopie électronique, la biologiste les pria de prendre place et, comme au cinéma, de se tourner vers l'écran qui occupait à lui seul la totalité du mur.

Aussitôt, le monde de l'infiniment petit leur apparut.

— Voici une coupe de la membrane du 3GP, indiqua Diane. Simon, nous sommes d'accord, le grossissement est mille fois supérieur à ce que nous avons vu hier en microscopie optique. Et Anna, faites-moi penser à vous présenter tout à l'heure le 3GP tel que Simon l'a découvert hier, dans sa totalité.

Aussi, scrutant l'écran de ses yeux affûtés, Diane poursuivit :

— Le 3GP a une enveloppe très mince qui mesure un peu moins de dix nanomètres d'épaisseur. Anna, pour vous la représenter, c'est dix mille fois plus mince qu'une fine pelure d'oignon. J'améliore la mise au point. Nous pouvons observer, je le découvre pour ainsi dire avec vous, à droite, la membrane d'un 3GP témoin, non soumis au *proclomifènide* et, à gauche, le 3GP au même stade de développement, après tout juste douze heures d'exposition à cette molécule. Voyez-vous des différences ?

Anna avait beau écarquiller les yeux et s'évertuer à rechercher une quelconque anomalie, elle n'en décela aucune entre les deux images. D'ailleurs elle avait toujours détesté le jeu des 7 différences.

— Là, en haut à droite, essaya Simon qui, après s'être levé, indiqua un point précis sur l'écran, peu certain cependant d'y voir très clair.

En élève studieux qu'il avait été, il misait toutefois sur ses acquis et son intuition, persuadé au fond que peu d'informations lui échappaient.

— Eh bien, non ! s'esclaffa Diane, vous avez faux. Ce que vous me montrez est parfaitement normal, une variante tout au plus. Mais il y a bien quelque chose en bas et à gauche, sur la coupe de gauche, du côté extérieur de la membrane.

Elle leur montra à l'aide d'un curseur l'endroit où ils devaient concentrer.

— Regardez, c'est ici ! annonça la chercheuse, comme transportée.

Elle décrivit dans un premier temps les deux feuillets lipidiques que comportait cette membrane. C'était une membrane identique à celle de n'importe quelle cellule vivante. À l'exception d'une zone qu'elle pointa.

— Ce double feuillet, voyez-vous, ici, est interrompu par une grosse protéine à l'allure d'une tique, de celles bien gorgées de sang qu'on enlève aux chiens ou même aux enfants après une balade en forêt. Une sorte de boule. Elle est pourvue d'un petit crochet bien acéré, tourné là, vers l'extérieur. Vous la visualisez, maintenant ? Dans notre jargon, on appelle cela un pseudopode, pseudo pour « qui passe pour », pode pour « pied ».

— Un pied griffu, autrement dit, suggéra Simon, comme si notre 3GP soumis au *proclomifènide* s'était équipé d'un crampon qui lui permettrait de s'accrocher, tel l'alpiniste à l'assaut d'un sommet.

— Oui, chacun ses références, approuva Diane.

— En effet, maintenant je le vois bien. Un pseudopode, c'est évident sur la coupe de gauche. Rien sur celle de droite, parce que, je suppose, non activé, la souris n'ayant pas été exposée au *proclomifènide*.

Dans la pénombre de la pièce, tous trois, émus, fixaient les images de leurs yeux encore incrédules. Ils commentèrent chaque détail du 3GP, sa membrane, mais aussi sur d'autres lames que la biologiste avait demandées, son noyau et puis son cytoplasme.

Diane Länder, se projetant en futur prix Nobel, se félicitait à haute voix d'avoir pu démontrer l'existence du 3GP, ainsi que son aptitude à s'accrocher aux parois de l'utérus. Cela leur permettait d'envisager la suite de son cycle, sa réimplantation dans le corps d'une femme à l'issu de son incroyable périple.

Certes, il demeurait encore bien des mystères à résoudre. Quels facteurs par exemple pouvaient bien favoriser son retour dans une matrice ? Quel était, dans la nature et non plus en laboratoire, l'activateur du pseudopode ? Pour Diane Länder, cette découverte ouvrait un nouveau champ de recherche. Il lui faudrait valider toutes les hypothèses avancées. Et déjà, elle ébauchait dans sa tête des protocoles visant à étudier la conservation et la réimplantation des 3GP.

Simon, quant à lui, pensait à Maïssa, à l'épopée de ses origines, au parcours du minuscule 3GP depuis qu'il avait quitté, onze mille ans plus tôt, sa sœur jumelle, la femme du Kilimandjaro, encore à l'état d'œuf microscopique. En définitive, tout aurait donc tenu à un pseudopode, ce petit crampon qui avait sans doute permis à la Maïssa en devenir, de s'arrimer.

Le 3GP voyageur ainsi se cramponne, cet embryon se développe, ses cellules se multiplient, se différencient : elles donnent ici un cœur, un cerveau, et là un abdomen, des bras, des jambes, un sexe. Il puise, dans le placenta bien ancré à la paroi de l'utérus, les nutriments et l'oxygène indispensables à sa croissance. Jusqu'à sa naissance.

Maïssa avait vécu et tous deux avaient été heureux. Elle lui avait écrit de poursuivre sa route. Et maintenant, c'était Anna qui était à ses côtés, bien réelle. C'était même elle qui l'avait entraîné dans cette quête.

Simon eut à l'égard de la jeune femme un élan de tendresse empreint de candeur. Il lui prit la main et, encore émerveillé, désigna de l'autre, le 3GP à l'écran.

— Nous avons des progrès en lecture de lames sous microscope, n'est-ce pas, Anna ?

Celle-ci se contenta de lui rendre distraitement son sourire, le regard attiré par une tout autre chose que la grosse protéine en forme de tique.

— À quoi correspond cette zone plus sombre ? questionna-t-elle à l'attention de Diane, en l'indiquant de son doigt sur le cliché projeté.

— Vous avez l'œil, Anna ! répondit aussitôt la spécialiste. Il s'agit sans doute de la partie de la membrane où s'est précisément terminé le processus de séparation du 3GP de son œuf jumeau. Un peu comme l'ombilic, le nombril si vous voulez, une sorte de cicatrice.

Un silence s'ensuivit. Silence au cours duquel les questions défilèrent dans la tête d'Anna.

Cette petite marque brune, au fait, cette tache de naissance… Si, en réalité, elle était le reliquat de ce qui jadis m'attachait à ma jumelle ?

Une tâche issue d'une infime partie de la membrane par laquelle ma sœur, mon 3GP, s'est peut-être détachée. Qu'est-il devenu, ce double ? Et si j'étais moi-même un 3GP ?

Anna, Simon aussi, tous trois en fait, avaient été traversés par les mêmes pensées.

La biologiste rompit toutefois cette hébétude.

— On peut saluer le génie de Lancaster. Quel dommage qu'il ne soit plus ici pour savourer ces résultats !

— En effet, dit Anna, mais n'est-ce pas toujours un peu comme ça ?

Selon elle, une vie de chercheur suffisait rarement à prouver qu'une intuition était la bonne. Il en fallait parfois plusieurs. Et puis, d'un seul coup, la somme des recherches aboutissait à quelque chose. Une somme de découvertes insignifiantes, alliées à des événements parfois aléatoires comme l'arrivée inopinée de cette femme du Kilimandjaro.

— Quand je pense que je ne l'aurais jamais exhumée, si je n'avais souhaité expliquer à Tania, ma doctorante, comment procéder au découpage de la glace…

Diane, pour sa part, songeait à cet heureux concours de circonstances qui avait, en outre, permis à la belle Anna de rencontrer Simon. Car même si elle ne le laissait pas paraître, elle n'avait évidemment rien manqué du manège de ces deux-là.

Et, brusquement, la main de Simon lâcha celle d'Anna et il s'effondra sur sa chaise, le teint soudain blafard. Anna parvint à le soutenir alors qu'il s'écroulait, devenu mou comme un pantin.

— Simon, que se passe-t-il ?

— Ma tête, la chute je crois, bredouilla-t-il, l'avalanche…

Son visage virait au gris. Il perdit connaissance. Diane s'était déjà empressée d'allumer la pièce et appelait à l'aide.

Les deux frères avancent nonchalamment dans sa direction. Ils échangent entre eux dans une langue qu'ils semblent seuls à connaître. Une conversation qui ne concerne qu'eux, à l'évidence. C'est leur ressemblance qui, avant tout, frappe Simon. Deux êtres identiques, grands et beaux, coiffés de quelques millimètres de cheveux bruns, une barbe naissante, la peau mate, brunie par le soleil, et la démarche paisible. L'un s'exprime à grand renfort de mots et de gestes élégants. Sa main aux longs doigts délicats paraît prolonger sa parole et diffuser sa pensée avec grâce. L'autre, attentif à son double, observe chacun de ses mouvements, acquiesçant de la tête, lâchant ici ou là un propos aérien, riant discrètement, reprenant, complétant, terminant l'idée de l'autre. Simon a cessé toute activité. Il ressent une sorte d'injonction formelle à contempler ces oiseaux rares, tandis qu'il se laisse subjuguer par leur langage. Par tant de beauté, aussi. Et pour cause, les deux jeunes gens viennent d'une terre lointaine, une terre chaude couverte de sable fin, couleur de feu.

Comme il les interpelle, ils lui répondent dans sa langue, qu'ils étudient avec passion. Ils brillent sans même s'en rendre compte, réussissant là où tant d'autres échouent. Et ils raflent les premières places d'un concours qui en offre peu, un concours où communiquer l'un avec l'autre relève de l'impossible, à moins, justement, d'avoir accès à ce langage inconnu. Ils disent à Simon que leurs rêves sont doux, qu'ils aiment leurs amis et que leur vie, en somme, leur convient. Les deux frères poursuivent subtilement leur dialogue, cet échange non verbal, alors même qu'ils parlent avec lui. Des regards, des sourires de connivence, des gestes simples les maintiennent en contact mutuel. Simon remarque, ici leurs mains se frôler, là une allusion – par un clin d'œil complice – à la jolie fille qui passe, que tous deux ont aperçue, détectant avant tous, le même détail, la même perturbation dans leur environnement. Comme si leurs sens leur donnaient à comprendre et décrypter, mieux que quiconque, les subtilités de ce monde, qu'elles soient infiniment légères ou bien démesurément destructrices.

Ils sont unis par quelque force dont lui, Simon, seul, ne peut disposer. Eux, sont deux. Ils sont, pense-t-il, une réponse singulière, synergique, à la folie de ce monde, à ses passions inavouées. Comme si leur osmose, depuis l'instant où leur père et leur mère se sont aimés, leur avait accordé une aptitude hors du commun au discernement, une résistance unique face à l'adversité. Une alchimie qui les unit et que les autres n'ont pas. Comme si leurs gènes communs, doublés d'une proximité puissante et précoce, les avaient rendus plus forts. Tellement plus forts...

Lorsqu'il veut en savoir davantage, les jumeaux ont disparu. Son champ visuel se brouille. À cet instant, il songe que lui aussi, lui, Simon Legrand, a connu ce langage. Il y a de cela bien longtemps...

— Simon ! Simon, regarde-moi ! implorait Anna, paniquée.

Elle l'avait allongé sur le sol et avait placé un coussin sous sa tête. Elle lui maintenait les jambes surélevées tout en continuant de lui parler.

En réalité, elle était surtout bouleversée. Non parce qu'elle craignait une quelconque gravité, un hématome ou une épilepsie, mais parce qu'elle comprenait simplement, en cet instant précis, qu'elle aimait terriblement cet homme. Cette chimie si particulière, selon elle, à l'origine de cet attrait irrésistible, infiltrait désormais chaque parcelle de son esprit. Elle réalisait là que sa volonté seule ne suffirait pas à colmater la brèche par laquelle s'écoulait à grands flots cette alchimie de l'amour totalement déroutante, non maîtrisable et sans résistance opposable.

Déjà, Simon émergeait, lent et confus. Anna avait son visage penché au-dessus du sien, ses boucles brunes venant lui caresser les joues, ses yeux emplis d'inquiétude et d'interrogation. Diane se trouvait juste derrière elle et une autre personne, qu'il ne connaissait pas, lui serrait le poignet à la recherche de son pouls.

— Ça va aller, j'ai juste besoin d'un comprimé pour soulager mon mal de tête. Vraiment, ça va aller, je vous assure.

— Tu devrais faire un scanner, suggéra doucement Anna. Ta chute a peut-être causé un saignement dans ton cerveau.

— Pourtant, cette chute, je croyais que ce n'était pas grand-chose ! s'étonna Diane, qui n'avait pas perdu un mot de la conversation.

Anna lui raconta l'avalanche et la chute de Simon tandis que ce dernier entreprit de s'asseoir, esquissant un sourire, un peu piteux cependant. Il accepta le verre d'eau, puis le cachet que lui tendait Diane. Celle-ci lui proposa de le conduire à l'hôpital pour un examen, mais Simon déclina, mettant cet épisode sur le compte d'une fatigue passagère.

— Dans ce cas, il est temps d'aller déjeuner, dit la biologiste d'un ton impérial. Comme vous le dites, vous les Français, rien ne vaut un bon repas pour se remettre de ses émotions. Je vous invite dans l'un des meilleurs restaurants de Berlin et je ne veux entendre aucune protestation.

Trente minutes plus tard, les trois scientifiques prenaient place autour d'une table joliment dressée. Le repas fut léger, accompagné d'un verre de vin blanc qu'avait choisi Diane à leur attention, mais auquel Simon renonça sagement. Un appel téléphonique le retint par ailleurs une partie du repas, de sorte que lorsqu'il rejoignit les deux femmes, celles-ci menaient bon train une conversation animée sur les recherches de la glaciologue. Anna avait abusé du vin. Aussi, un peu étourdie, avait-elle consenti sans trop d'effort à baisser sa garde.

— Diane, tenta Simon, pouvez-vous me rendre un service ? J'ai fixé à 14 h 30 un rendez-vous en visioconférence à un vieil ami, le professeur Llorca, Jacques Llorca. Vous le connaissez peut-être. Rassurez-moi, votre centre est équipé ?

— Je ne vois pas comment il pourrait en être autrement, lui répondit gaiement la biologiste, sans même s'étonner de son audace. Je vérifie sur mon téléphone que la salle est disponible.

Diane consulta le planning de réservation, tout en ajoutant :

— Ainsi vous connaissez Llorca ! Décidément, encore un ami commun que nous partageons. Voilà, la salle de *visio* est à vous.

CHAPITRE 27

Berlin, Allemagne.

— Suivez-moi, je vais vous installer. En revanche, je vous rejoindrai plus tard, je dois voir mon assistante pour signer des papiers et caler mon agenda des prochains jours.

Diane Länder précéda Anna et Simon dans la salle de visioconférence, et leur expliqua brièvement le fonctionnement du matériel high-tech.

Quelques minutes avant le rendez-vous, les deux Français maîtrisaient le bijou.

— Llorca ! se présenta le patron d'immunologie de la Pitié Salpêtrière lorsque la communication fut établie.

Son visage occupait tout l'écran. Le professeur Llorca était un homme âgé de près de 75 ans aux cheveux blancs mi-longs coiffés en arrière. Ses yeux, brillants d'intelligence derrière des petites lunettes ovales, les regardaient tous deux, sans détour. *Une tête sympathique*, pensa Anna.

Simon la lui présenta comme une amie chercheuse en glaciologie. Il avait hésité à utiliser le qualificatif « amie » tout court, ne souhaitant pas risquer de la froisser.

— La professeure Länder, précisa-t-il, arrivera dans quelques instants. Vous la connaissez, je crois.

— Oh oui, Diane ! Effectivement. De réputation, et aussi parce qu'elle a été mon élève, il y a bien une vingtaine d'années. Elle était tenace…

— Elle l'est toujours, ne put s'empêcher Simon de confirmer.

Llorca, prenant un air sérieux, proposa d'aborder le sujet qui l'avait amené à le contacter, le sachant, de source amicale, de passage en France. En effet, Jacques Llorca avait été missionné pour étudier la vascularite immuno-allergique qui inquiétait sérieusement l'OMS ainsi que le gouvernement français. Ce dernier l'avait, en outre, désigné membre du conseil scientifique chargé de surveiller l'évolution de la maladie dans le monde.

— Vous savez, Legrand, dit-il, je pense, a posteriori que c'est cette nouvelle variante de vascularite qui a emporté votre épouse. Maïssa en a été l'un des premiers cas décrits, un cas index comme on dit dans notre jargon. Un cas de forme agressive, nous l'avons compris tardivement, résistante aux traitements, et qui, aujourd'hui, se répand sournoisement sur la planète.

— Oui, nous n'avons pas su la diagnostiquer à temps, déplora Simon sur un ton grave. Quand bien même nous aurions été plus rapides, aurions-nous pu sauver Maïssa, Professeur ?

— Je ne pense pas, Legrand, vous le savez tout autant que moi. Les équipes de chercheurs sont au travail. Nous pouvons néanmoins nous féliciter de certaines avancées dont je souhaitais vous faire part.

Anna, bien qu'attentive, préférait ne pas intervenir sur ce terrain qu'elle jugeait trop personnel. Aussi gardait-elle ses questions pour plus tard.

Le vieil homme leur parla en premier lieu de certaines statistiques qui faisaient, depuis quelques années, l'objet d'un suivi international. L'Europe recensait désormais près de mille quatre cents nouveaux cas par an, dont les trois quarts s'avéraient mortels. Cela pouvait sembler dérisoire en comparaison de la mortalité observée au cours des épidémies virales ou encore des cancers. Mais le nombre de cas relevés au cours des trois dernières années, était déjà multiplié par onze. À ce rythme-là et sans traitement efficace, on devait s'inquiéter de cette évolution pour les années à venir.

— Ensuite, vous le savez, toute la population peut être atteinte, quels que soient l'âge, le sexe, l'ethnie ou le lieu de vie. Hommes et femmes, enfants et vieillards, où qu'ils soient sur la planète. Sauf…

Llorca leva un doigt et marqua un temps d'arrêt.

— Professeur ?

— Sauf, et c'est nouveau, les jumeaux homozygotes. Les vrais jumeaux. Eux seuls semblent épargnés. Les faux jumeaux ne le sont pas, ils sont atteints comme tous les autres.

— Les vrais jumeaux ? Et pourquoi, selon vous, questionna Anna, candide, qui entrait dans la conversation.

— Nous avons des raisons de penser qu'il existe un lien de cause à effet entre grossesses gémellaires et activation d'un gène, conférant aux vrais jumeaux une résistance à la maladie. Votre question, jeune femme, revient donc à se demander : qu'ont-ils donc, les jumeaux, que les autres n'ont pas ?

Le professeur expliqua alors que les scientifiques s'intéressaient depuis longtemps aux interactions qui existent entre les jumeaux durant leur vie embryonnaire, qu'ils soient d'ailleurs vrais ou faux jumeaux. Il épilogua sur les échanges inhérents à leur proximité physique intime dans le ventre de leur mère, mais aussi affective, des échanges uniques dans une vie humaine. Les études ne permettaient pas de préciser encore la nature de ces interactions mais elles existaient bel et bien.

— Si j'ai bien compris, réagit la glaciologue, toujours émerveillée par ce dont la nature était capable, les jumeaux n'attraperaient pas cette maladie, simplement parce qu'ils se développent l'un à côté de l'autre. Mais alors, pourquoi seuls les vrais résistent, et pas les faux ?

Le silence s'installa de part et d'autre de l'écran. L'image d'un professeur figé dans ses pensées laissa craindre une déconnexion de la visioconférence. Anna toussota. Ce fut Simon qui reprit la parole :

— Quelle particularité possèdent les vrais jumeaux, outre, bien sûr, le fait d'avoir un ADN identique ?

Le personnage s'anima :

— Doucement, tous les deux, je ne vais pas pouvoir répondre avec certitude à vos questions, car beaucoup de choses restent à démontrer. Mais, je reconnais bien là, la fougue de la jeunesse !

À cette remarque, Simon et Anna, tels des adolescents, échangèrent un sourire complice. Ils s'approchèrent un peu plus de la caméra, tout à l'écoute du vieil homme, de sorte que leurs têtes se touchaient presque.

— Il y a, à mon sens, une deuxième condition, leur confia Llorca, que seuls les vrais jumeaux remplissent, une condition sans laquelle cette résistance ne peut s'exprimer. Les vrais jumeaux ont en effet connu ce qu'aucun autre être vivant n'a jamais seulement entrevu : un temps, certes court, mais un temps bien réel au cours duquel tous deux étaient un et un seul œuf. Avant que celui-ci ne se divise en deux œufs, en deux embryons identiques. Vous me suivez ?

Simon et Anna approuvaient de la tête. Toutefois, d'un commun accord, ils prenaient soin de ne pas interférer avec le raisonnement du vieil homme. Ils étaient bien conscients que Llorca n'avait, de son côté, aucune idée encore de l'existence du 3GP.

— Parfaitement, Professeur, assura Simon. Les faux jumeaux donc, quant à eux, sont tous issus de deux œufs différents, deux spermatozoïdes et deux ovules.

— C'est exact, Legrand. Ainsi, je pense que des événements, encore inconnus mais très précoces, surviennent avant la séparation de l'embryon en deux embryons identiques. Le créneau temporel est serré, vous le savez, il est de quelques jours tout au plus suivant la fécondation.

D'après l'hypothèse du professeur, ces événements pouvaient être à l'origine d'une activation, chez chacun des embryons, d'un gène ou bien d'un groupe de gènes leur accordant une étonnante résistance à la vascularite. Llorca expliqua que son équipe dirigeait actuellement une vaste étude sur le sujet, incluant la plupart des grands centres hospitalo-universitaires de la planète. Mais il n'en attendait aucun résultat probant avant plusieurs années.

— Si je vous suis bien, voulut résumer le pédiatre, il faut une combinaison de ces deux conditions réunies : être jumeaux, autrement dit se développer dans le même utérus au cours de la grossesse, et surtout être de vrais jumeaux, car eux seuls ont initié leur développement à partir d'un même œuf.

— C'est ça, en quelque sorte, conclut le professeur. J'en viens donc à l'objet de mon appel. Legrand, pouvez-vous rafraîchir ma mémoire ? J'ai cru me souvenir que Maïssa, votre femme, m'avait dit que lors de sa naissance, sa mère avait mis au monde un deuxième enfant, mort-né. Je ne me rappelle plus si c'était une sœur ou un frère ?

— Maïssa a bien perdu un frère le jour de sa naissance, un faux jumeau donc. Qui n'invalide pas votre théorie, si c'était ce que vous craigniez. Cela dit, il faut que vous le sachiez, nous pensons que Maïssa a eu également une sœur jumelle, et une vraie cette fois. Laissez-moi vous expliquer !

C'est l'image d'un Llorca perturbé, le visage soucieux, que Diane découvrit en faisant une entrée remarquée dans la salle de visioconférence.

— Länder ! s'annonça-t-elle, usant de sa façon à lui de se présenter.

Elle aurait pu ajouter « reine des lieux », mais cela coulait de source, pensa Simon.

— Nous nous connaissons, Professeur, précisa-t-elle, prenant place aux côtés d'Anna et recentrant la caméra sur sa personne.

— Bonjour, Diane. C'est toujours un plaisir pour moi de vous croiser sur mon chemin. Vous êtes éternellement séduisante, ajouta le vieux professeur, plus alerte que l'instant d'avant.

La biologiste, avec une fierté toute naturelle, prit sans surprise la direction de la conversation. Elle avait entendu les dernières paroles de Simon.

Elle entreprit d'informer de but en blanc le vieil homme de leurs découvertes qui, selon ses mots, allaient révolutionner les connaissances actuelles en matière d'embryogénèse. Aussi, Diane Länder exposa-t-elle, en une synthèse pertinente et concise, ce qu'ils avaient appris. Elle insista sur la contribution décisive d'Anna dans cette entreprise, lui lançant même un clin d'œil, de sorte que cette dernière, bien qu'encore un peu sur la défensive, commença à trouver la Berlinoise presque sympathique.

Face à eux, par écran interposé, le faciès de Jacques Llorca exprima tour à tour, l'incrédulité d'abord, l'étonnement ensuite, et enfin, peut-être un instant, le mépris. Il fut interpellé par tant de raccourcis, d'hypothèses fondées sur un postulat discutable, lequel avait été émis par ce Lancaster décrié par ses pairs. Leurs conclusions lui semblaient un peu trop hâtives. Il manifesta toutefois un intérêt évident pour le sujet que sa remarquable élève, devenue éminente biologiste, avait développé. Avec toutes les réserves, songea-t-il, qu'il convenait de garder devant une découverte qui s'annonçait aussi révolutionnaire.

Le professeur, les mains croisées derrière la tête, laissa échapper un soupir. Il tentait de rassembler ses esprits, car en réalité, il ne s'était pas attendu à recevoir de telles révélations.

— Legrand, vous disiez, Maïssa...

— Oui, reprit Simon, tout en recueillant l'approbation d'Anna et de Diane Länder. Si Maïssa est un 3GP comme nous le pensons, elle aurait bien eu une sœur jumelle dans la Préhistoire. Nous l'avons nommée *La femme du Kilimandjaro*. Maïssa, embryon, 3GP, ne s'est, bien entendu, pas développée avec elle. Je veux dire par là, dans l'intimité du ventre de leur mère. Toutes deux n'ont fait que s'entrapercevoir, quelques minutes, quelques heures tout au plus, vous l'avez évoqué. Les deux sœurs sont nées à des années-lumière de distance, portées par des femmes différentes. Elles n'ont donc pas eu cette proximité propice aux échanges, aux interactions subtiles que rencontrent d'ordinaire les jumeaux qui séjournent dans le même utérus, durant toute une grossesse. Je suppose alors que Maïssa, pourtant vraie jumelle, n'a su ou n'a pu se défendre contre la maladie.

Simon s'arrêta de lui-même, gagné par l'émotion. Anna, troublée elle aussi, ressentit une profonde empathie pour cet homme. Après tout, c'était elle qui l'avait entraîné dans cette aventure, elle qui avait fait ressurgir Maïssa.

La gêne qui s'ensuivit, ajoutée à la curiosité de Diane, poussa cette dernière à interroger le professeur Llorca :

— Jacques, avez-vous des pistes en ce qui concerne l'allergène responsable de cette vascularite ?

— Bien entendu, nous avons tous des idées, répondit-il, encore sidéré par les informations qu'il venait d'entendre. Déjà, nous sommes en mesure de reconnaître les signes de la maladie, de prévoir également les réactions du corps humain lorsqu'il est agressé par cet allergène. Mais il s'agit là, quoi qu'il en soit, des conséquences de la vascularite. Sa cause précise, elle, reste encore incertaine.

Le professeur leur fit part des suspicions des chercheurs. Ils s'étaient d'abord intéressés aux pollens, responsables directs d'un grand nombre d'allergies. Mais la plupart des patients atteints de vascularite sévère ne réagissaient pas lors des tests cutanés aux pollens classiques bien connus des allergologues, les pollens de graminées, de bouleau et de bien d'autres, pas plus qu'avec ceux testant les allergènes alimentaires habituels comme l'arachide, l'œuf, ou le poisson.

Les médecins avaient alors exploré d'autres hypothèses. Telle équipe penchait pour un nouveau type d'allergène alimentaire, produit par les cultures de plantes génétiquement modifiées. Telle autre incriminait des micropolluants présents dans l'eau, issus de la dégradation des plastiques disséminés dans les rivières et les océans. D'aucuns, enfin, pariaient sur les effets des nanoparticules artificielles auxquelles l'être humain était désormais exposé du fait de leur utilisation dans des domaines aussi variés que le cosmétique, l'agroalimentaire, le textile. La liste des possibilités s'allongeait un peu plus chaque mois.

Mais, rien de très probant en définitive, selon Llorca, si ce n'était un consensus, un seul : des allergènes puissants étaient présents dans l'environnement, et cette présence avait un lien avec le nombre croissant de cas de vascularites immuno-allergiques.

Anna, un peu en retrait, fronça les sourcils. En proie à une agitation soudaine, ses yeux s'illuminèrent, telles deux billes de verre bleues translucides.

— Un pollen, vous disiez ? s'écria-t-elle en se levant, renversant sa chaise dans un fracas qui fit sursauter le professeur. Je vous parie que…

Simon, Diane et même Llorca, surpris de cette véhémence inattendue, n'eurent d'autre choix que de se tourner vers la jeune glaciologue. Le vieil homme, le regard vif derrière ses petites lunettes ovales, s'empressa de réagir :

— Étayez vos propos, jeune femme. Et de grâce, ne faites pas tant de vacarme, mes appareils auditifs sont sensibles.

Anna, penaude, releva sa chaise et vint se poster debout face à la caméra. Simon dézooma afin que leur interlocuteur ait une bonne vision d'eux trois. Diane Länder, qui passait ainsi de la lumière des projecteurs au second plan, jeta à Simon un regard hostile. Mais elle se tut.

Anna expliqua que son laboratoire participait aux travaux du GIEC[11] et qu'elle avait tout récemment épluché les derniers rapports publiés par ce groupe d'experts internationaux sur le climat.

11 Groupe d'Experts Intergouvernemental sur l'Évolution du Climat.

— L'un d'eux, dit-elle, traite des conséquences induites par le réchauffement de la planète. Elles sont multiples et les médias s'attardent sur les plus spectaculaires, comme la montée des eaux, les canicules, les phénomènes météorologiques extrêmes ou la perte de la biodiversité…

— La liste est encore longue, mais où voulez-vous en venir ?

— J'y arrive, Professeur, à votre tour de patienter, lui intima-t-elle gaiement dans un juste retour de bâton. Certains experts soulignent aussi, et je sais que je ne vous apprends rien là-dessus, la recrudescence de réactions allergiques respiratoires liées à une concentration accrue de pollens allergènes. Non seulement les pollens sont plus présents dans l'air que nous respirons, mais les durées d'exposition sont de plus en plus longues.

— On connaît bien en effet ces problèmes de santé, à titre d'exemple, au moment des pics de floraison de l'ambroisie, concéda Jacques Llorca.

Anna, qui avait détrôné Diane, approuva et leur raconta avoir justement visualisé, quelques jours plus tôt, un flash d'information sur le sujet. Cette année, avec un automne particulièrement chaud, les pollens de l'ambroisie persistaient au mois de novembre. Le reportage précisait que cinq grains de pollen par mètre cube d'air suffisaient même à déclencher des symptômes chez une personne allergique.

— Et les enfants affluent avec des problèmes d'asthme, ajouta Simon qui rejoignait Anna sur le devant de la scène. Une vraie saleté, cette plante, et elle gagne du terrain.

— C'est là tout le problème, reprit Anna galvanisée. Le réchauffement climatique modifie les écosystèmes. La flore sauvage s'adapte et les espèces végétales s'épanouissent, elles étendent leur territoire en se déplaçant ou en prenant de l'altitude alors que d'autres déclinent. Comme vous le savez, les moyens de transport actuels, l'avion pour ne citer que lui, favorisent également la dissémination des pollens. Des plantes colonisent alors l'ensemble de la planète.

C'est le cas de l'ambroisie, puisque nous en parlons, qui nous vient tout droit d'Amérique du Nord.

Diane Länder écoutait attentivement la conversation, sans intervenir. L'allergologie était en effet une discipline à mille lieues de ses préoccupations. Tout au moins, jusqu'à présent !

Anna précisa alors que ses propres analyses révélaient une augmentation en quantité et en diversité des pollens voyageant jusqu'aux pôles. L'analyse des filtres à air récupérés lors de sa dernière campagne de mesure au Groenland, un territoire pourtant désertique, venait le confirmer.

— Cela concorde, releva Simon, avec le fait que l'on trouve des patients atteints de vascularite immuno-allergique un peu partout dans le monde.

— Certainement, Legrand, ajouta Llorca, mais tous ces pollens n'ont jamais induit de formes aussi graves de vascularite, telles que nous les découvrons en ce moment.

— Attendez un peu ! temporisa Anna. Les scientifiques, et c'est là où je voulais en venir, font justement état de la présence d'un nouveau genre de pollens, dotés, ceux-là, d'un pouvoir allergénique hors du commun. Si l'on conjugue leur capacité de nuisance aux effets de la pollution de l'air, le cocktail pourrait être redoutable ! Un, la pollution fragilise davantage l'état de santé des personnes sujettes aux allergies. Deux, ces pollens pourraient s'accrocher aux particules polluantes et pénétrer plus facilement et plus profondément par les voies aériennes. Trois, la pollution atmosphérique jouerait un rôle sur la structure même des grains de pollens, ce qui renforcerait leur pouvoir allergisant.

La biologiste berlinoise, qui n'avait d'yeux désormais que pour la glaciologue, s'autorisa cette fois à participer :

— Des pollens, vous dites, Anna, dont la présence et l'agressivité seraient renforcées par le réchauffement climatique et l'air pollué que nous respirons ? Ils généreraient de nouvelles maladies bien plus dramatiques que l'asthme, comme cette forme de vascularite par exemple.

— Une piste très intéressante, jeune femme, se réjouit Llorca. Cette thèse est sensée et plausible. Si vous voulez bien me transmettre vos données scientifiques et les références des publications que vous avez trouvées, j'en ferai part au conseil scientifique. La complexité du sujet exigera une approche résolument transdisciplinaire et d'impliquer plusieurs domaines de recherche simultanés. Cela prendra du temps, vous vous en doutez.

Le pédiatre, qui avait observé Anna tout au long de sa démonstration, sentit la main de la jeune femme effleurer la sienne puis s'y glisser, tout naturellement. Surpris par cette marque spontanée d'affection, il sut néanmoins en apprécier la douceur et, à son tour, il imprima une petite pression.

— La singularité des vrais jumeaux, reprit Simon avec l'idée de conclure, les liens subtils qui s'opèrent chez eux lors de leur vie embryonnaire, vous les avez évoqués tout à l'heure, Professeur, cette singularité générerait ainsi une adaptation. Celle-ci alors, ne pourrait-elle pas se traduire par une inactivation de leurs récepteurs aux pollens en question ? Nos jumeaux développeraient, de cette façon, une résistance à cette maladie mortelle. Et, allez savoir, si nos théories se révélaient exactes, peut-être qu'ils seraient capables de transmettre cette résistance à leur descendance ?

Jacques Llorca acquiesçait de la tête tandis que Diane Länder se propulsait déjà dans l'avenir. Anna, quant à elle, songeait à sa formule fétiche « Adapte-toi ou disparais » qui trouvait ici, une nouvelle fois, toute sa place. Elle dut le penser très fort parce que la biologiste aussitôt affirma avec autorité :

— Les jumeaux homozygotes, les vrais jumeaux, sont en soi, une forme d'adaptation.

— D'ailleurs, rebondit Simon qui se rappelait les propos de Florent à Hanoï, leur nombre est en constante augmentation, et ce, quelles que soient les régions du monde. J'ajouterais qu'ils pactisent d'une certaine façon avec ce ou ces pollens comme s'ils les toléraient, évitant ainsi de s'en faire des ennemis. Vous avez raison, Diane. On devrait s'appliquer à rechercher ce qui lie les pollens et les jumeaux. Des fois qu'un nouvel équilibre naturel soit en train de voir le jour…

— En effet, nous avons du pain sur la planche, lui accorda l'Allemande.

— Attendez, Diane, l'interrompit Anna, vous avez bien montré avec vos souris *Dropsis* que dans certaines conditions, au lieu d'être éliminés, les 3GP s'appliquent à s'accrocher et que les femelles sont alors quasiment toutes gestantes de jumeaux. Et si c'était ce qui se produit dans la nature ? L'augmentation constatée du nombre de vrais jumeaux ne pourrait-elle pas provenir du fait que les 3GP apprennent à s'accrocher et se développent ?

Tout près de lui, songea Simon, soudain déconnecté de son entourage, *un autre embryon, plus petit, au tout début. Si, toutefois, il eût tenu bon et eût été capable de s'arrimer. Lui aussi se développe. Les jumeaux réunis. Exit la chute de l'un, la tristesse de l'autre, et puis, exit aussi la maladie qui a tué Maïssa… et tant d'autres.*

Diane, dans un élan de familiarité, réajusta une boucle indocile couvrant le regard pétillant de la glaciologue.

— Décidément vous avez de la ressource, Anna, dit-elle. Je mise tous mes lingots sur cette hypothèse selon laquelle les jumeaux seraient plus nombreux du fait de l'arrimage massif et inhabituel des 3GP. Il y eut, dans la salle de visioconférence, un élan d'enthousiasme mêlé d'une certaine circonspection affichée par le vieux professeur. Cette activité si particulière de l'autre côté de son écran, cette ambiance relative aux promesses de victoire, n'était pas sans lui rappeler ce qui jadis avait fait son bonheur et parfois aussi, comme souvent par la suite, ses plus grandes déceptions. Les modèles testés en laboratoire s'avéraient souvent mis à mal lorsqu'ils étaient ensuite confrontés à la réalité des comportements humains placés dans leur environnement. Mais Jacques Llorca ne souhaitait pas gâcher la fête. Il garda pour lui ses réflexions, laissant le loisir à chacun d'échanger son avis à propos de cette nouvelle théorie.

Les deux femmes semblaient bien s'entendre. Simon, rassuré, le fit savoir à Anna en lui adressant un clin d'œil. Diane, radieuse mais lucide, tempérait l'ardeur de l'équipe en rappelant qu'il faudrait plusieurs mois, voire des années de recherche, pour valider ces hypothèses. Le professeur proposa alors de monter une collaboration franco-allemande qui placerait l'Europe au-devant de la scène internationale, tant scientifique que politique.

— Diane, suggéra-t-il en habitué de ces longues réunions, concluons, si vous le voulez bien. Nous avons là des pistes prometteuses. D'une part, sous l'effet du réchauffement climatique nous avons des espèces végétales qui libèrent davantage de pollen. Ces pollens, encore plus agressifs, ont sans doute une implication dans la recrudescence des maladies immuno-allergiques, dont cette vascularite qui a fait de Maïssa l'une de ses victimes. D'autre part, l'existence démontrée des 3GP et leur prédisposition à s'accrocher sous certaines conditions, pourraient jouer un rôle crucial dans l'aptitude de l'humanité à résister à cette maladie, favorisant par là même les naissances gémellaires. Nul doute que vos travaux seront précieux pour l'ensemble de la communauté scientifique.

À 17 heures précises, tous trois, après avoir remercié le professeur Llorca, s'échappèrent de la salle devenue irrespirable. Et, comme à son habitude, Diane proposa un footing libérateur au parc voisin. Anna déclina l'invitation. Simon lui, parut hésiter. Après quoi, il lança :

— Nous dînons ensemble, Anna, si tu veux bien, quand j'en aurai terminé avec Diane… J'ai une revanche à prendre, en fait. En plus, hier quand tu t'es enfuie, je lui ai fait faux bond.

Mais Anna leur avait déjà tourné le dos. Elle avait saisi son manteau, son sac à main, et disparu en trombe dans les escaliers, rejouant la soudaineté de son apparition éclair de la veille.

— Décidément, votre Anna est du genre à vous filer entre les doigts ! soupira la biologiste qui, déjà, se dirigeait vers son vestiaire.

Anna, une nouvelle fois décontenancée, s'était surtout demandé ce qui se tramait dans la tête de Simon, ce qui pouvait bien le pousser à aller courir, là, tout de suite. Alors même que tous deux avaient prodigieusement progressé dans la résolution de leur énigme, qu'elle avait imaginé fêter avec lui ces avancées sans doute déterminantes pour l'humanité, alors même que, à peine six heures plus tôt, il était inconscient et très mal en point. N'aurait-il pas pu renoncer à aller courir avec Diane et plutôt rester avec elle, Anna, pour passer une soirée autrement plus heureuse que celle qu'elle entrevoyait désormais ?

Le fait est que Simon avait simplement pensé qu'il avait besoin de se défouler. Il avait eu à décider entre se précipiter – encore ! – après Anna ou bien suivre Diane et son footing, et il avait opté, stupidement, pour le deuxième choix. En somme, il avait capitulé. Et il était maintenant furieux contre lui-même, furieux contre le sort, furieux contre ces deux femmes et leur complexité.

Les deux joggeurs rejoignirent alors le parc. Leur foulée n'était guère légère.

Simon ne laissa pas, cette fois, la possibilité à Diane de décider, de le semer.

Au premier tour qu'ils firent, il se mit à rire. D'un rire nerveux.

Au second tour, la biologiste, pourtant bien entraînée, céda le pas.

Au troisième tour, elle s'inclina.

Simon la distança au quatrième.

Ce qu'il réussit au cinquième, puis au sixième tour, dépassa tous ses pronostics puisqu'il les boucla en moins de temps qu'il n'en fallut à Diane Länder pour crier « pitié ! ». Ce que, selon lui, jamais elle n'avait fait du haut de son perchoir.

Simon n'avait cependant rien gagné à ce petit jeu. Aucunement apaisé, il quitta le bois sur sa lancée et fonça en direction de l'hôtel sans même penser à repasser au laboratoire. Plus rien ne l'arrêtait, ni les feux rouges, ni les bourrasques glaciales, ni la pluie battante qui maintenant déferlait sur la ville, sur ses épaules, telle une gigantesque vague en furie. Il arriva, trempé et suant, sur le palier de sa chambre du neuvième étage. Il songea à frapper à la porte d'Anna mais se retint, fila sous la douche qu'il prit très chaude. Le jet était puissant, agréable et brûlant, à l'opposé de ces trombes d'eau sale et froide qui tombaient au-dehors. Une fois calmé, propre, habillé, beau et parfumé, Simon sortit dans le couloir.

Il toqua trois petits coups à la porte d'Anna. Mais, une nouvelle fois, il n'obtint pas de réponse.

CHAPITRE 28

Berlin, Allemagne.

C'en était trop pour Anna. Non pas à cause de Diane, aussi insupportable fût-elle, ou simplement accapareuse. Non plus parce que Simon avait fait le choix de ce défi ridicule sous la pluie, au détriment d'une soirée qu'elle avait imaginée en sa compagnie. Une soirée, voire... une nuit. La raison était ailleurs et elle le savait parfaitement. Ce sentiment d'abandon que lui laissait entrevoir une relation avec Simon la déstabilisait définitivement. Ce sentiment, elle l'avait jusqu'à présent systématiquement combattu, étouffé dans l'œuf, écrasé même, sans ménagement, chaque fois qu'il s'en était manifesté un de semblable. Avec une intention farouche, celle de ne jamais s'attacher, de ne plus jamais avoir à ressentir la douleur insoutenable que peut infliger le départ ou la disparition d'une personne aimée.

Anna, aujourd'hui, ne maîtrisait pas son affection et son attirance pour cet homme. C'était comme si toutes ses boîtes intérieures, étiquetées sur des étagères ordonnées, bien au fond de sa cave, menaçaient de se fracasser sur le sol en faisant sauter leurs couvercles. Comme si ses souffrances et ses craintes, pourtant si minutieusement consignées, allaient se répandre et prendre le pouvoir sur sa vie. Elle pressentait que cette liaison la conduirait à perdre pied, à nager loin du bord, loin de sa zone de confort au sein de laquelle elle savait que rien de grave ne pouvait survenir.

Parce que la veille, comme l'avant-veille, chaque fois qu'elle s'était accordé un instant de répit, qu'elle avait tenté de se lâcher un peu, ses peurs et ses doutes avaient ressurgi.

La jeune femme n'avait pu ainsi se résoudre à ouvrir cette porte, à prendre le risque de plonger dans cet état de vulnérabilité qu'elle exécrait, à la merci d'émotions qu'elle souhaitait plus que tout réfréner. Quitte à renoncer à cet homme dont elle était, malgré tout, tombée amoureuse.

Aussi, en regagnant sa chambre d'hôtel, avait-elle pris le soin de créer mentalement une nouvelle boîte et d'y enfermer en vrac tout son ressentiment, comme elle en avait pris l'habitude depuis presque vingt ans. Dès lors, plus rien n'avait perturbé son sommeil, pas même les bruits de porte dont elle n'avait, bien entendu, pu ignorer la provenance.

Anna se réveilla vers 6 heures, la gorge irritée par l'air sec de la pièce. Elle se doucha, revêtit une tenue décontractée et, en prenant son thé sucré, sa décision de quitter Berlin par le premier train était prise. Elle bourra ses affaires dans son vieux sac à dos en tissu délavé et, sans oublier également son petit sac à main, referma aussi discrètement qu'elle le put, la porte de sa chambre. Puis, elle régla sa note et quitta l'hôtel.

Elle se détendit un peu lorsque le train s'ébranla. L'horloge de la gare indiquait 08 h 04.

Anna laissait derrière elle une ville où elle avait contribué à résoudre une énigme incroyable, mais où elle avait échoué à vaincre son passé, à alléger ses protections, à apprendre à aimer.

Au cours des heures de voyage qui suivirent, elle entreprit de reconstruire, une à une, méticuleusement, chaque barrière, chaque mesure de contrôle. À Göttingen, les étagères étaient relevées. À Frankfort, les boîtes assemblées, étiquetées, réordonnées. Leurs couvercles furent scellés peu avant Strasbourg. Lorsque le train quitta Lyon, tout était de nouveau en place, les couvercles sur les boîtes, les boîtes sur les étagères, les étagères dans la cave, la cave fermée à double tour. Anna en jeta la clé par la fenêtre entre les villages de Saint-André-le-Gaz et d'Aiguebelette. Elle débarqua en gare de Chambéry à 22 h 26 presque sereine, mais épuisée.

Elle s'engouffra dans le souterrain d'un pas résolu. La dame qui annonçait les trains peinait à se faire entendre, tant la foule de voyageurs bourdonnait à cette heure, cependant tardive. Puis, pénétrant dans le hall, elle posa son sac à main à terre et y chercha les clés de son appartement. Alors qu'elle fouillait, éparpillant çà et là ses affaires, elle se sentit happée par une mélodie. La main sur le trousseau, la jeune femme se figea.

Mécaniquement, elle remballa son barda, se releva et se dirigea au son des harmoniques. Elle rejoignit l'attroupement à l'autre extrémité du hall, sous le panneau qui affichait « À vous de jouer ». Vingt, ou peut-être trente personnes, avaient les yeux rivés sur un pianiste qui se produisait face au mur terne et crasseux de la gare. La dame des trains s'était tue, sans aucun doute fascinée, elle aussi. Des portables filmaient. Une petite fille s'accrochait à la jambe de son père.

Anna se fraya un chemin jusqu'au cœur du demi-cercle des spectateurs quand, soudain, une voix familière lui susurra à l'oreille :

— Il joue divinement bien, n'est-ce pas, Anna ?

Ce fut seulement à cet instant qu'elle comprit. Elle laissa échouer son sac ouvert sur le sol.

Anna Mestrallet comprit qu'aucune boîte, aussi renforcée et cadenassée fût-elle, aucune clé d'aucune cave perdue à jamais, rien, désormais, plus rien ne pourrait l'empêcher d'aimer cet homme. Celui-là même qui lui prenait la main tandis que le musicien accaparait l'attention du public envoûté.

Les notes volaient, dansaient, à la fois puissantes et légères. Elles semblaient dire à tous, l'amour que Simon lui portait, à elle, juste à elle, cette jolie femme qui avait bouleversé sa vie, la douce rebelle qu'il avait su apprivoiser, celle vers qui les visages maintenant s'étaient tournés. Les regards allaient de l'un à l'autre, tantôt au pianiste qui ne cessait de jouer, tantôt à ce couple d'amoureux qui à présent s'étreignaient, s'embrassaient, le contenu d'un sac à main dispersé à leurs pieds. Les applaudissements fusèrent tandis que les dernières notes s'échappaient du piano. Les voyageurs auraient, ce soir, une belle histoire à raconter.

Dès lors, Simon sut que son choix avait été le bon. Il n'avait pas hésité une seconde lorsque, tôt ce matin, réveillé par le clic d'une porte qu'on ferme, il avait saisi les intentions de la belle qu'il commençait, mine de rien, à connaître un petit peu. Il s'était envolé par le premier avion à destination de Genève, dans l'espoir d'arriver avant elle à la gare de Chambéry afin de la cueillir au saut du train.

Les amants enlacés gagnèrent la vieille ville par la rue du Sénat puis suivirent la place Saint-Léger ouverte au vent froid. Des flocons voletaient et Anna frissonna. Ils longèrent la rue Basse du Château, intimement encadrée de hauts murs millénaires qui semblaient se toucher, et prirent ensuite la rue Sainte-Apollonie, plus étroite encore, éclairée faiblement de son vieux lampadaire. Anna s'arrêta sous la voûte en pierre qui, jadis, unissait les bâtisses, et poussa la grande porte cochère. Elle attaqua l'escalier en colimaçon telle une alpiniste se lançant à l'assaut d'un couloir enneigé avec, pour toute corde, une rampe qui peut rassurer. Simon la suivait de près. Seuls, le souffle de leur respiration accélérée et le grincement émis par les marches de bois au contact de leurs pas, venaient rompre le silence des lieux.

Anna jeta son manteau sur le perroquet et entraîna aussitôt Simon dans la chambre. Le grand lit était défait, des habits gisaient, épars, mais peu lui importait. Elle alluma une bougie qui se trouvait là, sur le plancher. Puis, faisant face à Simon, ses yeux plongés dans les siens, elle dégrafa un à un, sans précipitation, les boutons de son cardigan bleu devenu trop serré. Le dernier céda et libéra sa poitrine, tendue de désir…

Ainsi se donnèrent-ils l'un à l'autre. Jusque tard dans la nuit, ils partagèrent ce qu'ils possédaient de plus cher, mariant paroles douces et gémissements de plaisir, gestes tendres ou brûlants, toutes les caresses et voluptés que la petite flamme agitée éclairait furtivement.

Ces instants, tous deux les avaient attendus.

Simon Legrand et Anna Mestrallet s'aimèrent avec fougue. Toute leur histoire fut célébrée cette nuit-là. Celle, improbable, des semaines écoulées, mais aussi celle de leurs tourments et de leurs moments heureux, leur histoire reliée à l'Histoire des hommes comme celle de leurs origines et de leur identité, toutes inscrites dans la mémoire collective du monde. Ce fut comme si, à ce moment et en ce point précis de l'univers, toutes les forces existantes convergeaient vers eux deux et leur offraient l'immensité que seule, la passion permettait d'entrevoir.

Lorsque leur faim s'apaisa, lorsque leurs corps fébriles desserrèrent leur étreinte, une mélodie leur parvint au travers des murs de la chambre. Une mélodie haletante et envoûtante mêlant crescendo, ostinato au violon, cuivres puissants et chœurs à l'unisson, et qui emportait quiconque l'entendait vers des sphères sans limite. La musique des *Chevaliers de Sangreal* qui, la semaine dernière encore, accompagnait, dans l'amphithéâtre bondé de la faculté, l'épopée des vainqueurs du marathon se détachant du peloton.

CHAPITRE 29

Chambéry, France.

— Anna, réveille-toi, il est 7 h 30, murmura Simon, une main dans ses cheveux.

La jeune femme s'étira en émettant des bruissements de voix. Toute imprégnée des événements de la nuit, elle ouvrit les yeux et offrit un visage rayonnant. Anna trouva Simon très séduisant, avec sa chemise blanche froissée entrouverte et son caleçon noir qui mettait en valeur son corps élancé.

— Tiens, enfile ça ! dit-il en lui tendant une veste polaire. Ça caille chez toi le matin, au point que c'est inhumain de sortir de la couette. Je me suis permis de monter le chauffage. On doit atteindre péniblement les dix-huit degrés.

Songeant aux effets d'une telle hausse sur les émissions de gaz à effet de serre et sur sa facture de gaz, Anna fut sur le point de protester, mais se ravisa, sous le charme de Simon.

— Allez, la houspilla ce dernier depuis la cuisine, dépêche-toi de te lever si tu veux qu'on prenne le temps de déjeuner. J'ai préparé ce que je pouvais. Ton frigo est toujours aussi vide ?

— Je ne suis quasiment jamais chez moi.

Anna se redressa sur le matelas, remit un semblant d'ordre dans ses cheveux et enfila la veste. Elle appréciait, au fond, la chaleur dans la pièce. Ses vêtements, qui hier soir jonchaient le sol, avaient été déposés sur une chaise. Une odeur de café, de thé au jasmin et de pain grillé embaumait l'appartement. La jeune femme se leva enfin et enlaça Simon, affairé à trouver ce qu'il manquait pour parfaire la préparation du petit déjeuner.

— Tout en haut du placard à gauche, tu trouveras ce que tu cherches !

Simon leva le bras et brandit triomphalement un presse-agrume.

— Comment le savais-tu ? dit-il en se retournant.

— Simple observation et déduction. Les oranges sont posées sur la table, les couverts faciles à trouver, les bols déjà prêts…

— Ou alors, l'intuition des amoureux. Chacun devine ce que l'autre pense, les cerveaux se synchronisent et on devient capable d'anticiper ce que l'autre va dire.

— Hum, je préfère ma version.

Elle plongea son regard azur dans celui de Simon et l'embrassa goulûment. Simon l'enveloppa de ses bras et serra un peu son emprise, puis davantage, sa crainte de la voir s'enfuir n'étant pas totalement dissipée. Il respira son parfum, celui de son corps encore chaud de leur nuit passée, glissa une main sous la veste et caressa lentement son dos, le haut de ses fesses… Il devinait aisément au toucher les ailes déployées du condor ainsi que la petite cicatrice cachée dans les plumes de l'une d'elles. Son autre main choisit un chemin différent. Elle effleura un sein, puis l'autre, puis les deux. Anna se lova un peu plus contre lui, laissant son désir les reconduire sur le lit. Ils firent l'amour tendrement, dans une douceur infinie. Et leur plaisir, une nouvelle fois, dura toute l'éternité.

Anna, nue, resta un moment à se prélasser sur le ventre, la tête entre les bras, ses boucles brunes emmêlées lui couvrant le visage. Simon, à ses côtés, parcourait ses courbes du plat de la main, les yeux rivés sur l'oiseau tatoué. Le condor semblait veiller sur la jeune femme, en totem protecteur. Lorsque les doigts de Simon abordèrent la petite marque, Anna bloqua sa main et se tourna vers lui, le visage fermé. Simon comprit que ce n'est pas ce jour-là qu'il éluciderait le mystère à l'origine de cette blessure.

Des paroles d'Armelle lui revinrent aussitôt en mémoire. Elle l'avait informé, tandis qu'il était à Berlin, du départ imminent d'Anna pour une mission en Amérique du Sud. Aussi, quelques minutes plus tard entre le café et l'orange, aborda-t-il prudemment les questions de la Bolivie et de son retour au Vietnam, retour qu'il avait, pour sa part, déjà repoussé à une date indéterminée. Anna resta évasive. Elle se contenta de lui dire qu'elle se réjouissait de partir dans ce pays, tant pour le travail en perspective que parce qu'elle avait une affection toute particulière pour cette région du monde où elle n'avait encore jamais mis les pieds. Puis, comme à son habitude quand un sujet devenait trop personnel, elle détourna la conversation en lui proposant de l'accompagner au laboratoire de glaciologie.

— Si tu souhaites voir de près à quoi ressemble une carotte glaciaire, précisa-t-elle.

Un retour aux sources de leur rencontre, en quelque sorte. Simon approuva, désireux de s'immerger dans l'univers d'Anna.

— Nous pourrions également proposer aux Lanzmann, et à Julie et Romain, de dîner avec nous ce soir, lança-t-elle, radieuse. Je pense que nous devons les informer de nos dernières trouvailles à Berlin. Et pour nous, aussi.

— Ah, il y a donc un « nous ». Je suis ravi de l'entendre et je veux que ce nous existe longtemps. Le moi de ce nous t'aime, Anna.

— Je... hésita la jeune femme, la gorge subitement nouée.

— Excuse-moi, Anna, si je te bouscule. Prend ton temps.

— Alors, pour ce soir, dit-elle en reprenant ses esprits, je réserve une table dans un restaurant. Je pense que l'endroit te plaira, car le panorama est à couper le souffle. Il est situé au sommet du Revard. Je te le montrerai en allant au labo, on devine la bâtisse depuis la vallée.

— C'est parfait pour moi.

— On aura une vue imprenable sur toute la région, le lac du Bourget d'un côté, le massif du Mont-Blanc de l'autre.

— Tu oublies une chose, Anna. Il fera nuit.

— Ah oui, c'est vrai ! Eh bien, il faudra faire appel à ton imagination. Quoi qu'il en soit, je contacte mes amis dans la journée et je réserve.

— La nuit et, en plus, sous la neige qui a dû tomber là-haut en abondance, ça nous rappellera l'ambiance de notre première randonnée ! ajouta Simon en embrassant Anna dans le cou.

Lorsqu'ils quittèrent l'appartement vers 9 heures, le soleil illuminait les rues piétonnes de Chambéry. Les nuages de la veille avaient disparu et, ici ou là, sur les pavés, persistaient quelques derniers îlots de neige épars. Les flocons avaient passé leur chemin, lavés par la nuit et emportés plus haut, vers les sommets, dans la valse glaciale des bourrasques.

Anna retrouva sa *Clio* garée en centre-ville et s'excusa en riant de ne pas posséder un carrosse plus confortable.

Une fois qu'ils furent sortis de l'agglomération, le paysage se révéla effectivement d'une grande beauté. Les montagnes enneigées se dressaient tout autour de la vallée. Le Nivolet et sa croix trônaient sur leur droite, prolongés vers le nord par les falaises du Revard en haut duquel, ce soir, ils dîneraient. La montagne de l'Épine étalait ses forêts de sapins blanchis par la neige sur leur gauche et le Granier, culminant, tombait à pic derrière eux. Tout en roulant vers le technopôle scientifique où se situait le laboratoire, à une dizaine de kilomètres de la ville, Simon proposa de louer un quatre-quatre en prévision de leur escapade nocturne. Anna refusa catégoriquement. Elle lui servit derechef un topo sur la pollution de l'air, les effets sur les ressources de la planète, l'inutilité d'un tel engin sur une route la plupart du temps accessible sans équipement particulier.

À leur arrivée au laboratoire de glaciologie, Anna sut, dès l'instant où elle en poussa la porte, qu'un événement la concernant agitait les esprits. Les doctorants fuyaient son regard et ses collègues affichaient la mine des mauvais jours. Sans prendre le temps de présenter Simon, la chercheuse alarmée se dirigea vers la salle de manipulation où elle trouva Tania affairée à régler un appareil d'analyse.

— Bonjour, Tania, que se passe-t-il ?

Le visage de la doctorante au chignon blond impeccable se couvrit aussitôt de plaques rouges.

— Excuse-moi, Anna, j'ai été obligée. Je ne pouvais pas me permettre d'arrêter ma thèse.

— Comment ça, arrêter ta thèse ? Explique-toi !

— Pierre Morel a su que tu avais expédié en Suisse un échantillon de carotte glaciaire pour une analyse. Il a aussi appris qu'on a trouvé quelque chose dans cette carotte. C'était ton écriture, sur la feuille qu'il m'a montrée. Anna, je te le jure, ce n'est pas moi qui lui en ai parlé la première. J'ai été contrainte de confirmer.

Anna se rappelait son départ du laboratoire quelques jours plus tôt, et du regard mauvais, carrément hargneux même, de son collègue Jean-Étienne Fontenil. La confusion se lisait sur les joues de la jeune Russe, la colère l'emportait sur celles, devenues écarlates, d'Anna.

— Ne t'inquiète pas, Tania. Je me doute que tu n'es pas à l'origine de ce coup bas. Jean-Étienne, y'a pas photo. Quel enfoiré !

Et, s'adressant à Simon :

— Il a dû récupérer un bout de papier sur lequel j'avais griffonné des infos en rapport avec notre énigme. C'était lors du dernier conseil de labo. Je me souviens être allée directement dans le bureau du directeur, j'avais laissé mes affaires dans la salle de réunion.

— Pierre Morel est furieux contre toi, balbutia Tania. Il parle de t'exclure de l'expédition en Bolivie, car tu as sorti un échantillon sans son accord.

Il n'en fallut pas plus à Anna pour sortir de ses gonds. Ce projet en Amérique du Sud lui revenait et elle y tenait en réalité plus que jamais. Saisissant Tania par le bras, elle tonitrua :

— Viens avec moi, allons voir Pierre. Simon, si tu veux bien nous suivre, je vais avoir besoin de toi.

Simon s'abstint d'émettre un commentaire, tant sa belle paraissait anxieuse et remontée. Il leur emboîta le pas sans même avoir été présenté. Dans les méandres de ces couloirs étroits et si peu lumineux, il ne put s'empêcher de songer au complexe abouti et sophistiqué du laboratoire de Diane Länder, arpenté à Berlin.

Anna, tout en marchant, tenta de se remémorer sa suite de mots écrite sur la feuille de papier qu'elle avait négligemment oubliée. *Carotte – os – ADN – secret…* Elle ne se rappelait plus exactement... Ces bribes avaient toutefois été suffisantes pour aiguiller Jean-Étienne sur la piste du fragment osseux, puis sur celle de la femme du Kilimandjaro. Jean-Étienne connaissait Julie. Il avait échangé avec elle, notamment lors d'une soirée où le laboratoire de glaciologie était à l'honneur. Cet arriviste avait donc probablement appelé le Centre militaire à Genève et vérifié qu'un paquet leur avait bien été adressé. Lui qui visait le même poste de directeur de recherche qu'Anna, avait trouvé là matière à gagner quelques points. Il avait, à coup sûr, dû se réjouir d'en référer à Morel.

Telle était la conclusion d'Anna lorsqu'ils pénétrèrent tous trois dans le bureau du directeur de l'unité. Et avant que celui-ci n'ait eu la possibilité de prononcer une parole, elle attaqua :

— Pierre, je sais que tu es furieux contre moi, je suis désolée, je sais que j'ai merdé et que j'aurais dû te parler de cette affaire mais, s'il te plaît, écoute-moi avant de prendre une décision.

L'homme au visage buriné, impassible et courtois, les pria de s'asseoir en leur indiquant des chaises. Lui-même se cala dans son fauteuil en cuir élimé. Il posa lentement ses mains sur les accoudoirs, prit un peu de recul et attendit. Son expérience de longue date lui avait appris, tant à se maîtriser qu'à contenir les chercheurs de son équipe, parfois très vindicatifs et impulsifs.

Son attitude eut pour effet immédiat d'apaiser la jeune femme. *Très fort, ce Morel!* se dit Simon.

— Monsieur, vous êtes?

Il s'adressait à Simon, resté debout à l'entrée de la pièce.

— Bonjour. Simon Legrand, pédiatre. Je travaille dans un hôpital à Hanoï. Je suis en France quelques semaines et j'accompagne Anna Mestrallet. Elle vous en exposera elle-même les raisons, précisa le médecin en se tournant vers la jeune femme qui semblait préparer son argumentation.

— Pierre Morel, directeur de ce labo. Vous l'avez compris.

Et se relevant, il lui proposa une poignée de main par-dessus son bureau poussiéreux, chargé de piles de dossiers, de cartes topographiques et de matériel en tout genre, un ramassis de stylos, feutres, pinces et tournevis entremêlés.

— Asseyez-vous, je vous prie. Il y a assez de chaises pour tout le monde malgré l'exiguïté de ce bureau. Anna, je compte sur toi pour éclairer ma lanterne.

— Simon, dit-elle aussitôt, prend ma place, je vais utiliser le paperboard. Tu pourras compléter ou me corriger si je me trompe.

Anna déroula l'histoire dans son intégralité, depuis la découverte avec Tania du minuscule fragment osseux jusqu'à celle de l'embryon jumeau baptisé 3GP et de son hypothétique cycle de vie. À grand renfort de gestes, elle s'attarda sur le rôle joué par la femme du Kilimandjaro, jumelle inconnue de Maïssa Diallo, le génial Lancaster décrié à tort par ses pairs et la talentueuse Diane Länder. Tandis que Simon se relevait et esquissait les différentes voies de la fécondation, Anna décrivit le retour improbable, mais devenu possible, du 3GP voyageur dans le corps d'une femme, celle-là même qui lui donnerait l'opportunité de se nicher en son sein et le mettrait au monde sans le connaître ni d'Ève ni d'Adam.

Pierre Morel écoutait avec attention l'exposé enthousiaste d'une Anna habitée, voire transcendée par cette quête. La jeune femme espérait que son histoire, en dépit de son extravagance, ferait oublier à son directeur les griefs retenus contre elle.

De son côté, Tania semblait avoir renoncé à comprendre toute la teneur de la démonstration. Son regard allait, perplexe, de Simon à Anna, d'Anna aux schémas, des schémas à Simon.

— Si je peux me permettre, releva Pierre Morel, je voudrais comprendre deux choses. D'abord, comment ce petit embryon peut se retrouver dans l'utérus d'une femme qui n'est pas sa mère et ensuite se développer ? Et puis, pourquoi réussirait-il cette fois à se fixer ?

— Nous posons l'hypothèse, répondit Anna la première, que l'eau permet cette insémination. Partout dans le monde, les femmes utilisent l'eau pour leurs ablutions et en particulier pour leur toilette intime. Or, l'eau véhicule les 3GP…

— Et, enchaîna Simon, c'est lors d'un rapport sexuel, étape indispensable du processus, que le 3GP pourra envisager sa réimplantation. Il doit être emporté par le flot de spermatozoïdes dont l'élan vital est primordial pour qu'il puisse traverser le col, puis entreprendre l'ascension de l'utérus. Ce rapport doit impulser une fécondation en parallèle, de façon à créer les conditions hormonales propices à la nidation du 3GP dans la muqueuse utérine. Je vous passe les écueils de la compétition qui se joue entre les protagonistes présents. Car ils sont, pour le coup et en théorie, nombreux à coexister en haut de l'utérus. Nous avons l'œuf nouvellement fécondé qui cherche à s'implanter, son 3GP émis qui va chuter et l'autre 3GP, l'intrus, le voyageur qui revient de loin et qui ne veut en aucun cas rater sa seconde et dernière chance de s'arrimer.

— D'où ma deuxième interrogation.

— Figurez-vous, Monsieur Morel, que ce 3GP se trouve en capacité d'armer un pseudopode, une sorte de pied muni d'un petit crochet qui lui assurera une fixation solide. Nous avons reproduit en laboratoire, avec la professeure Länder, l'activation de ce pseudopode, en exposant des femelles en cours d'accouplement à une molécule découverte récemment, le *proclomifènide*. Expérience menée sur des souris, je vous rassure. Les 3GP tout juste formés sortent alors leurs griffes, s'accrochent et ne chutent plus. De là, nous avons extrapolé cette faculté au 3GP voyageur, dans l'attente d'expériences reproduisant sa réimplantation.

Anna dessina de mémoire la formule chimique de la molécule pour illustrer les propos de Simon. Elle conclut ainsi leur présentation :

— Au final, nous en avons acquis l'intime conviction, le 3GP voyageur réimplanté peut, en théorie, se développer. Nous ne savons pas bien si les conditions lui permettent de se développer seul ou accompagné d'un faux jumeau, ce qui fut néanmoins le cas de Maïssa. Le 3GP voyageur devient un enfant qui n'a pas le même ADN que son jumeau le cas échéant, pas plus celui de son père ou de la mère qui les porte. Son ADN est, en revanche, identique pour moitié à celui de chacun de ses parents biologiques, qui eux-mêmes ont existé en d'autres temps et d'autres lieux.

Pierre Morel, impressionné par ce travail d'investigation mené en quelques semaines seulement, mais sceptique tout de même, observait le tableau bardé de dessins. En réalité, il imaginait déjà les perspectives scientifiques qui se profilaient, pour peu que tout soit vérifié et démontré par de longues études à venir.

— Le cycle du 3GP voyageur paraît sacrément complexe, dit-il en se frottant le menton. Beaucoup de conditions doivent être réunies pour aboutir à la naissance d'un enfant issu d'un 3GP. Cela expliquerait, somme toute, le faible nombre de cas identifiés, au moins suspectés, de ceux que vous appelez les « jumeaux asynchrones ».

Mais la probabilité infime que ce cycle aboutisse rend, à mon sens, cette découverte encore plus extraordinaire. Si je puis me permettre, Simon, vous pensez réellement que votre épouse décédée, Maïssa Diallo, serait en fait la sœur jumelle de cette femme du Kilimandjaro ?

— Très certainement, répondit le pédiatre avec aplomb, presque détaché. Aussi tiré par les cheveux que cela puisse paraître. Je ne détiens pas d'autre explication.

Silencieuse, Tania, calée dans un coin de la pièce, regardait avec fierté sa tutrice. Se rappelant bien l'instant de la découverte fortuite du fragment dans la carotte de glace, elle prenait conscience qu'un petit détail, aussi insignifiant semblât-il, pouvait engendrer d'extraordinaires découvertes.

— Quoi qu'il en soit, déclara Morel, de ce que vous venez tous les deux de nous expliquer, je retiens que chacun d'entre nous a potentiellement eu, a, ou aura un jumeau sur cette Terre ! Nous pouvons être le double de quelqu'un qui a déjà vécu ou alors, notre jumeau verra le jour, qui sait, au siècle prochain. Brrr, j'en ai froid dans le dos et, à en voir la pâleur de Tania, j'en conclus que je ne suis pas le seul.

Morel fouilla dans les affaires qui encombraient son bureau et en tira une sorte de thermomètre du climat qui montrait de manière ludique l'élévation de la température moyenne à la surface du globe. Il ajouta :

— Les 3GP seraient conservés dans les glaciers, c'est bien ce que vous dites ? Plus pour bien longtemps alors, tu le sais, Anna ! Car si les réservoirs de glace venaient à disparaître sous l'effet du réchauffement, il en serait fini de leur conservation.

— Certes, approuva Simon, mais quelques-uns auront peut-être la chance, avant que leur refuge ne soit définitivement détruit, de terminer leur cycle en trouvant une matrice qui les accueillera. Avec Anna, nous avons toutefois des raisons de penser que bien des 3GP ne chuteraient plus, et n'auraient ainsi plus besoin d'être conservés.

Même si cela fonctionne avec les souris exposées à des substances adéquates et dans des conditions expérimentales, rien ne prouve à l'heure actuelle que cela se passe ainsi et naturellement pour l'espèce humaine.

Le directeur approuva cette conclusion modérée et remercia Anna et Simon de lui avoir fait part de leurs découvertes. Puis, il s'adressa à Anna en particulier, sur un ton plus formel.

— Il n'en reste pas moins que tu as enfreint les règles du laboratoire et entraîné l'étudiante dont tu as la responsabilité dans cette insubordination. Sache que j'étais prêt à confier à Jean-Étienne la mission Zongo en Bolivie, mais qu'après avoir entendu toute cette histoire, je veux bien, évidemment, reconsidérer ma position. On en reparlera, Anna, si tu veux bien.

CHAPITRE 30

Le Bourget-du-Lac, à 10 km de Chambéry, France.

Les paroles mesurées de Morel furent interrompues par l'irruption fracassante d'un Jean-Étienne agité. Affublé d'une chemise boutonnée de travers, les verres de ses lunettes graissés de traces de doigts et le peu de cheveux qui lui reste hérissé sur son crâne, il ressemblait à quelque fou échappé d'un asile. Il brandissait une volée de feuilles, le bras levé en direction de son directeur.

Anna réagit aussitôt.

— Mais… Ce sont mes analyses ! hurla-t-elle, reconnaissant ses spectres issus de la carotte du Kilimandjaro.

— Oui, Tania me les a données et je t'apporte la preuve, Pierre, qu'Anna, ici présente, non seulement ne respecte pas le règlement du laboratoire, mais en plus, trafique ses résultats. La mission Zongo est pour moi !

La jeune femme avait déjà bondi. Elle arracha littéralement les documents des mains de son collègue déchaîné, prête à en découdre :

— Comment oses-tu déblatérer de telles affirmations ? Et puis, tu écoutes aux portes, maintenant !

— Calmez-vous, tous les deux ! s'écria Morel. Immédiatement. Un mot de plus et je soumets vos cas à un conseil de discipline. Jean-Étienne, explique-toi.

Le scientifique remarqua alors les schémas qui couvraient le *paperboard*. Il les parcourait, n'en comprenant pas le sens, lorsque ses yeux s'arrêtèrent sur la molécule dessinée par Anna quelques instants plus tôt.

— Là, cette figure ! exulta-t-il, pointant du doigt la représentation du *proclomifènide*. Je le savais.

Sous le regard incrédule de l'assemblée, Jean-Étienne fixa le directeur de l'unité et insista :

— Je n'en connais pas la raison, mais je peux affirmer qu'Anna contamine les échantillons lors des analyses, ou bien qu'elle en falsifie les données.

Anna, debout, les dents serrées, était abasourdie par un tel acharnement à son égard. Elle sentit ses joues s'embraser, sa poitrine se serrer tant elle était au bord de l'explosion. Elle réussit à se contrôler lorsqu'elle perçut la main de Simon sur son bras. Tania, quant à elle, ne sachant plus à qui se fier et n'osant pas intervenir, se tortillait nerveusement sur sa chaise.

— Ce sont là de graves accusations, dit posément Morel. Avant de nous emballer, précise donc ce qui t'amène à cette conclusion.

Jean-Étienne essuya ses verres avec un coin de sa chemise avant de replacer ses lunettes bien droites sur son nez.

— J'ai regardé les analyses des gaz piégés dans la glace du Kilimandjaro, celles qu'Anna se vante de voir bientôt publiées. Je reconnais ne pas être un expert dans la lecture des spectres, pourtant j'ai constaté que tous les résultats contiennent des traces de *proclomifènide*. C'est bien cette molécule qui est gribouillée ici ? interrogea-t-il dans un mouvement de torsion, les traits clignotant sous l'effet d'un tic nerveux.

Tous acquiescèrent en silence, dans l'attente de la suite. Anna comme Simon étaient cependant sidérés à l'idée que cette molécule soit reconnue, ou même simplement évoquée par Jean-Étienne au moment où, à Berlin, ils venaient justement d'en tester le pouvoir, dans des circonstances toutes autres. Deux disciplines aussi éloignées que l'embryologie et la glaciologie partageaient soudainement un engouement pour une molécule jusqu'alors à peu près ignorée de la science.

Le chercheur, qui avait toute l'attention du groupe, reprit des mains d'Anna les feuilles bardées de tracés. Jean-Étienne expliqua que leur analyse permettait de définir l'identité des composés chimiques présents dans les bulles d'air piégées dans la glace, et de les quantifier. Chaque molécule disposait de sa propre « empreinte digitale », un ensemble de pics qui la caractérisait. De son index, il en désigna ainsi trois petits. Sa voix se fit doucereuse.

— Ces pics-là sont caractéristiques du *proclomifènide*, ou plutôt d'une molécule qui lui ressemble, comme si sa structure avait été dégradée.

Anna expira tout l'air retenu dans ses poumons, comme une cocotte-minute qui décharge son trop-plein de vapeur.

— Mais, mon pauvre Jean-Étienne, ironisa-t-elle, c'est juste que tu ne sais pas lire un spectre. Les pics que tu nous montres sont des artefacts de manipulation ou, si tu préfères, un effet indésirable lié aux conditions expérimentales. Rien de plus. Ils sont bien connus des glaciologues, nous les négligeons par principe. Pierre, tu confirmes ?

— Oui, Anna a raison, attesta le directeur, la littérature scientifique décrit de tels parasites. Nous n'en tenons pas compte dans les interprétations.

— Et… dis-moi, Jean-Étienne, rebondit la jeune femme qui reprenait de l'assurance, d'abord, d'où tu connais le *proclomifènide* ?

L'intéressé parut tour à tour furieux, blessé, puis confus, et même les trois à la fois. Il aboya presque :

— Je connais très bien le *proclomifènide*, je l'ai étudié l'an dernier pour un laboratoire pharmaceutique, une étude classée confidentielle. Il ne nous est pas interdit, que je sache, de réaliser des expertises scientifiques dans d'autres domaines de recherche que les nôtres afin de gagner un peu d'argent !

— Je reconnais bien là ton esprit mercantile, rétorqua Anna, acerbe.

— Stop ! intima Morel, toujours en alerte. Poussez-vous un peu, je voudrais vérifier une hypothèse. Anna, tes spectres de *chromato* figurent bien dans la base de données du laboratoire ?

— Oui, tu peux les consulter.

Le directeur sélectionna des tracés issus de carottes extraites de l'inlandsis du Groenland, du glacier du Khumbu qui draine l'Everest côté Népal et, enfin, du glacier Amundsen en Antarctique. Il les projeta sur le mur. Il effectua également en parallèle une recherche avec le logiciel du CNRS et trouva le spectre du *proclomifènide* natif, celui qui est émis naturellement par une plante arbustive. Il afficha les pics en superposition.

— Jean-Étienne a raison sur un point, reprit Morel calmement. Ce que l'on a toujours pris pour des signaux artificiels dans nos analyses, ces fameux artefacts, se révèle être en réalité du *proclomifènide.* Il semblerait d'ailleurs que cette molécule se dégrade lors de son transport vers les pôles. Pour le coup, quand elle se trouve piégée dans les microbulles d'air des glaciers, sa morphologie est légèrement différente. Si des laboratoires pharmaceutiques ne s'étaient pas intéressés à elle, on ne l'aurait sans doute jamais repérée. Ce qui est d'autant plus incroyable, c'est qu'elle semble présente dans tous les échantillons de glace, quel que soit le glacier.

Jean-Étienne, crâneur, jubilait. Cependant, pour Anna, il ne voyait pas plus loin que le bout de son nez. Il ne réalisait même pas l'ampleur de sa trouvaille, la pièce de plus qu'elle représentait pour leur puzzle. Pierre Morel observa tour à tour Anna et Jean-Étienne et enchaîna :

— En revanche, Jean-Étienne, je te suggère d'adopter une démarche plus digne d'un chargé de recherche au lieu de vouloir systématiquement rabaisser ou accuser ta collègue. Je ne vois pas comment, pour l'instant, tu serais en mesure de coordonner une équipe. Je crains que tu sois susceptible de prendre des décisions irréfléchies qui risqueraient de mettre en danger l'un des membres de l'expédition. Sache que, en dépit de ton intervention, je n'ai pas l'intention de modifier ma décision et donc je maintiens Anna en tant que chef de projet sur la mission en Bolivie. Tu restes néanmoins remplaçant pour le cas où elle ne puisse pas assurer ce poste, et ce, quelle qu'en soit la raison.

Après une telle humiliation publique de la part de son supérieur, il ne restait à Jean-Étienne Fontenil qu'une seule issue. Ce fut un homme vexé et furieux qui claqua la porte du bureau – non sans avoir jeté un dernier regard incendiaire à Anna – faisant sursauter Tania au point que celle-ci manqua de tomber de sa chaise, et tout en pestant contre la Terre entière.

Anna, elle, fut presque soulagée. Déjà, de ne pas avoir eu à subir les conséquences de son erreur en voyant lui échapper la direction de la mission à venir. Ensuite, de ne plus avoir à supporter, au moins temporairement, la présence de son odieux collègue. En cet instant toutefois, elle était partagée à l'idée de se rendre en Bolivie. Si, professionnellement, elle y trouverait son compte, sur un plan plus personnel, elle ne savait pas à quoi s'attendre. Sa mère y vivait-elle encore ? Elle n'en avait nulle certitude. Et puis, surtout, la jeune femme n'avait, pour l'heure, aucune envie de se passer de Simon.

Cherchant à se recentrer sur des considérations plus rationnelles, elle regarda ses spectres et les pics qui permettaient d'identifier le *proclomifènide*. Une idée germa subitement dans son esprit. Une nouvelle idée pour laquelle il lui fallait consulter l'ordinateur de Pierre Morel. Anna lui en fit part aussitôt et ce dernier lui céda sans sourciller son fauteuil et son clavier. La place était chaude, elle détestait cela. Mais elle n'y accorda guère d'attention, car sa conscience était déjà repartie dans les profondeurs d'un glacier millénaire. Et Pierre Morel, qui la connaissait bien, savait exactement ce qu'elle allait y chercher. Il admirait d'ailleurs sa faculté à se lancer et s'engager sans ménagement dans les voies de recherche qui se présentaient à elle. Aussi, il invita le reste de la troupe à prendre un café dans la pièce adjacente, histoire, leur dit-il, d'accorder à leur cerveau en ébullition une petite détente.

La recherche d'Anna ne dura pas plus de vingt minutes.

— Bingo ! s'exclama-t-elle, surexcitée, au travers de la porte restée ouverte. Venez voir, vous n'allez pas le croire !

Tous accoururent, le gobelet à la main. Morel et Tania examinèrent le graphe projeté sur le mur. Les commentaires fusèrent devant l'évidence du résultat, qu'Anna s'empressa d'expliquer à Simon. Elle avait examiné les spectres en provenance des carottes de glace du Groenland, les tronçons récemment arrivés que Tania avait commencé à traiter, mais aussi ceux réalisés sur ces mêmes carottes par d'autres équipes de scientifiques dans d'autres laboratoires.

— J'ai recherché, annonça-t-elle en souriant à Tania, la présence de *proclomifènide* dans la glace provenant de différentes profondeurs, donc de différentes époques. De là, j'ai regardé la teneur en *proclomifènide* présente dans l'atmosphère en fonction du temps. Je suis remontée à cinquante mille ans. J'ai reporté, pour cette même période, la teneur en CO_2, c'est-à-dire le gaz carbonique que nous étudions pour modéliser les évolutions du climat. Or, comme vous le savez, la concentration en CO_2 présent dans l'air augmente d'autant plus que la température de la Terre s'accroît.

— Et alors ? demanda Simon qui devinait la suite et l'incidence de cette démonstration sur le cours de leur enquête.

— Ce graphe montre une forte corrélation entre la concentration en *proclomifènide* et celle du CO_2.

Anna indiqua que, malgré sa présence dans des proportions encore plus infimes que le CO_2 dans l'atmosphère, le *proclomifènide* en suivait les mêmes variations. Avec des fluctuations certes, les deux courbes synchronisées s'élevaient d'abord lentement puis, à partir du début de l'ère industrielle, poursuivaient leur ascension en une pente vertigineuse.

— Donc, intervint Simon, tu peux maintenant affirmer que le réchauffement climatique entraîne une augmentation de la concentration de *proclomifènide* dans l'air que nous respirons, comme celle du CO_2.

— Oui, tout à fait, lui répondit Anna en riant. Et tu comprends bien ce que cela signifie ?

— Nous respirons tous du *proclomifènide*, continua le pédiatre, en particulier les femmes susceptibles d'être enceintes, et nous en respirons même de plus en plus. De sorte qu'à l'issue de la fécondation, le pseudopode du 3GP émis s'active. Et ainsi, au lieu de chuter, notre 3GP s'accroche ! Il naît donc davantage de vrais jumeaux et la raison en est, on peut le dire grâce à vos travaux, plus que limpide. En somme, nous avons là une incroyable réponse de la nature qui propose ce moyen de résister au fléau galopant qu'est la vascularite immuno-allergique. Car seuls les vrais jumeaux ont une capacité innée à s'en prémunir.

À ce stade de la conversation, Morel et Tania ne suivaient plus, même s'ils se laissaient gagner par cette effervescence.

— Elle vient faire quoi ici, questionna Pierre Morel, la vascularite immuno-allergique ? Et les jumeaux ? Éclairez-nous un peu, voulez-vous !

— C'est vrai, répondit le pédiatre en s'excusant presque, nous avons omis tout à l'heure de vous parler de tout un pan de nos découvertes de ces derniers jours, ceci afin de ne pas trop embrouiller notre exposé.

Et Simon d'expliquer le fléau, la forme grave de vascularite immuno-allergique qui avait emporté Maïssa, la mise en cause des pollens et, enfin, la résistance stupéfiante des vrais jumeaux.

— Les écosystèmes changent sous l'effet du réchauffement climatique, reprit Anna. D'abord, de nouvelles espèces végétales désormais bien implantées génèrent des puissants pollens. Ce sont eux, les responsables présumés de cette forme sévère de vascularite. Ensuite, d'autres espèces végétales, des arbustes plus nombreux également, libèrent du *proclomifènide* que nous respirons de plus en plus.

— Nous tenons là, peut-être le dernier maillon manquant ! poursuivit Simon, tout autant enfiévré qu'Anna. J'appelle Llorca.

— Et Diane Länder aussi, lâcha la jeune femme. Nous lui devons bien ça.

— Vos théories, intervint Morel, ont beau sembler très prometteuses, il me paraît en revanche dangereux de penser que la nature résout d'elle-même tous les problèmes. Avec des raisonnements de ce type, vous abondez les théories négationnistes des effets du réchauffement.

— Disons seulement, répliqua Simon, bien conscient de possibles dérapages, qu'au bout du compte, la voie de Lancaster constitue probablement la clé d'une adaptation de l'espèce humaine. Les vrais jumeaux, ceux qui désormais s'arriment ensemble et ne chutent plus, constitueraient une réponse singulière à l'une des conséquences majeures du réchauffement ! Ils sont peut-être même, de ce fait, l'avenir de l'humanité.

Morel renchérit :

— Pour pallier ce fléau-ci, je vous l'accorde ! Mais, à force de dégrader sa planète, l'homme s'expose à de multiples conséquences désastreuses et je doute quand même de ses aptitudes à trouver les parades dans des délais adaptés aux catastrophes auxquelles il sera confronté.

Anna approuva les propos de son directeur puis, dans un élan incontrôlé, elle se leva et embrassa Simon sous le regard médusé de ses collègues.

Pierre Morel invita son équipe à déjeuner et les échanges se poursuivirent pendant deux bonnes heures. Tous échafaudaient, Tania comprise, des projets d'article en visant les revues prestigieuses. Jean-Étienne Fontenil avait, quant à lui, disparu de la circulation et

Anna n'avait pas insisté pour qu'il participe à cette tablée. De retour au laboratoire, Simon profita des infrastructures pour réunir en visioconférence les professeurs Länder et Llorca et appeler son ami Florent. Aux premiers, il se contenta de les aviser de la présence de *proclomifènide* dans tous les glaciers, témoignant à la fois de sa répartition sur l'ensemble de la planète et de l'augmentation de sa concentration dans l'atmosphère, en parallèle au réchauffement climatique. Au second, il fit un résumé scientifique de toute cette aventure et surtout, il s'attarda sur la belle Anna et ce qu'il ressentait pour elle. Florent se réjouit de constater que son ami avait passé un cap et qu'il s'accordait enfin, après toutes ses années, le droit d'aimer à nouveau.

Anna, de son côté, commença les préparatifs en vue de sa prochaine expédition, même si, d'heure en heure, elle était de moins en moins certaine de vouloir partir aussi rapidement.

Vers 19 heures, main dans la main, les amoureux franchirent la porte du laboratoire et s'engouffrèrent dans la petite voiture d'Anna.

— Je conduis ! proposa-t-elle, enthousiaste.

— Pas de problème ! Tu peux conduire. Tu peux faire tout ce que tu veux, en fait.

Anna, confiante, s'engagea ainsi après quinze minutes de voie rapide sur la départementale en direction du mont Revard. Simon, assis à ses côtés, restait silencieux. Les grappes de notes sautillantes de l'*Impromptu n° 4* de Schubert envahirent l'habitacle lorsqu'il alluma la radio. La jeune femme aborda sereinement les lacets qui s'enchaînaient sur une route parfaitement sèche. Elle repassait en seconde à leur approche, parfois en première, et relançait sa *Clio* qui peinait un peu entre chaque.

— Tes amis nous rejoignent là-haut ? demanda Simon.

— Ils sont certainement déjà attablés. Armelle est toujours à l'heure. J'ai vraiment hâte de les revoir et de tout leur raconter. Je n'ai même pas pris le temps de leur envoyer un texto.

— Par quoi commenceras-tu ?

Anna, son attention monopolisée par la conduite, éluda la question. Elle ne se sentait pas en mesure de soutenir une conversation. Elle esquissa juste un sourire sans lâcher la route des yeux. *Un sourire divin tout de même*, pensa Simon.

Dehors, à cette heure, la température frôlait les moins cinq degrés. Les sapins défilaient, parés d'un épais et lourd manteau blanc que le froid polaire avait préservé de la fonte. Ils s'étalaient en une forêt dense au pied des falaises abruptes du Revard. Au loin, en aval, apparaissaient en pointillé, à travers les rares trouées que leur accordait la forêt, les lumières scintillantes de la ville d'Aix-les-Bains. Dans le ciel à présent dégagé, les étoiles s'allumaient une à une et un croissant de lune d'une clarté incroyable apparut par-delà les falaises.

La route serpentait toujours dans l'atmosphère vaporeuse de la mélodie de Schubert et la voiture gagnait de l'altitude. Le bitume se couvrait petit à petit de plaques de neige sale, d'abord éparses, puis plus nombreuses et moins maculées. Après le virage suivant, elles n'étaient plus que blancheur sur la chaussée. Les quatre pneus neige adhéraient toutefois parfaitement à cette neige froide et tassée.

— Tu te débrouilles bien ! chuchota Simon à l'oreille de la conductrice cramponnée au volant.

Sans doute un peu trop crispée, songea-t-il d'ailleurs, car il lui proposa ensuite de la relayer.

Elle ne répondit pas.

— Anna ?

— Ça va aller, souffla-t-elle peu convaincante. Je ne vais pas m'arrêter ici. Cette poubelle ne repartira pas si je m'arrête !

— Reste en seconde alors, et monte tranquille, vingt kilomètres heure, pas plus. On trouvera bientôt un endroit pour se garer. Il doit bien y avoir une aire de chaînage.

Anna, pour autant, s'en sortait, quelque peu rassurée par le muret de neige modelé en renforcement du bas-côté. *Comme une rambarde de sécurité*, pensait-elle, *de chaque côté de la route, aussi épaisse et solide que du béton, pour le cas où*. Elle ne s'arrêta pas lorsqu'elle dépassa le lieu-dit qui marquait la sortie de la forêt.

La jeune femme ne parvenait pas toutefois à s'empêcher de cogiter, d'être inquiète. Aussi égrenait-elle mentalement les événements susceptibles d'arriver : déraper à la sortie d'un virage, chasser de l'arrière lors d'une reprise un peu rapide, devoir s'arrêter et ne pas pouvoir repartir, glisser en arrière ou s'embourber dans quelque ornière enneigée ou, encore, croiser une voiture roulant en sens inverse au milieu de la route.

La probabilité que de tels incidents surviennent restait cependant très mince.

Simon, bercé par la musique, somnolait presque, jetant, de temps à autre, un regard vers Anna. Celle-ci restait imperturbable, magnifique aussi, concentrée sur la route sinueuse. Elle gardait pour elle ses angoisses, dont elle savait qu'elles ne s'envoleraient pas tant qu'elle n'aurait pas atteint sa destination.

L'itinéraire contournait maintenant les falaises par le nord. Il aborderait bientôt les immenses étendues blanches du plateau, des pâturages verdoyants en été. Le piano, que le virtuose martelait, accompagnait les voyageurs tout comme le ronronnement du moteur qui peinait sur le tapis de neige éclairé par les phares.

Parvenus sur l'autre versant, ils franchirent un petit col avant d'amorcer une descente sur environ cinq cents mètres. La route reprendrait ensuite de l'altitude et les conduirait au sommet de la montagne, empruntant les derniers lacets.

Un panneau signalait un virage tout au bas de la descente. Un virage vers la gauche, avant que la route se redresse. Anna se raidit à l'idée qu'elle allait devoir l'affronter, tandis que, pleins phares, elle amorçait la descente en ligne droite. La neige recouvrait la chaussée de toute part en une couche désormais épaisse et tassée, gelée même par endroits. Sur ce versant nord qui était moins exposé au soleil, celle-ci n'avait en fait guère fondu durant la journée. À l'approche du virage, Anna usa naturellement de ses freins tout en prenant soin de ne pas piler, comme elle l'avait entendu maintes fois.

Simon, cloué sur son siège et pied au plancher, se raidit à son tour, souhaitant fortement passer la courbe sans encombre.

— Anna ! Freine par petits coups, s'il te plaît, on va se prendre le virage.

— C'est bien ce que je fais, Simon. Ça ne répond pas !

Les freins en effet ne répondaient pas. Et le virage fut sur eux la seconde suivante. De sorte qu'au moment de l'aborder, Anna braqua son volant sur la gauche et la *Clio* partit en un tête-à-queue qu'elle ne put contrôler. L'arrière de la voiture percuta le muret de neige avec force. Le muret céda.

La voiture fut projetée dans une pente qu'aucun arbre n'entravait. Elle roula plusieurs fois sur elle-même avant d'échouer tout au fond du ravin, quelque cinquante mètres plus bas.

Le silence aurait été total, s'il n'avait été le piano qui jouait, dans une coda tempétueuse, les derniers accords de l'*Impromptu*.

CHAPITRE 31

Service de réanimation neurochirurgicale. Centre hospitalier de Chambéry, France.

21 h 30. Le patient du box 12, confus, ouvrait péniblement un œil de temps à autre. Il aurait donné n'importe quoi pour apaiser la soif qui le taraudait et pour que cessent les coups dans sa tête. Il toussait et tentait de rejeter le tuyau qu'il avait en travers de la gorge. Des bruits stridents lui parvenaient par vagues, des voix qu'il ne connaissait pas, des rires aussi, parfois. Puis, de nouveau, le silence et l'obscurité l'emportaient sur ce vacarme.

Personne ne comprenait ni n'entendait ce qu'il voulait. La sonde d'intubation placée entre ses cordes vocales le muselait totalement.

— On dirait qu'il se réveille pour de bon. T'en penses quoi ? demanda l'aide-soignante à sa collègue infirmière alors qu'elles terminaient les soins.

Tout en changeant le flacon de perfusion, cette dernière avança :

— On a commencé à diminuer la sédation ce matin. Le médecin pense qu'il récupérera sans séquelle. Enfin, façon de parler. Faudra pas mal de rééducation pour le remettre debout.

L'équipe de nuit se retrouva un peu plus tard au complet dans la salle de pause autour d'une table. Le café terminait de couler. Chacun gardait un œil, ou plutôt une oreille attentive, aux constantes des patients qui défilaient en temps réel sur la centrale de surveillance. Ainsi, au moindre écart, les bips sonores et les tracés électrocardiographiques ne manquaient pas d'alerter les soignants. Cette pause était bienvenue. Elle constituait en outre une bonne occasion d'échanger les potins de l'hôpital, quand ce n'était pas pour faire et défaire le planning du personnel.

— Vous nous parlez du mec de la 12 ? s'enquit un infirmier tout en disposant des mugs sur la table.

— Si vous voulez, accorda l'infirmière qui l'avait en charge. Je résume pour ceux qui ne connaissent pas encore son histoire. Un accident sur la route du Revard, il y a une semaine environ. Cet homme de 42 ans était le passager d'une voiture qui s'est retrouvée au fond d'un ravin. Je sais pas si vous voyez, ça s'est passé juste après le col, dans le virage un peu craignos au bas de la descente. C'est pourtant bien connu qu'à cet endroit, faut faire gaffe. Bref, il avait pas mal neigé la veille. Bilan de la chute : fractures multiples, fémur, bassin, cinq ou six côtes, la rate, ainsi qu'un hémopneumothorax. Et le plus grave, un hématome extradural sur embarrure pariétale, qui comprimait son cerveau. Un peu la totale, quoi. Quand les secours sont arrivés, ils ont bien cru que le gars était foutu.

— Les *neurochirs* l'ont opéré tout de suite et c'est ce qui l'a sauvé, ajouta l'aide-soignante.

— Et le chauffeur ? Il est mort ?

— On sait pas, reprit l'infirmière. Il y a bien une femme qui a appelé les secours, la voix tremblante, presque inaudible. Elle devait être sous le choc, gravement blessée, parce qu'ils ne comprenaient rien, à ce qui paraît. Un collègue du 15 me l'a raconté, c'est lui qui a pris l'appel. Du coup, au SAMU, ils pensent que c'était elle, le chauffeur, une certaine Anna. Et la voiture serait la sienne. Le problème, accrochez-vous, c'est qu'ils ne l'ont pas retrouvée sur les lieux de l'accident. Elle a tout bonnement disparu !

— Comment ça, disparu ?! s'écria l'infirmier, qui croquait dans une madeleine. Elle a bien dû être transportée dans un autre hôpital, à Grenoble, Annecy, ou à Lyon peut-être ?

— Il y avait certainement des traces de sang, renchérit un autre. Et puis, si elle a bougé, des traces de pas, des traces dans la neige, quoi ! Elle ne s'est tout de même pas volatilisée.

— C'est le mystère, pour le moment, conclut l'aide-soignante. Tout ce qu'on sait, c'est qu'on n'a pas retrouvé de corps. Les flics pensent qu'elle a peut-être glissé dans un trou, ils appellent ça une doline. C'en est plein là-haut, c'est bien connu, les *spéléos* te le diront. Et ça ne serait pas la première fois !

— C'est quand même fou, cette histoire ! dit le deuxième infirmier. Vu l'endroit, si la voiture a fini dans le ravin, il paraît peu probable qu'elle s'en soit sortie. Ils vont peut-être finir par la retrouver, morte quelque part ou bien bouffée par un loup.

— Arrête avec tes suppositions macabres, reprit le premier en attrapant une autre madeleine. Et donc, le 12, il était bien vivant, lui ?

Selon l'infirmière, les pompiers et le SAMU étaient arrivés sur place une heure après l'accident, le temps de trouver l'endroit précis. Une autre heure avait été nécessaire pour désincarcérer et équiper le blessé en état d'urgence vitale et en hypothermie. L'hélicoptère avait pu décoller malgré la nuit et l'avait transporté à l'hôpital, dans le coma, intubé et ventilé. Les chirurgiens et les réanimateurs l'avaient aussitôt pris en charge pour réparer ce qu'ils pouvaient. Depuis, le patient du box 12 était toujours dans le coma.

— C'est là-haut, maintenant, que ça se joue, indiqua l'infirmière en portant une main à sa tête. L'œdème et le sang, t'imagines, ça a dû pas mal comprimer son cerveau. Cela dit, on dirait qu'il se réveille.

— Faut croire qu'il est coriace, ce docteur Legrand, ajouta

l'aide-soignante. Ah oui, on ne vous a pas dit, il est médecin. Pédiatre, je crois, mais il bosse pas chez nous.

Chacun commentait l'événement lorsqu'une alarme, puis une seconde, interrompirent la conversation, écourtant la pause. La nuit reprit son cours, rythmée par les soins et les entrées de nouveaux patients.

Lorsque la lune, tel un gigantesque projecteur, se hisse de derrière la montagne, la face nord se dresse devant eux. Un mur immense, haut de presque huit cents mètres, une pente vertigineuse, entièrement recouverte de neige, leur fait front de toute sa hauteur, évidente, lisse et majestueuse.

Les deux hommes traversent d'un bon pas le glacier dont ils atteignent maintenant l'autre rive…

Un craquement bref vient déchirer le silence du matin. Suit un cri, celui de son frère. La dalle de glace sur laquelle il vient de fixer une broche et par là même de s'en solidariser, se détache de la montagne…

Emportant avec elle ce qui s'y trouve amarré, la broche, la corde et le frère de Simon, son cri, son corps, son équipement moderne et léger…

…Son frère, englouti pour toujours.

Simon fit un bond dans son lit. Son cri aurait pu réveiller un mourant si la sonde, toujours en travers de ses cordes vocales, ne l'avait retenu. Les alarmes, en revanche, ne se privèrent pas de hurler, de sorte que l'infirmière accourut aussitôt. Elle saisit le regard affolé de Simon et se dit qu'il était peut-être temps de l'extuber. Après concertation avec l'interne de la réanimation, qu'elle réveilla, elle ôta d'un geste sûr la sonde reliant encore les poumons de son patient au respirateur artificiel.

Le « rescapé du 12 », ainsi surnommé par l'équipe, respirait désormais seul. Et il sombra de nouveau dans les limbes.

Le soir suivant, lors de sa prise de service, la même infirmière entra dans le box :

— Monsieur Legrand, bonsoir. Je suis heureuse de vous retrouver ainsi.

— De l'eau… réclama le malade dans un râle peu audible.

— Bien sûr. Je vais vous chercher un verre.

Simon Legrand était agité, encore très confus. Il ne comprenait pas ce qu'il faisait dans ce lit, affublé de ces câbles et entouré de moniteurs. Sa perfusion au pli du coude le perturbait. Et il avait toujours aussi soif et mal à la tête.

L'infirmière reparut avec un gobelet muni d'un bec. Elle actionna une télécommande de façon à relever la tête de lit, ajusta l'oreiller de Simon, et lui donna à boire. *De toute évidence* se dit-elle, *il n'a pas conscience de ce qu'il a traversé.*

— Prenez des petites gorgées. On y va tranquille. On va éviter une fausse route.

Simon avala. Essaya plutôt, car l'eau lui brûla violemment la gorge, et le fit tousser et vomir.

— C'est normal, rassura l'infirmière. On réessaye dans deux minutes.

Simon remporta cette bataille après quelques tentatives. Très fatigué, amaigri et incapable de bouger la tête ni même d'articuler deux mots intelligibles, il cherchait pourtant à communiquer.

— Aa... Anna, balbutia-t-il.

— Reposez-vous, maintenant ! Vous avez fourni un gros effort et c'est déjà une victoire. Je reviens vous voir dans un moment.

Dans la nuit, sentant un premier retour de sa lucidité, Simon appuya sur la sonnette pour appeler l'infirmière.

— Anna. Où est-elle ?

— Monsieur Legrand… hésita celle-ci. Je l'ignore, mais je peux me renseigner.

La soignante se montrait excessivement mal à l'aise parce qu'en réalité, elle connaissait la vérité. Elle avait cependant reçu pour consigne de ne pas l'en informer. Pas encore.

— Je peux l'appeler ? demanda-t-il, le regard implorant, en proie à une angoisse qu'il ne contrôlait pas.

— Monsieur Legrand, expliqua l'infirmière qui avait elle-même déposé les effets personnels de Simon dans un sac, vous aviez bien un téléphone portable, un vieux modèle. Autant vous dire qu'il n'a pas résisté au choc. Je n'ai pas osé le jeter, mais il est en miettes.

Simon esquissa un sourire qui ressemblait davantage à une grimace. Il se rappelait vaguement une remarque d'Anna sur la solidité des vieux téléphones.

L'infirmière fut touchée par la tendresse émanant de son patient. Elle était d'autant plus embarrassée qu'elle savait pertinemment que cette Anna avait disparu et que, selon toute vraisemblance, elle était décédée. Elle le regarda tristement, avant d'éteindre la lumière et de quitter la chambre.

CHAPITRE 32

Service de réanimation neurochirurgicale. Centre hospitalier de Chambéry, France.

Le lendemain matin, Simon fut effrayé à la vue de son reflet dans le miroir qu'une aide-soignante lui tendait. Son visage bleui par les contusions était pour moitié enturbanné de bandages. Son lit remis au propre, ses pansements refaits et surtout l'espoir d'avoir enfin des nouvelles d'Anna lui mirent un peu de baume au cœur. Mais il ne se sentait pas rassuré pour autant. Jusqu'à présent, personne n'avait été fichu de lui dire ce qu'elle était devenue. Les soignants disaient tous qu'ils allaient se renseigner. Ils lui cachaient quelque chose, il en était persuadé, comme si la consigne avait été de ne pas lui apprendre la vérité. À l'évidence, il lui faudrait attendre la visite des médecins pour en savoir davantage. Ou, mieux, celle d'Anna elle-même.

La porte de la chambre s'ouvrit alors brusquement. Un homme entra, affublé d'une tunique verte, les cheveux noirs contenus sous un calot et l'œil alerte derrière des lunettes sans monture :

— Et comment va notre rescapé ? Je suis neurochirurgien. C'est moi qui vous ai opéré.

— Bonjour, balbutia Simon, en esquissant un signe de sa main branchée à la perfusion.

— On peut dire que vous revenez de loin. Avec une bonne rééducation et de la persévérance, vous allez vous en sortir.

— J'ai juste l'impression d'être passé sous un rouleau compresseur.

— C'est bien normal, si l'on en juge par l'état de votre voiture. Bref, en ce qui me concerne, l'opération s'est déroulée sans difficulté. J'ai drainé un volumineux hématome extradural. D'ailleurs, à ce propos, vous me devez une explication. J'en ai trouvé un deuxième, plus petit et plus ancien. Vous vous cognez souvent la tête, mon cher confrère ?

— Ah oui, c'est vrai, une chute en montagne... C'était avant et ça expliquerait mes malaises.

— Eh bien voilà ! Vous avez désormais un cerveau remis à neuf, plaisanta le chirurgien qui s'en allait. Je reviens vous voir demain matin.

Et avant même que Simon ait pu lui poser la seule question qui lui importait, l'homme avait déjà tourné les talons et abordait le patient suivant.

Une jeune femme alors se présenta à l'entrée de la chambre.

— Oh, Armelle, c'est toi ! soupira Simon, soulagé de retrouver un visage familier, mais un peu déçu dans le même temps de ne pas repérer aussi celui d'Anna.

La belle métisse franchit le seuil d'une allure incertaine et vint presser une main sur son épaule. Elle enleva son manteau qu'elle posa sur le dossier du fauteuil, laissant apparaître au niveau de son ventre le renflement de sa grossesse.

— C'est bon de te voir sorti du coma, dit-elle, le visage grave malgré elle. J'étais terriblement inquiète.

— Armelle, s'il te plaît, donne-moi des nouvelles d'Anna.

— Simon... hésita la future maman, manifestement émue.

— Enfin dis-moi ce qui se passe ! insista-t-il, cherchant son regard.

Simon émit un grognement de douleur qui lui fit porter sa main libre à son torse. La jeune femme, résolument muette, les yeux rougis et embués, s'assit sur le fauteuil de manière à s'approcher du visage de Simon. Elle ravalait des sanglots.

— Mais parle-moi, dis-moi, je t'en prie ! implora Simon, soudain très pâle, tout en lui prenant la main. Je me rappelle, c'est elle qui conduisait. On allait vous rejoindre et elle a paniqué à cause de la neige sur la route.

La jeune femme demeurait silencieuse. Elle regardait désespérément en direction du flacon de perfusion, comme si cela pouvait l'aider à trouver le courage dont elle avait besoin.

— Ce que je vais te dire, Simon, va être difficile à entendre. Sache qu'Anna a disparu. On n'a pas retrouvé son corps, et tout le monde pense qu'elle est décédée.

Ces mots si violents, Simon ne voulait absolument pas les entendre. Cela faisait vingt-quatre heures qu'il avait émergé du coma et que tous les soignants lui donnaient l'impression d'éluder ses questions. Évidemment, Anna était décédée. Comment n'y avait-il pas pensé de lui-même ? Comment ne l'avait-il pas compris tout seul, tandis qu'il essayait, en vain ces dernières heures, de se remémorer les ultimes instants qui avaient précédé le basculement de la voiture dans le vide ?

Simon était anéanti. Il rugit sa détresse dans un cri étouffé que ses poumons abîmés lui permirent à peine de lâcher. Une nouvelle fois dans sa vie, pour lui tout s'écroulait...

Après quelques minutes, comme mû d'un regain, il releva la tête et riposta :

— Tu sais, tant qu'on ne l'a pas retrouvée, je refuse de croire qu'Anna est... qu'elle nous a quittés.

Armelle ne savait que penser. Elle avait eu la même réaction lorsque les secours leur avaient annoncé ne pas avoir retrouvé de corps. Elle avait tant espéré revoir Anna vivante, misant sur ses ressources, sa force de caractère et son aptitude à se sortir de situations difficiles. Elle avait prié les infirmières de ne rien dire à Simon. Mais, ce matin, elle s'était finalement résolue à admettre le pire. Aussi, proposa-t-elle de lui raconter ce qui s'était passé, ce qu'elle en savait, tout au moins. Simon acquiesça d'un hochement de tête. Armelle se leva et remplit d'eau un verre qu'elle déposa devant lui, sur la tablette.

Elle reprit l'histoire à son début, depuis qu'elle-même, son mari, Julie et Romain, s'offrant alors l'apéritif en les attendant au restaurant, ne les voyaient pas arriver. Julie avait essayé à plusieurs reprises de joindre Anna, puis Simon, sur leurs téléphones portables, mais ses appels étaient restés sans réponse. L'heure tournant, et bien que déjà un peu éméchés, Arthur et Romain avaient donc repris la voiture pour refaire le chemin en sens inverse. Ils pensaient simplement que la *Clio* avait pu avoir un problème technique à la montée. Ce ne fut qu'en croisant le camion des pompiers à l'entrée de la forêt, suivi un peu plus bas par celui du SAMU qui roulait tous gyrophares allumés et fonçait sur la route en direction du sommet, qu'ils avaient compris qu'il s'était passé quelque chose de grave. Ils avaient manqué l'accident qui avait eu lieu plus haut. Et pour cause, la voiture gisait très en contrebas de la route. Les seules traces qui auraient pu témoigner du drame étaient celles laissées par les pneus arrière ayant chassé sur la neige, et le muret défoncé à l'entrée du virage. Mais Arthur et Romain n'auraient pas pu les remarquer.

Hélas, le plus difficile à dire restait à venir, et Armelle le savait. Encore, s'arma-t-elle de courage et poursuivit-elle son récit, tandis que Simon, effondré, fixait le plafond en silence. Il était convaincu que le destin s'acharnait sur ceux qu'il aimait.

Armelle évoqua le coup de fil d'une femme affolée, que les gens du SAMU avaient supposé être la conductrice , et qui bafouillait que Simon était mort.

— Et la communication a été coupée. Les pompiers n'ont pas pu vous géolocaliser, Anna et toi. Ce n'était pas possible avec vos téléphones. Ils ont déduit l'emplacement de l'accident comme ils ont pu, et ils sont arrivés sur place probablement une heure après. De là, l'accès à la voiture a été compliqué parce qu'elle était au fond du ravin et que la neige recouvrait les obstacles. Quand ils y sont parvenus, tu étais là, inconscient et encore attaché sur ton siège. Ils t'ont d'abord cru mort eux aussi, tellement tu respirais faiblement et tu avais perdu de sang. Il leur a fallu du temps, apparemment, pour te dégager.

Simon, bien vivant sur son lit d'hôpital, sentit sa respiration s'accélérer. Il but une gorgée d'eau, comme pour retarder un peu la suite de l'histoire. Armelle, de son côté, se préparait à décrire la scène à laquelle elle avait assisté lorsqu'avec la voiture de Julie, elles avaient rejoint les deux autres sur les lieux de l'accident.

— C'était un vrai cauchemar, Simon. L'hélicoptère est venu te chercher en faisant un boucan du diable. Anna, elle, avait disparu. On aurait bien aimé participer aux recherches, mais l'endroit était trop escarpé, trop dangereux, et puis les pompiers nous disaient de rester sur la route. La Gendarmerie est arrivée ensuite avec un chien, des torches... Ils ont ratissé les environs, en vain. L'hélicoptère, revenu en renfort après t'avoir déposé à l'hôpital, a tout quadrillé avec son projecteur. On aurait dit une vraie scène de chasse à l'homme. Ils ont conclu qu'Anna avait dû s'égarer, à moitié consciente, et chuter dans un de ces trous particulièrement nombreux qui parsèment le massif.

L'équipe de gendarmes avait en effet cherché la conductrice une bonne partie de la nuit. Et aussi le lendemain, assistée des spéléologues des clubs voisins, et encore les jours suivants. Ils avaient exploré la plupart des puits avoisinants, mais toujours pas d'Anna. La neige avait rapidement fondu, de sorte que les traces, s'il y en avait eu, des précieux indices selon les gendarmes, avaient également disparu. Ils avaient alors cessé les recherches, estimant nulles ses chances de survie dans de pareilles conditions.

— La seule chose qu'ils ont retrouvée d'Anna, termina Armelle d'une voix tremblante, c'est son téléphone, à proximité de sa voiture.

— Comment tout ça a-t-il pu arriver ? se récria Simon, dévasté. On n'allait pas bien vite, je t'assure. J'essaye de me rappeler ce qui s'est passé juste avant l'accident. On roulait sur la neige, Anna n'était pas sereine, je sais, mais elle assurait. Il ne faut pas arrêter les recherches, Armelle, ajouta-t-il en essayant de se redresser.

Simon ne voulait pas croire qu'Anna était morte. D'ailleurs, son corps n'était-il pas resté introuvable ? Il réfléchissait à d'autres possibilités. Elle avait pu être éjectée de la voiture. Blessée elle aussi, elle avait pu chercher à s'en sortir toute seule. Ce ne serait pas la première fois. Et, comme les gendarmes l'avaient supposé, elle avait alors chuté dans l'un de ces trous où elle s'était protégée du froid en attendant d'être secourue. Ou alors, Anna avait fui, tout simplement. Simon savait que lors de catastrophes survenant de façon inopinée, il arrive que des personnes choisissent de disparaître pour toujours. Elle avait pu ainsi, elle aussi, saisir l'opportunité, l'ayant cru mort. Mais pour aller où ? Et surtout, pour quelle raison Anna aurait-elle souhaité disparaître ? Il n'en avait pas la moindre idée. Mais il la savait capable de s'enfuir, elle l'avait déjà montré. Les scénarios se bousculaient dans sa tête.

Armelle, de son côté, devinait aisément son raisonnement. Elle pressentait même qu'il ne se résoudrait pas de sitôt à abandonner la conviction qu'Anna était toujours en vie.

— Reste couché, Simon, lui intima-t-elle doucement en retenant son bras. Je ne t'ai pas encore tout dit. Ils ont fait l'expertise de la voiture.

Simon plissa les yeux lorsqu'une image d'Anna s'acharnant sur la pédale des freins lui revint en mémoire. Il se raidit dans son lit, mimant le geste d'appuyer sur cette pédale invisible.

— Les freins, Armelle, je me rappelle maintenant ! Anna essayait de freiner, je lui ai même dit d'y aller tranquille pour ne pas bloquer les roues et ne pas déraper. C'est là qu'elle a braqué à gauche et qu'on est partis en vrille.

— Simon, les freins avaient été sectionnés. En fait, vous avez été victimes d'un sabotage.

— Mais… Quoi ? Qu'est-ce que tu dis, Armelle ?

Simon blêmit encore un peu plus, au point qu'Armelle faillit appeler l'infirmière. Il n'avait plus la force de réagir. Tout juste parvint-il à murmurer :

— Qui c'est, le salaud ?

— On vient de l'apprendre, Simon. Il s'est dénoncé lui-même. Le collègue d'Anna, Jean-Étienne Fontenil, tu l'as peut-être croisé à son laboratoire. Il a juré qu'il n'avait pas eu l'intention de vous tuer, de tuer Anna. Il a dit qu'il n'était pas un meurtrier. Une affaire de jalousie et aussi un différend à propos de la fameuse expédition en Bolivie. Il était convenu qu'il prendrait la direction de la mission si Anna n'était pas en état de partir. Il a été mis en examen et il sera bientôt entendu par le juge.

— Armelle, il faut continuer à la chercher. Après, il sera trop tard.

— Simon, ça fait une semaine…

Et Simon perdit connaissance. Armelle se rua sur la sonnette pour demander de l'aide.

ÉPILOGUE

Paris, France.
10 ans plus tard.

Dans les profondeurs du sous-sol du Collège de France, juste à l'aplomb de la cour d'honneur, le grand amphithéâtre Marguerite de Navarre affichait complet. La présidente de la Fondation française pour la recherche sur les maladies auto-immunes, campée bien droite sur l'estrade en bois blond, termina sa présentation en remerciant les généreux donateurs qui contribuaient à la mobilisation de la société en faveur de la recherche médicale. Elle invita ensuite le ministre de la Santé à rejoindre le pupitre pour son discours protocolaire.

Simon Legrand, les tempes grisonnantes, assis en bordure d'une travée, écoutait distraitement les propos qu'il jugeait ennuyeux. Son regard vagabondait sur l'architecture contemporaine des lieux.

— La récompense que nous accordons ce soir, précisa le ministre, vient consacrer une décennie de recherche sur cette forme de maladie mortelle, dont le lien avec le réchauffement climatique est dorénavant établi et admis par tous. Sachez que cette distinction honore l'ensemble de la communauté scientifique et médicale française.

Malgré la solennité de l'endroit et du moment, Simon ressentait en réalité une grande lassitude, comme si cette cérémonie mettait un terme irrémédiable au travail acharné qui avait rempli son existence depuis qu'il avait quitté définitivement le Vietnam, après son accident de voiture, après le décès d'Anna dont le corps n'avait jamais été retrouvé. Simon se préparait désormais à affronter un grand vide.

À cet instant, une main fine et hâlée vint presser la manche de son costume noir. Sa voisine, Armelle Lanzmann, vêtue d'une robe fourreau rouge, lui chuchota à l'oreille :

— Elle nous manque aussi, tu sais. Elle serait tellement fière !

Il se tourna vers elle et esquissa un sourire pour faire bonne figure, tandis que le ministre achevait son laïus :

— Pour les malades, pour leurs proches, pour la société tout entière, nous avons le devoir de poursuivre notre lutte contre le réchauffement de la planète et d'amplifier la recherche afin de résoudre les problèmes de santé qui en découlent. Je sais que je peux compter sur votre engagement, votre enthousiasme et votre compétence. En retour, croyez en ma détermination à vos côtés. Je vous remercie.

Sous les applaudissements de l'assemblée, le ministre, satisfait, vint se placer aux côtés de la présidente de la Fondation. La salle s'obscurcit. Et dans un timing parfait, une projection fut lancée.

Des images spectaculaires et somptueuses de massifs montagneux enneigés vus du ciel se succédèrent à l'écran, sublimées par une musique de circonstance. Une évocation magique de la beauté du monde, un hymne à la liberté aussi, telles la majesté et la liberté du rapace considérant de là-haut son immense territoire. Apparurent alors, en un défilé sinistre mais saisissant, le Kilimandjaro, toit de l'Afrique, totalement dénudé de ses glaces éternelles, puis une multitude de glaciers alpins réduits en leurs sommets à de maigres cirques grisâtres et de névés poussifs. La banquise se manifesta sans surprise, exsangue, à l'extrême nord du globe. Elle vomissait, sous les yeux atterrés des spectateurs cependant avertis, ses derniers icebergs.

L'auditoire, près de cinq cents invités, absorba ainsi les effets du réchauffement qui, chaque année, s'accentuait sans que le monde ne s'accordât à réduire de manière drastique ses émissions nocives pour l'atmosphère qu'il respirait.

Pas un bruit ne vint troubler les dernières séquences qui présentaient le Perito Moreno argentin et son cousin chilien le glacier Grey, jadis géants impériaux issus des hauts plateaux andins, réserves d'eau douce jugées autrefois inépuisables et aujourd'hui relégués au rang de vestiges d'un autre temps.

Le film avait été conçu de façon didactique par les équipes réunies de Simon Legrand, de Pierre Morel et de Diane Länder. Il exposait dans un second temps les effets délétères du réchauffement climatique sur la santé, relatant plus particulièrement l'épidémie de vascularite immuno-allergique. Avec la diffusion grandissante des pollens d'herbacées, le nombre de malades avait suivi une courbe exponentielle au cours des quinze dernières années.

Une voix off usant d'un ton grave décrivit alors le chemin parcouru par les chercheurs qui avaient essayé de faire face à l'épidémie : la découverte des 3GP avec, pour corollaire, le fait que chaque personne sur Terre aurait ainsi potentiellement un jumeau, les effets positifs du *proclomifénide* à l'origine du nombre croissant des vrais jumeaux et les mécanismes qui permettent à ceux-ci de résister à la vascularite. Des années de recherche clinique et fondamentale avaient permis de valider les hypothèses émises par Anna Mestrallet et Simon Legrand en les vérifiant à grande échelle.

La nature ainsi proposait une réponse provisoire au fléau. Mieux encore, tous les résultats obtenus offraient aux scientifiques une réelle opportunité d'élaborer un traitement efficace contre la vascularite, un médicament modulateur des gènes impliqués dans la tolérance des pollens. Ce traitement, encore expérimental, favorisait l'acceptation de ces pollens par l'organisme humain, réduisant ainsi à néant leur pouvoir pathogène. Ceux-ci, entre-temps, avaient pu être identifiés comme étant issus d'herbacées appartenant à la vaste famille des Astéracées. Les neutraliser paraissait totalement illusoire, tant ils étaient disséminés sur l'ensemble de la planète.

« Au moins, cette bataille sur le front des cataclysmes liés aux changements climatiques, semble sur le point d'être gagnée. » concluait la voix off.

Lorsque la projection fut terminée et la lumière rétablie, un soulagement certain, bien que très relatif, marquait les visages des spectateurs.

— Nous allons procéder, intervint la présidente, à la remise des Prix d'excellence de la Fondation. Ces prix récompensent, comme Monsieur le Ministre l'a indiqué au début de cette soirée, l'ensemble de ce travail accompli avec acharnement depuis près de dix ans pour tenter de sauver des vies. Un travail transdisciplinaire que je salue une nouvelle fois. Aussi, pour recevoir le trophée, j'invite l'équipe du docteur Legrand à venir sur la scène. J'ai également le plaisir d'accueillir la professeure Länder dont l'étroite collaboration a été précieuse tout au long de ces années.

Les acclamations résonnèrent dans l'amphithéâtre tandis que se levaient, à la suite de Simon et dans un même élan, Arthur Lanzmann, très digne, Julie Cazeneuve, dont la chevelure rousse tranchait avec le turquoise de son chemisier et Diane Länder, toujours aussi hautaine et séduisante dans un tailleur strict impeccable. Tous les quatre grimpèrent les marches et gagnèrent, non sans panache, le devant de l'estrade.

Peu avant de prendre la parole, Simon arrêta son regard, avec une réelle émotion, sur les visages devenus familiers. Celui d'Armelle Lanzmann, au premier rang, resplendissante de fierté pour son époux, entourée de leurs jumelles aux cheveux tressés à l'identique qui clamaient en chœur des « Papa! » triomphants. Celui de Romain, l'ami de Julie, retenant sur ses genoux leur fils âgé de 4 ans qui aurait volontiers préféré gambader auprès de sa mère. Un peu plus loin dans l'assemblée, il aperçut Pierre Morel, maintenant retraité et professeur émérite de la faculté de glaciologie, accompagné de sa jeune collaboratrice russe, Tania Grashkov. Simon salua d'un clin d'œil Ulysse de Formeyan, l'étudiant en médecine devenu pédiatre généticien et rattaché depuis peu au service de pédiatrie que Simon dirigeait désormais à l'hôpital Robert Debré. Et puis, il adressa un signe de la main au vieux professeur Llorca, le crâne certes dégarni mais l'œil resté vif et complice, qui aussitôt le lui rendit. Enfin, alors même qu'il s'emparait du micro, Simon repéra tout au fond de l'amphithéâtre, debout contre le battant d'une porte restée ouverte, son ami Baratier enlaçant par la taille sa douce Thelma. Ces deux-là donnaient de la voix et exprimaient leur enthousiasme plus que quiconque.

Il remercia à son tour la Fondation et tous ceux qui avaient contribué à ce long travail de recherche, indispensable préalable à la mise au point de traitements efficaces.

— Je voudrais, énonça-t-il, je voudrais, pour terminer, dédier tout spécialement ce trophée à plusieurs personnes qui me sont chères et qui ne sont plus parmi nous. À Lancaster, tout d'abord. Il a été le premier à mettre en évidence l'existence du troisième globule polaire, le 3GP ainsi qu'il l'a dénommé. J'espère que la communauté internationale reconnaîtra à titre posthume la qualité de ses travaux. À ma défunte épouse ensuite, Maïssa Diallo, et à sa sœur jumelle, la femme du Kilimandjaro qui, telle la pierre de Rosette, nous a permis de déchiffrer, plutôt de découvrir, grâce à son ADN retrouvé, tout un pan de notre humanité en l'entité du 3GP. À Anna Mestrallet, enfin…

Simon s'interrompit quelques secondes, soudain parcouru par une onde de tristesse. Il se ressaisit aussitôt, désirant apporter une note joyeuse dans cette litanie un peu trop solennelle à son goût, et poursuivit :

— Anna, que beaucoup parmi vous ont connue et peut-être appréciée ou aimée malgré son fichu caractère, était en réalité une remarquable scientifique, juste un peu entêtée. Nous lui devons d'être réunis ce soir. Anna, où que tu sois aujourd'hui, ta sagacité me manquera éternellement.

L'assemblée, autant émue qu'amusée par ces dernières paroles, se leva d'un bond et applaudit l'orateur en une standing ovation digne d'une fin d'opéra. C'est le moment que choisit une femme, assise dans le fond aux derniers rangs, pour quitter discrètement l'amphithéâtre. Du bonnet qu'elle portait, s'échappaient de jolies boucles brunes.

Au même instant, en Argentine, à l'hôpital général de Rio Gallegos, Ilverio Lopez Sanchez, la trentaine, amaigri et affaibli, le corps parsemé d'hématomes et le teint particulièrement pâle, se trouvait alité. Cloué par la maladie qui le terrassait depuis plus de trois mois, il souffrait d'une forme grave de vascularite immuno-allergique.

Quand bien même le spectre de ce mal commençait à s'éloigner, avec une promesse relative à la propagation du *proclomifènide* dans l'atmosphère et l'avènement d'un possible traitement, les patients atteints n'avaient d'autre choix, en attendant ce dernier, que de continuer à subir des soins thérapeutiques déjà éprouvés et partiellement efficaces. Au stade avancé de sa maladie, seule une greffe de moelle avec un donneur parfaitement compatible serait en mesure de guérir Ilverio. Elle aurait pour effet de renouveler dans son intégralité son stock de globules blancs, préalablement réduit à néant à la suite d'une puissante chimiothérapie.

Ilverio Lopez Sanchez n'avait plus, pour seule famille, que sa sœur jumelle Francesca. Elle lui rendait justement visite en ce début d'après-midi. Comme à leur habitude, ils se livrèrent à une sorte de rituel qui consistait à se remémorer les circonstances de leur venue au monde, trois décennies plus tôt. Cette histoire, leur mère la leur avait maintes fois relatée. Elle commençait toujours avec le désarroi qui l'avait submergée lorsqu'elle avait compris qu'elle allait accoucher de façon imminente, non seulement d'un, mais de deux enfants grands prématurés. Ils étaient tellement minuscules qu'on avait dû les équiper de divers tuyaux et les placer tous deux au chaud dans une même couveuse. Le médecin avait ensuite pris à part leur mère pour lui signifier une anormalité à laquelle elle n'avait jamais su, ou pu, apporter de réponse. Francesca avait une peau sombre presque noire, et celle d'Ilverio était claire, voire carrément blanche. Ni l'un ni l'autre ne s'en étaient par la suite préoccupés, parce que pour eux, ils étaient frère et sœur, tout simplement.

Le service d'immuno-hématologie avait enclenché en urgence le processus de recherche d'un donneur de moelle osseuse. Naturellement, Francesca, en tant que sœur, de surcroît jumelle, fut sollicitée. Elle se prêta ainsi à toutes sortes d'analyses. Sa moelle se révéla néanmoins incompatible, écartant de fait toute contribution de sa part. Un instant, les médecins se demandèrent même dans quelle mesure il existait un lien génétique entre les jumeaux, tant les résultats des tests différaient. Dès lors, la probabilité de trouver un donneur était réduite à moins d'une sur un million. Ilverio se devait d'être patient, s'il le pouvait, encore un peu. Car, en l'absence d'une greffe, ses jours étaient comptés.

Au Collège de France, les invités commentaient la cérémonie autour d'un généreux buffet. Simon échangeait des poignées de main quand il sentit vibrer son *Fairphone* dans la poche intérieure de sa veste. Un SMS de *France greffe de moelle* le priait de prendre rapidement contact. Il s'éclipsa aussi subrepticement que possible.

D'abord surpris, il fut tenté de reporter cet appel au lendemain, dans la mesure où déjà, ses amis, Florent Baratier en tête, lui faisaient signe de revenir trinquer avec eux. Simon composa néanmoins le numéro indiqué. Un standardiste le mit en relation avec l'infirmière coordinatrice de l'institution qui le pria de décliner son identité complète, ce qu'il fit tout en s'éloignant un peu plus des convives.

— Je vous remercie, Monsieur Legrand, poursuivit l'infirmière d'une voix aimable. Ce sont les vérifications d'usage. Vous vous rappelez que vous êtes répertorié sur notre fichier en tant que donneur ?

— Oui, tout à fait. Mais là, je suis un peu occupé, vous savez !

— Je ne serai pas longue. Sachez que nous venons de réceptionner une demande urgente de moelle, en provenance d'Argentine. Un receveur potentiel atteint d'une vascularite immuno-allergique en phase terminale.

— Oh là, je ne connais que trop bien cette maladie, je suis médecin, et il se trouve que…

— Inutile alors de vous expliquer en quoi une greffe immédiate constitue sa dernière chance.

— Je vous le confirme. Bientôt, je l'espère, nous disposerons d'un traitement efficace. La greffe, en attendant, ne fonctionne que trop rarement, faute la plupart du temps d'une compatibilité suffisante entre donneur et receveur.

— Exactement, Docteur Legrand. C'est la raison pour laquelle nous avons besoin de vous. Aussi étonnant que cela puisse paraître dans le cas présent, vous êtes identique sur le plan génétique avec le demandeur, cent pour cent compatible.

Simon eut à ces mots un mouvement de recul. Recevoir un électrochoc lui aurait fait le même effet.

— Docteur Legrand, vous êtes là ?

— Excusez-moi… Poursuivez.

— Seuls les vrais jumeaux le sont, théoriquement. Or, la date de naissance de notre patient n'a rien à voir avec la vôtre.

De nouveau, le pédiatre fut secoué, tant ce qu'il entendait à l'autre bout du fil lui semblait extraordinaire. L'infirmière mit ce silence sur le compte d'une hésitation de la part de son interlocuteur.

— Pouvez-vous vous rendre disponible pour le prélèvement, à la

Pitié Salpêtrière ? Le plus tôt sera le mieux, cette nuit, demain, après-demain ? Vous êtes à Paris ? Docteur Legrand ? Vous êtes toujours là ? Une courte anesthésie générale et vous serez sorti dans les vingt-quatre heures.

Simon était resté muet, stupéfait, totalement abasourdi. Il donna son accord pour le lendemain comme un automate et raccrocha. Chancelant, sidéré, il se rendit alors aux toilettes pour se passer de l'eau sur le visage. Tandis qu'il relevait la tête, perplexe, il se surprit à imaginer dans le miroir les traits d'un double, son double, certes juste un peu plus jeune. Se pourrait-il vraiment que… ?

Simon pensa alors à son rêve, cet éternel rêve récurrent qui, cette nuit encore, était venu importuner son sommeil. Mais un détail lui revint en mémoire, un détail qui, pourtant, aurait dû le marquer parce que, pour la première fois de sa vie, il n'avait pas été réveillé en sursaut. Oui, pour la première fois, son frère dans la face nord, au lieu de dévaler la pente, était parvenu à accrocher une esquille rocheuse. Il avait stoppé net sa chute peu après que le bloc de glace s'était détaché de la montagne.

L'esprit plus que jamais perturbé, et après avoir jeté un dernier regard à son reflet au-dessus du lavabo, Simon rejoignit ses amis autour du buffet. Il leva son verre à toutes ces années de travail, aux perspectives réjouissantes, à l'amitié aussi, qui les réunissait ce soir une nouvelle fois. *Et à toi, mon frère*, murmura-t-il en secret en retenant un sourire.

Le lendemain matin, après une nuit courte mais réparatrice et dépourvue de rêve, Simon Legrand gagna d'un pas léger l'hôpital de la Pitié Salpêtrière situé à quelques rues de chez lui. Son visage rayonnait de sérénité.

Trois jours plus tard, il embarquait pour l'Amérique latine.

REMERCIEMENTS

Merci à :

Catherine Destivelle, notre éditrice au Piolet d'or, pour sa confiance,

Marie David, notre relectrice principale, pour ses conseils, sa précieuse contribution au scénario et pour son infinie patience,

Sandrine Rotil-Tiefenbach, notre correctrice principale, pour son travail expert et minutieux, son immense enthousiasme, et aussi pour son amitié,

Muriel Zürcher et Nathalie Somers, écrivaines, pour leur soutien et leurs suggestions qui ont été pour nous essentiels,

Xavier Fain et Christian Vincent, chercheurs au Laboratoire de glaciologie et géophysique de l'environnement de Grenoble, pour la visite de leurs locaux et les précieuses informations qu'ils nous ont apportées,

Alain O., Alexia P., Albert F., Bénédicte B.-M., Bruno D., Caroline D., Céline A., Didier R., Élisabeth Q., Élise M., Elsa G., Fabrice L., Geneviève K., Jocelyne C., Juliette G., Juliette J., Lola P., Marie B., Marie-Paule C., Michel D., Nathalie E.-V., Nathalie G.-B., Olivier R., Patricia B., Pierre B., Stéphane B., Stéphanie N., Xavier C., nos enfants et nos parents, pour avoir accepté d'être nos premiers lecteurs.

Tous nos amis, enfin, et nos collègues, qui nous ont enrichis de leur point de vue et de leurs remarques, pour nous avoir parfois inspirés, toujours encouragés,

Et à vous, cher lecteur, pour être parvenu jusqu'à cette dernière page.

Dans la même collection

MONT-BLANC NOIR

- *Quatorze*, Aymeric VINOT
- *100 000 $ pour l'everest*, Yves BALLU
- *Enquête sur le toit du monde*, Matt DICKINSON
- *Tempête meurtrière*, Matt DICKINSON
- *Le narval*, Peter D. Mason
- *Décimés*, Elsa GODET
- *Ésaü*, Philip KERR
- *Nous n'étions que des hommes*, Alexandre BARTHELEMY
- *Le deuxième piolet*, Dominique TÉTREAU
- *Les damnés du Llullaillaco*, Peter D. MASON
- *L'escalade d'après*, Joshua BRYANT

Achevé d'imprimer
en octobre 2020
Par SEPEC
01960 PERONNAS
FRANCE

Numéro d'impression : 24132200916

PEFC™ 10-31-1470 / Certifié PEFC / Ce produit est issu de forêts gérées durablement et de sources contrôlées. / pefc-france.org